PETRA HÜLSMANN

Hummeln im Herzen

Weitere Titel der Autorin:

Wenn Schmetterlinge Loopings fliegen
Glück ist, wenn man trotzdem liebt
Das Leben fällt, wohin es will
Wenn's einfach wär, würd's jeder machen
Meistens kommt es anders, wenn man denkt

Titel auch als Hörbuch erhältlich

PETRA HÜLSMANN

Hummeln im Herzen

ROMAN

lübbe

Dieser Titel ist auch als Hörbuch und E-Book erschienen

Die Bastei Lübbe AG verfolgt eine nachhaltige Buchproduktion. Wir verwenden Papiere aus nachhaltiger Forstwirtschaft und verzichten darauf, Bücher einzeln in Folie zu verpacken. Wir stellen unsere Bücher in Deutschland und Europa (EU) her und arbeiten mit den Druckereien kontinuierlich an einer positiven Ökobilanz.

Unveränderte Neuausgabe

Dieses Werk wurde vermittelt durch die
Literarische Agentur Thomas Schlück GmbH, 30131 Hannover

Copyright © 2014 by Bastei Lübbe AG, Köln
Copyright © 2023 für die Neuausgabe
Textredaktion: Marion Labonte
Umschlaggestaltung: Christin Wilhelm, www.grafic4u.de
unter Verwendung von Illustrationen von
© shutterstock: Olga_Angelloz | Piyapong89
Satz: hanseatenSatz-bremen, Bremen
Gesetzt aus der Stempel Garamond
Druck und Verarbeitung: GGP Media GmbH, Pößneck
Printed in Germany
ISBN 978-3-404-19193-2

2 4 5 3 1

Sie finden uns im Internet unter:
luebbe.de
Bitte beachten Sie auch: lesejury.de

Für meinen Mann,
weil mit ihm sogar die schwierigen Dinge einfach sind.

Für meine Eltern,
weil sie nie etwas anderes aus mir machen
wollten, als ich war.

Für meine Schwestern,
weil sie die tollsten Frauen auf der Welt sind.

Kapitel 1

... in dem ich mir vorkomme,
als müsste ich in der Bundesliga spielen –
obwohl ich doch nur Kreisliga bin

›Ich werde nie wieder heiraten. Niemals wieder.‹

Das dachte ich jedenfalls, als ich eine Woche vor unserem großen Tag mit meinem Liebsten Simon unsere Location – eine hochherrschaftliche alte Villa in Blankenese – besichtigte.

»Es gibt da leider ein Problem«, verkündete Frau Lennart, unsere Hochzeitsplanerin, mit Leichenbestattermiene.

Mir rutschte das Herz in die Hose. »Oh nein, nicht noch eins«, sagte ich und klammerte mich an Simons Arm.

»Ich fürchte doch. Ich mach es ganz kurz: Das Barbecue wird nicht stattfinden können.«

Und hier war sie, die gefühlt zweitausendste Panne seit Anbeginn unserer Hochzeitsplanung. Ich spürte, wie das Blut in meinen Kopf stieg und meine Pulsfrequenz sich verdoppelte. »Nicht stattfinden?«, fragte ich, inzwischen leicht hysterisch. »Was soll das heißen?«

Frau Lennart, durch und durch Profi, blieb ruhig. Sie wuchtete den zum Bersten gefüllten Ordner, den sie stets bei sich trug, von einem Arm auf den anderen. »Nun, wir haben vom Amt für Denkmalschutz keine Genehmigung erhalten, da der sich beim Grillen entwickelnde Rauch schädlich für die hochempfindliche Bausubstanz dieses Gebäudes wäre.«

»Aber wir grillen doch nicht im Haus!« Am liebsten hätte ich Frau Lennart ihren dämlichen Ordner über die Betonfrisur geschlagen.

»Natürlich nicht. Aber für den Fall, dass es regnet, wären wir gezwungen, das Barbecue auf der Terrasse stattfinden zu lassen. Und dafür bekommen wir eben keine behördliche Genehmigung.«

Hilflos wandte ich mich an Simon. »Du bist Anwalt, sag doch auch mal was! Das kann doch nicht rechtens sein!«

Er zuckte mit den Achseln. »Ich fürchte doch, Lena. Da kann man nichts machen, Bestimmungen sind Bestimmungen.«

In diesem Moment klingelte sein Handy, wie so oft in letzter Zeit. Anstatt das Gespräch jedoch wegzudrücken und seiner zukünftigen Ehefrau zur Seite zu stehen, entschuldigte er sich kurz und entfernte sich ein paar Schritte. Vor ein paar Monaten hatte Simon in seiner Kanzlei ein superwichtiges Projekt übernommen. Seitdem telefonierte er so viel, dass ich befürchtete, sein Handy könnte noch an seinem Ohr festwachsen.

Schnell wandte ich mich ab, trat an die Fensterfront und sah hinaus in den Garten. Diese Hochzeit entwickelte sich mehr und mehr zu einem Albtraum. Je näher der große Tag heranrückte, desto mehr ging schief. Gut, dass ich nicht an Zeichen glaubte, sonst hätte ich die Ereignisse der letzten Wochen womöglich allesamt als schlechte Omen für die Hochzeit gedeutet.

Zum Beispiel die Sache mit den Ringen. Wir würden eigens für uns und nach unseren Vorgaben gefertigte Platinringe bekommen, die etwas ganz Besonderes waren, wie der Juwelier nicht müde wurde zu betonen. Als wir die Ringe vor zwei Wochen abholen wollten, stellten wir fest, dass sie tatsächlich etwas ganz Besonderes waren – vor allem deshalb, weil Simons Ring mit einem hübschen Diamanten besetzt war. Meiner dagegen glänzte in schmuckloser Schlichtheit. Wie kann denn bitte so etwas passieren? Jetzt mussten neue angefertigt werden, und der Juwelier hatte die Dreistigkeit besessen zu sagen, sie würden schon noch rechtzeitig fertig werden – wenn wir Glück hätten.

Oder die Kirche. Vor sechs Wochen hatte der Pfarrer uns abgesagt, in dessen kleiner, romantischer Kirche wir ursprünglich heiraten wollten, weil ein anderes Paar sich exakt unseren Trauungstermin ausgesucht hatte. Und dieses Paar wurde uns vorgezogen, da es sich beim Bräutigam um Wladimir Klitschko höchstpersönlich handelte. Ich hätte zu gerne gewusst, was Gott davon hielt, dass einer seiner irdischen Vertreter ein unschuldiges Brautpaar so eiskalt abservierte und den Vorzug einem Mann gab, der für Geld andere Leute verkloppte. Mein Entschluss, unmittelbar nach der Hochzeit aus der Kirche auszutreten, stand jedenfalls fest. Außerdem entwickelte ich ein äußerst gestörtes Verhältnis zu Wladimir Klitschko. Neulich, als einer seiner Kämpfe im Fernsehen lief, erwischte ich mich dabei, seinen Gegner anzufeuern: »Rechts-Links-Kombination! Uppercut! Hau ihn k. o.!« Tat er natürlich nicht. Der Boxkampf endete zwar mit K. o., aber es war natürlich nicht Wladimir Klitschko, der im Ring lag. Der gewann. Wie immer.

Eines Abends überraschte uns Simons Mutter schließlich mit der Nachricht, dass sie eine andere Kirche für uns organisiert hatte. Ich war überglücklich – bis sie uns sagte, welche: Die Hauptkirche St. Michaelis, von uns Hamburgern liebevoll Michel genannt. Super! Bei den dort vorhandenen zweitausendfünfhundert Sitzplätzen würde man unsere läppischen hundert Gäste mit der Lupe suchen müssen. Ich würde den Gang zum Altar hinabschreiten wie eine Königin, zu deren Hochzeit kein Schwein gekommen war. Davon hatte ich wirklich ... nie geträumt.

Die Hochzeitsfeier würde auch nicht am Elbstrand stattfinden, wie ich mir das immer gewünscht hatte, denn Simon fand das nicht repräsentativ genug. Stattdessen würden wir im altehrwürdigen Amsinckhaus in Blankenese feiern, das zwar sehr schön war, aber gleichzeitig so viel Prunk und Protz ausstrahlte, dass ich dort kaum zu atmen wagte.

Und jetzt auch noch das. *Kein* Barbecue.

Seufzend wandte ich mich vom Fenster ab und trat wieder zu Frau Lennart, die eifrig in ihrem Ordner blätterte.

»Frau Klein«, sagte sie, »ich weiß, das entspricht nicht Ihren ursprünglichen Vorstellungen, aber der Caterer hat ein paar ganz tolle und exquisite Menüs vorgeschlagen. Und ein gesetztes Essen entspricht doch viel eher dem Ambiente des Amsinckhauses. Wenn Sie mal schauen möchten.« Sie holte ein paar handgeschöpfte Seiten hervor, auf denen in schnörkeliger Schrift verschiedene Menüfolgen aufgeführt waren, und schwafelte etwas von »Angus-Rinderfilet unter Tagaroshi-Pankokruste an Kartoffel-Wasabi-Püree«. Ich gab mir alle Mühe, zuzuhören, denn es tat mir schon wieder leid, Frau Lennart vorhin so angebrüllt zu haben. Sie machte schließlich auch nur ihren Job.

Simon, der sein Telefonat inzwischen beendet hatte, gesellte sich wieder zu uns. Er sah sich die Menüvorschläge an, war aber ebenso wie ich nicht ganz bei der Sache. Wir hielten uns also an Frau Lennarts Ratschläge, und nach ein paar Minuten stand das Hochzeitsmenü.

»So, dann hätten wir's«, sagte Frau Lennart schließlich. »Jetzt gibt's kein Zurück mehr.« Sie lachte und erwartete wohl, dass wir einstimmen würden, aber mir war momentan nicht zum Scherzen zumute, und Simon ganz offensichtlich auch nicht. Er lockerte seine Krawatte, kleine Schweißperlen glänzten auf seiner Stirn. Wie blass er aussah.

»Ja«, sagte ich und lachte gekünstelt, um die peinliche Stille zu unterbrechen, »bald schnappt die Falle zu.«

»Sind Sie denn schon sehr aufgeregt?«, fragte Frau Lennart, während wir Richtung Tor gingen.

»Nein, wir sind total locker. Wir freuen uns einfach nur. Stimmt's, Schatz?« Ich lächelte Simon an, doch der wich meinem Blick aus.

»Klar«, murmelte er.

Wir traten hinaus und verabschiedeten uns von unserer Hochzeitsplanerin. Ich war froh, die Kühle und Stille des Hauses endlich verlassen zu können. Hier draußen strahlte die Sonne, die Vögel zwitscherten fröhlich, und es duftete nach frisch gemähtem Gras. Es war ein wunderschöner Juni, und man konnte sich kaum vorstellen, dass für nächste Woche katastrophales Wetter gemeldet war. Wir gingen die lange Auffahrt hinunter zu unserem Auto – einem brandneuen Audi Q7, der mir ziemlich peinlich war und für den ich mich innerlich schon häufig bei der Umwelt und bei Greenpeace entschuldigt hatte. Aber er war nun mal Simons Traumauto, und von seinem wohlverdienten Bonus hatte er sich seinen Wunsch endlich erfüllen können.

»Meine Güte«, stieß ich aus, »was für eine Pechsträhne! Aber was soll's. Die Hauptsache ist doch, dass wir heiraten, findest du nicht?«

»Hm«, machte Simon nur.

»Los, lass uns was essen gehen. Oder sehen wir uns im Kino einen Horrorfilm an, und du beschützt ...«

»Das geht nicht«, unterbrach er mich. »Der Anruf gerade ... Ich muss noch mal in die Kanzlei.«

»Och nein, bitte nicht!« Ich packte ihn am Ärmel und zwang ihn, stehen zu bleiben. »Es ist Freitagabend, ich habe dich seit Ewigkeiten nicht mehr richtig zu Gesicht bekommen, und ich würde so gerne mal wieder etwas Zeit mit dir verbringen!«

Simon schüttelte meine Hand ab. Fast hatte ich den Eindruck, dass er mich am liebsten von sich weggeschubst hätte. »Hör auf damit, Lena! Es geht nun mal nicht anders!«

»Toll, Simon!« Ich öffnete die Autotür, stieg ein und knallte sie hinter mir zu. »Hoffentlich ist dieses beknackte Projekt bald vorbei, sonst lässt du mich womöglich auch noch vorm Traualtar stehen, weil wieder irgendein wichtiger Anruf dazwischenkommt! Ich hab langsam die Schnauze voll davon!«

Schweigend fuhren Simon und ich die Elbchaussee hinab. Prachtvolle Villen zogen an uns vorüber, zwischen denen immer wieder die Elbe hervorblitzte. Obwohl es draußen vierundzwanzig Grad war, herrschte in unserem Auto ein Klima wie in der Arktis. Mein Handy piepte – in der eisigen Stille klang es geradezu schrill. Eine SMS von meiner besten Freundin Juli.

Hey Süße, wie war's mit Fräulein Rottenmeier? Kommt vorbei, wir grillen! LG Juli

Juli, meine Rettung. Wie immer war sie da, genau im richtigen Moment, als hätte sie eine Antenne für meine Stimmungen.

Notgedrungen brach ich unser Schweigegelübde. »Könntest du mich bei Juli und Michel vorbeibringen?«

Er nickte. »Klar.« Wenig später bogen wir ab in die Carlsenstraße in Ottensen. Hier lebte Juli zusammen mit meinem großen Bruder Michel. Die beiden waren seit vier Jahren ein Paar – und seit drei Jahren und dreihundertvierzig Tagen war Juli meine beste Freundin.

»Willst du nicht doch mit raufkommen? Wenigstens für ein Stündchen?«, fragte ich, als wir vor dem Haus hielten, und hasste mich im gleichen Moment für mein Betteln.

Simon atmete tief aus. »Lena, bitte. Ich kann das einfach nicht mehr.«

Ich stutzte angesichts seiner seltsamen Formulierung, wischte den Gedanken aber weg, bevor ich ihn richtig greifen konnte. »Ich liebe dich. Vergiss das nicht, okay?«

Er schloss kurz die Augen und schüttelte den Kopf. »Wie könnte ich das vergessen?«

»Sehen wir uns heute Abend noch?«

»Nein, ich denke, es wird spät.«

»Dann also bis morgen.«

»Bis morgen.«

Ich küsste ihn und stieg aus. Kaum hatte ich die Tür hinter mir geschlossen, brauste er auch schon davon. Nachdenklich sah ich ihm nach. ›Das wird schon wieder‹, beruhigte ich das flaue Gefühl in meinem Magen. ›In einer Woche ist er mein Mann, wir hauen ab in die Flitterwochen, und dann wird alles wieder so wie früher. Nur noch schöner.‹

Seufzend drehte ich mich um und ging die wenigen Schritte zum Haus. Ich liebte diese Gegend, sie war freundlich und voller Leben. Die unterschiedlichsten Menschen wohnten hier dicht aufeinander: Studenten, Künstler, Wollsockenträger, Schlipsträger, Normalos und eben auch Juli und Michel. Ach so, und Ben, der lebte auch noch in der Wohnung. Michel und Ben kannten sich schon seit dem Kindergarten und waren seitdem unzertrennlich – so unzertrennlich, dass Juli zu Michel in seine Männer-WG mit Ben gezogen war, anstatt gemeinsam mit ihm eine eigene Wohnung zu suchen. Irgendwie machte es ja auch Sinn, genug Platz gab es schließlich allemal. Außerdem hatten Juli und Michel sich über Ben kennengelernt, denn sie arbeiteten beide an der Uniklinik in Eppendorf – Ben als Chirurg in der Notaufnahme und Juli als Laborantin.

Fünf Etagen musste ich mich hochquälen, bis ich endlich völlig außer Atem vor der Wohnung stand. ›Montag gehe ich ins Fitnessstudio!‹, schwor ich mir. ›Ach nein, Montag kann ich nicht. Aber am Montag danach. Quatsch, da bin ich doch auf Mauritius. Okay, nach den Flitterwochen.‹ Ich wischte mir den Schweiß von der Stirn, klopfte, und eine Sekunde später wurde die Tür geöffnet. Ich erwartete, Julis freundliches, sommersprossiges Gesicht zu sehen, doch stattdessen stand Ben vor mir.

Mit hochgezogener Augenbraue musterte er mich von oben bis unten. »Herzlichen Glückwunsch, Sie haben das Mount-Everest Basecamp erreicht.«

Mein Lächeln schaltete automatisch einen Gang zurück. »Ben«, hechelte ich. »Was machst du denn hier?«

»Ich wohne hier, deswegen halte ich mich auch von Zeit zu Zeit hier auf«, antwortete er. »Eines Tages wirst vielleicht sogar du das verstehen.«

»Sehr witzig. Wieso bist du nicht im Krankenhaus? Ist da keiner mehr, den du aufschlitzen kannst?«

»Nein, leider nicht«, sagte er mit gespieltem Bedauern. »Dabei war ich gerade so in Fahrt. Ich habe schon in der Geriatrie nach Leihpatienten gefragt, aber die wollten keine rausrücken.«

»Wundert mich, dass sie dich überhaupt an lebende Menschen ranlassen.«

Ben blickte suchend über meinen Kopf. »Wo ist denn der glückliche Bräutigam? Bleibt er unten bei eurem Yuppie-Panzer und passt auf, dass keiner den Lack zerkratzt?«

»Der muss arbeiten. Sag mal, darf ich auch reinkommen, oder muss ich den ganzen Abend im Flur stehen bleiben und gequälte Konversation mit dir betreiben?«

»Nein, komm ruhig rein, Sonnenschein«, flötete er ironisch. »Bist ja richtig gut drauf heute.«

Ich ging an ihm vorbei in die Wohnung. Meine komplette Kindheit hatte ich damit verbracht, ihm und Michel hinterherzudackeln. Wie Götter hatte ich sie verehrt, doch die beiden, sechs Jahre älter als ich, waren ziemlich genervt von mir gewesen und hatten mich geärgert, wo es nur ging. Mein Verhältnis zu Michel hatte sich zum Glück irgendwann entspannt, aber Ben hatte sein Verhalten mir gegenüber bis heute nicht geändert.

Ich trat hinaus auf die Dachterrasse, von der man einen traumhaften Blick über die Dächer Ottensens hatte. In der Hollywoodschaukel lag Juli, den Kopf auf Michels Schoß. Ben ließ sich in einen der beiden alten Ohrensessel fallen, auf dem anderen saß Maren, seine derzeitige Flamme. Als Juli mich erblickte, sprang sie auf und kam strahlend auf mich zu. »Lena, wie schön, dass du gekommen bist!«, rief sie und umarmte mich. »Wo ist Simon?«

»Arbeiten«, antwortete Ben für mich.

»Jetzt noch?«, fragte mein großer Bruder, der sich ebenfalls erhob, mich stürmisch an sich zog und meine Haare durcheinanderstrubbelte.

»Hmpfhm«, war alles, was ich erwidern konnte, da er mein Gesicht gegen seinen nicht unbeachtlichen Brustumfang drückte. Nach einer Weile fing ich an zu zappeln und befreite mich gewaltsam aus seinem Klammergriff. Ich schnappte nach Luft und versuchte, mit den Fingern meine Haare zu ordnen.

»Hey Lena«, sagte Maren und sah mich so kritisch an, dass ich sie im Geiste sagen hörte: *»Ich habe heute leider kein Foto für dich«*. Selbstverständlich war sie, wie jede von Bens Freundinnen, eine Schönheit. Im Gegensatz zu meinen straßenköterblonden Haaren glänzten ihre in einem warmen Karamellton, und ihre Augen waren richtig tiefgrün, nicht so komisch natogrün wie meine. Ich war an sieben von zehn Tagen zwar ganz zufrieden mit meinem Äußeren, aber diese püppchenhaften Schönheiten nervten mich irgendwie.

»Hallo Maren«, erwiderte ich und setzte mich neben Juli und Michel auf die Hollywoodschaukel.

»Bierchen?«, fragte Ben und hielt mir eine Flasche Astra hin.

Dankbar nahm ich das Bier und trank in gierigen Schlucken.

»Wow, du bist ja völlig dehydriert«, meinte Michel.

Ben grinste. »Klar, sie musste schließlich gerade fünf Stockwerke die Treppen hoch. Ich habe echt selten einen unsportlicheren Menschen gesehen.«

Maren kicherte.

»Jetzt erzähl mal«, sagte Juli und strafte Ben mit einem bösen Blick. »Wie war's?«

Ich schnappte mir eine Bratwurst vom Grill. »Genießt das Grillfleisch. Nächste Woche wird es nämlich keins geben«, sagte ich und biss in die Wurst.

»Wieso das denn nicht?«, rief Juli.

»Wir haben keine behördliche Genehmigung gekriegt. Aber das ist kein Problem, stattdessen gibt es ein superexklusives Fünf-Gänge-Menü!« Beifall heischend blickte ich in die Runde, aber die Resonanz war eher mau und von Standing Ovations weit entfernt.

»Ein Menü? Das heißt, wir sitzen die ganze Zeit am Tisch rum? Fünf Gänge lang?« Die Enttäuschung stand meinem Bruder ins Gesicht geschrieben.

Juli stieß ihm mit dem Ellenbogen in die Seite.

»Ich meine, das ist toll«, beeilte er sich daraufhin zu sagen.

»Und es ist ja auch nur zum Essen«, fügte Juli hinzu. »Was gibt's denn Schönes?«

»Ganz was Tolles, so richtig Haute Cuisine. Zuerst ein Amuse Gueule, dann ...«

»Amüsier was?«, fragte Michel.

»Meine Güte, so 'ne Kleinigkeit. Was Schickes halt. Dann gibt's auch noch Rind mit Wasabi und Takahari-Lari ... Äh, wartet mal.« In meiner Handtasche kramte ich nach dem Papier, das Frau Lennart mir mitgegeben hatte. »Hier, lest selbst.«

Juli nahm den Zettel und las das Menü laut vor. »Das klingt super!«, beendete sie den Vortrag, machte aber ein ziemlich ratloses Gesicht.

»Und das hast *du* dir ausgesucht?«, fragte Ben.

»Ja, natürlich. Wer denn sonst?«

»Du willst Wasabi essen? Dir sind doch schon Paprika-Chips

zu scharf. Außerdem passt dieser Schickimicki-Fraß so gar nicht zu dir.«

»Ach so, ich bin schließlich nur 'ne blöde Proll-Braut, richtig?«

»Das habe ich doch gar nicht gesagt!«

»Ist mir sowieso völlig egal, was du sagst«, fuhr ich ihn an. »Mir reicht's für heute. Ich heirate in einer Woche, und alles läuft schief, da kann ich es echt nicht gebrauchen, dass ihr mich auch noch die ganze Zeit anpflaumt!«

Ben, Juli und Michel sahen mich betreten an.

»Ach, *du* heiratest?«, fragte Maren in die Stille hinein. »Oh, wie schön! Du Glückliche!« Sie klimperte Ben mit ihren riesigen Kuhaugen an, was er geflissentlich ignorierte. Angestrengt starrte er auf sein Bier.

Sofort war mir klar, woher der Wind wehte. Es war immer das Gleiche. Nach spätestens drei Monaten war bei Ben die maximale Haltbarkeitsdauer einer Beziehung erreicht, wobei das Wort »Beziehung« für ihn streng genommen ein Fremdwort war. Ganz zu schweigen von »Treue«. Maren war offensichtlich bereits angezählt und würde schon bald k. o. im Ring liegen.

»Hat Ben dich noch gar nicht gefragt, ob du ihn zur Hochzeit begleiten willst?«, erkundigte ich mich mit unschuldigem Gesichtsausdruck bei Maren. »Na, so was. Immer so vergesslich, der Gute. Du solltest wirklich mitkommen, vielleicht fängst du ja sogar den Strauß. Ihr beide seid echt so ein süßes Paar, ihr müsst un-be-dingt heiraten!« Okay, das war fies. Aber die »Proll-Braut« würde ich Ben heimzahlen. Streng genommen hatte er das zwar nicht wirklich gesagt, aber er hatte es mehr als offensichtlich gedacht.

Maren strahlte und kuschelte sich an Bens Schulter. Der verschluckte sich an seinem Bier und begann heftig zu husten.

Zuckersüß lächelte ich ihn an und biss in meine Bratwurst.

»Ich an deiner Stelle würde mir gut überlegen, ob ich das noch esse«, sagte Ben, als er sich einigermaßen von seinem Hustenanfall erholt hatte. »Sonst passt du Freitag nicht mehr in dein Kleid. Hast ganz schön zugelegt in den letzten Wochen.« Er lächelte zuckersüß zurück.

Zugelegt? In den vergangenen Wochen hatte ich gelebt wie ein Asket! Mal abgesehen von meinem täglichen Erdbeer-Smoothie, aber der zählte nicht, das war schließlich nur Obst. Und Gummibärchen waren fettfrei! Was die Joghurt-Schokolade anging: Die war für unheimlich sportliche Menschen gedacht und machte nicht dick, da würde die Werbung einen doch wohl nicht anlügen. Sogar Wladimir Klitschko aß die! Ich hatte *nicht* zugelegt! Was für eine Frechheit! Ich ging zu Ben und stopfte ihm mit Schmackes meine Bratwurst in den Mund. »Erstick dran!«

»So, jetzt reicht's aber«, sagte Juli. »Lena und Ben, ab in eure Ecken!«

»Uiescho igg? Schie had angefang!«, protestierte Ben mit vollem Mund.

»Der hat gesagt, dass ich fett bin!« Mit dem Finger deutete ich anklagend auf Ben.

»Du schbinnscht dogg!«

Juli erhob sich von der Hollywoodschaukel. »Das will ich alles überhaupt nicht hören.« Sie packte mich am Arm. »Du kommst jetzt mal mit, Fräulein.«

»Oh oh, sie lässt die Supernanny raushängen«, grinste Michel. »Kommt Lena jetzt auf die stille Treppe?«

Juli ignorierte ihn und zog mich von der Dachterrasse hinein in die Wohnung.

Ich riss mich los. »Wo ist das Kleid?!«

»Jetzt beruhig dich bitte erst mal. Was ist denn los mit dir?«

»Ich bin vollkommen ruhig!«, brüllte ich. »Das Kleid! Wo ist es?«

Sie seufzte und ging mir voraus in Michels und ihr Zimmer, wo sie den Kleiderschrank öffnete und mein sorgsam verstautes Brautkleid hervorholte. Ich zog meine Jeans und das T-Shirt aus, zerrte das Kleid aus der Schutzhülle und streifte es mir über den Kopf. Doch irgendwie blieb ich in den vielen Lagen hängen. Ich steckte fest, konnte mich nicht mehr bewegen. Das Kleid war offensichtlich so eng geworden, dass ich es nicht einmal mehr über den Kopf ziehen konnte.

»Es passt nicht mehr!«, schluchzte ich. »Es passt tatsächlich nicht mehr!«

»Halt die Arme hoch«, hörte ich Juli sagen.

Ich gehorchte. Sie fummelte am Kleid, zog hier und da, bis mein Kopf befreit war. Dann sortierte sie die verschiedenen Lagen und machte sich schließlich am Reißverschluss zu schaffen. In der ängstlichen Erwartung, dass sie sagen würde: *»Nichts zu machen. Frag doch mal Reiner Calmund, ob er dir etwas leihen kann«*, schloss ich die Augen. Das wäre wirklich das i-Tüpfelchen auf allem, was bisher schiefgelaufen war. Die Braut war so fett, dass sie nicht mehr in ihr Kleid passte und sich schnell noch ein Zirkuszelt umnähen lassen musste. Herzlichen Glückwunsch.

»So, es sitzt«, sagte Juli.

»Ist der Reißverschluss zu?« Nach wie vor wagte ich nicht, die Augen zu öffnen.

»Ja natürlich, du dumme Nuss. Jetzt sieh dich an.«

Wieder gehorchte ich. Aus dem Spiegel blickte mir eine Irre im Brautkleid entgegen. Ihre Haare sahen aus, als hätte sie in eine Steckdose gefasst, ihr Gesicht war hochrot. Wahnsinn sprach aus ihren Augen. Neben der Irren stand Juli. Sie sah verletzt aus. Verdammt. Wann genau war ich so eine unglaublich blöde Kuh geworden? Ich fiel ihr um den Hals und drückte sie an mich. »Entschuldige, Juli!«

»Macht doch nichts. Ich bin deine Trauzeugin, es ist mein Job, mich von dir anschnauzen zu lassen.« Sie löste sich aus meiner Umarmung und ordnete liebevoll mein wirres Haar.

»Sieh mich nur mal an«, forderte ich sie auf und deutete auf mein Spiegelbild. »Ich sehe aus, als hätte ich nicht mehr alle Tassen im Schrank.«

»Hast du ja auch nicht.«

Unwillkürlich begann ich zu kichern. »Aber mein Kleid passt.«

»Natürlich passt es. Ben ist ein Idiot, das weißt du doch. Du hast das Hochzeitsthema auf den Tisch gebracht, Maren wird ihn jetzt damit nerven, weswegen er schnell Schluss machen muss. Was wiederum bedeutet, dass er heute keinen Sex mehr kriegt. Er wollte es dir nur heimzahlen.«

Prüfend begutachtete ich mich im Spiegel. Fett sah ich wirklich nicht aus. Ich drehte mich um und musterte meinen Hintern. Hm. Der sah schon relativ proper … Also er war nicht gerade … Trotzdem, das Kleid passte, und ich musste dazu nicht mal die Luft anhalten.

Da stand ich also, eine Woche vor meiner Hochzeit, in meinem Brautkleid. Es war wunderschön. Man hätte mich glatt für eine Prinzessin halten können. Aber war ich das überhaupt, eine Prinzessin?

»Juli?«

»Hm?«

»Ist es eigentlich normal, dass man sich auf seine eigene Hochzeit gar nicht richtig freut?«

»Wie meinst du das?«

»Ach, ich weiß nicht. Dieses piekfeine, aufgebauschte Fest, die Trauung in der größten Kirche Hamburgs. Ich komme mir vor, als müsste ich plötzlich in der Bundesliga spielen. Dabei bin ich doch eigentlich nur Kreisklasse.«

Eine Weile blieb es still. »Du bist einfach nervös«, meinte Juli schließlich. »Bei dem ganzen Mist, der in den letzten Wochen passiert ist, ist es völlig normal, dass du ein bisschen ausflippst. Außerdem ist dein Hochzeitstag gleichzeitig dein dreißigster Geburtstag, und vor dem reagieren Frauen gerne mal ein bisschen über. Das Einzige, was zählt, ist, dass ihr euch liebt.«

Nachdenklich betrachtete ich meinen Verlobungsring. Ganz tief drinnen meldete sich ein ungutes Gefühl, so vage, dass es nicht greifbar war. »Du hast recht«, sagte ich schließlich.

»Siehst du. Und lass dir mal eins gesagt sein: Du spielst nicht in der Kreisklasse, okay? Du, Lena Klein, gehörst so was von in die Nationalmannschaft! Merk dir das. So, und jetzt Schultern zurück und Kopf hoch«, befahl Juli, während sie an meinen Schultern zerrte und mein Kinn nach oben drückte. »Lach mal. Wie sieht das denn aus, eine Braut, die dicke Backen macht?«

»Das nächste Mal heirate ich einfach dich«, sagte ich und verpasste ihr einen dicken Schmatzer.

Juli half mir, mein Brautkleid auszuziehen und sicher in der Schutzhülle zu verstauen. »Tschüs, schönes Kleid, bis Freitag«, sagte ich zum Abschied, bevor ich die Schranktür schloss.

Wir gingen zurück auf die Terrasse. Ben und Maren waren verschwunden, Gott sei Dank. Die Sonne war inzwischen untergegangen, und ein paar Windlichter flackerten fröhlich vor sich hin. Juli und Michel kuschelten sich wieder in die Hollywoodschaukel, ich fläzte mich in den alten Sessel, in dem vorher Ben gesessen hatte. Wir redeten nicht viel, tranken noch ein Bier und sahen hinauf in den Sternenhimmel. Irgendwo übte jemand Saxofon. Die Klänge von *Moon River* wehten durch die Sommernacht zu uns herüber, bittersüß und voller Sehnsucht. Langsam ließ meine Anspannung nach, und ich fühlte mich so friedlich und ausgeglichen wie schon lange nicht mehr.

Kapitel 2

... in dem ich einen Gartenzwerg ermorde. Bestialisch!

Am nächsten Morgen wurde ich von einem Sonnenstrahl geweckt, der sich seinen Weg durch einen Spalt im Vorhang bahnte und mich an der Nase kitzelte. ›Guten Morgen, Sonnenschein‹, dachte ich lächelnd. Schlaftrunken wollte ich mich an Simon kuscheln, doch seine Bettseite war leer. Wahrscheinlich hatte er mich so spät nicht mehr wecken wollen und schlief im Gästezimmer, wie viel zu oft in letzter Zeit. Ein Blick auf meinen Wecker sagte mir, dass es eigentlich noch viel zu früh für einen Samstagmorgen war. Allerdings gab es einiges zu tun, und so stand ich auf, sprang kurz unter die Dusche und ging barfuß auf Zehenspitzen nach unten, um Simon nicht zu wecken.

Vor zwei Jahren war ich zu Simon in sein kleines Häuschen in Volksdorf gezogen. Hier war alles so, wie ich es liebte: überschaubar und vor allen Dingen ordentlich und sauber. Andere mochten es einen Putzfimmel nennen, aber ich sah es eher so, dass die Welt und das Leben schon chaotisch genug waren, da wollte ich das Chaos nicht auch noch in meinen eigenen vier Wänden ertragen. In der Küche machte ich mir einen Milchkaffee an der Hightech-Espressomaschine, die Simons Baby war. Es hatte vier Wochen gedauert, bis ich sie bedienen konnte, und ehrlich gesagt jagte sie mir immer noch ein bisschen Angst ein – es hatte da einen unschönen Zwischenfall mit dem Milchaufschäumer gegeben, auf den ich hier nicht näher eingehen möchte. Mit der Tasse in der Hand durchquerte ich das Wohnzimmer und trat hinaus auf die Terrasse. Ich atmete tief die morgendliche Sommerluft ein und genoss die Sonnenstrahlen auf meiner Haut. Die Vögel zwitscherten sich gegenseitig den neuesten Klatsch und Tratsch zu, der Himmel war blau, mir ging es wunderbar. Auf einer der beiden Liegen aus Teakholz machte ich es mir gemütlich und schlürfte meinen Milchkaffee.

Der Gedanke, dass Simon und ich in weniger als einer Woche vor Gott und die Welt treten und unsere Liebe besiegeln würden, zauberte ein Lächeln auf mein Gesicht, und ich summte unwillkürlich den Hochzeitsmarsch. Wir waren wirklich wie füreinander geschaffen. Es war die perfekte Beziehung – na ja, jedenfalls bis zum Beginn dieses verdammten Projekts, an dem Simon Tag und Nacht arbeitete. Seitdem war bei uns der Wurm drin, und ich hatte das Gefühl, ihm nichts mehr recht machen zu können. Dabei war es ja verständlich, dass bei ihm zurzeit die Nerven blanklagen. Und es würde sicher nicht mehr ewig so weitergehen. Erst mal heiraten.

In diesem Moment klingelte mein Handy. Ich warf einen Blick auf das Display und verdrehte die Augen. Meine Mutter. In letzter Zeit rief sie fast täglich an, um sich nach dem Stand der Hochzeitsplanungen zu erkundigen, und jedes Mal fielen ihr noch ein paar Dinge ein, die ich berücksichtigen sollte. Heute erinnerte sie mich aufgeregt daran, dass Onkel Theo allergisch gegen Erdbeeren war und dass ich unbedingt dafür sorgen musste, dass er ein erdbeerfreies Menü erhielt, anderenfalls würde er »aufgehen wie ein Hefekloß und an seiner eigenen Zunge ersticken«.

Ich versicherte ihr, dass es kein Problem wäre, die Erdbeeren bei seinem Dessert einfach wegzulassen. Nach weiteren fünf Minuten gelang es mir schließlich, das Gespräch zu beenden. Seufzend erhob ich mich von der Liege und machte mich ans Werk. Auf dem Eichenparkett im Wohnzimmer legte ich einen großen Bogen Papier aus, auf den ich die Tische gezeichnet hatte, so wie sie bei der Feier aufgestellt sein würden. Mithilfe von Reißzwecken, welche die Gäste darstellten, machte ich mich erneut an die Sitzordnung. Eigentlich hatte ich diese lästige Aufgabe schon längst abgehakt, doch widrige Umstände erforderten, dass ich wieder ganz von vorne damit beginnen musste: Tante Hiltrud hatte sich nämlich vor Kurzem von Onkel Heinz getrennt. Wir konnten sie also nicht zusammen an einen Tisch setzen, schon allein deshalb nicht, weil Onkel Heinz mit seiner neuen Freundin, Gerda, erscheinen würde. Alle Tische waren voll, nur am Brauttisch wäre noch Platz. Aber Tante Hiltrud an unserem Tisch? Brautpaar, Trauzeugen und Tante Hiltrud? Nee, oder? Sie tat mir richtig leid, weil sie so allein dastand. Fast fühlte ich mich wie einer der Herbergswirte, die Maria und Josef abgewiesen hatten. *»Nein, wir sind voll. Hier könnt ihr nicht bleiben.«* Ich überlegte gerade, ob unsere Location über einen schicken Stall verfügte, als ich den Schlüssel in der Haustür hörte. Überrascht blickte ich auf. War Simon heute Nacht etwa gar nicht nach Hause gekommen? Er betrat das Wohnzimmer, völlig zerknittert und übermüdet.

»Hey Schatz, du siehst ja schlimm aus! Hast du etwa die ganze Nacht durchgearbeitet?«, begrüßte ich ihn. »Du Armer! Soll ich dir einen Kaffee machen?«

»Nein, lass nur.«

»Sicher? Na gut. Guck mal, ich bin gerade dabei, die Sitzordnung zu planen«, sagte ich und deutete auf die Reißzwecke aka Tante Hiltrud, die sich momentan am DJ-Pult befand. »Fändest du es sehr schlimm, wenn Tante Hiltrud bei uns am Tisch sitzen würde? Optimal ist das natürlich nicht, aber …« Ich brachte es einfach nicht übers Herz, Tante Hiltrud so ganz allein am DJ-Pult sitzenzulassen, und nahm die Reißzwecke schnell dort weg.

»Ich muss dir etwas sagen«, unterbrach Simon mich. »Es geht um die Hochzeit.«

Er wirkte so niedergeschlagen. Oh mein Gott, nicht noch eine Panne! Als er nach ein paar Sekunden immer noch nicht mit der Sprache rausgerückt war, sondern an der Tür stehen blieb und seine Hände knetete, bekam ich es mit der Angst zu tun. *Bitte nicht noch eine Panne!*

»Jetzt sag es schon!«, forderte ich ihn auf.

»Wenn ich nur wüsste, wie!« Er holte tief Luft. »Also gut. Ich habe mich verliebt.«

Puh, hatte der Mann mir einen Schrecken eingejagt. Verliebt! Wie süß er war! »Weiß ich doch, mein Schatz, deswegen heiraten wir ja auch.«

Simon kam auf mich zu und machte ein Gesicht, als wäre jemand gestorben. »Ich rede nicht von dir, Lena. Es tut mir wirklich leid.«

Ich hörte die Worte, aber ich verstand sie nicht, sie ergaben einfach keinen Sinn. »Wieso, was … Wie meinst du das?«

»Ich liebe eine andere Frau. Sie heißt Cordula. Wir arbeiten zusammen in der Kanzlei.«

In seinem Gesicht suchte ich nach Spuren, einem Hinweis darauf, dass er gerade einen ganz üblen Scherz mit mir abzog. Nach einer Weile begann ich zu sprechen, doch es kam nur ein Krächzen heraus. Ich räusperte mich. »Du verarschst mich doch jetzt.« Mein Herz raste, gleichzeitig fühlte es sich an, als würde es eine Tonne wiegen.

Simon setzte sich neben mich auf den Boden. »Nein, Lena.« Er streckte eine Hand nach mir aus, als wolle er mich berühren, zog sie jedoch wieder zurück.

»Das Projekt«, stammelte ich. »Es gibt gar kein Projekt. *Sie* ist das Projekt.«

Simon nickte. »Ich kann dich nicht heiraten. Bitte verzeih mir.«

Ich starrte hinaus in den Garten. Die Terrassentür stand offen, ein lauer Sommerwind wehte herein und bauschte die weißen Vorhänge auf. Es war ein herrlicher Tag. Ich schloss die Augen. »Seit wann?«

»Seit sechs Monaten ungefähr«, sagte er kaum hörbar. »Glaub mir, ich habe mich lange dagegen gewehrt, aber das kann ich einfach nicht mehr.«

Seine Worte waren wie ein Keulenschlag. »Wie ist sie denn so?«, erkundigte ich mich. Es war mir selbst unheimlich, wie ruhig ich blieb. Fast schien es mir, als würde ich die ganze Szene von außen betrachten, als würde mich das alles gar nicht wirklich betreffen.

Simon seufzte. »Mach es uns doch bitte nicht noch schwerer, als es ohnehin schon ist.«

»Nein, ich will es wissen. Wie ist sie?«

»Sie ist völlig anders als du.«

»Wie denn?«

»Na ja, selbstbewusst und voller Energie. Sie weiß genau, was sie will. Du bist halt eher ... gemütlich.«

Wie versteinert saß ich da, die Tante-Hiltrud-Reißzwecke in der Hand, und konnte nichts sagen, nicht reagieren, nicht denken. »Hau ab, Simon«, sagte ich irgendwann leise.

Er räusperte sich. »Im Grunde genommen ist das hier ja mein Haus, also ...« Er ließ den Satz unvollendet in der Luft schweben.

Ungläubig sah ich ihn an. »Das ist jetzt nicht dein Ernst, oder?«

»Schon gut. Lass dir nur Zeit. Du musst nicht sofort ausziehen.« Simon stand auf. »Okay, ich glaub, ich lass dich besser mal allein. Ich weiß, dass ich es dir früher hätte sagen müssen, aber ich konnte es einfach nicht. Es tut mir wirklich leid.«

»Ja. Das sagtest du bereits.«

Er hob zum Abschied die Hand, drehte sich um und ging zur Tür hinaus.

Ich weiß nicht, wie lange ich einfach nur so dasaß und aus dem Fenster starrte, fassungslos, ohne wirklich etwas wahrzunehmen.

Irgendwann spürte ich einen scharfen Schmerz. Ich hatte mir die Tante-Hiltrud-Reißzwecke tief in den Finger gebohrt. Fasziniert beobachtete ich mich dabei, wie ich die Reißzwecke herauszog. An der Einstichstelle quoll ein Tropfen Blut hervor. Ich unternahm nichts dagegen, ließ ihn einfach laufen, an meinem Finger hinab auf meinen Handteller. In diesem Moment wurde ich wach und begriff, was Simon mir da gerade gesagt hatte. *»Ich habe mich verliebt. Ich kann dich nicht heiraten. Du bist halt eher … gemütlich.«*

Gemütlich. In meinem Magen bildete sich ein schwerer Klumpen, der nach und nach immer größer wurde. Ich stand auf, fegte mit dem Fuß über die Reißzwecken-Tischordnung und verpasste meinem Hochzeitsordner, der neben mir auf dem Boden lag, einen ordentlichen Tritt. Gemütlich! In der Küche griff ich nach einer Flasche feinstem, italienischem Trüffelöl und ließ es in den Wassertank und in den Milchbehälter der Espressomaschine laufen. Im Menü wählte ich einen doppelten Cappuccino aus und sah dabei zu, wie die Maschine zischend einen Ölino zubereitete. Das fertige »Getränk« kippte ich über der weißen Ledercouch aus und platzierte Simons und mein Verlobungsfoto mit dem Gesicht nach unten darauf. Gemütlich! Oh, wenn dieser Mistkerl doch nur hier wäre, ich würde ihn umbringen!

Dann wollte ich nur noch raus, weg von hier. Ich rief ein Taxi und ging ins Schlafzimmer, zog achtlos meine Klamotten aus dem Schrank und beförderte sie in zwei Koffer. Im Bad konnte ich nicht verhindern, dass mir aus Versehen Simons schweineteures Aftershave aus der Hand glitt und auf den Boden fiel. Schließlich schleppte ich meine Siebensachen vor die Haustür, riss die Tür des wartenden Taxis auf und ließ mich auf den Rücksitz fallen. Doch dann kam mir ein Gedanke, und ich stieg wieder aus. »Kleinen Augenblick, bin sofort wieder da«, sagte ich zum Taxifahrer, der gerade mein Gepäck in den Kofferraum beförderte. Ich lief zur Garage, nahm einen Hammer aus Simons Werkzeugkasten und ging damit in den Vorgarten. Dort stand Klaus-Dieter, der Gartenzwerg aus Keramik, den Simon mir zum Einzug geschenkt hatte, und lächelte mich an.

»Was guckst du denn so blöd?« Ich holte aus und schlug ihm mit voller Wucht sein höhnisches Grinsen aus der Visage. *Gemütlich!* Klaus-Dieter zerbrach in tausend Teile. Immer weiter schlug ich auf die Scherben ein und brüllte: »Du widerlicher, hässlicher, ekelhafter Drecksack! Drecksack! DRECKSACK!«, bis ich irgendwann nicht mehr konnte und den Hammer zur Seite warf. Ich betrachtete Klaus-Dieters sterbliche Überreste noch ein paar Sekunden lang, wünschte ihm eine gute Reise in den Gartenzwerg-Himmel und stieg völlig entkräftet in das Taxi.

»Na, nich so 'n guder Tach heude, wa?«, fragte der Fahrer mich in breitem Hamburger Dialekt.

»Nein, nicht wirklich.«

»Und wo soll's nu hingehen, junge Dame?«, fragte er mich.

Gute Frage. Wohin eigentlich? Ich nannte ihm die erste Adresse, die mir einfiel. »In die Carlsenstraße, bitte.«

Das Taxi fuhr mit quietschenden Reifen los und schaffte in rasantem Tempo einen immer größeren Abstand zwischen mir und meinem Zuhause, meinem Plan vom Leben, meiner Zukunft. Müde lehnte ich meinen Kopf zurück und starrte an die bräunlich verfärbte Decke des Wagens. Es stank nach abgestandenem Zigarettenqualm und Kotze.

Der Taxifahrer beobachtete mich im Rückspiegel, während er mit mindestens fünfundachtzig Sachen durch Hamburgs Straßen bretterte. Er war genauso schmuddelig wie sein Auto. Die langen, fettigen Haare hatte er im Nacken zu einem Pferdeschwanz zusammengebunden. Seine Arme waren übersät mit Tätowierungen, am Finger trug er einen Totenkopfring und am Leib ein verranztes St.-Pauli-Retter-T-Shirt. »Hast Ärger mit deim Alden, wa?« Er musterte mich immer noch. Konnte der nicht mal auf die Straße gucken?

»Hm«, machte ich nur, in der Hoffnung, dass er mich endlich in Ruhe lassen würde, wenn ich unfreundlich war.

»Hast'n sitzenlassen, wa?«

»Wenn Sie es genau wissen wollen: *Er* hat *mich* wegen einer anderen abgeschossen, weswegen ich jetzt ausziehe. Ach ja, und eigentlich hätten wir in sechs Tagen heiraten wollen. Reicht das erst mal an Infos?«

»Oha. Das is ja mal blöd, nä? Kannst mich aber ruhig duzen. Ich bin der Knut.«

»Mhm.«

Eine kleine Pause entstand, da Knut damit beschäftigt war, sich eine Zigarette aus der Packung zu fummeln und anzuzünden. Auch bei dieser Aktion schenkte er der Straße kaum Beachtung, und der Wagen geriet bedrohlich ins Schlingern. Ich krallte mich am Türgriff fest.

»Stört dich ja nich, wenn ich rauche, nä?«, fragte er, nachdem er die ersten zwei Züge genommen hatte. Bevor ich antworten konnte, fuhr er fort: »Weißte, so mit der Liebe und so, da darfste dich nich von feddichmachen lassen.« Er drehte sich halb zu mir um und fuchtelte wild mit seiner Zigarette in der Luft herum. Ein großer Batzen Asche fiel herunter. »Da gehste bei kaputt!«

»Danke für den guten Tipp«, sagte ich und kurbelte demonstrativ das Fenster herunter.

»Da nich für«, erwiderte er. »Kaputt gehste dabei!«

»Ja, ist klar.«

»Jo«, sagte Knut und fuhr über eine rote Ampel. »Denn mach ich mal Musik an.« Er beugte sich über den Beifahrersitz und wühlte im Handschuhfach, wobei der Wagen stark nach rechts abdriftete und kurzzeitig am Bordstein entlangschrubberte. Ein paar Fußgänger sprangen verschreckt zur Seite. Gott sei Dank fand Knut schnell, wonach er suchte. Er kramte eine Kassette hervor und schob sie in den Rekorder. »So Lüdde, das spiel ich jetzt nur für dich«, verkündete er, nachdem er auf Play gedrückt hatte.

›Wenn jetzt *You'll never walk alone* kommt, steige ich aus‹, dachte ich verzweifelt.

Knut drehte die Lautstärke voll auf, und im nächsten Moment dröhnten die ersten Glockenschläge von AC/DCs *Hells Bells* aus den Boxen. Das Gitarrenintro sang er auf »Düdüdü« mit, während er leicht im Takt mit dem Kopf nickte. Als das Lied dann richtig einsetzte, headbangte er. Ich wagte nicht hinzusehen, doch ich hätte schwören können, dass er dabei die Augen schloss.

»I'm gonna get ya, Satan get ya, Hells bells!«, schrie Knut aus vollem Hals an der entsprechenden Stelle, während er headbangte und gleichzeitig nach einer neuen Zigarette griff.

›Oh Mann‹, dachte ich. ›Irgendwo da oben hat jemand offensichtlich einen ziemlich kranken Sinn für Humor.‹

Nach einer halben Stunde mit ohrenbetäubend schriller AC/DC-Musik hielten wir vor der WG. Erleichtert, noch am Leben zu sein und das vollgequarzte Taxi endlich verlassen zu können, warf ich Knut ein paar Scheine hin, öffnete noch im Anhalten die Tür und sprang in die Freiheit.

Knut, der Taxifahrer aus der Hölle, stellte meine Koffer auf dem Bürgersteig ab. »Das wird schon wieder.« Er sah mich ernst an.

»Okay, Knut.« Ich zwang mich zu einem Lächeln. »Ich bin übrigens Lena.« Irgendwie hatte ich das Gefühl, meine Unfreundlichkeit wiedergutmachen zu müssen. Er wollte doch nur nett sein.

Knut holte aus seiner Hosentasche eine zerknitterte Visitenkarte hervor, die er sich offensichtlich an einem Automaten selbst gedruckt hatte. »Hier«, sagte er. »Meine Karte. Wenn du mal 'n Taxi brauchst oder so, ruf mich einfach an.«

Ich nahm die Karte und hielt ihm zum Abschied die Hand hin. Er ergriff sie und zerquetschte mir fast die Finger.

»Tschüs, Knut. War echt eine sehr interessante Fahrt.«

Er grinste. »Tschüs denn, Lena. Und denk dran, lass dich ...«

»... nich feddichmachen. Alles klar.«

Ich schleppte die kümmerlichen Überbleibsel meines Lebens nach oben und klingelte. Kurz darauf öffnete Juli die Tür. »Lena!«, rief sie und schaute erst mich, dann meine Koffer an. »Was ist passiert?«

Als ich die Besorgnis in ihrem Blick bemerkte, brach plötzlich mein ganzes Unglück über mich herein. Ich fiel ihr um den Hals, und Tränen quollen aus mir hervor, als hatte man eine Schleuse geöffnet. »Keine Hochzeit«, stieß ich zwischen heftigen Schluchzern hervor, »Simon ... Projekt ... gemütlich.«

»Was ist los?«, hörte ich Michels Stimme.

Juli zog mich in die Wohnung und beförderte mich in die Küche, wo sie mich auf einen der Stühle setzte. Ich heulte wie in einem Rausch. Alles tat mir weh, mein Kopf, mein Bauch, aber vor allen Dingen mein Herz. Juli tröstete mich, streichelte meinen Rücken und strich mir über die Haare. Als die Tränen endlich versiegten, löste ich mich aus ihrer Umarmung.

»Jetzt sag endlich, was passiert ist!«, forderte Michel mich auf.

»Es gibt keine Hochzeit. Simon hat ... eine andere.« Sofort schossen mir wieder Tränen in die Augen. Ich kramte ein Taschentuch aus meiner Handtasche und schnäuzte laut und ausgiebig hinein.

»Nein!«, schrie Juli und schlug sich die Hand vor den Mund. »Das glaub ich nicht! Scheiße, Lena, das ist ja furchtbar!«

Ausführlich und immer wieder von Schluchzern unterbrochen schilderte ich den beiden die Szene, die sich vorhin zwischen Simon und mir abgespielt hatte. »Oh Gott, ich muss alle anrufen und absagen«, wurde mir plötzlich bewusst. »Der Pastor, Frau Lennart, die Gäste, Tante Hiltrud! Ich kann das nicht!«

»Du musst jetzt überhaupt niemanden anrufen«, sagte Juli entschieden.

Noch immer kam mir diese Situation so unwirklich vor. »Was mach ich denn jetzt?«

»Willst du dich hinlegen?«, fragte Michel.

»Nein, bloß nicht!«

Juli stand auf und kehrte mit einer Flasche Whisky und zwei Flaschen Cola bewaffnet zurück, die sie mit einem lauten Knall vor uns auf dem Küchentisch abstellte. »Ich weiß, das ist furchtbar klischeehaft, aber das ist mir egal. Wir werden uns jetzt besaufen. Und zwar so richtig.«

»Igitt, mit Whisky?« Ich rümpfte die Nase.

Michel nickte energisch. »Womit sonst?«

»Dann schenk ein. Mir ist jetzt eh alles egal.« Müde sah ich aus dem Fenster. »Die müsst ihr ganz dringend mal putzen. Ist ja widerlich, wie dreckig die sind.«

Michel und Juli tauschten einen Blick, sagten aber nichts.

Die folgenden drei Stunden liefen dann etwa so ab:

Ich: »Das kann alles nicht wahr sein, das kann echt alles nicht wahr sein.«

Juli: »Ach Lena, das ist eine Riesenscheiße.«

Michel: »Dieser blöde Arsch, den werde ich an seinen Eiern aufhängen! Am Rathausturm!«

Juli: »Riesnscheise is das.«

Ich: »Das kannse mal laut sagen, ne Riesenriesenscheise.«

Michel: »An sein' Eiern hängch den auf – am ... obn am ... hier, äh, ...«

Juli: »Radhauschturm!«

Ich: »Nee jess mal echt, 'n ries'ger Rie'naaasch is der doch!«

Irgendwann torkelte Michel ins Bett. Juli war am Küchentisch eingeschlafen und nicht mehr wachzukriegen. Ich taumelte ins Gästezimmer, fiel auf das Sofa und sofort in ein tiefes Koma.

Irgendwann erwachte ich davon, dass jemand an meiner Schulter rüttelte und »Hey!« rief.

Ich setzte mich auf, was ich sofort bereute. Mein Kopf fühlte sich an, als würde jemand mit einer Axt darauf einschlagen. »Was'n los?«, fragte ich und sah mich mit zusammengekniffenen Augen um. Schließlich nahm ich Bens dunkelhaarigen Schopf wahr.

»Lena, was machst du hier? Mein Gott, hast du 'ne Fahne, das ist ja widerlich!«

»Lass mich in Ruhe!«, muffelte ich und wollte mich gerade wieder hinlegen, als Ben sagte: »Nervensäge, raus aus meinem Bett. Ich habe einen anstrengenden Dienst hinter mir, ich will schlafen. Und zwar nach Möglichkeit nicht mit dir.«

Oh. Offensichtlich lag ich gar nicht im Gästezimmer auf dem

Sofa, sondern in Bens Bett. »'tschuldigung«, murmelte ich, und in dem Moment fiel mir wieder ein, was gestern passiert war. Und jetzt fühlte es sich an, als würde jemand mit einer Axt auf mein *Herz* einschlagen.

»Was ist denn los?«, fragte Ben.

Ich fiel zurück auf das Kissen. »Simon hat sich verliebt. In ...«, ich musste mich räuspern, »eine andere. Er hat mich sitzenlassen! Vorm Traualtar!« Die Schleusen öffneten sich wieder, und die Tränen stürzten hervor.

»Oh Mann.« Ben setzte sich auf die Bettkante.

»Und ich habe Klaus-Dieter ermordet!«, schluchzte ich. »Bestialisch!«

»Ähm, das ist ... tragisch«, meinte Ben, der offensichtlich keine Ahnung hatte, wovon ich redete. »Aber keine Sorge, wenn du ein Alibi brauchst, auf mich kannst du zählen.«

Ich machte Anstalten aufzustehen, um ins Gästezimmer zu gehen, doch Ben hielt mich an der Schulter zurück. »Lass nur. Ich gehe aufs Sofa. Brauchst du irgendwas? Noch ein bis zwei Flaschen Schnaps vielleicht?«

»Hmmpfm«, machte ich nur.

Ben stand auf und verließ das Zimmer. Und ich gab mich wieder meinem Unglück hin.

Gegen elf Uhr erwachte ich, mit dickem Kopf und schwerem Herzen. Sofort prasselten die Ereignisse des Vortages wieder auf mich ein. Mir gingen immer wieder dieselben Gedanken durch den Kopf: ›Er hat mich verlassen. Er hat sich in eine andere verliebt. Er liebt mich nicht mehr. Ich bin allein.‹ Da an weiteren Schlaf nicht zu denken war, stand ich auf. Ich ging in die Küche und erwartete fast, Juli dort immer noch schlafend am Tisch vorzufinden, doch ihr Platz war leer. Ich lehnte mich an das alte

Küchenbüfett, das Ben von seiner Oma geerbt und selbst wieder aufgearbeitet hatte, und sah mich um. Meine Güte, hier herrschte das reinste Chaos. Kurzerhand beschloss ich, mich mit einer sinnvollen Aufgabe abzulenken und für Ordnung zu sorgen. Als ich die alten Zeitungen in den Müll beförderte, entdeckte ich einen kleinen handgeschriebenen Zettel. Interessiert warf ich einen Blick darauf.

Ben, mein Tiger, ich wollte dich nicht wecken. Ruf mich an. ILD. Bussi Bussi, Dein Kätzchen

›Tiger und Kätzchen‹, dachte ich peinlich berührt. Und sofort kamen mir Simon und seine geliebte, selbstbewusste Cordula in den Sinn. Ob die auch so mit ihm redete? Stand er vielleicht auf so etwas und hatte es mir nie gesagt? Ich wollte den Zettel gerade angewidert zusammenknüllen, als der Empfänger der Notiz die Küche betrat. Er trug lange Jogginghosen, ein T-Shirt mit Collegeaufdruck und Turnschuhe. Seine dunklen Haare waren nassgeschwitzt, ebenso wie sein Gesicht. Offensichtlich kam er gerade vom Joggen. Dieser Streber, er konnte maximal drei Stunden geschlafen haben.

Ben lächelte mich an. »Na, wieder nüchtern, Schnapsdrossel?« Er ging zum Kühlschrank, holte Apfelsaft hervor, schnupperte kurz daran und trank dann direkt aus der Packung.

»Das ist ekelig!«, motzte ich. »Der Nächste, der von dem Saft trinkt, trinkt gleichzeitig deine Spucke mit.«

»Deine Spucke mit«, äffte Ben mich nach und nahm noch einen Schluck.

»Hast du daran gedacht, dein Kätzchen anzurufen, Tiger?«

Verständnislos sah er mich an. »Hä?«

Ich hielt den Zettel hoch.

Er warf einen kurzen Blick darauf. »Ach, sieh mal einer an. Erst liegst du besoffen in meinem Bett, und dann schnüffelst du in meinen Privatangelegenheiten. Stalkst du mich etwa?«

»Dass ich in deinem Bett geschlafen habe, war ein blödes Versehen! Und der Zettel lag im Altpapier hier in der Küche. Bild dir bloß nichts ein! Ich bin glücklich ver…« Mitten im Satz brach ich ab. Einen Scheiß war ich!

Ben hob die Augenbrauen. »Wo das Thema jetzt schon mal auf dem Tisch ist: Habe ich das richtig verstanden? Dein Anwalt hat dich verlassen?«

Statt zu antworten, drehte ich mich um und ließ Wasser in die Spüle laufen.

»Na, ist doch super, dann sind wir jetzt beide Singles. Wir können nächtelang durch Bars und Stripclubs ziehen, Bräute aufreißen und Poker spielen.«

Ich fuhr zu ihm herum. »Du bist so ein blöder Idiot!« Er war eindeutig der taktloseste, unsensibelste Mensch auf der Welt.

»Mein Gott, das war doch nur ein Scherz. Wo hast du deinen Humor gelassen?«

»Lass mich kurz nachdenken. Ach ja, der ist mir vermutlich vorm Traualtar abhandengekommen, so wie mein Bräutigam.«

Ben grinste. »Siehst du, das *war* witzig.«

»Hm«, brummte ich.

In diesem Moment kam Juli zur Tür herein. »Wasser! Aspirin!«, rief sie dramatisch und hielt sich den Kopf. »Ben! Du bist Arzt, tu doch was!« Wie ein nasser Sack ließ sie sich auf einen Stuhl fallen.

»Ich habe dich gestern ins Bett gehievt, und das war und bleibt mein einziger Beitrag zu eurem Saufgelage«, erklärte Ben streng.

»Wieso, du hast doch auch den Whisky beigesteuert«, erklang Michels Stimme von der Tür. Sein Gesicht wirkte seltsam grünlich.

»Welchen Whisky?« Bens Blick blieb an der leeren Flasche hängen, die noch immer auf dem Tisch stand. Seine Augen weiteten sich entsetzt. »Ihr habt meinen fünfundzwanzig Jahre alten Ardmore gesoffen?« Er nahm die leere Flasche in die Hand. »Geht's noch?! Der hat hundertfünfzig Pfund gekostet!«

Betretene Stille breitete sich aus.

»Du hast doch gesagt, dass der für Notfälle bestimmt ist«, sagte Michel schließlich. »Und wir hatten gestern einen echten Notfall. Lena hat ...«

»Für *besondere Anlässe*, habe ich gesagt!«, unterbrach Ben ihn rüde. »Und ich meinte damit besondere Anlässe in *meinem* Leben!« An den Fingern zählte er auf: »Beförderung, Lottogewinn, Hochzeit, Geburt, Tod.«

»Wessen Hochzeit? Deine?«, fragte ich verächtlich. »Ich glaube kaum, dass es jemanden auf der Welt gibt, der so dämlich ist, ausgerechnet dich zu heiraten.«

Ben drehte sich um und kam langsam auf mich zu. Dicht vor mir blieb er stehen. Mit wütend funkelnden Augen beugte er sich zu mir herunter. »Da haben wir beide ja ganz offensichtlich das gleiche Problem, was?«

Zack, das saß. Ich biss mir auf die Unterlippe.

Ben atmete tief aus, dann wandte er sich mit einem Ruck von mir ab und setzte sich an den Küchentisch zu Michel und Juli, die diskutierten, was es zum Frühstück geben sollte.

Ich beschloss, schon mal das Sofa im Gästezimmer zu testen, denn ich hatte die dunkle Ahnung, dass es für längere Zeit mein Weggefährte werden könnte. Also zog ich mich zurück und verkroch mich unter der Decke. Ich fühlte mich, als hätte ich einen Boxkampf gegen Wladimir Klitschko hinter mir. Den ich nebenbei bemerkt natürlich (wie sollte es gegen ihn auch anders sein) verloren hatte. Und zwar durch K.o.

Kapitel 3

... in dem die modernen Kommunikationsmittel mir zum Verhängnis werden

»... und so bedanke ich mich recht herzlich bei allen Partnerinnen und Partnern, bei den Associates, und natürlich auch bei allen anderen Mitarbeiterinnen und Mitarbeitern für die gute Zusammenarbeit ...«

Die Rede dauerte nun schon über zwanzig Minuten. Zwanzig nicht enden wollende Minuten, in denen Dr. Dr. Bruno Auerbach, deutschlandweiter Boss meines Brötchengebers, der amerikanischen Großanwaltskanzlei Piper Umberland Page Smith LLP, jedes Detail seiner Lebensgeschichte geschildert hatte. Anlässlich seines gestrigen sechzigsten Geburtstags hatte die Kanzlei sämtliche zweihundert Mitarbeiter zu einem Umtrunk eingeladen. Ich hielt mich an meinem gefüllten Sektglas fest, in dem die Kohlensäure inzwischen nur noch müde vor sich hin blubberte. und dachte: ›Gebt mir diese zwanzig Minuten zurück!‹

»... den Kahn durch schwierige Zeiten und unruhige Gewässer zu schippern ...«

»Unruhige Gewässer und schwierige Zeiten« – wem sagte er das. Den gestrigen Sonntag hatte ich mit der überaus freudigen Aufgabe verbracht, all meine Familienmitglieder und Freunde anzurufen, um meine Hochzeit abzusagen (meine Mutter hatte am Telefon sogar noch mehr geweint als ich). Die übrige Zeit

hatte ich heulend auf dem Gästesofa in Michels Wohnung gelegen. Nur mit größter Anstrengung hatte ich mich heute überhaupt ins Büro geschleppt. Aber ich hatte die Ablenkung bitter nötig und hoffte, dass die Arbeit mich auf andere Gedanken bringen würde. Natürlich wussten in der Kanzlei innerhalb von zwei Stunden sofort alle, dass ich vorm Traualtar sitzengelassen worden war. So was konnte man schließlich nicht verheimlichen. Schlimmer noch als das offensichtliche Angestarrtwerden war aber das geheuchelte Mitleid von Kollegen, mit denen ich eigentlich überhaupt nichts zu tun hatte. Ich weiß nicht, wie oft ich den Satz »Das *tut* mir aber leid« heute schon gehört hatte, während in den Gesichtern der Leute geschrieben stand: ›Was für 'ne geniale Geschichte für meinen Mädelsabend‹ oder ›Gott sei Dank ist mir das nicht passiert‹.

»Nun heben wir alle unser Glas. Sehr zum Wohle.«

»Na, dann Prost«, sagte meine Kollegin Claudia erleichtert.

»Auf Sauerbach«, fügte Silke hinzu.

Die Wichtigkeit von Herrn Dr. Dr. Auerbach wurde nicht zuletzt dadurch unterstrichen, dass er gleich drei Sekretärinnen hatte: Silke, Claudia und mich.

»Du schuldest mir übrigens eine Tüte Katzenpfötchen, Lena«, sagte Claudia. »Zweiundzwanzig Minuten, das ist neuer Rekord. Du hast nur auf siebzehn getippt.«

Silke stieß Claudia in die Seite. »Vergiss die Katzenpfötchen. Los, lass uns schnell ans Büfett gehen, bevor wieder alles leer gefressen ist.«

Wir nahmen uns neue Sektgläser von dem Tablett, das ein emsiger Kellner uns darbot, und reihten uns in der Schlange ein. Silke reckte den Hals und schielte aufs Büfett. »Schnittchen!«, schnaubte sie empört.

»Das ist ja 'ne Frechheit!« Claudia rümpfte die Nase. »Die hatten doch was von hanseatischem Fingerfood gesagt!«

»Na ja«, meinte ich, »vielleicht ist Fisch drauf, für den hanseatischen Touch.«

Sollte jetzt der Eindruck entstanden sein, dass meine Kolleginnen und ich nur des Essens und Trinkens wegen an dieser Veranstaltung teilnahmen – was soll ich sagen, dieser Eindruck ist völlig richtig. Um unseren Chef ging es uns jedenfalls nicht, denn der war erwiesenermaßen der größte Penner nördlich der Elbe. (Na gut, abgesehen von Simon.) Ein Choleriker, der keine Gelegenheit ausließ, Anschisse an seine Untergebenen zu verteilen.

Wir leerten unsere Gläser, schlugen uns den Bauch mit hanseatischem Fingerfood voll und gingen zurück in unser Büro. Schließlich hatten wir alle noch superwichtige Dinge zu erledigen: Claudia brachte sich bei *BILD Online* auf den neuesten Stand der aktuellen weltpolitischen Lage, Silke organisierte sich telefonisch eine Bikinizonen-Wachsbehandlung, und ich spielte eine Runde Solitär.

Wie ich ausgerechnet bei Piper Umberland Page Smith LLP oder PUPS, wie alle unsere Firma insgeheim nannten, gelandet war, ist mir bis heute ein Rätsel. Nach dem Abitur verbrachte ich ein Jahr als Au-pair in England und machte anschließend eine Ausbildung zur Rechtsanwaltsfachangestellten, da ich nicht wusste, was ich sonst tun sollte. Da mich dieser Job jedoch nicht besonders interessierte, begann ich nach der Ausbildung, in Köln Geschichte und Philosophie zu studieren. Nach zwei Jahren wurde mir bewusst, dass mich diese Fächer ebenfalls nicht besonders interessierten, also verließ ich die Uni, kehrte heim nach Hamburg und nahm den erstbesten Job an, den ich kriegen konnte: bei PUPS. Ursprünglich hatte ich nur so lange bleiben wollen, bis ich wusste, was ich eigentlich machen wollte. Tja, sechs Jahre später war ich immer noch hier.

Nachdem ich fünf Mal hintereinander im Solitär verloren hatte und allmählich aggressiv wurde (war ich wirklich auf ganzer Linie ein Loser?), machte ich mich seufzend daran, einen ellenlangen Vertrag unterschriftsbereit zu machen. Irgendwann war es fünf Uhr, und Silke und Claudia verbreiteten Aufbruchstimmung.

»Gehen wir noch was trinken?«, fragte Silke, während sie ihre Jacke anzog.

»Ich kann nicht. Thorsten und ich sind heute Abend zu einem romantischen Versöhnungsdinner verabredet.« Claudia lag mit ihrem Freund Thorsten im Dauerclinch, und man wusste nie so genau, ob die beiden nun zusammen waren oder nicht.

Silke, die derzeit Single war, hatte für diese Problematik keinerlei Verständnis. »Was ist mit dir, Lena? Kommst du mit?«

»Nein, ich kann nicht. Ich muss aufs Sofa und heulen.«

In diesem Moment betrat Dr. Dr. Auerbach das Büro, eine dicke Akte in der Hand. »Frau Klein!«, bellte er. »Wo sind die Kopien für das Meeting morgen?«

Ich spürte, wie ich rot anlief. Verdammt, das hatte ich total vergessen! »Äh, ich habe keine Kopien gemacht, ich dachte …«

Sauerbach lief hochrot an. »Ich brauche für jeden Teilnehmer eine Kopie dieser Akte! Oder sollen wir etwa alle ganz eng zusammenrücken, gruppenkuscheln und dabei gemütlich die Unterlagen durchblättern? Hatten Sie sich das so vorgestellt?«

»Nein, ich dachte …«

»Das Denken überlassen Sie mal besser mir!«, schrie Sauerbach. »Und jetzt beschaffen Sie mir acht Kopien! Und zwar ASAP, pronto oder, um es mal so zu sagen, dass Sie es auch verstehen, SOFORT!« Damit knallte er die Akte auf meinen Schreibtisch und verschwand.

Claudia sah mich mitleidig an. »Das dauert bestimmt Stunden. Ich würde dir ja helfen, aber heute ist es echt total blöd.«

»Ach, das mache ich morgen«, antwortete ich.

»Lena, das Meeting ist morgen früh um neun Uhr, das schaffst du vorher nicht mehr.«

Ich stöhnte und starrte auf die riesige Akte. Claudia hatte recht, das würde Stunden dauern. Unwillkürlich kam mir die Melodie aus dem Film *Drei Nüsse für Aschenbrödel* in den Sinn.

»Also ich bin weg«, verkündete Silke ungerührt. »Bis morgen!« Und schon rauschte sie aus dem Zimmer.

»Bis morgen, Lena. Tut mir echt leid«, sagte Claudia und folgte Silke in die Freiheit.

Seufzend machte ich mich ans Werk. Um neun hatte ich endlich acht Kopien angefertigt (wobei ich diverse Papierstaus im völlig überforderten Kopierer beseitigen musste) und in einzelne Ordner geheftet. Anschließend packte ich die Ordner in einen Karton und wuchtete ihn in Sauerbachs Büro. »Hier sind die Unterlagen für den Termin«, sagte ich und stellte den Karton auf den Stuhl vor seinem Schreibtisch.

Hektisch tippte er etwas in seinen Laptop. »Endlich.«

Ich war schon fast durch die Tür, als er mir nachrief: »Frau Klein?«

Oh nein. Bitte nicht! Widerwillig drehte ich mich um. »Ja?«

»Da Sie jetzt sowieso noch hier sind – ich habe etwas diktiert, das heute noch geschrieben werden muss. Und die Abendsekretärin ist krank.«

Demonstrativ sah ich auf meine Uhr. »Geht das wirklich nicht morgen?«

Auf seiner Stirn trat pochend eine Ader hervor. »Nein, das geht nicht morgen! Die Mail muss unbedingt noch heute raus!«

»Also schön«, gab ich mich geschlagen. Ich stapfte zurück in unser Zimmer, knallte die Tür zu, verpasste der offenen Schublade in meinem Rollwagen einen kräftigen Tritt und setzte mich an meinen Schreibtisch. Wütend stopfte ich mir die Kopfhörer so fest in die Ohren, dass ich fast mein Trommelfell durchbohrte. Ich hämmerte auf die Tastatur ein und schrieb den Brief an den Mandanten runter, ohne dass ich hinterher hätte sagen können, worum es eigentlich ging. Selbstverständlich hatte Sauerbach noch einige Änderungswünsche, und bis er letzten Endes zufrieden war, war es Viertel vor zehn.

»Also, ich gehe dann jetzt«, rief ich ihm zu, nachdem ich das Schreiben an den Mandanten gemailt hatte.

»Hm«, machte er nur, ohne von seinen Unterlagen aufzusehen.

›Bitte sehr, gern geschehen‹, grummelte ich innerlich. Mein Kopf dröhnte, ich war todmüde, und außerdem war mir schon wieder, immer noch oder überhaupt zum Heulen zumute. Als ich gerade *Outlook* schließen wollte, machte es »Pling«, und eine E-Mail von Sauerbach ging ein.

Von: Auerbach, Bruno
An: P.U.P.S. – Hamburg – All

Vielen Dank

Liebe Partnerinnen und Partner,
liebe Associates,
liebe Mitarbeiterinnen und Mitarbeiter,

ich möchte mich bei Ihnen auf diesem Wege nochmals für die guten Wünsche zu meinem 60. Geburtstag bedanken. Sie haben mir durch Ihr zahlreiches Erscheinen bei meiner Feier große Freude bereitet.

Den Gutschein für das Wellnesswochenende auf Sylt werde ich mit meiner Frau baldmöglichst einlösen. Vorfreude ist ja bekanntlich die schönste Freude.

Mit besten Grüßen
Dr. Dr. Bruno Auerbach

›Penner‹, dachte ich und leitete die E-Mail an Claudia und Silke weiter, um ordentlich Dampf abzulassen und abzulästern. Anschließend machte ich mich endlich auf den Weg nach Hause – oder besser gesagt, zu meinem vorübergehenden Obdach.

Eigentlich wollte ich mich von Juli und Michel ein bisschen bemitleiden lassen, aber sie waren ausgegangen. Ich beschloss, mir zum Trost einen Schokopudding zu machen, der Appetit wurde mir jedoch gründlich verdorben. In der Küche sah es wieder mal aus wie im Saustall. Überall stand dreckiges Geschirr herum, jemand hatte offensichtlich ein Honigglas fallen lassen, die Spuren aber nur notdürftig entfernt, sodass der Boden widerlich klebte. Vor, wohlgemerkt *vor* der Waschmaschine lagen dreckige T-Shirts, eine Jeans und – die Krönung – ein paar benutzte Unterhosen. Eindeutig das Werk einer ganz bestimmten Person.

»Ben!«

Nichts rührte sich.

Mit spitzen Fingern sammelte ich die dreckigen Klamotten auf, legte sie zusammen mit dem schmutzigen Geschirr vor Bens Zimmertür ab und wischte den Fußboden. Irgendwann fiel ich ins Bett und schlief umgehend ein.

Mitten in der Nacht wurde ich unsanft von einem lauten Poltern und Klirren, einem wütenden »Verdammt« und einem Kichern geweckt. Aha, Ben war nach Hause gekommen, offensichtlich mit seinem Kätzchen oder einer neuen Eroberung, und über den Berg vor seiner Tür gestolpert. Ich lächelte zufrieden und drehte mich zur Wand, um weiterzuschlafen. Eine Weile später drangen jedoch Federnquietschen und verzücktes Stöhnen an mein Ohr. Oh nein, nicht auch noch das! Mit der Faust hämmerte ich an die Wand, aber es half alles nichts. Die Matratzenolympiade ging munter weiter, ich war hellwach, und von Schlaf bis fünf Uhr morgens keine Rede mehr. Nebenan übrigens auch nicht.

Gnadenlos klingelte zwei Stunden später der Wecker. Wie gerädert stand ich auf und steuerte als Erstes noch im Schlafanzug, mit strubbeligen Haaren und verquollenen Augen die Küche an, um mir einen starken Kaffee zu kochen. Sofort bemerkte ich den schmutzigen Wäsche-Geschirr-Stapel, der von Bens Zimmertür zurück auf den Küchenfußboden gewandert war. Dann fiel mein Blick auf den Tisch. Da saß Ben, neben ihm eine blutjunge, blonde Schönheit. Ich starrte die beiden fasziniert an. Sie sahen aus wie Barbie und Ken. Und ich fühlte mich wie Struwwelpeter.

»Guten Morgen, Sonnenschein«, sagte Ben munter. »Kaffee?«

»Morgen.« Ich schenkte mir Kaffee ein und blieb am Büfettschrank stehen. In der einen Hand hielt ich die Tasse, mit der anderen versuchte ich erfolglos, meine Haare zu glätten.

»Mann, du siehst aber zerknautscht aus. Hast nicht gut geschlafen, was?«, hatte Ben die Dreistigkeit zu fragen.

Barbie warf ihm mit ihrem perfekten Mund ein perfektes Lächeln zu.

Ich versuchte erneut vergeblich, meine strubbeligen Haare zu bändigen. »Nein, nicht wirklich.«

»Wir haben auch nicht besonders viel geschlafen, oder Ken?«, kicherte Barbie. Hatte sie gerade wirklich »Ken« gesagt, oder halluzinierte ich vor lauter Schlafmangel schon?

»Was du nicht sagst«, erwiderte ich mit einem giftigen Blick in Richtung Ben.

Doch der grinste nur, zuckte die Achseln und streichelte Barbies perfekten Oberschenkel.

»So, ich muss dringend zur Arbeit. Bringst du mich noch zur Tür?«, fragte sie mit perfektem Augenaufschlag.

Die beiden verschwanden, und ich hörte von der Wohnungstür Flüstern, leises Lachen und Knutschgeräusche.

Bald darauf tauchte Ben mit der Zeitung in der Hand wieder auf.

»Na?«, sagte ich anzüglich. »Da hast du dir ja 'ne flotte Biene aufgerissen, was?«

Ben setzte sich an den Tisch und breitete die Zeitung vor sich aus. »Allerdings.«

»Bist du dir auch ganz sicher, dass sie zur Arbeit gegangen ist und nicht zu einem Schulausflug ins Völkerkundemuseum?«

Ben reagierte nicht auf meinen Kommentar.

»Ich meine, die ist doch nicht älter als sechzehn.«

»Sie ist fünfundzwanzig, und nebenbei bemerkt geht dich das überhaupt nichts an.«

»Okay, dann mal was anderes.« Mit ausgestrecktem Finger zeigte ich auf den Wäsche-Geschirr-Stapel auf dem Fußboden. »Kannst du mir sagen, was das da soll?«

Ben sah von seiner Zeitung auf und zuckte mit den Achseln. »Vor meiner Zimmertür hat mich der Kram irgendwie genervt.«

»Wie wäre es denn mit der Waschmaschine und der Spülmaschine? Da nervt er bestimmt nicht!«

Er tat so, als würde er überlegen. »Du hast recht! Dann pack die Sachen doch einfach da rein.«

Ich schnappte empört nach Luft. »Ich soll dir deinen Kram hinterherräumen? Du blöder Idiot, du machst mich krank!«

»Dann solltest du dir schleunigst eine eigene Bleibe suchen, denn schließlich bist du hier nur *zu Gast!*«

»Darauf kannst du dich verlassen! Das hier ist nichts anderes als eine Notlösung für mich!« Mein Blick fiel auf die Küchenuhr an der Wand. »Verdammt, jetzt komme ich wegen dir auch noch zu spät zur Arbeit!«

»Genau, denn es ist ja auch viel einfacher, für alles, was im eigenen Leben schiefgeht, anderen die Schuld zu geben! Hast du dir schon mal überlegt, dass es auch an dir selbst liegen könnte, daran, dass du nie den Arsch hochkriegst?«

Ich stapfte Richtung Tür. »Diesen Schwachsinn hör ich mir nicht länger an. Stell dich vor den Spiegel, und erzähl das dem Typen dadrin, der ist doch sowieso der einzige Mensch auf der Welt, der dich interessiert! Und vögel in Zukunft gefälligst leiser!«

Damit knallte ich die Tür hinter mir zu.

Im Büro steuerte ich wie jeden Morgen als Erstes die Kaffeeküche an, in der bereits Dr. Schneider stand, einer der Anwälte aus Sauerbachs Team.

»Guten Morgen«, grüßte ich höflich, holte meinen Becher aus dem Schrank und stellte ihn unter die Kaffeemaschine.

Dr. Schneider sah mich mit seltsam angewidertem Blick von oben bis unten an. »Wir werden sehen«, sagte er und verließ die Küche. Komischer Kauz.

Auf dem Weg in mein Büro ging ich an mehreren Kollegen vorbei, die entweder schnell wegsahen oder mich wie schon Dr. Schneider auf merkwürdige Art musterten. Ich sah an mir herunter, um zu überprüfen, ob ich in der Hektik nach dem Streit mit Ben vergessen hatte, mich anzuziehen. Aber nein: Schuhe an, Hose an, Bluse an. Ich betrat unser Büro, in dem Claudia und Silke bereits an ihren Schreibtischen saßen. »Moin! Sagt mal, bin ich paranoid, oder starren mich tatsächlich alle an?«

»Oh mein Gott, Lena!«, rief Claudia und sprang auf. »Was hast du da denn bloß gemacht?«

»Bitte? Was meinst du? Gar nichts!«

»Die E-Mail! Die E-Mail!«, brüllte Silke dramatisch.

»Welche E-Mail?« Ich stellte meinen Kaffeebecher auf dem Schreibtisch ab und fuhr meinen Rechner hoch.

Claudia deutete auf ihren Bildschirm. »Deine E-Mail von gestern Abend!«

»Die, die ich an euch weitergeleitet habe? Was soll damit sein?«

»Lena, du hast sie an *alle* geschickt! An *P.U.P.S. – Hamburg – All!*« Silke fuchtelte wild mit den Händen herum. »Du hast auf ›Allen antworten‹ geklickt, nicht auf ›Weiterleiten‹! Das musst du doch gemerkt haben.«

Mein Herz setzte ein paar Schläge aus, um direkt anschließend wie bescheuert zu rasen. Mir wurde schlagartig übel. »Das glaube ich nicht. Sag, dass das ein blöder Witz ist!«, forderte ich Silke auf, erinnerte mich aber dunkel an die Kopfschmerzen und die Müdigkeit von gestern Abend.

»Leider nicht«, sagte Claudia unglücklich.

Mit wackligen Knien stand ich auf, trat hinter sie und sah auf ihren Bildschirm. Und richtig, da stand es Schwarz auf Weiß:

Von: Klein, Lena
An: Auerbach, Bruno; P.U.P.S.–Hamburg–All

Re: Vielen Dank

Na, habt ihr gelesen, wie suuuupernett Sauerbach sich geben kann? Dieser blöde Penner! Lässt mich bis 22 Uhr malochen, aber meint ihr, er bedankt sich dafür? Natürlich nicht!

Wellnesswochenende mit seiner Frau, dass ich nicht lache! Weiß doch jeder, dass der mit der Lehmann aus'm Kartellrecht vögelt und garantiert NICHT mit seiner Alten nach Sylt fährt! Genauso wenig, wie er neulich mit dem Mandanten im Hotel Louis C. Jacob war. Aber die 500-Euro-Rechnung durfte ich natürlich auf Spesen abrechnen. »Akquise« heißt das heutzutage nämlich, wenn man seine Frau bescheißt und sich das von der Kanzlei bezahlen lässt!

So, ich geh jetzt nach Hause, falls der Alte mich nicht noch mal abfängt. Dieser widerliche, hässliche Giftzwerg, ich HASSE ihn!

Bis morgen!

Ich war kurz davor, mich zu übergeben, und verspürte einen heftigen Fluchtimpuls, dicht gefolgt von dem Bedürfnis, mich unter dem Schreibtisch zu verkriechen. »Ach du Scheiße«, sagte ich und ließ mich auf meinen Stuhl fallen. »Oh Gott, was mach ich denn jetzt?« Ich vergrub meinen Kopf in den Händen.

Claudia kam um den Tisch herum und umarmte mich.

Silke ging die Sache eher pragmatisch an. »Lasst uns versuchen, eine möglichst plausible Erklärung zu suchen, dann kommst du vielleicht mit einem blauen Auge davon. Also, wie kann man sich da rausreden?«

Doch wir starrten uns nur schweigend an.

Es dauerte genau vierundzwanzig Minuten und dreizehn Sekunden, bis mein Telefon klingelte. Das Herz rutschte mir in die Hose, und zwar mit so viel Schwung, dass es sogar bis auf den Boden flutschte. Frau Krüger aus der Personalabteilung zitierte mich umgehend in den Besprechungsraum.

Ich klaubte mein Herz vom Teppich und machte mich auf den Weg zum Raum New York. Raum Canossa wäre passender gewesen. Möglichst unauffällig schlich ich zwei Stockwerke hinauf und betrat den Besprechungsraum. Am großen runden Konferenztisch saß Frau Krüger mit sehr ernstem Gesichtsausdruck. Zu ihrer Linken saß niemand Geringerer als Dr. Dr. Auerbach höchstpersönlich. Offensichtlich hatte er das Meeting aus diesem besonderen Anlass verschoben.

»Setzen Sie sich«, ergriff Frau Krüger das Wort.

Ich nahm gegenüber dem Inquisitionskommando auf der äußersten Kante des Stuhls Platz und spielte an meinem Verlobungsring herum. Gott, mein Verlobungsring! Wieso trug ich den denn noch?!

»Sie können sich bestimmt vorstellen, warum wir Sie zu uns gebeten haben«, fuhr Frau Krüger fort. »Es geht um die E-Mail, die Sie gestern Abend an das Team geschickt haben.«

Ich räusperte mich. »Ich wollte diese E-Mail wirklich nicht an alle schicken, das war ein total blödes Versehen. Es tut mir ganz furchtbar leid. Ich weiß, wie peinlich das alles ist, und ich ...«

»Frau Klein!«, platzte es aus Sauerbach heraus.

Ich zuckte zusammen.

»Sie haben KEINE AHNUNG, wie peinlich das ist!« Er fuhr sich durch das Haar, wobei er einen riesigen Schweißfleck unter dem rechten Arm offenbarte. »Sie haben mich lächerlich gemacht! Auf das Übelste diffamiert!«

»Was ich da geschrieben habe, habe ich nicht so gemeint, ehrlich nicht. Das sollte nur ein Scherz sein, ehrlich, ich ...«

»EIN SCHERZ?!« Sauerbach schlug mit der Hand auf den Tisch. Ich rutschte auf der Sitzfläche meines Stuhls weiter nach hinten. Mit fahrigen Bewegungen lockerte er seine Krawatte und öffnete den obersten Knopf seines Hemdkragens. »Mein Ruf ist ruiniert, meine Karriere«, er schnappte nach Luft, »meine Karriere ist möglicherweise am Ende, und Sie nennen das einen SCHERZ?«

»Ich verspreche Ihnen, dass so etwas nie wieder vorkommen wird.«

Dr. Dr. Auerbachs Augen quollen hervor, und das Weiße färbte sich rot. »DAS WIRD ALLERDINGS NIE WIEDER VORKOMMEN!!!«, brüllte er. Ein Speicheltropfen landete in meinem Gesicht, aber ich traute mich nicht, ihn wegzuwischen.

Frau Krüger räusperte sich. »Ich denke, Ihnen ist klar, dass wir Sie unter diesen Umständen nicht weiter in unserem Unternehmen beschäftigen können«, verkündete sie mein Urteil.

Langsam fanden ihre Worte den Weg in mein Bewusstsein. »Was? Oh Gott nein, bitte nicht«, flehte ich. »Ich wohne gerade in einer absoluten Notbehausung mit dem größten Idioten der Welt. Verstehen Sie, ich muss mir ganz dringend eine neue Wohnung suchen, da brauche ich doch, ich meine ...«

Sauerbach holte zum finalen Paukenschlag aus. Wild gestikulierend stieß er hervor: »Sie können von Glück sagen, dass ich Ihnen keine Verleumdungsklage an den Hals ... an den Hals ... äh, dass ich Sie nicht verklage! Sie sind gefeuert!« Damit stand er auf und verließ den Raum.

Frau Krüger und ich saßen eine Weile wortlos da. Ich starrte auf das abstrakte Gemälde von zwei Containerschiffen hinter ihr.

»Mensch, Frau Klein«, sagte sie schließlich. »Ich weiß ja, dass Sie es gerade privat nicht so leicht haben und nicht ganz bei der Sache sind. Aber das hätte wirklich nicht passieren dürfen. Da es sich hier um ein schweres, für das Arbeitsverhältnis fatales Fehlverhalten Ihrerseits handelt, sehen wir uns gezwungen, uns fristlos von Ihnen zu trennen. Bitte räumen Sie umgehend Ihren Platz, und melden Sie sich im Personalbüro.«

Rausgeschmissen. Fristlos entlassen. Ich saß da und wartete auf den Donnerschlag, auf die Tränen, auf die Verzweiflung und die Panik. Aber nichts rührte sich.

Es war 10:28 Uhr, als ich die Kanzlei verließ. Nach der kurzen schmerzhaften Verabschiedung von Claudia und Silke zog ich stundenlang ziellos durch die Hamburger Innenstadt. Unterm Arm trug ich den Karton, in den ich meine persönlichen Sachen gepackt hatte: ein Foto von Simon und mir, eine Packung Yogi-Tee, zwei 5-Minuten-Terrinen, Handcreme, ein paar Tampons und eine Topfpflanze. Obenauf thronte der DIN-A4-Umschlag mit dem Kündigungsschreiben. Nach Hause wollte ich nicht, Juli anrufen auch nicht, meine Eltern oder sonst jemanden schon gar nicht. Eigentlich wollte ich überhaupt niemanden sehen, den ich kannte. Wie paralysiert irrte ich durch die Gegend.

Inzwischen war es Mittag, und die Leute um mich herum steuerten allein oder in kleinen Grüppchen lachend und plaudernd die nächste Fressbude an. Vor ein paar Stunden noch hatte ich dazugehört, wäre mit Claudia und Silke ein Sandwich oder eine Suppe essen gegangen – jetzt war ich eine Außenseiterin, rausgekickt aus der Clique der Erwerbstätigen. Rausgeschmissen, abserviert. Schon wieder abserviert.

Schließlich fand ich mich vor einem Irish Pub wieder, und ich beschloss, einen Whisky zu trinken. Und zwar zum ersten Mal in meinem Leben ohne Cola. Pur. Machten das die Leute in Filmen nicht auch immer, wenn sie gefeuert wurden?

Der Pub war leer und begrüßte mich mit dem typischen miefigen Geruch von abgestandenem Bier. Es war duster, und noch an die Helligkeit von draußen gewöhnt hatte ich Mühe, etwas zu erkennen. Nachdem ich mich orientiert hatte, setzte ich mich an die Theke, parkte meinen Karton auf dem Hocker neben mir und bestellte beim Barmann einen doppelten Whisky. Beim ersten Schluck musste ich ein bisschen würgen, so ungewohnt war der rauchige, beinahe torfige Geschmack. Doch von Schluck zu Schluck wurde es besser.

Noch immer wartete ich auf die Tränen, aber es kamen einfach keine. ›Vielleicht gewöhnt man sich ja daran, abserviert zu werden‹, dachte ich und betrachtete den Karton neben mir. Ich griff nach meinem Glas und leerte es in einem Zug. Aus meiner Handtasche kramte ich eine Tafel Schokolade, die Claudia mir zum Abschied in die Hand gedrückt hatte (Zartbitter mit Chili), und stopfte mir einen Riegel in den Mund. »Kann ich noch einen haben?«, fragte ich den Barmann, der hinter der Theke Chipstüten ins Regal räumte.

»Bisschen früh für zwei doppelte Whisky, oder?«, fragte er.

»Egal. Ich bin vorhin fristlos entlassen worden.«

»Na dann.« Er schenkte mir noch einen Whisky ein und warf eine Tüte Chips auf den Tresen. »Hier. Gehen aufs Haus.«

»Danke.« Ich nahm noch einen Schluck und spürte, wie der Whisky meinen Magen wärmte, langsam in meinen Kopf stieg und meine Wangen zum Glühen brachte. Verstohlen beobachtete ich den Barmann beim Einräumen der Chipstüten. Er sah gar nicht so schlecht aus. Mitte zwanzig vielleicht. Blonde Haare, die ihm ständig in die Stirn fielen, nettes Lächeln.

»Ich bin übrigens Lena«, sagte ich und streckte ihm meine Hand hin.

Er ergriff sie und antwortete: »Freut mich. Ich bin Jan.«

»Dann bist du gar kein Ire.«

»Nee. Manchmal tue ich aber so, ist gut fürs Trinkgeld.«

»Ich hab mich ja schon immer gefragt, ob überhaupt echte Iren in den Irish Pubs arbeiten.« Ich brach noch ein Stück von der Schokolade ab und bot ihm auch eins an.

Er nahm es und steckte es sich in den Mund. »In Irland vielleicht. Aber hier ist alles Fake. Im Grunde genommen ist doch die ganze Welt nur Fake.«

»Ja«, sagte ich, obwohl ich nicht genau wusste, was er damit meinte. »Das habe ich auch schon oft gedacht.«

Wir schwiegen einträchtig, ich knabberte meine Chips und die Schokolade und genoss das warme Whisky-Gefühl in meinem Bauch.

Ich weiß nicht, wie lange ich so dasaß, aber irgendwann füllte sich der Laden mehr und mehr mit durstigen Gästen. Jan war schwer damit beschäftigt, Bestellungen aufzunehmen und Bier zu zapfen.

Zu meiner Rechten standen zwei Männer in Anzug und Krawatte, die offensichtlich auf ein Feierabend-Bierchen gekommen waren.

»Ist der noch frei?«, fragte mich der kleinere von den beiden und zeigte auf den Barhocker neben mir.

»Nein, da sitzt doch mein Karton.« Ich schlürfte noch einen Schluck Whisky.

»Und wieso kann der Karton nicht stehen, so wie jeder andere auch?«, fragte der andere und strich sich über seinen Schnauzbart.

Ich fand das sehr lustig. »Weil er es sehr schwer hat. Er wurde heute nämlich rausgeschmissen und ist jetzt arbeitslos!«

»Oje«, sagte der Schnauzbart. »Darauf gebe ich einen aus.« Er bestellte bei Jan drei Bier.

Vom Alkohol beseelt holte ich noch weiter aus. »Und wisst ihr was? Ich kann noch einen draufsetzen! Vor drei Tagen hat mich mein Verlobter abgeschossen. Eine Woche vor der Hochzeit. Wegen einer anderen!«

»Was für ein Schwein!«, riefen beide.

Ich fühlte mich so wohl und bestätigt wie schon lange nicht mehr. »Ja. Er hat mir das Herz gebrochen!«

»Der verdient dich doch gar nicht«, sagte der Schnauzbart.

»Ich bin übrigens Udo, und das da«, er deutete auf seinen Freund, »ist Thomas.«

Die beiden waren wirklich nett, und wir tranken noch ein paar Bier zusammen. Einige Stunden später waren mein Karton und ich so etwas wie die Stars des Abends geworden, und um uns herum hatte sich ein kleines Grüppchen gebildet. Ich sonnte mich in der Aufmerksamkeit, blühte geradezu auf und erzählte jedem, der es hören wollte (und wohl auch so manchem, der es nicht hören wollte), meine traurige Geschichte. »Ich habe ein gebrochenes Herz, *und* ich bin arbeitslos!«, verkündete ich wieder und wieder. Vor allem mit dem Schnauzbart verstand ich mich gut. Er hatte sehr viel Verständnis und war ein wunderbarer Zuhörer. »Und weißt du, was mein Ex und mein Ben, äh, also natürlich nicht *mein* Ben, sondern nur Ben …« Verwirrt brach ich ab. »Also jedenfalls, weißt du, was die über mich gesagt haben? Dass ich gemütlich bin und nie den Arsch hochkriege! Kannst du dir das vorstellen? Ich bin nicht gemütlich! Oder bin ich etwa gemütlich, Bruno?«

Er schüttelte energisch den Kopf. »Bist du nicht, Lena. Du bist die aufregendste Frau, die ich kenne. Übrigens heiße ich Udo.«

»Weiß ich doch, Udo. Siehst du, du verstehst mich.« Ich klopfte ihm auf die Schulter und beugte mich über die Theke. »Jan! Ich hätte gerne noch zwei Irish Flags für mich und meinen neuen Freund Bru…do!«

Jan stellte die Schnapsgläser mit dem tödlichen Inhalt – Baileys, Pfefferminzlikör und Whisky – vor uns. Den ganzen Abend hatte ich immer wieder zu ihm rübergesehen, doch er hatte ziemlich viel zu tun, sodass wir nicht dazu kamen, uns näher kennenzulernen.

Die Leute um mich herum nahm ich zunehmend verschwommen wahr, und meine Stimmung wurde immer ausgelassener.

Irgendwann beschlossen Thomas, Udo und ich, noch in eine Karaoke-Bar zu gehen. Elegant wollte ich mich vom Barhocker schwingen, doch ich verlor das Gleichgewicht und plumpste auf den Boden wie ein nasser Sack. Besorgt beugte sich Udo zu mir runter, um mir aufzuhelfen.

»Oh Mann, wie peinlich war das denn?«, murmelte ich, als ich wieder mehr oder weniger sicher auf beiden Beinen stand.

»Mach dir mal keinen Kopf«, erwiderte er. »Hat keiner gesehen.«

»Das sah aber übel aus, Lena«, rief mir in diesem Moment Jan über den Tresen zu.

Ich ignorierte ihn, umklammerte Udos Hals und drückte ihn an mich. »Du bist nett. Komm, wir gehen singen.«

»Willst du nicht lieber nach Hause?«, fragte Jan.

»Nee. Ich muss jetzt singen. Meinen Schmerz rauslassen, verstehst du?«, erklärte ich. »Ihn quasi in die Welt hinausschreien! Ich habe nämlich ein verbrochenes, äh, gebrochenes Herz.« Dabei legte ich die Hand auf meine Brust.

»Verstehe«, erwiderte er.

»Ich komm bald mal wieder vorbei!«, rief ich, beugte mich über die Theke und drückte ihm einen dicken Schmatzer auf die Wange. »Verschro…, äh, versprochen. Tschüs!«

Jan schüttelte lächelnd den Kopf. »Tschüs, Lena. Mach's gut.«

Ich sah noch mal in seine blauen Augen, schnappte mir meinen Karton und drehte mich um, bereit, mit Udo und Thomas Richtung Kiez zu ziehen.

Der Rest des Abends taucht nur noch in Fetzen in meiner Erinnerung auf. Ich im Thai-Karaoke-Schuppen auf der Großen Freiheit, wie ich *Without you* von Nilsson ins Mikro schmachte. Eine Flasche Astra, die ich mit dem Mikro verwechsele und mir über die Bluse kippe. Udo, der seinen Arm um mich legt. Seine männliche Brust, an die ich mich schmiege. Sein Schnauzer, der an meiner Wange kitzelt. Udo und ich, wie wir eng umschlungen zur S-Bahn torkeln. Ich, wie ich immer wieder zu Udo sage: »Du bist der Einzige, der mich versteht.« Und dann Sendepause.

Kapitel 4

... in dem ich nicht mehr tiefer sinken kann

Am nächsten Morgen erwachte ich mit dröhnendem Kopf. Vorsichtig öffnete ich ein Auge. Ich nahm die Umrisse meines Zimmers wahr, aber es war viel zu hell. Schnell kniff ich das Auge wieder zu und prüfte mental meinen Körperzustand. Kopfschmerzen, spröde Lippen, Übelkeit, Muskelkater in den Oberschenkeln, Durst. Eindeutig ein Kater. Aber Moment mal. Spröde Lippen, Muskelkater in den Oberschenkeln? Ich riss nun beide Augen auf und lugte unter die Bettdecke. Oh oh! Splitterfasernackt. Ganz tief wühlte ich in meinen Erinnerungen an gestern, dann erschien das Bild eines Schnauzbarts vor meinem inneren Auge.

Oh Gott. Bitte nicht! Ich warf einen Blick neben das Bett und sah meine schlimmsten Befürchtungen bestätigt: eine leere Weinflasche, mein Outfit von gestern – und ein benutztes Kondom. Von seinen Klamotten war nichts zu sehen, er war also schon abgehauen. Puh, wenigstens etwas. Matt sank ich zurück in die Kissen und bedeckte mein Gesicht mit den Händen. Wie tief war ich gesunken? Ich hatte einen One-Night-Stand gehabt! Zum ersten Mal in meinem Leben! Und ich wusste nicht mal mehr genau, wie der Typ aussah, geschweige denn, wie er hieß. Bruno? Bert? Ich zog mir die Decke über den Kopf und rollte mich zusammen wie ein Embryo im Mutterleib. Vom Verlobten verlassen, vom Boss rausgeschmissen, mit einem Wildfremden im Bett gelandet, ohne es überhaupt mitzukriegen – und das alles innerhalb von vier Tagen.

Ich lag noch ein paar Minuten im Bett und versuchte, den Abend zu rekonstruieren, doch es war hoffnungslos. Mein hämmernder Kopf schrie nach Aspirin. Als Allererstes jedoch benötigte ich dringend eine Toilette. Ich stand auf, zog mir meinen Morgenmantel über und machte mich auf den Weg ins Bad, doch es war abgeschlossen, und die Dusche lief. Also war wohl Ben vom Nachtdienst zurück, denn Juli und Michel müssten längst auf dem Weg zur Arbeit sein. Mit einer Hand am Schädel schlurfte ich in die Küche, wühlte in der Kramschublade nach der Packung Aspirin und hätte sie am liebsten abgeknutscht, als ich sie endlich in der Hand hielt.

»Guten Morgen, Nervensäge«, hörte ich plötzlich eine Stimme hinter mir.

Ich fuhr zusammen, wobei mir die Aspirin-Packung aus der Hand glitt, und drehte mich um. Ben saß am Küchentisch, eine Tasse Kaffee vor sich.

»Ben! Hab ich mich erschrocken! Wieso bist du nicht unter der Dusche?«

»Kommst du da denn nicht gerade her?«

»Ich? Nein, ich …«

»Einen wunderschönen guten Morgen!«, tönte es in dem Moment fröhlich von der Tür. Ben und ich wandten gleichzeitig ruckartig den Kopf. Da stand der Typ von gestern mit freiem Oberkörper! Ich hatte mich einzig und allein an den Schnauzbart erinnern können. Und dabei wäre es auch besser geblieben, stellte ich fest, als ich auf graubehaarte Männer-Hangebrüste starrte, die noch nass vom Duschen waren. Er war alt! Mindestens fünfzig!

Ben sah ungläubig zwischen uns hin und her. Wo war das Loch, in das ich mich verkriechen konnte?

»Guten Morgen«, sagte ich, als ich meine Sprache wiedergefunden hatte.

Der Schnauzbart kam auf mich zu, legte einen Arm um meine Taille und küsste mich auf die Wange.

Mir war übel. Oh Gott, mir war wirklich übel. Ich spürte, dass ich mich übergeben musste, presste mir die Hand vor den Mund und stürzte aus der Küche. Im Bad beugte ich mich im letzten Moment über die Kloschüssel, wo ich mir den gestrigen Abend und die Unmengen an Alkohol noch mal durch den Kopf gehen ließ. Als mein Magen leer war, putzte ich mir die Zähne und spülte meinen Mund mit Odol aus. Um nichts in der Welt wollte ich zurück zu Ben und diesem Typen! Aber es nützte ja nichts, ich konnte kaum ewig hier bleiben. Also atmete ich tief durch und ging zurück in die Küche.

»Na, geht's dir besser?«, fragte der Schnauzbart mitfühlend. Er hatte sich allen Ernstes eine dünne Strähne über die Glatze gekämmt.

»Geht so.«

Ben räusperte sich. »Willst du uns nicht vorstellen, Lena?«, fragte er mit diabolischem Grinsen.

Nein, wollte ich nicht! Wie denn auch? Aber ich versuchte, Haltung zu bewahren. »Natürlich. Das ist Ben, Ben, das ist, äh ... B-Bruno?«

Bens Augenbrauen wanderten Richtung Haaransatz.

»Udo, du Dummerchen«, verbesserte mich der Schnauzbart und streichelte meinen Nacken.

Es lief mir kalt den Rücken runter. Ich stellte mich möglichst weit weg von ihm an die Spüle.

»Hallo Udo. Nett, dich kennenzulernen.« Ben lehnte sich bequem in seinem Stuhl zurück. »Ich bin übrigens Lenas Mann.«

Udo wurde augenblicklich käseweiß, und er riss entsetzt die Augen auf. »Was, echt?«

Ben lachte. Er hatte offensichtlich einen Heidenspaß an dieser Situation. »Nein, war nur ein Witz.«

»Ach so. Na Gott sei Dank.«

Ein peinliches Schweigen folgte.

»So, ich müsste dann auch mal los«, sagte Udo schließlich.

Mir fiel ein Stein vom Herzen. »Tja, da kann man nichts machen. Also dann. Tschühüs!«

Ich wollte ihn gerade aus der Tür schieben, als Ben fragte: »Willst du nicht noch mit uns frühstücken, Udo?«

Ich warf ihm einen tödlichen Blick zu.

Udo schüttelte den Kopf. »Ich würde ja sehr gerne, aber leider habe ich überhaupt keine Zeit. Die Arbeit ruft.«

»Was machst du denn so?«, wollte Ben wissen.

»Ich arbeite im Ordnungsamt. Wenn ihr hier also mal falsch parkt oder euer Hund auf den Gehsteig kackt, dann kommt der alte Udo und kassiert ab.« Bei diesen Worten klopfte er sich auf die Schulter.

»Im Ordnungsamt? Na, dann bist du ja wie geschaffen für Lena. Das muss Schicksal sein.«

»Ich bring dich zur Tür, Udo«, sagte ich.

»Tschüs Ben«, verabschiedete er sich, einen Arm um meine Schulter legend.

»Tschüs. Vielleicht sehen wir uns ja mal wieder!« Ben beobachtete, wie ich mich aus Udos Umarmung wand. »Wobei, ich glaube eher nicht.«

Udo holte seine Sachen aus dem Bad und schlüpfte in Unterhemd (weißes Feinripp!), Hemd und Sakko. An der Tür machte er Anstalten, mich zu küssen. »Ich fand letzte Nacht total schön.

Du doch auch, oder?« Er strahlte mich an, wobei sein Schnauzbart zu beben schien.

Mit beiden Händen schob ich ihn von mir. »Hör mal, Udo, ich war gestern ziemlich neben der Spur. Du bist echt ein netter Typ, aber mehr wird da leider nicht draus.«

Sein Strahlen verblasste. »Oh. Ach so. Ich kann dir ja trotzdem meine Nummer dalassen, falls du doch noch mal Lust hast, dich mit mir zu treffen.«

»Danke, Udo, aber ich glaube, das ist nicht nötig.«

Er nickte und öffnete die Wohnungstür. »Okay. Ich verstehe. Mach's gut, Lena.«

»Ja, du auch. Tut mir echt leid«, sagte ich, und das tat es auch.

Mit einem letzten, sehr traurigen Blick verließ Udo die Wohnung.

Ich lehnte mich an die Tür und ließ meinen schmerzenden Kopf dagegensinken. Mein Gott, ich schämte mich so!

Um endlich meine Aspirin einwerfen zu können, blieb mir nichts anderes übrig, als zurück in die Küche zu gehen. Ben saß natürlich immer noch grinsend da, die Chance, mich aufzuziehen, konnte er sich schließlich nicht entgehen lassen. »Na sieh mal einer an, Lena. Da hast du aber einen heißen Typen aufgerissen, was?«

»Kein Kommentar.« Ich füllte ein Glas mit kaltem Leitungswasser, spülte zwei Aspirin runter und ließ mich ermattet auf einen Stuhl plumpsen.

Nach einer kleinen Pause fragte Ben: »Gibt es denn eigentlich einen bestimmten Grund dafür, dass du neuerdings wahllos Typen aufreißt und sie am nächsten Morgen eiskalt wieder abservierst?«

»Keine Ahnung, Ben. Wir wohnen immerhin schon seit Samstag zusammen, ich vermute, das ist dein schlechter Einfluss.«

»Na dann, herzlich willkommen in meiner verdorbenen und unmoralischen Welt. Wer hätte gedacht, dass du jemals deinen Heiligenschein ablegen und zu mir auf die dunkle Seite kommen würdest?«

»Lass mich einfach in Ruhe, okay? Mir ist selbst nicht klar, wie das mit Udo passieren konnte!«

»Oh, wenn du den Grund schon selbst nicht weißt, kann ich dir auf die Sprünge helfen.« In äußerst schlechter Herbert-Grönemeyer-Imitation sang Ben: »Was ist hier los, was ist passiert? Ich hab bloß meine Nerven massiert. Alkohoool ist dein Sanitäter in der Not, Alkohoool ist dein Fallschirm und dein Rettungsboot.«

Mein Stuhl kratzte laut über den Boden, als ich aufstand. »Vielen Dank, Ben. Das bringt mich echt weiter.« Ich trank noch einen großen Schluck Wasser und wollte mich gerade auf den Weg zurück in mein Zimmer machen, als er mich fragte: »Wieso bist du eigentlich nicht bei der Arbeit? Es ist halb neun.«

»Ich hab heute frei«, sagte ich und wischte ein unsichtbares Fusselchen vom Ärmel meines Morgenmantels. »Hab ganz spontan einen Tag freigenommen.«

»Das ist ja mal eine nette Umschreibung für blaumachen«, sagte er und stand ebenfalls auf. »So, ich geh pennen. Denk daran, heute Abend pünktlich um sechs abfahrbereit zu sein.«

»Hä?«

»Na, wir sind doch zum Grillen bei deinen Eltern. Schon vergessen?«

Oh verdammt, das hatte ich tatsächlich vergessen. Auch das noch! Da konnte ich ja gleich vor versammelter Mannschaft die frohe Botschaft verkünden, dass ich jetzt nicht nur Single, sondern auch noch arbeitslos war.

»Ben?«, rief ich, bevor er verschwinden konnte. »Mir wäre es lieb, wenn das mit Udo unter uns bleiben würde.«

Ben zuckte mit den Achseln. »Ich hatte nicht vor, es jemandem zu erzählen.« Damit ließ er mich allein zurück.

Abends fuhren Juli, Michel, Ben und ich zusammen in Bens klapprigem Opel Kadett zu meinen Eltern. Hätte mir nicht so eine unangenehme Aufgabe bevorgestanden, hätte ich mich glatt darauf gefreut, meine Familie mal wieder in vollständiger Besetzung zu sehen, denn oft kam das leider nicht mehr vor. Meine große Schwester Katja hatte einen sehr stressigen Job als Lektorin und war darüber hinaus mit ihrem Mann Lars und den beiden Kindern mehr als genug beschäftigt. Es war nicht so einfach, einen Termin zu finden, der allen passte, und umso mehr genossen wir die Zeit, die wir gemeinsam verbringen konnten.

Dabei zählte auch Ben fast als vollwertiges Familienmitglied. Als er elf Jahre alt gewesen war, war seine Mutter bei einem Verkehrsunfall gestorben, und einen Großteil seiner Kindheit und Jugend hatte er bei uns verbracht. Sein Vater und seine Stiefmutter, Manfred und Gisela, wohnten nur zwei Straßen entfernt. Bens und Michels enge Freundschaft hatte sich im Laufe der Jahre auch auf die Eltern übertragen, sodass Ben, Manfred und Gisela bei vielen Feiern unserer Familie dabei waren und umgekehrt. So auch heute.

Wir klingelten an der Haustür, und augenblicklich stürmte das Begrüßungskommando, bestehend aus meinem Neffen Paul und meiner Nichte Anna, sowie Katja, meiner Mutter und Gisela, auf uns zu. Es gab Umarmungen und Küsse, und alle redeten durcheinander. Nachdem endlich alle Wangen geküsst und alle Wackelzähne bewundert waren, gingen wir in den Garten, wo die Männer am Grill mit einer Flasche Bier in der Hand über die Glut fachsimpelten – wie Männer das nun mal so machten.

Wir setzten uns um den Gartentisch, und die Völlerei begann. Da meine Mutter stets Angst hatte, dass jemand hungrig ihr Haus verlassen könnte, neigte sie dazu, Unmengen an Essen aufzufahren. Sie lud mir fünf Löffel Kartoffelsalat und zwei Steaks auf den Teller, setzte sich neben mich und strich mir über das Haar. »Hier, Kind, iss das. Ganz abgemagert bist du.«

Ben räusperte sich übertrieben laut, wofür er einen giftigen Blick von mir erntete.

»Jetzt erzähl mal, Lena, was ist denn nun mit Simon und dir?«, erkundigte Katja sich. »Hast du noch mal mit ihm geredet?«

Ich schüttelte den Kopf. »Von diesem Mistkerl will ich nie wieder was hören! Irgendwann muss ich noch meine Sachen bei ihm abholen, aber ich werde tunlichst darauf achten, dass er dann nicht da ist, das kannst du mir glauben.«

»Richtig so, du kannst froh sein, dass du den los bist«, mischte sich Gisela vom anderen Ende des Tisches ein. »Ich habe immer gesagt, der ist nicht gut für Lena, stimmt's, Manfred?«

Bens Vater antwortete folgsam: »Ja, das hast du sehr oft gesagt.«

»Ich fand auch immer, dass der so was Verschlagenes um die Augen hatte«, mischte meine Mutter sich ein, die in Wahrheit eine ganz offensichtliche Schwäche für Simon gehabt hatte. Ich spürte, wie sich ein Kloß in meinem Hals bildete. »Könnten wir bitte das Thema wechseln?«, fragte ich und stocherte in meinem Kartoffelsalat, um die anderen nicht ansehen zu müssen.

»Klar, das war echt blöd von uns«, sagte Katja. »Entschuldige, Lena. Wie läuft's denn so im Job? Versprüht Sauerbach immer noch seinen Charme?«

Bingo. Da hatte meine Schwester zielsicher das zweite Thema herausgepickt, über das ich heute Abend eigentlich nicht reden wollte. Und ich hatte es auch noch selbst heraufbeschworen. Ich räusperte mich. »Ja, also, es trifft sich gut, dass du danach fragst, denn dazu habe ich euch etwas mitzuteilen.«

»Hört, hört«, sagte Manfred. »Bist du befördert worden?«

»Ach, wie sollte sie denn befördert werden?«, fragte mein Vater. »Der Job bietet keinerlei Perspektiven. Oder etwa doch?«

»Nein, das stimmt«, erwiderte ich und atmete noch mal tief durch. »Also, um es kurz zu machen, ich bin nicht befördert, sondern rausbefördert worden«, versuchte ich zu scherzen, doch niemand lachte. Alle starrten mich nur an.

Meine Mutter fasste sich als Erste. »Was meinst du damit, rausbefördert worden?«

»Ich habe aus Versehen eine E-Mail, in der ich mich etwas über meinen Chef aufgeregt habe, an die gesamte Kanzlei geschickt. Das fand der nicht so witzig und hat mich rausgeschmissen.«

»Spinnst du?«, platzte es aus Michel heraus. »Wie dämlich kann man denn sein, mit so einem Scheiß seinen Job zu riskieren?!«

»Mir ist schon klar, dass ich Mist gebaut habe, aber das lässt sich nun mal nicht ändern!«

»Geh dahin und entschuldige dich!«, brüllte mein Vater.

»Ich habe mich bereits mehrfach entschuldigt, das bringt doch jetzt nichts mehr!«, versuchte ich, mich zu verteidigen. »Meine Güte, ihr tut ja gerade so, als hätte ich verkündet, dass ich Hundewelpen esse! Ich habe lediglich meinen Job verloren, ich finde schon einen neuen.«

Hektisch verscheuchte Michel eine Wespe von seinem Teller. »Lena, es ist heutzutage verdammt schwer, einen gut bezahlten, sicheren Job zu finden! Glaubst du etwa, die warten alle nur auf dich?«

»Nein, ich ...« Hilflos brach ich ab. Ich kam mir vor wie ein

Kaninchen, das von zwei fetten Katzen gejagt wurde und dem allmählich die Luft ausging.

»Möchte jemand noch ein Bier? Michel, du vielleicht?«, fragte Ben in dem offensichtlichen Versuch, die Stimmung aufzulockern, wurde jedoch nicht beachtet.

»Und wie soll es jetzt weitergehen?«, fragte mein Vater. »Willst du mal wieder was studieren oder noch eine Ausbildung anfangen? Es ist wirklich zum Heulen, was du aus deinem Leben machst! Sieh dir deine Geschwister an, die haben alles richtig gemacht.«

Zu meinem Ärger stiegen mir schon wieder Tränen in die Augen. Ich versuchte, etwas zu erwidern, war aber zu sehr damit beschäftigt, sie zurückzudrängen.

»Lena, ist dir eigentlich schon mal aufgefallen, dass du jetzt weder einen Job noch eine Wohnung hast? Ist dir überhaupt klar, wie ernst deine Lage ist?«, fragte Michel überflüssigerweise.

»Jetzt lass es mal gut sein, Michel«, sagte Katja ruhig.

»Genau. Mal nicht gleich den Teufel an die Wand«, fügte Juli hinzu und sah meinen Bruder warnend an. »Sie wird einen anderen Job finden, da bin ich mir ganz sicher.«

Ich blickte auf meine Hände und schluckte. Diese verdammten Tränen!

Michel räusperte sich. »Na gut, mal was anderes«, sagte er in die betretene Stille hinein. »Wo wir hier gerade alle so nett beieinandersitzen und dabei sind, Neuigkeiten zu verkünden, hätte ich auch etwas dazu beizusteuern.«

Juli lief hochrot an und fasste Michel am Arm. »Muss das ausgerechnet jetzt sein?«

Doch er fuhr unbeirrt fort. »Ich habe Juli gefragt, ob sie meine Frau werden will, und sie hat ja gesagt. Wir werden heiraten!«

Seine Worte wurden mit allgemeiner Verwirrung quittiert.

Nach einem furchtbar langen Moment brach ein Riesentumult aus, und alle redeten und gratulierten gleichzeitig.

Als ich mich wieder einigermaßen gefasst hatte und an der Reihe war, Juli zu umarmen, flüsterte sie mir ins Ohr: »Tut mir leid, das war echt nicht der richtige Moment. Michel ist so ein Idiot!«

Ich drückte sie noch fester an mich. »Ach Quatsch, Juli. Ich meine, du hast natürlich recht, Michel ist ein Idiot. Aber ich freue mich wirklich für euch!«

Mein Vater köpfte ein paar Flaschen Sekt, und als gerade alle damit beschäftigt waren, an ihren Gläsern zu nippen, sagte Ben: »Na, dann wollen wir mal hoffen, dass *diese* Hochzeit auch tatsächlich stattfindet, was?«

Wow, das saß. »Vielen Dank, Ben, das hab ich jetzt echt gebraucht!«

»Das war doch nur ein Scherz.«

»Aber kein besonders komischer«, mischte Gisela sich ein. »Und immerhin *wollte* jemand Lena heiraten. So viel Glück hattest du nicht, wenn ich mich richtig erinnere. Wenn man sein Herz verschenkt, riskiert man nun einmal, vor Gott und der Welt lächerlich gemacht zu werden, das solltest du eigentlich wissen.«

»Ich kann mich nicht daran erinnern, dich nach deinem Senf gefragt zu haben«, erwiderte Ben scharf. »Lena ist alt genug, für sich selbst zu sprechen.«

Irgendwie schien das mit der friedlichen Stimmung heute nicht so richtig gelingen zu wollen.

»Wann soll der große Tag denn eigentlich sein?«, erkundigte sich Katja bei Juli und lenkte die Aufmerksamkeit damit wieder auf sie und Michel, was alle dankbar annahmen.

Ich jedoch brauchte dringend eine Auszeit und schlich so unauffällig wie möglich in mein Zimmer.

Was für ein grauenvoller Abend! Ich fühlte mich so klein und nutzlos wie schon lange nicht mehr. Dabei kannte ich dieses Gefühl nur zu gut. Als ich fünf Jahre alt war, erzählte Michel mir, Mama und Papa hätten mich als Baby auf einem Parkplatz an der Autobahn aufgelesen, wo meine richtigen Eltern mich ausgesetzt hätten. Ob ich denn noch nie gemerkt hätte, dass ich gar nicht aussah wie die anderen Mitglieder unserer Familie? Außerdem drohte er mir, dass ich sofort wieder ausgesetzt werden würde, wenn ich ihm nicht zukünftig mein Taschengeld in Höhe von fünfzig Pfennig pro Woche aushändigte. Ich war tagelang zutiefst verstört, starrte immer wieder in den Spiegel, studierte meine Gesichtszüge und fand tatsächlich, dass ich ganz anders aussah. Meine Mutter merkte natürlich, dass etwas mit mir nicht stimmte, und bohrte so lange nach, bis ich bitterlich weinend zusammenbrach. Sie stellte zwar sofort alles richtig, aber trotzdem gab es auch heute noch Momente, in denen ich überlegte, ob nicht doch ein Fünkchen Wahrheit in Michels Geschichte stecken konnte. Meine Geschwister waren immer in allem besser gewesen als ich. Katja, die Älteste von uns dreien, war hübsch und klug, und Michel war allseits beliebt, und auch ihm war im Leben irgendwie immer alles so zugefallen. Beide hatten spannende Jobs, Katja als Lektorin bei einem großen Publikumsverlag und Michel als Luft- und Raumfahrtingenieur. Ich hingegen war in allem nur Durchschnitt und eben … na ja, nur ich.

In meinem alten Zimmer ließ ich mich aufs Sofa fallen und betrachtete gedankenverloren die Poster an den Wänden. Juli und Michel würden heiraten. Ich freute mich wirklich für die beiden, aber irgendwie versetzte die Tatsache mir auch einen Stich. Juli hatte so strahlend und glücklich ausgesehen. Wahrscheinlich so wie ich, als Simon und ich unsere Verlobung verkündet hatten. Und was war davon übrig? All meine Träume und Pläne für die Zukunft, was war davon geblieben?

Es klopfte, und kurz darauf steckte Katja den Kopf zur Tür herein. »Alles okay bei dir?« Sie setzte sich neben mich und zündete eine Zigarette an. Nachdem sie tief inhaliert hatte, reichte sie den Glimmstängel an mich weiter. Einträchtig teilten wir die Zigarette.

»Du hast zurzeit echt einen Lauf, was?«, sagte sie schließlich.

Ich stieß den Rauch aus und lachte bitter. »Ja, momentan läuft es richtig rund. Aber wenigstens steht meine liebe Familie voll und ganz hinter mir.«

»Glaub mir, niemand hat es böse gemeint.«

Heftig schüttelte ich den Kopf. »Nein, natürlich nicht! Ihr meint es ja nie böse! Aber weißt du was, ich habe die Nase voll davon, mich ständig mit euch vergleichen zu lassen. Du und Michel, ihr habt die Messlatte so hoch angesetzt, dass ich da einfach nicht hinaufkomme.«

»Ach komm, hör auf. Das ist doch Schwachsinn«, sagte Katja.

»Pff«, machte ich und verschränkte die Arme vor der Brust. Eine Weile schwieg ich beleidigt vor mich hin, doch dann fiel mir etwas ein. »Sag mal, was meinte Gisela eigentlich damit, Ben hätte nicht das Glück gehabt, dass jemand ihn heiraten wollte?«

Katja zuckte mit den Achseln. »Kannst du dich noch an Franziska erinnern?«

Ich zog noch einmal an der Zigarette und stand auf, um das Fenster zu öffnen. Und wie ich mich an sie erinnerte! Sie war die einzige Frau, mit der er länger als drei Monate zusammen gewesen war. Ganze drei Jahre hatte ihre Beziehung gehalten. »Klar erinnere ich mich an sie. Aber ich dachte immer, er hätte mit ihr Schluss gemacht.«

Katja schüttelte den Kopf. »Nein. Er wollte sie heiraten, aber sie ihn nicht. Stattdessen ist sie ohne ein Wort in die USA abgehauen.«

»*Ben* ist verlassen worden?« Ich drückte die Kippe aus und ließ sie in dem Blumenkübel vor meinem Fenster verschwinden.

»Tja, einmal im Leben erwischt es wohl jeden«, sagte Katja und erhob sich vom Sofa. »Lass uns wieder rausgehen, okay?«

Als wir in den Garten kamen, legte Michel mir den Arm um die Schultern und sah mich mit zerknirschtem Dackelblick an. »Sorry, ich hab's nicht so gemeint. Ich mache mir einfach Sorgen.«

Ich hatte ihm noch nie lange böse sein können und verzieh ihm natürlich auch dieses Mal. Mein Vater fasste mich mit Samthandschuhen an, und auch Ben hielt Gott sei Dank seine Klappe. So wurde es dann doch noch ein einigermaßen erträglicher Abend, auch wenn es in mir drin sehr finster aussah.

Kapitel 5

... in dem ich trotz allem Geburtstag feiere, unverhofft einen Gummibärchen-Buddy finde und einen Drei-Punkte-Plan erstelle

Und dann war er plötzlich da. Freitag, der 24. Juni. Heute war mein dreißigster Geburtstag. Heute hätte ich heiraten wollen. Happy Birthday, Lena.

Das Gästesofa hatte ich in den letzten zwei Tagen kaum verlassen. Wenn ich überhaupt aufstand, dann nur, um mich von der Schlafcouch ins Wohnzimmer zu schleppen. Dort glotzte ich Hartz-IV-TV oder starrte die Wand an, hörte in voller Lautstärke immer wieder *Without you* von Nilsson und heulte. Heulen war überhaupt zu meiner Hauptbeschäftigung geworden. Etwas anderes hatte ich ja auch sowieso nicht zu tun. Den Mann fürs Leben vergrault und den Job durch eigene Dämlichkeit verloren – wenn das nicht zum Heulen war, was dann?

Unaufhörlich zermarterte ich mir das Hirn darüber, was ich bei Simon falsch gemacht hatte. Was ich anders hätte machen müssen. Wieso er mich nicht mehr liebte. Ob er wohl immer noch superhappy mit seiner selbstbewussten Cordula war oder auch mal an mich dachte. Ob ich jemals wieder einen Job finden würde oder ob ich bis ans Ende meiner Tage dazu verdammt war, arbeitslos und ungeliebt auf der Couch abzuhängen.

Ständig dudelte mein Handy, wahrscheinlich, weil Freunde

und Familie mir zum Geburtstag gratulieren wollten, aber ich ignorierte es einfach.

Überhaupt, sehen und sprechen wollte ich heute niemanden. Nicht einmal Juli und Michel. Die mit ihren tollen Hochzeitsplänen! Und eine eigene Wohnung wollten sie sich jetzt auch noch suchen, das hatten sie Ben und mir neulich verkündet. Nicht, dass sie in meiner Gegenwart großartig darüber redeten, aber es schwebte immer mit im Raum, und ich konnte einfach nicht ertragen, dass irgendjemand glücklich war.

Die Einzigen, die ich heute in meiner Nähe haben wollte, waren eine 300-Gramm-Tafel Schokolade und Herr Müller, mein alter Teddybär.

Gedankenverloren spielte ich an meinem Verlobungsring. Noch immer hatte ich mich nicht dazu überwinden können, ihn abzunehmen. Es war genau elf Uhr – eigentlich sollte jetzt gerade unsere standesamtliche Trauung stattfinden. Schon kullerten mir wieder Tränen über die Wangen. So hübsch wäre ich gewesen in meinem Prinzessinnenkleid! Ich zog ein Kleenex aus der Packung neben mir und versuchte, den nicht enden wollenden Tränenstrom zu trocknen.

Da klopfte es an meine Tür. »Lena, bist du wach?«, rief Juli leise. Wenn mich doch bloß alle in Ruhe lassen würden! Die Tür ging auf, und Juli kam herein. Leise trat sie an das Sofa und beugte sich über mich. Als sie sah, dass ich wach war, setzte sie sich auf die Bettkante, strich mir über das Haar und sagte: »Hey Lena, wir haben Frühstück gemacht, und danach wollen wir an die Elbe fahren. Komm mit, okay?«

Ich schluchzte auf. »Ich kann das nicht, Juli, ehrlich.«

Sie legte sich neben mich und nahm mich in den Arm. »Ach Süße. Versuch's doch einfach. Für mich. Du hast heute Geburtstag, und den will ich mit dir feiern. Schließlich bist du einer meiner Lieblingsmenschen.«

»Bei mir gibt es nichts zu feiern«, schniefte ich.

»Doch, wir können feiern, dass du diesen Arsch los bist«, hörte ich Michels Stimme von der Tür.

»Michel!«, sagte Juli strafend.

»Ist doch wahr.«

»Ich will einfach nur hier liegen und traurig sein, okay?« Mit diesen Worten drehte ich mich zur Wand und erklärte somit das Gespräch für beendet.

Juli seufzte. »Na gut. Falls du doch noch Lust hast: Wir würden uns wirklich sehr freuen.« Sie drückte mich ein letztes Mal an sich, und dann hörte ich, wie sie und Michel das Zimmer verließen.

Ich hatte gerade wieder *Without you* von Nilsson angemacht und mich erneut meinem Elend hingegeben, als es noch einmal an der Tür klopfte, ungeduldig dieses Mal. Unaufgefordert polterte Ben in den Raum. »Lena, tu uns allen, aber vor allem dir selber bitte einen Gefallen: Steh auf, wasch dir die Haare, und unternimm etwas!«, fuhr er mich an. »Davon, dass du hier im Bett liegst und rumheulst, wird es auch nicht besser!«

Statt einer Antwort drehte ich den Ton am CD-Player lauter und ließ Nilsson aus voller Kehle seinen (und meinen) Schmerz in die Welt hinausschreien:

»I can't liiiiiiiiive if living is without you
I can't liiiiiiiiiive, I can't give anymooooore!«

Ben ging mit energischen Schritten zum Nachtschrank neben meinem Schlafsofa und schlug auf die Aus-Taste des CD-Players. »Jetzt reiß dich verdammt noch mal zusammen! Und hör auf, dieses Scheißlied zu hören, der Typ klingt wie ein schwuler Werwolf in der Brunftzeit! Ich kann's nicht mehr ertragen und dein Selbstmitleid auch nicht!«

Ich setzte mich im Bett auf, griff nach dem erstbesten Gegenstand, den ich zu fassen bekam (Herrn Müller, den Armen), und warf ihn nach Ben. »Entschuldige, dass ich an meinem vergeigten Hochzeitstag traurig bin, du Holzklotz! Schön, dass du das Ende deiner ›Beziehungen‹«, bei diesem Wort malte ich mit den Fingern Anführungszeichen in die Luft, »innerhalb von fünfzehn Minuten verarbeiten kannst, aber bei mir dauert das leider etwas länger! Und jetzt lass mich gefälligst IN RUHE!« Mir taten meine Worte schon fast ein bisschen leid, als mir Franziska einfiel. Vermutlich hatte er daran durchaus länger als fünfzehn Minuten zu knabbern gehabt. Ich sagte aber nichts, sondern legte mich wieder zurück in mein Kissen.

»Also schön. Dann versinkst du eben in diesem miefigen Zimmer im Selbstmitleid. Juli heult sich die Augen aus dem Kopf, weil sie diesen Tag extra für dich geplant hat, und Michel ist so krank vor Sorge, dass er seit Mittwoch nichts gegessen hat. Aber nur zu. Viel Spaß.« Mit diesen Worten verließ er das Zimmer.

Ich stellte den CD-Player wieder an und zog mir die Decke bis unter die Nase. Gott sei Dank, endlich war er weg, und ich hatte meine Ruhe. Es war doch wohl gerechtfertigt, dass ich mich ein kleines bisschen selbst bemitleidete, oder etwa nicht? Oder etwa nicht!?! Aber dass Juli jetzt weinte ... Ich kaute nachdenklich an meinem Daumennagel. Und Michel hatte seit zwei Tagen nichts gegessen? Das war höchst ungewöhnlich für ihn. Da fiel mir ein, dass ich selbst auch schon eine ganze Weile nichts außer Eis, Schokolade und Rotwein zu mir genommen hatte. Vielleicht konnte es ja wirklich nicht schaden, mit den anderen zu frühstücken. Auch als kleine Wiedergutmachung für Juli und Michel. Es reichte schließlich, wenn es hier einer Person dreckig ging, und das war immer noch ich! Das Haus würde ich allerdings nicht verlassen, dafür war ich definitiv noch nicht in der Verfassung.

Schwerfällig krabbelte ich aus dem Bett, sah an mir herunter und überlegte, ob ich mich zur Abwechslung mal anziehen sollte. Ich trug ein uraltes Riesenschlafshirt und an den Füßen trotz der sommerlichen Temperaturen dicke Wollsocken. Geduscht hatte ich schon seit Mittwoch nicht mehr. Ein Blick in den Spiegel bestätigte meine Befürchtung. Ich sah so aus, wie ich mich fühlte: scheiße. Aber egal. Ich schlüpfte in meine Tigertatzen-Pantoffeln, schlurfte über den Flur und betrat die Küche.

Hier wurde ich von lautem Freudengeheul begrüßt. Juli und Michel standen vor mir, reckten die Arme in die Luft und jubelten, als wäre Deutschland soeben Fußballweltmeister geworden. Seltsam, Juli sah überhaupt nicht verheult aus. Über ihre Schultern hinweg konnte ich Ben sehen, der hinter den beiden stand und mich frech angrinste. Allmählich dämmerte es mir. »Wieso heulst du nicht?«, fragte ich Juli streng.

Sie wich meinem Blick aus. »Äh, also ich …«, stammelte sie.

Daraufhin wandte ich mich an meinen Bruder, der ein halb aufgefuttertes Schokocroissant in der Hand hielt. »Seit zwei Tagen nichts gegessen, ja?«

Michel zuckte nur mit den Achseln und biss genussvoll in sein Croissant.

»Ich verschwinde wieder, manipulieren lasse *ich* mich nicht!«, murrte ich, doch Juli hielt mich zurück.

»Lena, bitte. Bleib hier und frühstücke mit uns. Trotz allem hast du heute Geburtstag, und wir wollen versuchen, diesen Tag für dich so schön wie möglich zu machen.«

Ich schnaubte. »Na, dann viel Spaß.« Widerstrebend ließ ich mich von Juli zum Esstisch führen. Um meinen Teller herum lagen frische Blumen, und ein Smarties-Gesicht lachte mir entgegen. Ein rosa Geburtstagskuchen mit einer »30« aus Schlagsahne stand auf dem Tisch. Überall in der Küche hingen Girlanden und Luftballons. Wider Willen musste ich lächeln. »Oh Mann, das ist aber wirklich süß! Danke schön!«

Michel öffnete eine Flasche Sekt und schenkte uns ein. »Also, der Plan für heute lautet wie folgt«, sagte er. »Erst gibt es Geschenke, Frühstück und Sekt. Nach dem Frühstück ist Ben so freundlich, uns an die Elbe zu kutschieren. Dort werden wir gepflegt abhängen, grillen und es uns gut gehen lassen. Abends geht es in eine oder mehrere Kneipen deiner Wahl. Folgende Wörter sind heute tabu: ›Hochzeit‹, ›Simon‹, ›Dreißig‹, ›Torschlusspanik‹ und ›Nein, danke, für mich keinen Alkohol mehr‹. Und, wie klingt das?«

Ich zuckte mit den Achseln. »Solange ich meine Nilsson-CD mitnehmen kann, ist mir alles recht.«

»Auf gar keinen Fall!«, rief Ben mit entsetztem Gesichtsausdruck.

»War doch nur Spaß«, erwiderte ich, und mein Lächeln tat nun schon nicht mehr ganz so weh.

Der Tag war wirklich schön, viel schöner, als ich es ein paar Stunden zuvor noch für möglich gehalten hätte. Wir spielten Fußball am Elbstrand, lagen auf Decken, unterhielten uns oder sahen einfach nur auf den Fluss. Irgendwann merkte ich, dass Juli und Michel zusammengekuschelt eingeschlafen waren. Auch Ben hielt ein Nickerchen. Ich betrachtete die drei. Julis rote Haarmähne lag auf Michels Brust. Sein T-Shirt war am Bauch etwas hochgerutscht und offenbarte seine behaarte Plauze, die irgendwie etwas Rührendes hatte. Sie hielten Händchen im Schlaf und sahen rundherum zufrieden aus. Ben schnarchte leicht, und ich konnte die kleine Narbe über seiner rechten Augenbraue erkennen, die Michel ihm im Alter von vierzehn Jahren versehentlich zugefügt hatte.

Mein Blick schweifte von meinen Freunden auf den Fluss. Fähren und Containerschiffe fuhren geschäftig Richtung Hafen oder Nordsee und trieben Wellen an den Strand. Eine Familie spazierte am Wasser entlang. Der Vater trug einen kleinen Jungen auf der Schulter, Mutter und Tochter wateten durch das Wasser und spritzten sich gegenseitig nass. Die vier vermittelten ein so starkes Gefühl von Zusammengehörigkeit, dass ich ganz wehmütig wurde und mich fragte, ob ich das jemals haben würde. Eine eigene Familie. Momentan sah es jedenfalls nicht danach aus. Ich spürte erneut Tränen in mir aufsteigen, doch dieses Mal gab ich ihnen nicht nach. Ich beschloss, dass endgültig Schluss war mit der Heulerei, und rieb mir heftig die Augen.

Simon war ein mieser Dreckskerl, er hatte mir das Herz gebrochen und mich vor Gott und der Welt gedemütigt. Er war es nicht wert, dass ich mir wegen ihm weiterhin die Augen aus dem Kopf heulte. Ich stand auf und ging in Richtung Elbe, bis ich mit den Füßen im kühlen Wasser stand. Langsam zog ich mir den Verlobungsring vom Finger und betrachtete ihn. Ein schmaler, goldener Ring, mit einem funkelnden Diamanten obenauf. Wie für eine Prinzessin.

»Ich kann dich nicht heiraten. Du bist halt eher … gemütlich.«

Ich holte aus und warf den Ring, so weit ich konnte. Er flog durch die Luft, platschte kurz darauf ins Wasser und war verschwunden. Es war vorbei. Endgültig. Noch nie hatte ich mich so einsam gefühlt.

Auf der Suche nach der Familie blickte ich das Ufer hinab. Weit entfernt sah ich sie, inzwischen waren sie nur noch als winzig kleine Punkte auszumachen.

Ich setzte mich wieder auf unsere Decke und betrachtete die drei Menschen, die hier bei mir waren. Mir wurde klar, dass ich *nicht* allein war. Was meine Freunde heute für mich getan hatten, wie sie in der letzten Woche für mich da gewesen waren – ich konnte wirklich froh sein, solche Menschen in meinem Leben zu haben.

Ein paar Stunden später saßen wir an der Theke des Aurel, unserer Stammkneipe in Ottensen, und genehmigten uns ein paar Drinks. Michel und Juli knutschten rum, während Ben und ich über farbliche Geschmacksunterschiede diskutierten, angeregt durch meine Feststellung, rote Gummibärchen seien die leckersten. Wir philosophierten, ob der Mensch von Natur aus dazu neigte, farbiges Essen vorzuziehen, und wenn ja, wieso es dann farblose Gummibärchen gab. Wir stellten fest, dass wir problemlos Gummibärchen-Buddies werden könnten, da ich die gelben und roten am liebsten mochte und Ben die orangenen und grünen und wir uns insofern beim Verspeisen einer Tüte nicht in die Quere kommen würden.

Auf diese ungeahnte Welle gegenseitiger Sympathie, die uns überrollte, mussten wir erst einmal mit einem Tequila Peng anstoßen. Wir knallten die Gläser auf die Theke, und als der mit Sprite gemischte Tequila hochschäumte, tranken wir ihn auf ex. Als wir gerade sinnierten, dass unsere Abneigung gegen farblose Lebensmittel sich nicht auf Alkohol bezog, bemerkte ich, wie Bens Blick über meiner Schulter an etwas hängen blieb, das ihn anscheinend sehr interessierte und ihn von unserer Unterhaltung ablenkte. Irritiert drehte ich mich um, um herauszufinden, was es da hinter mir so Faszinierendes zu sehen gab. Natürlich. Eine Frau. Meine Frage, ob er ebenfalls der Meinung wäre, dass M&M-Farben *keine* Geschmacksunterschiede aufwiesen, beantwortete er gar nicht mehr. Stattdessen bedachte er diese Tussi mit einem Lächeln, das er nur heimlich vorm Spiegel geübt haben konnte, so peinlich einstudiert wirkte es.

An meinem Geburtstag durfte ich doch wohl bitte erwarten, dass ich die Hauptfigur war! Ich schnippte mit den Fingern vor Bens Gesicht herum. »Hallo?«

»Hm?«, murmelte er abwesend, ohne den Blick von seiner Beute zu wenden.

»Ich rede mit dir!«

»Jaja, weiß ich doch. Warte mal kurz, ich bin sofort wieder da.« Mit diesen Worten sprang er vom Barhocker und bewegte sich in einem affigen Clint-Eastwood-Gang auf seine Flirtpartnerin zu. Also wirklich!

Unsanft stieß ich Juli in die Seite. Sie und Michel knutschten immer noch rum wie zwei Teenager auf Klassenfahrt. Gnädigerweise rissen sie sich dann doch voneinander los. »Was ist?«, wollte Juli wissen.

»Ich brauche Gesellschaft. Ben ist eine aufreißen gegangen«, murrte ich.

Eine ganze Weile später kam er auf uns zu, den Arm um die Taille der jungen Frau gelegt. Sie war riesengroß und unglaublich dünn, und mit ihren mindestens zwei Meter langen Beinen sah sie aus wie eine Giraffe. Eine Giraffe mit Püppchengesicht, langer, dunkler Mähne und blauen Augen. Als die beiden vor uns standen, stellte er sie uns vor. »Das ist Vanessa.«

Ben und Vanessa wechselten ein paar höfliche Worte mit uns, fummelten allerdings schon bald derartig aneinander herum, dass eins völlig klar war: Hier und heute würden zwei Menschen definitiv nicht allein nach Hause gehen. Vanessa war, Bens Ex mitgezählt, die dritte Tussi innerhalb einer Woche! Wer war er, Tiger Woods?

Kurz darauf fingen Juli und Michel wieder an zu knutschen. Na toll. Links von mir wurde gebaggert, rechts von mir geknutscht, und ich mittendrin. Seufzend stützte ich meine Arme auf der Theke ab und spielte an meiner Bierflasche herum. Mit einem leichten Anflug von Bedauern realisierte ich, dass wir Ben für den heutigen Abend vermutlich abschreiben konnten. Dabei war es ausnahmsweise mal ganz nett gewesen, sich mit ihm zu unterhalten.

Gott sei Dank retteten mich irgendwann Juli und Michel, als

sie endlich aus ihrer Umarmung auftauchten. Wir beschlossen, es für heute gut sein zu lassen, und gingen nach Hause.

Später im Bett wurde mir bewusst, dass ich jetzt eigentlich gerade auf meiner Hochzeit hätte tanzen sollen. Aber ich erlaubte mir nicht, wieder in die Depression abzudriften. Mein Leben verlief zwar nicht mehr nach dem Plan, den ich dafür gehabt hatte, dieser war im Gegenteil sogar völlig über den Haufen geworfen worden. Aber ich würde mich davon nicht unterkriegen lassen! Immerhin war das hier auch eine Chance, noch mal ganz von vorne anzufangen. Die Mädels in diesen Frauenromanen mit rosa Covern wurden schließlich auch immer von ihren Typen verlassen, und am Ende wurde doch noch alles ganz toll. Warum nicht auch bei mir? Gut, nun war ich keine Figur in einem Frauenroman, aber trotzdem.

Okay, ich war ein Loser. Aber wer sagte denn, dass Menschen sich nicht ändern konnten? Ein neuer Plan, eine neue Lena musste her. Ich wollte nicht gemütlich sein. Ich wollte niemand sein, der den Hintern nicht hochkriegte, der sich alles gefallen ließ, sitzengelassen wurde und sich vor allen lächerlich machte. Ich wollte nicht ohne ein Ziel durchs Leben gehen, und ich wollte verdammt noch mal kein Single sein. Und so erstellte ich im Kopf einen Drei-Punkte-Plan:

1. Ich würde mir einen neuen Job suchen. Nicht irgendeinen, sondern einen Traumjob, den mir keiner zugetraut hätte. Ich würde Karriere machen, jawohl!
2. Ich würde mit Männern ausgehen. Aber richtig, so etwas wie mit Udo würde mir nie wieder passieren. Irgendwann würde ich den Richtigen schon finden: einen interessanten, sensiblen, treuen Mann.

3. Lena, die Loserin, gab es nicht mehr, sie war passé und begraben. Vorhang auf für die neue Lena!

Die neue Lena machte sich gleich am Montag auf den Weg in die Agentur für Arbeit, um sich arbeitslos zu melden und sich einen neuen Job zu organisieren. Mein Plan sah folgendermaßen aus: Ich hatte nicht vor, wieder als Sekretärin zu arbeiten. Nein, ich sah mich viel eher im PR-Bereich. Mein Studium hatte ich zwar abgebrochen, aber warum sollte man mir nicht die Chance geben, ein Volontariat zu machen? Das würde alles schon werden. Heutzutage sah man das nicht mehr so eng mit Ausbildungen.

Zwei Stunden später trat ich desillusioniert wieder ans Tageslicht. Soeben hatte ich erfahren, dass ich aufgrund der fristlosen Kündigung drei Monate lang kein Arbeitslosengeld bekommen würde. »Aber Sie können ja von Ihren Ersparnissen zehren«, hatte der zuständige Jobagent mir tröstend gesagt. Sehr witzig. Ich dachte an meinen Hochzeitsfond, der nicht mehr existierte. Annähernd fünftausend Euro, die jetzt in Form eines Designer-Brautkleids, Schuhen, Dessous und Schmuck in Julis Kleiderschrank verrotteten. Allein dieses bescheuerte blaue Strumpfband, das angeblich Glück brachte (haha), hatte bei meinem megateuren Brautausstatter achtzig Euro gekostet! Meine Kohle war also genauso futsch wie mein Kerl und meine Wohnung.

Was meine Karriere in einer PR-Agentur anging, hatte der freundliche Herr vom Amt mir jegliche Hoffnung genommen, da ich neben einem nicht vorhandenen Studium auch über keinerlei Kontakte oder Vorkenntnisse in der Branche verfügte. Er empfahl mir dringend, mich wieder als Sekretärin zu bewerben.

Ich spürte, dass eine ausgewachsene Panikattacke im Anmarsch war, doch dann rief ich mir meinen Drei-Punkte-Plan in Erinnerung. Die alte Lena hätte in einer solchen Situation vielleicht klein beigegeben, aber die neue Lena würde tief durchatmen und die Sache nüchtern betrachten. Also: Ich bekam kein Arbeitslosengeld. Okay. Wenn das mit dem PR-Job nicht auf Anhieb klappen sollte, würde ich mir halt erst einmal etwas anderes suchen, um mich über Wasser zu halten. Irgendwie würde ich schon über die Runden kommen, und wohnen konnte ich weiterhin in der WG. Aber auf gar keinen Fall würde ich wieder als Sekretärin arbeiten. Nie wieder. Sollte dieser blöde Typ vom Amt doch sagen, was er wollte. Ich würde Karriere machen! Basta. Hocherhobenen Hauptes machte ich mich auf den Heimweg.

In den nächsten Wochen setzte ich alles, aber auch wirklich alles daran, in einer PR-Agentur unterzukommen. Ich schrieb eine Bewerbung nach der anderen, aber wenn ich überhaupt Rückmeldungen bekam, dann waren es Absagen.

Also blieb mir nichts anderes übrig, als mir einen Übergangsjob zu suchen. Doch auch das war hoffnungslos. Ich rannte mir die Hacken ab, versuchte es bei Kinos, Theatern, Sonnenstudios, Videotheken, Kneipen, Boutiquen, Supermärkten, Restaurants und Tankstellen. Doch nichts kam dabei heraus. Wenn überhaupt mal Stellen frei waren, dann nur auf Vierhundertfünfzig-Euro-Basis – ich brauchte aber einen Vollzeitjob. Da mir der süße Barmann Jan nicht aus dem Kopf ging, zog ich sogar kurz in Erwägung, mich im Irish Pub auf einen Job zu bewerben. Doch dann sah ich mich wieder vom Stuhl fallen und mit Udo und Thomas Bier saufen. Dieser Abend war unsagbar peinlich für mich gewesen, und Jan würde sicherlich keinen gesteigerten Wert darauf legen, mich wiederzusehen. Geschweige denn, mich einzustellen. So ein Mist. Rückblickend betrachtet hätte ich wirklich gerne einen besseren Eindruck bei ihm hinterlassen.

Eines Samstagsmorgens Anfang Juli saß ich mit Ben, Juli und Michel am Frühstückstisch und studierte in der Zeitung den Stellenmarkt. »Die suchen Leute auf einer Bohrinsel in der Nordsee. Meint ihr, das wäre was für mich? Ich glaube, da verdient man ganz gut.«

»Klar, unsere kleine Lena unter hundert tätowierten, besoffenen Exknackis, da würdest du dich ganz bestimmt wohlfühlen«, erwiderte Michel.

»Du solltest ein bisschen vorsichtiger sein mit deinen Vorurteilen«, sagte ich strafend. »Du weißt doch gar nicht, was für Leute auf Bohrinseln arbeiten. Ich könnte mir vorstellen, dass ich gut mit denen klarkäme.«

»Ja, du mit ihnen schon«, sagte Ben, während er sein Brötchen zentimeterdick mit Nutella bestrich. »Aber sie mit dir nicht. Du würdest sie nämlich so lange vollquatschen und versuchen, ihnen Manieren beizubringen, bis sich einer nach dem anderen aus lauter Verzweiflung in die Nordsee stürzt.«

Ich ignorierte ihn. »Es muss doch irgendeinen verdammten Job für mich geben!«

Juli, die unserem Gespräch nicht gefolgt war, sondern hochkonzentriert den Wohnungsmarkt im Abendblatt studierte, rief plötzlich aus: »Michel, ich glaube, die ist es!« Sie deutete auf eine Anzeige.

Michel zog die Zeitung zu sich heran. »Ich ruf da sofort an!«, sagte er kurz darauf entschlossen und verließ mit Juli auf den Fersen die Küche.

Ben und ich blieben schweigend zurück.

Ich hatte es in letzter Zeit verdrängt, aber es war nun einmal so: Michel und Juli wollten in eine eigene Wohnung ziehen. Natürlich war das toll für die beiden, und ich freute mich auch wirklich für sie, trotzdem erfüllte diese Tatsache mich auch mit Sorge. Ben und ich hatten zwar noch nicht darüber geredet, aber ich vermutete, dass meine Tage in der Wohnung dann gezählt wären. Einerseits war mein Aufenthalt hier zwar von Anfang an nur eine Notlösung gewesen, andererseits hatte ich nach wie vor kein Geld für eine eigene Bude. Ich würde wohl zurück zu meinen Eltern ziehen müssen, denn Michel und Juli wollte ich nicht auf den Wecker fallen. Die zogen ja überhaupt nur aus, weil sie für sich sein wollten. Klar, ich könnte mir ein anderes WG-Zimmer suchen, aber erstens musste auch das bezahlt werden, und zweitens konnte man ja nie wissen, was einen dort erwartete. Wenn ich mit zwei oder drei Bens zusammenwohnen müsste, würde ich mich erschießen. Hier hatte ich nur einen, und das war schon mehr als genug.

»Ich find's scheiße, dass sie ausziehen«, sagte er schließlich unvermittelt und mit düsterem Blick. »Du nicht?«

»Doch, schon irgendwie. Aber so ist das halt. Freu dich doch für die beiden.«

»Was gibt's denn da zu freuen?«, sagte er trotzig. Es kam nicht oft vor, dass Ben seine Gefühle durchblicken ließ.

»Ach komm, das hat auch Vorteile. Du kannst dir eine scharfe neue Mitbewohnerin suchen. Vanessa könnte hier einziehen. Oder wie heißt sie noch mal?«

Ben rieb sich nachdenklich das Kinn. »Hm, das ist allerdings ein Argument. Aber wo lasse ich dich, wenn eine scharfe neue Mitbewohnerin und Vanessa hier einziehen?«

»Mich?«

»Ja, dich.«

»Ich dachte nicht, dass du, also ich meine, ich dachte, du willst nicht ...«

Ben verdrehte die Augen. »Lena, glaubst du wirklich, dass ich dich in deiner Situation vor die Tür setzen würde? Eine Weile kann ich dich schon noch aushalten.«

In dem Moment betrat eine strahlende Juli die Küche. »Wir können sie uns heute Nachmittag ansehen! Die Wohnung hört sich wirklich toll an, und sie ist ganz in der Nähe. Drückt uns die Daumen!«

Ben und ich hielten unsere gedrückten Daumen in die Luft.

»Mann, wenn das klappen würde ...«, sagte Juli und sah träumerisch vor sich hin. »Unsere erste gemeinsame Wohnung!«

Mittags verließen wir gemeinsam das Haus. Juli und Michel machten sich auf den Weg zur Wohnungsbesichtigung, Ben hatte Dienst, und ich ging wieder auf Jobsuche. Leider wie immer erfolglos. Auf dem Weg zurück in die WG beschloss ich, meine Agentur-Bewerbungen zu optimieren. Meine Unterlagen waren sozusagen auf dem Stand von vor sechs Jahren; vielleicht war das auch ein Grund dafür, dass ich nur Absagen bekam. Ich hielt es daher für angebracht, mich mit ein paar literarischen Ratgebern diesbezüglich upzudaten. Ganz in der Nähe gab es einen kleinen Secondhand-Buchladen. Bislang hatte ich zwar noch nie das Bedürfnis verspürt, dort hineinzugehen, aber vielleicht hatte ich ja Glück und bekam dort, was ich brauchte.

Wenig später stand ich vor der Tür des Ladens, über der ein Schild hing mit der Aufschrift: Jansens Büchereck – An- und Verkauf. Die Schaufenster waren mit einer orangefarbenen Folie überzogen, vermutlich um die dahinterliegenden Bücher vor dem Ausbleichen zu schützen. Was genau daran schützenswert war, blieb mir allerdings ein Rätsel, denn die Bücher sahen extrem heruntergekommen aus und waren überdies scheinbar recht uninspiriert in die Auslage geknallt worden. Vielversprechend sah das nicht gerade aus. Trotzdem. Ich dachte an meine von der Jobjagd breitgelatschten Füße und die fünfzehn Minuten Gehzeit bis zur nächsten größeren Buchhandlung. Versuchen konnte ich es ja mal, also betrat ich den Laden. Als Erstes fiel mir der Linoleumfußboden auf, der mich sehr an die Agentur für Arbeit erinnerte. Der Laden war duster und stickig und vollgestopft bis unters Dach mit alten, zerlesenen Büchern. Ich versuchte, mich in den Regalen zu orientieren, konnte aber beim besten Willen keinerlei Konzept in der Sortierung der Bücher erkennen. Ratgeber, Liebesromane, Fantasy, hohe Literatur – alles lag und stand wild durcheinander. Ich schaute mich nach jemandem um, der mir behilflich sein könnte, aber es war kein Mensch zu sehen. Hinter dem Verkaufstresen führte eine Tür in einen weiteren Raum. Im Türrahmen befand sich ein hässlicher Vorhang aus Holzperlen.

»Hallo?«, rief ich in Richtung des Hinterzimmers und fragte mich, wieso ich nicht einfach weiterzog. Ich vernahm ein undeutliches Brummeln, dicht gefolgt von einem Stühlerücken, bevor einige Momente später der Vorhang zur Seite geschoben wurde und ein Mann um die siebzig vor mir stand. Seine Stirn war in tiefe Falten gezogen. »Wir haben geschlossen«, begrüßte er mich mit einer Stimme, die klang, als hätte er schon seit Ewigkeiten kein Wort mehr gesprochen. Hinter dicken Brillengläsern funkelten zwei graue Augen Furcht erregend.

Mein erster Impuls war, einfach wegzulaufen. Der Mann klang, als käme er geradewegs aus der Gruft. Dann jedoch dachte ich an die neue Lena, die sich nicht so schnell in die Flucht schlagen lassen würde. »Ach tatsächlich? Wie dumm von mir, das mit den geöffneten und geschlossenen Türen verwechsle ich immer. Aber eine offene Tür heißt natürlich, dass ein Geschäft geschlossen hat.«

»Was willst du?«, fragte er schmallippig.

»Ich möchte ein Buch kaufen.«

»Sind ja genug hier. Such dir eins aus.«

»Wo haben Sie denn Bewerbungsratgeber?«

»Weiß ich nicht. Irgendwo müsste hier einer von 1984 rumliegen. Kannste ja suchen.«

»Ich brauche aber einen aktuellen.«

»Das ist ein Gebrauchtbuchladen. Sieht es hier etwa so aus, als hätten wir aktuelle Ratgeber?«

Ich blickte mich in dem Ramschladen um. »Nein, nicht wirklich. Also dann, auf Wiedersehen. Vielen Dank für Ihre überaus freundliche Hilfe.« Neue Lena hin oder her, das hier hatte keinen Sinn. Ich drehte mich um und marschierte Richtung Ausgang. Dort fiel mein Blick auf ein DIN-A4-Blatt an der Tür, auf dem mit Edding in Druckbuchstaben geschrieben stand: MITARBEITER GESUCHT. Wie angewurzelt blieb ich stehen. »Ist das von Ihnen? Suchen Sie Mitarbeiter?«, fragte ich den Mann und deutete auf das Schild.

Er musterte mich schweigend. Nach einer halben Ewigkeit sagte er: »Möglich.«

Ich betrachtete den missmutigen Mann, der wunderbar den Bösewicht in einem alten Edgar-Wallace-Film hätte darstellen können, und sah mich anschließend nochmals in dem schmuddeligen, chaotischen Laden um. Nein, nein. Ich war zwar verzweifelt, aber so verzweifelt nun auch wieder nicht! »Dann würde ich mich hiermit gerne bei Ihnen bewerben«, hörte ich mich sagen und setzte mein freundlichstes Lächeln auf. Anscheinend war ich doch so verzweifelt.

»Nee, nee. Das wird nix.« Er legte seine Stirn in noch tiefere Falten.

»Wieso, ist die Stelle schon vergeben?«

»Das nicht.«

Ich betrachtete noch mal das Schild. Es sah ziemlich mitgenommen aus und hing garantiert nicht erst seit gestern dort. »Na, dann ist heute wohl unser Glückstag.«

Ich war mir sicher, dass er nein sagen würde, doch stattdessen brummte er: »Sechs Euro fuffzig die Stunde, mehr zahl ich nicht. Vierzig Stunden die Woche.«

Schnell überschlug ich die Summe im Kopf. Oje. Das Gehalt war ein Witz. Aber es war immer noch besser als gar keins. »Super!« Ich reichte ihm die Hand. »Ich bin übrigens Lena Klein.«

»Otto Jansen.« Er ergriff meine Hand und schüttelte sie. »Dann bis Montag. Und sobald ich 'ne Buchhändlerin gefunden habe, fliegst du raus.«

»Dann sind wir uns ja einig. Ich für meinen Teil bin verschwunden, sobald ich einen Job im PR-Bereich gefunden habe.«

»Klingt fair.«

Ich riss das DIN-A4-Schild ab und drückte es ihm in die Hand. »Also bis Montag. Übrigens hättest du das Schild besser andersherum aufhängen sollen. Also so, dass man es von der Straße aus sehen kann. Wahrscheinlich hätten sich dann mehr Leute gemeldet.«

»Bist wohl 'ne richtige kleine Klugscheißerin, was?« Er kniff die grauen Augen zu schmalen Schlitzen zusammen. »Eins merk dir mal gleich, ich lass mir nicht reinreden!«

»Keine Angst, ich bin nun wirklich nicht der Typ, der anderen Leuten reinredet.«

Ich verließ den Laden und lief beschwingt die Straße entlang. Am liebsten wäre ich auf und ab gehupft, und als ich mich unbeobachtet fühlte, machte ich das auch. Ein Job! Ich hatte einen Job! Gut, es war nicht der große Wurf, aber er würde mich zumindest über Wasser halten. Allmählich ging es bergauf.

Kapitel 6

... in dem ich herausfinde,
dass ich ein Mischlingsköter bin
und ein Dalmatiner werden will

Mit meinem neuen Job lief es nicht so toll. Dabei hatte ich mich so darauf gefreut! Ich war wirklich froh, nach Wochen der Arbeitslosigkeit endlich wieder eine Aufgabe zu haben. Und dann auch noch in einem Buchladen! Ich liebte Bücher, und ich liebte Buchhandlungen.

Ganz im Gegensatz zu meinem Arbeitgeber. Otto Jansen schien keinerlei Interesse an den Büchern zu haben, die er verkaufte. Ich hatte sogar den starken Eindruck, dass er sich nicht einmal dafür interessierte, überhaupt welche zu verkaufen. Oder anzukaufen. Dieser Laden war einfach deprimierend.

Die Arbeit in einem Buchladen hatte ich mir so jedenfalls definitv nicht vorgestellt. Während ich mir die Füße platt stand und vergeblich auf Kunden wartete, hockte Otto in seinem Hinterzimmer und notierte irgendetwas in zerfledderte Kladden. Er nannte das »Buchführung«. Ich fragte mich, was genau er dort eintrug, denn es war nicht gerade so, dass wir viel Umsatz machten. An den ersten drei Tagen verirrten sich ganze fünf Kunden in den Laden, und auch die gaben nur Bücher in Zahlung, statt welche zu kaufen. Es war mir ein Rätsel, wovon Otto mich bezahlen wollte und wofür genau er mich überhaupt brauchte.

Bestimmt nicht, um ihn zu entlasten, denn von Überlastung konnte hier nun wirklich keine Rede sein.

In den Mittagspausen versuchte ich wacker, mit Otto warm zu werden, aber es war hoffnungslos. Er versteckte sich im Hinterzimmer, die Nase stets in seine Notizbücher vergraben. An meinem dritten Arbeitstag beschloss ich, in die Offensive zu gehen. Ich holte mein Brot aus der Tasche und setzte mich auf das Sofa im hinteren Raum, wobei eine kleine Staubwolke aufwirbelte. Nachdem sowohl diese als auch mein Hustenanfall sich gelegt hatten, wickelte ich mein Brot aus und biss hinein. »Hast du auch was zu essen dabei?«, erkundigte ich mich.

»Nee, ich esse tagsüber nichts«, sagte er, ohne von seiner Kladde aufzusehen.

Ich betrachtete seine Klamotten, die ihm zwei Nummern zu groß waren, und vermutete, dass er wahrscheinlich eher nie etwas aß. Das Thema war von seiner Seite offensichtlich durch, aber so schnell gab ich nicht auf. Nächster Versuch, eine Unterhaltung in Gang zu bringen. »Sag mal Otto, seit wann gehört dir dieser Laden eigentlich?«

»Immer schon. Der ist seit vier Generationen in meiner Familie.«

»Dann wolltest du wohl als kleiner Junge schon Buchhändler werden, was?«

Schweigen. Seit ich hier auf dem Sofa saß, hatte Otto mich noch nicht ein einziges Mal angesehen. Dumdidumdidum. Nicht aufgeben, Lena. »Ich bin übrigens vor Kurzem verlassen worden«, erzählte ich. »Und vor sechs Wochen hätten mein Verlobter Simon und ich heiraten wollen. Na ja, wie sich herausgestellt hat, war nur ich diejenige, die heiraten wollte, während er sich in eine andere verliebt hat.«

Otto ignorierte mich und schrieb weiter in seiner Kladde.

»Manchmal denke ich, mir geht es gut, ich bin schon fast über ihn hinweg. Aber dann kommt plötzlich alles wieder hoch, und ich könnte stundenlang heulen.«

Schweigen.

»Ben sagt, ich soll mich nicht selbst bemitleiden, und dass es vom Heulen auch nicht besser wird.«

»Klingt, als hätte dieser Ben Verstand«, brummte Otto. »Ist deine Pause nicht schon vorbei?«

Ein Blick auf die Uhr verriet mir, dass ich gerade erst fünfzehn Minuten hier saß. »Nee, ich hab noch 'ne Dreiviertelstunde.«

Er stöhnte auf.

So gingen die ersten Arbeitstage ins Land. Ich war heilfroh, dass dieser Job nur eine Notlösung war. Länger als ein paar Wochen würde ich es hier garantiert nicht aushalten!

Nach Feierabend feilte ich an meinen PR-Bewerbungen. Zwischenzeitlich hatte ich mir in einer »richtigen« Buchhandlung einen Bewerbungsratgeber gekauft, mit dessen Hilfe ich nun den Lebenslauf zusammenstellte. Sobald der fertig war, würde ich an dem Anschreiben arbeiten, das natürlich perfekt sein musste. Ich würde mich so präsentieren müssen, wie ich (noch) gar nicht war: originell, selbstbewusst, zielstrebig und durchsetzungsfähig.

Diese Überlegung führte mich wieder zu Punkt 3 meines Plans, der Rundumerneuerung meines Charakters. Hierfür erstellte ich eine gesonderte Liste, die folgendermaßen aussah:

Punkt 3: Charakterrenovierung

	Lena alt	**Lena neu**	**Wie?**
a)	langweilig	interessant	ungewöhnl. Hobby zulegen z. B. Fallschirmspringen, Bungee-Jumping (problematisch wg. Höhenangst), Kickboxen, Yoga/Tai-Chi etc.
b)	gemütlich	sexy	Klamotten, Frisur, etc. Rausfinden, worauf Typen abfahren Sport machen
c)	durchschnitt-lich	erfolgreich, ehrgeizig	PR-Job an Land ziehen
d)	unsicher	selbstbewusst	?????????? Kommt evtl. von allein, wenn a) bis c) erledigt
e)	unspontan	spontan	Mal ganz spontan was machen (noch überlegen, was)

Als ich mein fertiges Werk betrachtete, erschien es mir am einfachsten, mit den Äußerlichkeiten anzufangen. Also beschloss ich, mich zuerst Punkt b) zu widmen – meiner sexy Ausstrahlung.

Ich wollte mich bei diesem Thema nicht auf Julis oder gar meine eigenen Theorien verlassen, sondern lieber direkt aus erster Hand von einem Kerl erfahren, worauf Männer bei uns Frauen standen. Und da ich mich diesbezüglich kaum an meinen Bruder oder Otto wenden konnte und ansonsten keine wirklich guten männlichen Freunde hatte, blieb nur Ben. Auch wenn ich ihn nicht wirklich als Freund bezeichnen konnte – wer wäre in solchen Fragen besser geeignet als dieser Ober-Womanizer?

Schon am nächsten Abend bot sich eine Gelegenheit, ihm auf den Zahn zu fühlen. Juli und Michel waren ausgegangen, Ben hatte frei und saß im Wohnzimmer auf dem Sofa, die Nase in einem medizinischen Fachbuch vergraben. Es kostete einiges an Überredungskunst, aber schließlich brachte ich ihn dazu, mit mir auf ein Bierchen »unter Kumpels« ins Aurel zu gehen. Der Laden war wie immer gut gefüllt, und wir hatten Mühe, noch zwei freie Plätze zu finden.

»Ich geb einen aus«, verkündete ich fröhlich und orderte zwei Astra an der Theke. Als ich dem Barkeeper das Geld hinlegen wollte, stellte ich jedoch fest, dass mein Portemonnaie leer war – bis auf dreiundzwanzig Cent. So ein Mist! »Ähm, Ben? Kannst du mir vielleicht fünf Euro leihen?«

Ben schüttelte den Kopf. »Du hast echt Nerven«, meinte er und bezahlte. Wir prosteten uns zu und tranken einen Schluck.

Schließlich war es an der Zeit, den Stier bei den Hörnern zu packen. Ich nahm all meinen Mut zusammen und sagte: »Ben, ich wollte dich fragen, ob du mir bei einer Sache helfen kannst.«

Er wandte den Blick vom Hintern einer hübschen Brünetten ab und sah mich erstaunt an. »Ich, dir helfen? Wobei denn?«

Ich räusperte mich. »Also, es ist so: Ich habe einen Drei-Punkte-Plan für mein Leben entworfen. Punkt 1: toller neuer Job, Punkt 2: neuer Kerl, Punkt 3: neuer Charakter. Bevor ich Punkt 2 angehe, möchte ich aber erst an Punkt 3 herumfeilen, damit ich auf Punkt 2 vorbereitet bin. Punkt 3 müsste also eigentlich Punkt 2 sein, aber als ich den Plan gemacht habe, habe ich das nicht so ganz durchdacht, daher ist nun mal Punkt 2 jetzt Punkt 3. Was aber im Grunde genommen auch egal ist, denn die Punkte auf der Liste können beliebig ...«

»Könntest du bitte zum Wesentlichen vorspulen?«, unterbrach mich Ben.

»Okay. Also ... ich muss ganz unbedingt sexy und aufregend werden, um einen Mann zu finden, der glücklich bis ans Lebensende mit mir ist. Denn wenn ich nicht sexy und aufregend bin, wird er sich ja doch nur wieder in eine andere verlieben.« Verlegen knibbelte ich am Etikett meiner Astra-Flasche. Ich wartete auf eine Reaktion, doch Ben schwieg. Irgendwann wurde ich ungeduldig und sah zu ihm auf. Seine dunklen Augen musterten mich nachdenklich. »Aha«, sagte er schließlich. »Und wie kann ich dir da helfen?«

»Du könntest mir ein paar Tipps geben, wie ich das hinkriege. Ich meine, würdest *du* mich aufreißen?«

Anscheinend fand er diesen Gedanken äußerst komisch, denn er lachte laut. »Lena, ich kenne dich seit hundert Jahren, natürlich würde ich dich nicht aufreißen. Und wenn ich jemals auf diesen irrsinnigen Gedanken käme, würdest du mir eine reinhauen.«

»Wenn du mich *nicht* kennen würdest, natürlich.«

Er begutachtete mich von oben bis unten. »Vermutlich nicht«, antwortete er schließlich.

»Siehst du. Als wir hier reingekommen sind, hat sich niemand zu mir umgedreht oder mir nachgeguckt oder so. Ich werde nie, wirklich *nie* von Typen angesprochen. Aber warum?«

Ben seufzte. »Na gut.« Er drehte sich auf seinem Barhocker zu mir, sodass wir einander direkt gegenübersaßen. Schließlich sagte er: »Ich würde sagen, es liegt an deiner welpenartigen Nettigkeit.«

»An *was?*«

»Na ja, du bist süß. Tapsig. Man hat eher das Bedürfnis, dir die Nase zu putzen, als dich flachzulegen.«

Ich schluckte.

»Deine Klamotten zum Beispiel«, fuhr er gnadenlos fort und tastete wie ein Security-Mensch im Fußballstadion meinen Oberkörper ab. »Dieses monströse Blusending hier. Ist da auch irgendwo eine Figur drunter?« Er kniff mich in die Seiten und guckte schließlich in den Ausschnitt meiner Tunika, die ich eigentlich ganz hübsch fand.

»Ey, geht's noch?«, rief ich und schlug seine Hände weg.

In gespieltem Schock legte er seine Finger auf den Mund. »Sag mal, seit wann hast du denn einen Busen?«

Gegen meinen Willen musste ich lachen. »Ja, da staunst du, was? Darf ich vorstellen, das hier«, ich deutete auf meine Brüste, »ist meine Oberweite.« Ich schaute auf Besagte und fuhr fort: »Brüste, das war Ben. Den Namen braucht ihr euch nicht merken, denn ihr habt ihn gerade zum ersten und letzten Mal gesehen.«

Er lachte ebenfalls. »Wahrscheinlich werden sie nicht nur mich nie wieder sehen, sondern auch sonst niemanden, wenn sie weiterhin so gut versteckt werden.«

»Okay, Botschaft angekommen. Sonst noch was?«

Ben trank einen Schluck Bier und überlegte eine Weile. »Hm, wie erkläre ich das am besten?« Er sah sich suchend im Raum um. Plötzlich schien ihm eine Idee zu kommen. Er deutete auf eine elegante Frau, die an einem Tisch saß, die langen Beine übereinandergeschlagen. Neben ihrem Stuhl lag ein rassiger Dalmatiner. »Sieh dir die Frau da an. Sie ist wie der Dalmatiner neben ihr.«

»Bitte? Du kannst die Frau doch nicht mit einem Hund vergleichen!«

Unbeirrt fuhr Ben fort: »Und du bist wie der andere Hund.«

Ach, da war noch ein Hund? Mit den Augen suchte ich den Boden ab, und tatsächlich – da saß ein kleines, zotteliges Etwas undefinierbarer Herkunft neben dem Dalmatiner. Es hatte einen Ball im Maul und schien seinen großen Freund immer wieder zum Spielen aufzufordern, doch der ignorierte ihn eiskalt.

»Sag mal, spinnst du? Du hältst mich für einen räudigen Mischlingsköter?!«, rief ich empört.

»So krass würde ich es zwar nicht ausdrücken, aber im Großen und Ganzen: Ja.«

»Aha, also muss ich mehr sein wie, ich bring es kaum über meine Lippen, der Dalmatiner?«

»Genau. Probier's doch mal aus.«

»Aber ich kann das nicht!«

»Wo ist das Problem? Zieh diese riesige Bluse aus und nimm eine andere Körperhaltung ein.«

Ich reagierte nicht, sondern verschränkte die Arme vor der Brust.

»Los, jetzt mach«, forderte er mich ungeduldig auf.

»Ben Feldhaus, ich werde mich hier nicht ausziehen!«

»Lena Klein, das Ganze war deine Idee, also zieh jetzt verdammt noch mal deine Bluse aus, oder willst du, dass ich das mache?«

Vor meinem inneren Auge flackerte plötzlich das Bild auf, wie Ben mir die Bluse über den Kopf zog und achtlos auf den Boden warf, um mich dann an sich zu reißen und zu küssen. Mein Gott, wo kam das denn her? Erschrocken wandte ich den Blick ab und konzentrierte mich auf meine Fingernägel. Aus den Augenwinkeln beobachtete ich, wie Ben sich durch die Haare fuhr und einen großen Schluck aus seiner Flasche trank.

»Na gut, wenn du meinst«, sagte ich schließlich, um die seltsame Spannung zu durchbrechen, und zog mir die Tunika aus, sodass ich nur noch im Top dasaß. »So, und jetzt?«

»Kopf hoch, Brust raus, Rücken gerade und selbstbewusst in die Runde gucken.«

Ich hielt mich an die Anweisungen.

»Du guckst nicht selbstbewusst, du guckst sauer.«

»Ich bin auch sauer, und zwar auf dich, du Idiot. Das ist total bescheuert, was ich hier mache!«

»Ist es nicht. Da vorne hat schon einer angebissen.«

»Was? Wo?« Suchend drehte ich mich um. Tatsächlich, da stand ein junger Mann ein Stück weiter hinten an der Theke und sah interessiert zu mir herüber. »Und jetzt?«, zischte ich Ben zu.

»Denk an den Dalmatiner. Sei stolz und elegant.«

Möglichst elegant warf ich mein Haar über die Schulter. Der Typ lächelte. Wahnsinn, wie einfach das war! Ich strahlte ihn an.

Ben stöhnte auf. »Das war eindeutig too much, Lena.« Bedeutungsvoll wies er mit dem Kopf zu dem zotteligen Mischlingshund hinüber, der sich gerade ausgiebig schüttelte.

Der Typ an der Bar drehte sich um und widmete seine Aufmerksamkeit wieder seinem Kumpel.

»Mist.«

»Ach komm, mach dir nichts draus«, sagte Ben, den Blick auf den Dalmatiner gerichtet. »Das war gar nicht so schlecht.«

Eine Weile schwiegen wir vor uns hin. Ben schien einen Narren an dem Hund gefressen zu haben, er konnte seinen Blick gar nicht mehr von ihm losreißen. Seltsam. Ich wusste gar nicht, dass er so tierlieb war.

»Hast du sonst noch Fragen?«, wollte er schließlich wissen.

»Nein, das Grundprinzip habe ich verstanden. Damit kann ich erst mal arbeiten.«

»Also sind wir hier fertig?« Unruhig wippte er mit dem Fuß.

»Ich denke schon. Wieso?«

Er erhob sich und klopfte mir auf die Schulter. »Dann würde ich sagen, ab jetzt kämpft jeder für sich. Viel Erfolg, Nervensäge!« Damit wandte er sich von mir ab und steuerte zielstrebig auf den Tisch zu, an dem das Frauchen der beiden Hunde saß.

Und da fiel es mir wie Schuppen von den Augen. Natürlich hatte er nicht die Köter beobachtet, sondern deren attraktive Besitzerin! Er lächelte wieder sein Checker-Lächeln, zeigte auf die Hunde und sagte etwas. Sie lachte und deutete ihm an, sich zu ihr zu setzen.

Dieser blöde Penner! Das war jetzt schon das zweite Mal, dass er mich an der Theke sitzen ließ, um eine Tussi aufzureißen. Ich zog meine Bluse wieder an, trank mein Bier aus und rauschte Richtung Tür. Kurz überlegte ich, das Dalmatiner-Frauchen vor Ben zu warnen. Andererseits ... wer sich mit einem wie ihm einließ, war selbst schuld.

Aber immerhin hatte er mir die Augen geöffnet. Das also meinte Simon mit »gemütlich«. Ich war ein dämlicher Mischlingsköter. Na toll. Vor mir lag eine Menge Arbeit.

In den nächsten Wochen putzte ich Ottos Laden mangels anderer Aufgaben von vorne bis hinten. Entstaubt sah er zwar nicht mehr ganz so furchterregend aus, allerdings waren hier definitiv drastischere Maßnahmen erforderlich, um Kunden anzulocken. Denn wenn ich die Lage nach meinen ersten Arbeitswochen richtig beurteilte, brauchten wir eines ganz dringend: zahlende Kunden. Sonst wäre ich auch diesen Job bald los.

Als ich in einer Ecke den Boden wischte, bemerkte ich, dass der PVC sich gelöst hatte. Ich hob ihn an, und zu meiner Überraschung entdeckte ich, dass sich Holzdielen darunter befanden. Während ich den Schrubber im Schrank verstaute, erkundigte ich mich bei Otto, der wie immer im Hinterzimmer vor seinen Büchern saß: »Sag mal, Otto, sind hier überall Holzdielen unter dem Linoleum?«

»Ja. Und?«

»Wieso legst du denn diesen unmöglichen PVC über so einen wunderschönen Holzboden?«

»Der war nicht mehr schön. Der war total zerkratzt und verdreckt.«

»Aber den kann man doch abschleifen und neu lackieren!«

»Keine Zeit.«

»Wenn du nicht andauernd deine Nase in diese komischen Kladden stecken würdest, hättest du genug Zeit, aus diesem Laden etwas zu machen!« Ich knallte die Schranktür zu. »Dann würden vielleicht auch mal ein paar Kunden kommen, und oh Schreck, vielleicht würdest du sogar etwas verdienen.«

Ottos Stirnfalten vertieften sich. »Halt dich da raus. Ich hab gesagt, ich lass mir nicht reinreden!«

»Wieso lässt du den Laden bloß so verkommen? Das verstehe ich einfach nicht!«

Aber Otto vergrub sich ohne ein weiteres Wort wieder in seiner Kladde. Inzwischen hatte ich ihm das ein oder andere Mal so unauffällig wie möglich über die Schulter geschaut und dabei eine überraschende Beobachtung gemacht: Er brütete überhaupt nicht über der Buchführung. Es sah eher so aus, als würde er Tagebuch schreiben. Einer seiner Einträge fing mit »Liebe Karin« an. Ob er so sein Tagebuch genannt hatte? Nein, das passte nun wirklich nicht zu ihm. Na ja, wie auch immer. War mir sowieso egal, was mit Otto los war und was mit dieser Bruchbude hier passierte.

Der einzige Lichtblick in meinem tristen Joballtag waren die Nachbarn von Jansens Büchereck. Links neben uns befand sich das Incroyable, ein kleiner Designerladen, in dem tolle Klamotten verkauft wurden. Edel und schlicht, aber trotzdem sexy. Genau so, wie die neue Lena sich kleiden wollte! Aber leider waren die Teile unbezahlbar. Mindestens einmal täglich drückte ich mir die Nase am Schaufenster platt, bis nach circa einer Woche eine Frau herauskam.

»Hey«, sagte sie freundlich. »Sag mal, ich sehe dich in letzter Zeit öfter hier. Arbeitest du jetzt bei Otto?«

Voller Bewunderung starrte ich sie an. Sie musste um die vierzig sein, hatte aber eine Figur wie eine Zwanzigjährige und war überhaupt wunderschön. Wirklich beneidenswert. So eine Figur hatte ich nicht mal als Sechzehnjährige gehabt. Ich nickte. »Ja.«

Sie pfiff durch die Zähne. »Wie hast du das denn hingekriegt?« Bevor ich antworten konnte, sagte sie: »Ich bin übrigens Susanne, mir gehört dieser Laden.«

»Ich bin Lena.«

»Willkommen in der Nachbarschaft, Lena. Wie wär's, gehen wir heute nach der Arbeit zusammen zu Rüdiger ins Café?« Sie deutete auf den Laden, der sich zu Ottos Rechten befand. »Ich sag dir, er macht den besten Schokoladenkuchen der Welt.«

Von da an trafen wir uns fast täglich in Rüdigers Café. Susanne und Rüdiger waren befreundet und nahmen mich herzlich in ihren Kreis auf. Rüdiger war ehemaliger Banker und hatte seine kompletten Ersparnisse in das Café gesteckt. Er weigerte sich standhaft, Susanne oder mich die etlichen Milchkaffees und Stücke Schokoladenkuchen, die wir bei ihm verzehrten, bezahlen zu lassen. »Von Nachbarn nimmt man kein Geld«, lautete sein Motto.

»Ich kann einfach nicht glauben, dass du mal Banker warst«, sagte ich eines Abends kopfschüttelnd, nachdem ich vergeblich versucht hatte, meinen Kaffee zu bezahlen.

»Die Betonung liegt auf *warst*«, sagte Rüdiger. »Jetzt kann ich ruhigen Gewissens das Geld verschleudern, wie ich lustig bin.«

»Das hast du doch früher auch gemacht«, mischte Susanne sich ein. »Nur dass es da das Geld anderer Leute war und nicht dein eigenes.«

Auch mit Sergej schloss ich Freundschaft, einem Straßenmusiker, der oft auf dem Platz gegenüber auf einer Bank saß und die melancholischsten russischen Lieder sang, die man sich nur vorstellen konnte. Sooft ich konnte, setzte ich mich zu ihm und hörte zu. Die Musik rührte so sehr an meine Seele, dass es mich innerlich fast zerriss. Auch wenn ich kein Wort verstand, hatte ich das Gefühl, dass er immer von mir sang, von meiner Geschichte, meinem Schmerz. Wenn ich ihn fragte, worum genau es in einem seiner Lieder ging, sagte er mit seinem russischen Akzent: »Die Liebe, Lena. Geht alles immer um die Liebe.«

Ende September war Julis und Michels Wohnungssuche beendet, und sie hatten mit viel Glück nach nur wenigen Besichtigungen eine wunderschöne Dreizimmerwohnung in Ottensen ergattert. Zu Fuß waren es nur etwa zehn Minuten von der Carlsenstraße bis dorthin, und wenn ich mich weit aus dem Badezimmerfenster beugte, konnte ich sogar mit viel Fantasie bis zu ihrem Haus gucken.

Ben und ich halfen den beiden bei der Renovierung, strichen fleißig und bauten Möbel auf. Auch am Tag des Umzugs standen wir ihnen zur Seite. Wir schleppten Michels und Julis Klamotten fünf Etagen runter in den gemieteten Bulli, fuhren damit zur neuen Wohnung und schleppten sie vier Etagen wieder rauf.

Am Abend saßen wir alle zusammen völlig fertig bei Döner und Bier in Kemals Imbiss, der sich genau in der Mitte zwischen unseren beiden Wohnungen befand, und scheuten uns davor, den Abend zu beenden. Denn damit war auch unsere gemeinsame WG-Zeit beendet. Inzwischen fühlte ich mich schon lange nicht mehr nur als Übernachtungsgast, diese WG war vielmehr mein Zuhause geworden. Das einzig Gute an Julis und Michels Auszug war, dass ich ihr großes Zimmer übernehmen konnte. Und das – Bens Großzügigkeit sei Dank – zu einem Spottpreis, der für Hamburger Verhältnisse wirklich eher symbolischen Charakter hatte.

»Also gut, Leute.« Nachdem unsere Döner gegessen und unsere Biere getrunken waren, erhob Michel sich und zog Juli hoch, die sich wie ich kaum noch bewegen konnte. »Ich würde sagen, jetzt geht jeder seiner Wege.«

»Sag das nicht so, Michel!«, beschwerte sich Juli. »Das klingt so endgültig.«

Wir standen auf, um Abschied zu nehmen. Doch wir drucksten nur verlegen herum, und keiner wusste, wie wir das anstellen sollten.

»War 'ne lange Zeit«, sagte Ben zu Michel.

»Fast zehn Jahre«, bestätigte der.

Unschlüssig standen die beiden voreinander, dann umarmten sie sich kurz, aber fest, und klopften sich auf den Rücken.

Juli hatte Tränen in den Augen, und auch mir wurde schwer ums Herz. Wir umarmten uns ein letztes Mal, verabredeten uns für Montag im Aurel und gingen schließlich in zwei verschiedene Richtungen davon.

In der Wohnung angekommen, beschlossen Ben und ich, noch ein Bier auf der Dachterrasse zu trinken. Wir warfen uns auf die Hollywoodschaukel, die sonst immer von Juli und Michel belagert worden war, und prosteten uns zu.

»Tja«, sagte Ben. »Da waren's nur noch zwei.«

»Sie werden so schnell groß«, witzelte ich.

»Aber wir durften sie nicht festhalten, Lena. Wir mussten sie gehen lassen.« Er legte sich theatralisch die Hand auf das Herz.

»Und wenn sie uns wirklich lieben, werden sie immer wieder zu uns zurückkommen.«

Für einen Moment blieben wir ernst, doch dann lachten wir los. In der Ferne spielte das Saxofon wieder *Moon River*, wie eigentlich jedes Mal, wenn wir draußen saßen.

»Boah, wer ist das eigentlich, und kann der nicht mal was anderes spielen?«, fragte ich entnervt.

»Das ist Mario, der wohnt nebenan«, erklärte Ben. »Mario!«, brüllte er anschließend in die Dunkelheit. »Die Dame hier möchte, dass du etwas anderes spielst!«

»Leck mich!«, kam es zurück, und kurz darauf ertönte das Lied von vorne.

»Mario kann nur *Moon River*«, erklärte Ben.

Ich seufzte. »Na dann. Wenigstens ist es nicht *Anton aus Tirol* oder so etwas.«

Einträchtig saßen wir nebeneinander, schlürften unser Bier und schaukelten vor uns hin.

»Wie geht es eigentlich Vanessa?« Mir war gerade aufgefallen, dass ich sie schon eine Weile nicht mehr bei uns gesehen hatte.

»Keine Ahnung. Gut, denke ich.«

»Aha. Dann hast du also mal wieder den Kick-out-Buzzer gedrückt.«

Ben stieß uns mit dem Fuß vom Boden ab, sodass wir jetzt schwungvoll schaukelten. »Na ja, wir hatten einfach nicht die gleiche Vorstellung davon, wie das mit uns laufen sollte.«

»Ach, war sie etwa treu?«, kicherte ich.

»Sie wollte, dass ich mit zu ihren Eltern fahre.« Erneutes kraftvolles Anschaukeln. »Zu ihren *Eltern*, ich bitte dich! Dann hätte ich ihrer Mutter Pralinen mitgebracht und mit ihrem Vater die neuen Bücherregale angedübelt. Und hinterher hätten wir uns alle an den Händen gehalten und *Kumbayah Mylord* gesungen, oder was?«

»Oh Mann, du bist so was von beziehungsgestört«, sagte ich kopfschüttelnd. »Mit einem wie dir würde ich niemals etwas anfangen!«

Ben hob die Augenbrauen. »Wie kommst du darauf, dass ich es auch nur ansatzweise in Erwägung ziehen würde, mit einer wie dir etwas anzufangen? Du bist nun wirklich überhaupt nicht mein Typ.«

Es war albern, aber seine Worte versetzten mir einen Stich. Trotzdem gelang es mir, zu lächeln und in leichtem Tonfall zu sagen: »Du würdest nichts mit mir anfangen, ganz klar. Weil du weißt, dass ich viel zu gut für dich bin.«

Ben lachte, sagte aber nichts.

Plötzlich kam mir ein Gedanke. »Es ist wegen ihr, oder? Wegen Franziska. All diese Frauen, die dir im Grunde genommen völlig egal sind. Und wegen ihr machst du spätestens nach drei Monaten mit ihnen Schluss. Damit du ihnen auf jeden Fall zuvorkommst.«

Ben stand auf. »Ach komm, hör auf mit diesem Dr.-Sommer-Möchtegernpsychologen-Quatsch. Ich lass mich doch nicht von einer analysieren, die noch mit dreizehn Stützräder am Fahrrad hatte.« Er ging zur Bierkiste und holte zwei neue Flaschen. Ich nahm eine davon entgegen. »Willst du wirklich mit mir übers Fahrradfahren reden, Ben? Das Trauma hast du mir doch verpasst.«

»Ich?« Ben ließ sich wieder neben mich auf die Hollywoodschaukel fallen. »Wieso das denn?«

»Deswegen!« Ich hielt ihm meinen Handteller hin, auf dem sich eine Narbe befand. »Du hast mich verstümmelt!«

Ben griff nach meiner Hand und betrachtete sie. »Das war ein Unfall, und außerdem ist das fünfundzwanzig Jahre her!«

»Du hast mein Fahrrad losgelassen, obwohl du genau wusstest, dass ich noch nicht allein fahren kann!«

»Oh doch, du konntest es! Wenn du dich nicht umgedreht hättest, hättest du niemals gemerkt, dass ich dich losgelassen habe, und wärest weitergefahren.«

»Du hättest mich nicht loslassen dürfen«, beharrte ich.

Ben sah mich einen Moment lang an. Dann lächelte er. »Nein, vielleicht nicht.«

Aus irgendeinem Grund schafften wir es nicht, unsere Blicke voneinander zu lösen. Plötzlich wurde mir bewusst, dass Ben immer noch meine Hand hielt. Ein Kribbeln breitete sich in meinen Fingern aus. Keinem von uns schien ein bissiger Kommentar einzufallen, wir saßen einfach nur da und sahen uns an. Zumindest bis er sagte: »Das ist übrigens beschissen genäht«, und abrupt meine Hand losließ.

Verwirrt starrte ich auf die Narbe und wusste nicht, was ich sagen sollte.

Ben hob sein Bier und prostete mir zu. »Also auf Dr. Lena Sommer, die Möchtegern-Psychologin, der die Männer vertrauen.«

Wir stießen an und saßen lange einfach nur da, ohne zu reden, lauschten Mario, der unermüdlich *Moon River* spielte, und tranken unser Bier.

Auf einmal erlebte ich völlig aus dem Blauen einen Moment der vollkommenen Zufriedenheit. Der Haken an diesen Momenten bestand jedoch darin, dass sie stets vorbei waren, sobald ich mir ihrer bewusst wurde. Noch bevor ich länger darüber grübeln konnte, woher diese plötzliche Zufriedenheit gekommen war, war der Gedanke auch schon auf den Klängen von *Moon River* davongeflogen.

Kapitel 7

... in dem ich heimlich in Sachen Ottos Geheimnis *ermittele und infolgedessen mal wieder arbeitslos bin*

Am Montag wagte ich bei Otto erneut einen Vorstoß in Sachen Ladenverschönerung. Ich sprach ihn darauf an, als ich Wasser aufsetzte, um uns einen Nescafé zuzubereiten. »Bei Julis und Michels Renovierung ist ziemlich viel Farbe übrig geblieben. Creme und dunkelrot. Sieht sehr hübsch aus.«

»Hm.«

Ich löffelte das Pulver in die Tassen. »Ich glaube, diese Farben würden sich hier auch gut machen.«

Keine Reaktion.

»Und wenn wir dann schon mal dabei sind, könnten wir vorher das PVC rausreißen und den schönen Holzboden aufarbeiten. So schwer ist das gar nicht.« Ich goss kochendes Wasser über das Pulver und rührte um. »Vielleicht sollten wir anschließend die Regale in der Mitte weglassen, dadurch würde der Laden viel größer und luftiger wirken. Du wirst staunen, wie toll das aussieht.«

Eifriges Gekritzel in die Kladde.

Ich stellte den Kaffee vor ihn. »Wir könnten was aus dem Laden machen, Otto. Nicht nur optisch. Das könnte eine richtige Goldgrube werden.«

»Ich habe bereits nein gesagt.«

»Aber …«

»Das lohnt sich nicht!«

»Aber …«

»Nein!« Otto atmete schwer. Er war noch blasser als sonst. Sein Gesicht wirkte richtig eingefallen. Der Kragen seines grauen Hemdes war viel zu weit, und an den Schultern und Ärmeln schlabberte das Kleidungsstück wie an einer Vogelscheuche. Als er nach seiner Tasse griff, sah ich, dass seine Hand zitterte.

»Ist alles in Ordnung mit dir?« Jetzt machte ich mir wirklich Sorgen. »Du siehst krank aus.«

»Wir öffnen gleich, geh gefälligst nach vorne!«

Beleidigt zog ich ab. Das hatte man nun davon, wenn man sich um seine Mitmenschen Gedanken machte. Ich schmollte vor mich hin und schrieb SMS mit Juli.

Eine Weile später trat Otto aus dem Hinterzimmer. »Bin mal kurz weg. Kriegst du das allein hin?«

»Was sollte ich *nicht* hinkriegen? Es kommt ja eh kein Kunde rein.«

Er zog sich eine graue Jacke an, in die er problemlos noch ein zweites Mal gepasst hätte, und ging.

Ich war allein in Ottos Laden. Das war bisher noch nie vorgekommen. Unschlüssig stand ich da. Und dann überkam mich die Neugier. Was schrieb er da immer in seine Notizbücher? Gab es hier überhaupt so etwas wie Buchführung? Wer war diese Karin? Schließlich hielt ich es nicht mehr aus und ging in Ottos Kabuff. Die Kladden hatte er anscheinend weggeräumt, denn ich sah sie nirgends. *›Lass es, Lena‹*, hörte ich meine Vernunftstimme sagen. *›Das geht dich nichts an.‹*

Ich stellte mich taub und zog an einer der Schubladen. Nicht abgeschlossen. Vorsichtig lugte ich hinein – tatsächlich, hier lagen unzählige schwarze Notizbücher. Einige sahen neu aus, andere schienen uralt zu sein. Ich nahm eines heraus und sah es an.

›Lass es. Leg es wieder zurück.‹

Ich schlug die erste Seite auf. »Oktober 1993« stand dort als Überschrift. Die folgenden Seiten waren eng beschrieben, in einer kleinen, gestochenen Handschrift. Das hier war definitiv keine Buchführung. Das hier ging mich nichts an.

›Leg die verdammte Kladde zurück!‹

Ich las den ersten Eintrag.

Liebste Karin,
warum hast du mich im Stich gelassen? Du hast immer gesagt, dass ich es allein schaffe, aber ich schaffe es nicht. Ich schaffe es einfach nicht. Ich ertrage dieses Leben ohne dich nicht.

Ich fühlte mich furchtbar, weil ich in Ottos Privatsphäre eindrang, trotzdem konnte ich nicht anders, als auch die anderen Notizbücher hervorzuholen und darin zu lesen. Otto hatte über Jahre Hunderte von Briefen an diese Karin geschrieben, die ihn anscheinend verlassen hatte. Briefe über Briefe, voller Kummer und Sehnsucht, voller Verbitterung über sein Leben. Briefe, die er nur für sich schrieb, in dem Bewusstsein, dass Karin sie niemals lesen würde. Gedankenverloren saß ich da und versuchte mir auszumalen, wie einsam und unglücklich jeder einzelne Tag für Otto sein musste. Dann fiel mein Blick auf die Spieluhr, ein kleines Karussell in einer Schneelandschaft, die auf Ottos Schreibtisch stand. Ich zog sie auf, und die Filmmelodie aus *Dr. Schiwago* erklang, während das Karussell sich langsam drehte. Neben der Spieluhr stand ein kleines, bunt bemaltes Holzkästchen. Es sah aus wie eine Kindergartenarbeit. Neugierig hob ich den Deckel und entdeckte darin mehrere Fotos, von denen ich eines herausnahm. Es zeigte eine Frau und einen Jungen, der eine Schultüte trug. Er grinste von einem Ohr zum anderen, wobei er eine riesige Zahnlücke offenbarte. Die Frau hatte dem Jungen einen Arm um die Schulter gelegt und guckte stolz in die Kamera. Der Kleidung nach zu urteilen war das Bild in den siebziger Jahren aufgenommen worden.

Plötzlich hörte ich, wie die Ladentür aufging. Ich fuhr zusammen und versuchte hastig, meine Spuren zu verwischen, aber es war zu spät. Otto stand schon in der Tür zum Kabuff. »Was machst du da?« Er stürmte auf mich zu und riss mir das Foto aus der Hand. »Du hast in meinen Sachen geschnüffelt!«

Eilig legte ich die Notizbücher zurück in die Schublade. »Es tut mir so leid.«

»Raus hier!«, schrie er und deutete zur Tür. Seine Hand zitterte. »Los, verschwinde!«

»Otto, bitte entschuldige, ich weiß, ich hätte ...«

»RAUS!«

Ich griff nach meiner Jacke und meiner Tasche und verließ im Eiltempo den Laden. Zu Hause lief ich ziellos von Raum zu Raum, bis ich schließlich in der Küche landete. Hier fing ich an, mir einen Kaffee zu kochen, hörte jedoch mittendrin auf und lehnte mich an die Anrichte. Ottos wutverzerrte, beinahe hasserfüllte Miene wollte mir einfach nicht aus dem Kopf gehen. Ich verbarg das Gesicht in meinen Händen und sackte an der Anrichte herab auf den Boden, wo ich mit angewinkelten Knien sitzen blieb. Was hatte ich nur getan? Wie hatte ich nur so in die Privatsphäre eines Menschen eindringen können? Nach einer Weile hörte ich, dass die Tür aufging.

»Lena, was machst du denn hier? Was ist los?« Ben stand vor mir.

»Ich hab etwas Furchtbares getan«, sagte ich düster. »Dafür werde ich in der Hölle schmoren, garantiert.«

Er setzte sich neben mich auf den Fußboden. »Was ist denn passiert?«

Stockend erzählte ich ihm die unrühmliche Geschichte.

»Das ist alles?«, hakte Ben nach, als ich fertig war. »Ich dachte schon, du hättest mal wieder jemanden umgebracht, so wie diesen Klaus-Dieter.«

»So komme ich mir auch vor.«

»Na ja, mit Ruhm bekleckert hast du dich nicht gerade«, bestätigte er. »Entschuldige dich bei Otto, dann kommt das schon wieder in Ordnung.«

»Er hat mich rausgeschmissen! Da kommt gar nichts in Ordnung. Ich möchte mal wissen, wieso ich ständig alles versaue! Dabei hatte ich mir doch eigentlich vorgenommen, erfolgreich und zielstrebig zu sein, und jetzt?«

»Jetzt versinkst du nicht wieder im Selbstmitleid, sondern gehst ganz zielstrebig auf Jobsuche.« Ben erhob sich. »So, ich muss los, wehrlose Patienten aufschnibbeln.« Er legte eine Hand auf meinen Kopf und zerzauste mir das Haar. »Lass die Ohren nicht hängen, okay?« An der Tür drehte er sich zu mir um. »Ach ja, jetzt, wo du wieder rausgeschmissen worden bist, brauchst du doch sicher männlichen Trost, oder?«

»Wieso?«, fragte ich misstrauisch.

Er grinste über das ganze Gesicht. »Ich könnte dir einen Gefallen tun und Udo anrufen.«

»Vielen Dank, du mich auch!« Ich hätte gerne etwas nach ihm geworfen, aber leider hatte ich nichts zur Hand.

»Tschüs, Unglücksrabe!«, sagte er lachend. Er verließ die Küche, und kurze Zeit später hörte ich, wie die Wohnungstür ins Schloss fiel.

Ich saß immer noch vor der Anrichte auf dem Boden und fühlte mich ohne ihn plötzlich furchtbar allein.

Zwei Tage später lag ich auf dem Sofa im Wohnzimmer und studierte ohne großen Elan den Stellenmarkt. Es wurden tatsächlich immer noch (oder schon wieder) Leute auf einer Bohrinsel gesucht. Ich überlegte gerade, was genau meine Aufgaben dort sein könnten, als es klingelte. Ich hörte Ben zur Tür gehen, kurz darauf kam er ins Wohnzimmer. »Du hast Besuch«, sagte er.

Hinter ihm trat Otto in den Raum. Er war an diesem Ort so fehl am Platz, dass ich ein paar Sekunden brauchte, um zu realisieren, dass er es wirklich war. Ich stand auf, ohne zu wissen, was ich dann machen sollte.

Otto kam auf das Sofa zu und blieb vor mir stehen, die Hände in seinen Jackentaschen vergraben. »Du warst seit zwei Tagen nicht bei der Arbeit.«

Ich schüttelte den Kopf. »Otto, du hast mich gefeuert.«

»Blödsinn. Ich hab dich nicht gefeuert.«

Darauf fiel mir keine Antwort ein. Er *hatte* mich doch rausgeschmissen, oder war ich jetzt völlig bescheuert?

»Läufst du immer weg, wenn es mal schwierig wird?«, fragte er stirnrunzelnd. »Ich hätte gedacht, du hast mehr Mumm.«

Seufzend setzte ich mich. »Ich habe Vieles, aber keinen Mumm. Sonst hätte ich mich getraut, dich zu fragen, was es mit diesen Notizbüchern auf sich hat, anstatt hinter deinem Rücken in deinen Sachen zu schnüffeln. Was mir übrigens wirklich sehr, sehr leidtut.«

Er setzte sich neben mich. »Sie hieß Karin«, sagte er schließlich. »Meine Frau. Ist vor zwanzig Jahren an Krebs gestorben. Der Junge auf dem Bild ist mein Sohn. Frank. Wir haben schon seit Jahren keinen Kontakt mehr.« Gedankenverloren spielte er an seinem Ehering. »Ich weiß, dass es Unsinn ist, aber ich schreibe Briefe an sie. Es ist, als könnte ich so mit ihr reden.«

Mein Herz quoll über vor Mitgefühl, und am liebsten hätte ich ihn umarmt. Aber das wäre ihm mit Sicherheit unangenehm.

»Das Schild in der Ladentür habe ich aufgehängt, als Karin krank wurde«, fuhr er fort. »Ich wollte mehr Zeit haben, mich um sie zu kümmern. Aber dann ging auf einmal alles ganz schnell, und sie war tot.« Er räusperte sich kurz und fuhr dann fort: »Keine Ahnung, wieso ich das Schild nie abgenommen habe, und wieso ich dich überhaupt eingestellt habe. Aber jetzt bist du nun mal da. Und eins kann ich dir sagen – wenn du morgen nicht pünktlich zur Arbeit erscheinst, fliegst du wirklich raus.« Er stand auf. »Und bring die Farbe mit. Wir machen das mit der Renovierung.«

Er ging zur Tür, in der noch immer Ben stand. »Du bist dann wohl der Arzt, von dem sie immer redet. Der Einzige mit Verstand in diesem Irrenhaus.« Er nickte Ben kurz zu und verließ die Wohnung.

»Da hat er recht«, sagte Ben, als wir allein waren.

Ich saß immer noch auf dem Sofa und wusste nicht, wie mir geschehen war. Otto hatte mich nicht rausgeschmissen. Seine Frau war gestorben, doch er schrieb ihr Tag für Tag und Jahr für Jahr weiterhin Briefe. Zu seinem Sohn hatte er keinen Kontakt. Möglicherweise war er der einsamste Mensch der Welt.

»Der ist übrigens übel unterernährt«, sagte Ben.

»Was?«, fragte ich zerstreut.

»Dein Otto. Er ist unterernährt. Bei älteren Leuten kommt das relativ häufig vor. Entweder sie haben keinen Appetit mehr oder sehen keinen Sinn darin, für sich allein zu sorgen. Es könnte natürlich auch sein, dass er krank ist.«

»Soll das heißen, dass er dabei ist, zu verhungern?«, unterbrach ich ihn.

»So drastisch würde ich es nicht ausdrücken, aber es geht sicherlich in die Richtung einer gesundheitsgefährdenden dauerhaften Mangelernährung.«

»Er will, dass ich wieder zur Arbeit komme. Ich glaube, er braucht mich.«

»Es scheint fast so.«

»Ich muss mich um ihn kümmern.« Ohne ein weiteres Wort machte ich mich auf den Weg zum nächsten Supermarkt, um Zutaten für eine Hühnersuppe zu kaufen.

Wenn ich geglaubt hatte, Otto und ich hätten in unserer Beziehung einen Durchbruch erlebt, hatte ich mich mächtig getäuscht. Als ich am nächsten Morgen in den Laden kam, war fast alles wie immer. Otto war einsilbig und schroff, ich hielt Monologe. Aber er sagte »Danke«, als ich ihm einen Kaffee hinstellte. Und in der Mittagspause hörte er auf, in sein Notizbuch zu schreiben, als ich sein Kabuff betrat. Ich hatte mir von Juli und Michel einen kleinen Campingkocher geliehen, auf dem ich die Hühnersuppe warm machte. »Ich habe viel zu viel gekocht, du musst mir unbedingt helfen«, behauptete ich und stellte ihm einen Teller hin.

Er protestierte zwar, griff dann aber doch nach dem Löffel und fing an zu essen.

Wie üblich war es an mir, mich um die Konversation zu kümmern. »Juli und Michel haben immer noch keinen Hochzeitstermin festgelegt. Findest du das nicht auch komisch? Ich meine, der Antrag ist mehr als drei Monate her. Aber ich habe das Gefühl, dass Juli die Hochzeit überhaupt nicht planen *will*. Keine Ahnung, sie weicht immer aus, wenn ich sie darauf anspreche. Ich mach mir echt Sorgen, dass da was nicht stimmt.«

Von Otto kam wie gewöhnlich außer hier und da einem Brummen keinerlei Reaktion. Aber immerhin aß er die Suppe.

»Sag mal, wie genau stellst du dir das mit der Ladenrenovierung eigentlich vor?«

»Mach du nur. Ich hab keine Ahnung von so was.«

Das war Musik in meinen Ohren! Er ließ mir tatsächlich freie Hand! Den Rest des Tages schmiedete ich Renovierungspläne. Mit wenigen Mitteln und viel Arbeit würde ich einiges aus dem Laden machen können.

Schon am folgenden Wochenende ging es los. Mit Michel, Juli und Ben baute ich alle Regale ab und stellte sie im Kabuff unter. Otto suchte das Weite und ließ sich in der Renovierungsphase nicht blicken. Wir rissen das zum Glück nicht sonderlich gut verklebte PVC raus und schliffen den darunterliegenden Holzdielenfußboden ab, der, nachdem er ordentlich bearbeitet und neu lackiert worden war, wirklich toll aussah.

Eine Woche später konnten wir streichen. Juli und Michel waren übers Wochenende an die Ostsee gefahren, aber dafür erklärten Rüdiger und Susanne sich bereit, Ben und mir zu helfen. Rüdiger kam sogar im Blaumann, so motiviert war er. Susanne sah wunderschön aus, wie immer. Sie steckte in engen Jeans, in denen ihr knackiger Hintern äußerst gut zur Geltung kam. Außerdem trug sie ein T-Shirt, das eine Nummer zu klein war und deswegen besonders eng und sexy saß. Sie war so zart und schmal! Neben Susanne musste ich aussehen wie eine weißrussische Kugelstoßerin, und ich konnte ihr das nicht einmal übel nehmen, weil sie so nett war. Ben fielen fast die Augen aus dem Kopf, als er sie sah, und es war offensichtlich, dass sein Interesse nicht einseitig war. Die beiden checkten sich so intensiv ab, dass die Luft um sie herum zu flirren schien.

»Und woran arbeitest du so?«, fragte Susanne Ben mit seltsam kehliger Stimme.

»Ich bin dabei, die Ladentheke abzuschleifen.« So wie Ben das sagte, hörte es sich fast unanständig an.

»Wow, dann bist du handwerklich richtig geschickt, was? Kann ich dir dabei helfen?« Flirtiges, bewunderndes Lächeln.

»Klar.« Gebauchpinseltes Checker-Lächeln.

Was war das denn bitte für 'ne Aktion? Die waren zum Arbeiten hier, aber jetzt würden sie nur noch flirten und am Ende des Tages miteinander ins Bett gehen! Ich fand das scheiße! Susanne war meine Freundin, von der hatte Ben gefälligst die Finger zu lassen! Während ich zusammen mit Rüdiger die Wände strich, beobachtete ich aus den Augenwinkeln die Geschehnisse an der Ladentheke. Wie die sich an Ben ranschmiss! Und wie oberpeinlich er sich mal wieder benahm, da musste man sich ja geradezu fremdschämen! Blöder, eingebildeter Macho-Angeber-Vollidiot!

»Was machen die denn da?« Rüdiger war neben mir aufgetaucht und blickte stirnrunzelnd Richtung Ladentheke.

»Die flirten sich die Seele aus dem Leib, das machen sie!«

»Der zieht sie ja geradezu aus mit seinen Blicken«, murrte Rüdiger.

»Was muss sie auch so aufgedonnert hier rumlaufen?«

Nachdem wir noch eine Weile gelästert hatten, machten wir uns wieder an die Arbeit, und obwohl ich immer wieder den Hals nach Ben und Susanne reckte, kamen wir gut voran.

Nach wenigen Stunden war der Laden komplett gestrichen, und wir konnten uns endlich ein wohlverdientes Feierabendbierchen gönnen. Zumindest Rüdiger und ich. Ben und Susanne zogen es vor, an der Ladentheke weiterhin schamlos miteinander zu flirten.

Kurz bevor er ging, fragte Rüdiger Susanne, ob sie noch mit zu ihm ins Café kommen wolle, aber sie lehnte ab, weil sie, ich zitiere, »noch etwas Wichtiges zu tun« hatte. Ach ja? Was denn, bitte? Sich flachlegen lassen auf *meiner* Ladentheke?

Ich konnte die ganze Zeit über nicht hören, worüber Susanne

und Ben redeten, denn sie steckten die Köpfe eng zusammen. Ab und zu lachten sie leise, und Susanne berührte Ben immer wieder wie zufällig. Sie hing förmlich an seinen Lippen.

Irgendwann wurde es mir zu bunt. »Wie weit seid ihr eigentlich?« Meine Frage klang schärfer als beabsichtigt.

Ben drehte sich zu mir um. »Fast fertig, wenn's recht ist, Sklaventreiberin.«

»Oh bitte, ich bin keine Sklaventreiberin. Sonst hätte ich wohl kaum zugesehen, wie ihr zwei Stunden lang faul herumsteht.«

Ben hob die Augenbrauen. »Es ist überaus großzügig von dir, dass ich, nachdem ich eine Woche lang fast meine gesamte Freizeit in dieser Bruchbude verbracht habe, auch mal zwei Stunden lang nichts tun darf.«

»Ich habe dich nicht dazu gezwungen, mir zu helfen!«

»Das habe ich ja auch gar nicht gesagt.«

»Nein, du hast mich nur Sklaventreiberin genannt.«

»Meine Güte, musst du wirklich jedes Wort von mir auf die Goldwaage legen?«

»Wohl kaum, denn bei Wörtern, die aus deinem Mund kommen, müsste man eher von Müllwaage reden!«

»Also Leute, ich will nicht weiter stören«, unterbrach Susanne uns. »Ich muss los.« An Ben gewandt sagte sie: »Hat mich wirklich gefreut, dich kennenzulernen.« Daraufhin blickte sie mich entschuldigend an, umarmte mich kurz und war verschwunden.

»Toll, du hast sie verjagt«, maulte Ben. »Sie war mein einziger Lichtblick heute.«

Am liebsten hätte ich ihm eine reingehauen. »Sie ist ein bisschen alt für dich, oder?«

Er zuckte mit den Achseln. »Nee. Wieso?«

»Sie ist schon über vierzig!«

»Na und?«

»Meinst du nicht, dass du es etwas übertreibst mit deinen ständigen Weibergeschichten?«

»Nein, meine ich nicht, Frau Klein von der Moral-Aufsichtsbehörde.«

Mit einem lauten Knall stellte ich meine Bierflasche auf dem Tresen ab. »Das wird aber langsam peinlich, Herr Feldhaus von der Bumsbehörde!«

Ben musterte mich stirnrunzelnd. »Sag mal, bist du etwa eifersüchtig?«

»Pfff, Quatsch! Eifersüchtig, so 'n Schwachsinn! Ich will nur nicht, dass du meine Freundinnen anbaggerst. Meine Freundinnen sind für dich tabu, hörst du? Ich buchstabiere, T-A-B-U, Ausrufezeichen!«

Ben kam auf mich zu und blieb dicht vor mir stehen, sodass ich zu ihm aufsehen musste. »Glaubst du ernsthaft, ich lasse mir von dir vorschreiben, wen ich anbaggern darf und wen nicht?«

»Ach, du kannst mich mal! Dann lauf ihr doch nach, und lass mich in Frieden!« Ich drehte mich um und stapfte nach nebenan. Sollte er ruhig abhauen! Mir doch egal!

Ich betrachtete die gestrichenen Wände. Rüdiger hatte geschlampt und am Übergang zwischen Decke und Wand eine unsaubere Stelle hinterlassen. Leider hatte er die einzige Leiter wieder mitgenommen, sodass mir zum Klettern nur ein zweistufiger Tritt blieb. Ich nahm die Schale mit der Farbe und einen kleinen Pinsel und schob den Tritt unter die auszubessernde Stelle, doch selbst von der obersten Stufe aus kam ich trotz Reckens und Streckens nicht an die Decke. Aber wenn ich mich auf den Leiterbogen stellte, dann würde es gehen.

»Was soll das denn werden?«, hörte ich Bens Stimme, als ich meinen Fuß auf dem Bogen platzierte.

»Ach, du bist noch hier? Ich dachte, du wärst schon längst bei deinem Lichtblick.«

Ben seufzte übertrieben laut. »Nein, offensichtlich bin ich noch hier, bei meinem Albtraum. Was das werden soll, habe ich gefragt.«

»Die Stellen da oben müssen ausgebessert werden«, erklärte ich pampig und stellte nun auch meinen anderen Fuß auf den Leiterbogen. Ganz schön wacklig, aber wenn ich mich an der Wand abstützte, ging es.

»Spinnst du? Komm da runter, du brichst dir noch das Genick.«

Ich ignorierte ihn geflissentlich.

»Komm sofort da runter!« Ben klang jetzt äußerst ungehalten.

»Nein! Das geht schon!«

Ich reckte mich gerade mitsamt Pinsel wacklig nach oben, als ich spürte, wie Bens Arme sich um meine Taille schlangen und mich von der Leiter hoben. »Du nervst so dermaßen, das kannst du dir gar nicht vorstellen«, motzte er und stellte mich unsanft auf dem Boden ab. Er drehte mich zu sich herum und riss mir Farbe und Pinsel aus der Hand. Damit bewaffnet kletterte er seinerseits auf den Tritt.

Mir fiel keine Antwort ein, nichts, was ich hätte sagen können. Mein Herz klopfte heftig, und mir war schwindelig. Seltsam. Das musste an den Farbdämpfen liegen, die ich heute den ganzen Tag eingeatmet hatte. Ja, das klang nach einer plausiblen Erklärung.

Kapitel 8

... in dem ich ein Blind Date mit Christian Baumann habe. Und mit Juli. Und Michel. Und Ben.

Ein paar Tage später stand ich im Laden und bewunderte mein Werk. In den vergangenen zwei Wochen hatte ich jeden Tag an der Renovierung und Verschönerung gearbeitet, teilweise bis in die Nacht hinein. Doch ganz im Gegensatz zu früher bei PUPS beschwerte ich mich nicht über diese Überstunden, sondern machte sie freiwillig und gerne. Und die Arbeit hatte sich wirklich gelohnt! Ich war richtig stolz auf mein Werk. Die frisch gestrichenen, dunkelroten Wände und der schöne Holzfußboden verbreiteten eine einladende Gemütlichkeit, und der Laden wirkte viel luftiger und größer als vorher. In einer Ecke standen nun die beiden roten Ohrensessel von unserer Dachterrasse (eine Leihgabe von Ben) und in deren Mitte ein kleines Holztischchen.

Die Schaufenster hatte ich herbstlich dekoriert und ein paar Lichterketten aufgehängt. Außerdem hatte ich Otto dazu überredet, die hässliche orangefarbene Plastikfolie zu entfernen. Eine Glocke an der Ladentür bimmelte hübsch, wenn jemand hereinkam. Jetzt fehlten eigentlich nur noch die Kunden.

Ich war ziemlich nervös, als Otto sich den Laden nach der Renovierung ansah. Mit gerunzelter Stirn und verkniffenem Mund ging er umher, strich über den Tresen, fasste das eine oder andere Buch an und blieb schließlich stehen. »Das soll mein Laden sein?«

»Ja«, antwortete ich. »Gefällt er dir?«

Er schwieg. Sah sich noch mal um. »Geht schon«, war sein abschließendes Urteil. Er drehte sich um und schlurfte in sein Kabuff. Auch hier hatten wir gestrichen, den Boden abgeschliffen und ein bisschen umgeräumt, sodass eine gelungene Mischung aus Aufenthaltsraum und Büro entstanden war. Sogar den Hinterhof, den man vom Kabuff aus betreten konnte, hatten wir entrümpelt und zwei Gartenstühle hineingestellt.

Otto setzte sich hinter seinen Schreibtisch und schien mich nicht mehr wahrzunehmen. Gedankenverloren betätigte er den Mechanismus der Spieluhr. Das Karussell fing an, sich zu drehen, und das *Dr.-Schiwago*-Lied erklang. »Die ist von meiner Mutter«, erklärte Otto, ohne den Blick von der Spieluhr zu wenden. »Hat fast ihr ganzes Leben in diesem Laden verbracht.« Er griff in die kleine Kiste und holte die Fotos hervor, unter denen auch das von Karin und Frank war, das ich mir vor nicht allzu langer Zeit unerlaubt angesehen hatte. Er zog ein Foto aus dem Stapel und hielt es mir hin. »Hier.«

Neugierig trat ich näher. Bei dem Bild handelte es sich um eine alte Schwarz-Weiß-Aufnahme einer großen, dünnen Frau mit strengem, unerbittlichem Gesichtsausdruck. Sie sah Otto nicht unähnlich.

»Meinen Vater hab ich nie kennengelernt.« Otto starrte auf das Foto. »Ist im Krieg gefallen. Meine Mutter hat diesen Laden allein geführt. Hab immer geholfen, schon als kleiner Junge. Es stand von Anfang an fest, dass ich den Laden übernehmen muss. *Ich* wusste, was meine Pflicht ist.«

Allmählich schwante mir, worauf er hinauswollte. »Aber dein Sohn, der wusste es nicht, oder?«

Otto schnaubte. »Nein, der hat sich geweigert. Ist abgehauen und hat sich nie wieder blicken lassen. Nur bei der Beerdigung seiner Mutter, da ist er auf einmal wieder aufgetaucht.« Sein Tonfall war im Verlauf seiner Erzählung immer barscher geworden.

»Aber wieso wolltest du ihn denn zwingen, diesen Laden zu übernehmen?«

Otto verschränkte die Arme vor der Brust und lehnte sich in seinem Stuhl zurück. »Es geht im Leben nicht immer darum, was man *will!* Es geht um Pflichten und Anstand und darum, was man tun *muss!* Dieser Laden ist seit Generationen in der Hand meiner Familie, und da hätte er auch bleiben sollen.«

»Und was hat deine Frau dazu gesagt?«, erkundigte ich mich.

Otto machte eine ungeduldige Handbewegung. »Sie hat sich die Augen aus dem Kopf geheult; mich angebettelt, mich mit ihm zu versöhnen. Aber er hätte sich bei *mir* entschuldigen müssen! Nicht mal ein Jahr, nachdem er abgehauen ist, ist sie krank geworden. Er hat sie nie besucht. Nicht ein Mal! Aber zu ihrer Beerdigung, da ist der feine Herr erschienen!« Mit einem lauten Klacken schloss er das Foto-Kästchen. »Meine Mutter wäre sehr froh, wenn sie das hier sehen könnte«, brummte er und deutete mit der Hand unbestimmt um sich.

Ich vermutete, dass es ein höheres Lob aus seinem Mund nicht geben konnte. »Das freut mich«, sagte ich. »Wirklich.« Ich lächelte ihn an, und er verzog seinen Mund zu einer schmerzhaften Grimasse. So lächelte vermutlich jemand, der das seit zwanzig Jahren nicht mehr getan hatte. So schnell wie das Lächeln auf seinem Gesicht erschienen war, verschwand es auch wieder. Otto kniff die Augen zusammen und meckerte: »Wie lange willst du hier noch deine Arbeitszeit vertrödeln? Ich bezahl dich nicht fürs Quatschen!«

Mittags aßen Otto und ich zusammen Spaghetti, als Susanne hereinplatzte. Seit der Renovierung und ihrem schamlosen Flirt mit Ben hatte ich sie nicht mehr gesehen.

»Wahnsinn Lena, der Laden sieht ja toll aus! Hallo Otto«, sagte sie freundlich in seine Richtung und fuhr dann fort: »Nicht wiederzuerkennen. Absolut genial!« Sie warf sich neben mich auf das Sofa.

Wieso musste sie bloß so nett sein? Die Welt war einfach ungerecht, wenn so schöne, sexy Frauen auch zusätzlich noch nett waren.

»Du, hör mal«, sagte Susanne, »wegen neulich beim Renovieren, diese Sache mit Ben. Tut mir echt leid, ich wusste ja nicht, dass du ihn magst.«

Ich legte die Gabel auf meinen Teller und schob ihn energisch von mir. »Er ist ein Freund, mehr nicht.«

Otto seufzte entnervt. Er erhob sich von seinem Stuhl, brummelte etwas von »Besorgungen machen« und suchte das Weite.

Susanne sah verwirrt aus. »Aber ich hatte ganz stark den Eindruck, dass du eifersüchtig warst.«

»War ich aber nicht! Ich war nur gestresst! Wenn du Interesse hast, ich kann dir gerne seine Handynummer geben. Meinen Segen habt ihr.«

Susanne musterte mich kritisch. »Ehrlich?«, fragte sie schließlich.

»Ja, klar.« Ich kramte mein Handy hervor, suchte Bens Nummer raus und kritzelte sie auf ein Stück Papier. »Da hast du sie. Viel Spaß.«

Susanne griff nach dem Zettel. Aus mir unerfindlichem Grund wollten meine Finger ihn jedoch nicht loslassen, sodass wir nun beide daran zogen. »Aber du solltest wissen, dass er ein unerträglich arroganter Mistkerl ist«, klärte ich sie auf und gab beinahe widerwillig den Zettel frei. »Und außerdem musst du dich darauf gefasst machen, dass er dich schon nach kurzer Zeit wieder abservieren wird. Länger als drei Monate bleibt der mit keiner zusammen.«

Susanne grinste anzüglich. »Oh, keine Sorge. Ich will gar nicht mit ihm zusammen sein. Ab und zu mal mit ihm vögeln reicht mir völlig.«

Mir klappte die Kinnlade herunter. Als ich meine Sprache wiedergefunden hatte, fragte ich: »Bin ich jetzt so etwas wie Bens Zuhälterin?«

Susanne runzelte die Stirn. »Ein für alle Mal, Lena: Ist das wirklich in Ordnung für dich?«

»Jaha!«

»Okay.« Bens Nummer verschwand in Susannes Hosentasche. »So, und jetzt zeig mir mal den Laden«, sagte sie fröhlich.

Wir gingen nach vorne, ich führte sie herum und vergaß darüber fast meine schlechte Stimmung. Susanne versprach mir, für Mundpropaganda zu sorgen, außerdem kannte sie jemanden, der für das Hamburger Stadtmagazin schrieb. Den wollte sie anrufen, sodass schon in einer der nächsten Ausgaben ein kleiner Artikel über den Laden stehen könnte. Ich konnte ihr einfach nicht böse sein. Sollte sie mit Ben doch ihren Spaß haben – was ging es mich an.

Zwei Wochen später war der Laden zwar immer noch nicht die Goldgrube, die ich Otto angekündigt hatte, aber nach der Neueröffnung lief er eindeutig besser als vorher. Beim Einräumen hatte ich die Bücher schön ordentlich nach Genres und Autoren sortiert, sodass es nun tatsächlich so etwas wie eine Struktur im Laden gab. Die ganz ollen Kamellen landeten in einer Grabbelkiste, während die aktuelleren Titel prominente Plätze im Schaufenster oder in Eingangsnähe bekamen. Es machte mir

Spaß, mit den Kunden zu reden und sie zu beraten, und es kam Geld in die Kasse. Außerdem spukten noch ein paar Ideen in meinem Kopf herum, wie man diesen Laden interessanter machen könnte, doch bevor ich Otto damit nervte, müsste ich mir erst noch ein genaues Konzept überlegen.

Nicht nur der Laden war schöner geworden, auch meine Wohnsituation hatte sich deutlich verbessert. Von Michel und Ben hatte ich mir Möbel geliehen und mich schließlich sogar überwinden können, meine persönlichen Sachen bei Simon abzuholen. Inzwischen war mein Zimmer richtig gemütlich, und ich liebte es, auf dem großen Kissen vor der Heizung zu sitzen und stundenlang zu lesen oder Musik zu hören.

Der Herbst zeigte sich von seiner typischen Seite. Es regnete ununterbrochen, und die Dunkelheit brach immer früher herein. Aber überraschenderweise betrübte mich das nicht so sehr wie sonst. Für den Laden war dieses Wetter sogar von Vorteil, da die Leute sich mit Lesestoff für die düsteren Tage versorgten.

Susanne hatte Ben tatsächlich angerufen, und die beiden gingen hin und wieder miteinander aus. Wie genau diese Abende endeten, wusste ich nicht, denn Susanne kam nie mit zu uns. Aber das nur so nebenbei, denn mir war es relativ egal. Mich interessierte es nun wirklich nicht, mit wem Ben was am Laufen hatte. Und Susanne hatte ich vor ihm gewarnt. Mehr konnte ich nicht tun.

Meinen 3-Punkte-Lebensplan verlor ich nicht aus den Augen. Punkt 1, die Karriere, entpuppte sich als verdammt schwer, um nicht zu sagen, unmöglich. Doch ich gab nicht auf. Ich blieb hartnäckig dran an meinen PR-Bewerbungen, rief immer wieder bei den von mir angeschriebenen Agenturen an und hakte nach, allerdings ohne Erfolg.

Punkt 2 erwies sich ebenfalls als schwierig, denn Mr. Right ließ genauso auf sich warten wie der Traumjob. Nicht mal Dates konnte ich an Land ziehen. Ich bemühte mich zwar, sexy und selbstbewusst rüberzukommen, trug etwas coolere Klamotten und achtete stets darauf, den Rücken gerade und den Kopf hoch zu halten. Aber anscheinend gelang es mir trotz aller Bemühungen nicht vollständig, den tapsigen Mischlingsköter in mir zu verjagen.

Manchmal ertappte ich mich dabei, wie ich an Jan dachte, den süßen Barmann aus dem Irish Pub, doch dann verdrängte ich den Gedanken. Bevor ich mich an einen Typen seines Kalibers wagen konnte, musste ich noch sehr viel mehr an mir arbeiten. Womit ich auch schon bei Punkt 3 war: der Rundumerneuerung meines Charakters. Also … das lief auch nicht so richtig gut. Rein theoretisch wusste ich zwar, wie ich zukünftig sein wollte, aber das in die Tat umzusetzen war nicht so einfach. Immerhin machte ich jetzt aber Sport. Ben hatte mich überredet, mit ihm laufen zu gehen. Er war mindestens zweihundert Mal sportlicher als ich und ließ mich das auch ständig spüren. Während ich mich mit auf dem Boden hängender Zunge an der Elbe entlangschleppte, lief er munter um mich herum, feuerte mich an oder gab den Drill Instructor, indem er mir Parolen à la »Jetzt quäl dich, du Faultier« oder »Wenn du in dem Tempo weiterläufst, wird's Weihnachten, bis wir zu Hause sind« zubrüllte. Meistens erntete er dafür von mir nur einen bösen Blick oder ein »Halt die Klappe«. Als er mir eines schönen Tages aber »Hör auf zu jammern, und beweg deinen fetten Arsch« zurief, rammte ich ihn so heftig, dass er umfiel. Nach und nach wurde ich jedoch fitter, und das Laufen fing an, mir Spaß zu machen.

Außerdem ging ich mit Silke und Claudia regelmäßig schwimmen und begleitete Juli zu ihrem Yoga-Kurs – schließlich wusste ich, dass Yoga bei der jungen, dynamischen Bevölkerung absolut angesagt war. Es fiel mir allerdings schwer, das Ganze ernst zu nehmen. Nicht nur der wirklich jedem Klischee entsprechende

Yoga-Meister Hans-Peter, auch das gemeinsame Om-Shanti-Shanti-Tönen nach der Stunde brachte mich jedes Mal zum Kichern.

Als wir eines Abends gemeinsam in der Yoga-Stunde den Sonnengruß übten, raunte Juli mir zu: »Übrigens, ich habe ein Date für dich klargemacht.«

Augenblicklich geriet ich ins Straucheln. »Was?«

»Ja, du hast doch gesagt, dass ... du dich mal wieder ... verabreden willst. Scheiße, ist das anstrengend.« Mühsam drückte sie sich vom Boden hoch in den herabschauenden Hund.

Ich unterbrach meine Übung. »Ja, aber wie peinlich ist das denn? Ein Blind Date?«

Juli nickte. »Ist nicht ... peinlich.«

Wir zogen schwungvoll die Beine nach vorne, wobei ich regelmäßig das Gleichgewicht verlor. Auch dieses Mal geriet ich Grobmotorikerin ins Stolpern. »Und mit wem?«

In diesem Moment stand Hans-Peter neben mir und sah mich vorwurfsvoll aus seinen hellblauen Augen an. Mit einer Hand spielte er in seinen langen grauen Haaren. »Lena, du, ich hab so 'n Stück weit das Gefühl, dass du mental gar nicht bei der Sache bist. Das find ich irgendwo total schade. Diese Übung bringt dich echt überhaupt nicht weiter, wenn du dich nicht innerlich darauf einlässt«, ermahnte er mich. »Du musst Geist und Körper in Einklang bringen, das ist unheimlich wichtig.« Er wandte sich von mir ab und lobte den Rest der Gruppe: »Super, Leute, das habt ihr ganz, ganz toll gemacht. Jetzt bitte alle in die Kindposition. Kommt zur Ruhe, kommt zu euch. Eeentspannen.«

Folgsam kauerten wir uns auf dem Boden in die angewiesene Position, in der wir, wie Hans-Peter uns erklärt hatte, die Lage eines Embryos im Mutterleib nachempfanden. Mir war es jedes Mal ein Rätsel, wie ich in dieser Position eeentspannen sollte, weil mir die Vorstellung, mich im Mutterleib zu befinden, wegen meiner ausgeprägten Platzangst nicht gerade behagte. Außerdem bekam ich hier unten kaum Luft.

»Also, mit wem?«, hakte ich mit gepresster Stimme nach.

Juli hatte ebenfalls Schwierigkeiten, sich zu artikulieren. »Kollege aus dem Labor. Sehr nett.« Wieder wurden wir von Hans-Peter unterbrochen. »Ihr Lieben, ihr wart heute ganz großartig. Ganz, ganz toll. Jetzt machen wir noch den Baum, und dann gehen wir in die Schlussmeditation.«

Anschließend kam Juli noch mit zu mir, um stilgemäß einen Yogitee zu trinken und Michel abzuholen, der mit Ben Champions League schaute. Mit den Tassen in der Hand gingen wir ins Wohnzimmer und quetschten uns zu den beiden Männern aufs Sofa.

»Um mal auf unser Gespräch von vorhin zurückzukommen«, wandte ich mich an Juli. »Was ist das denn nun für ein Typ?«

»Was für'n Typ?«, wollte Ben wissen.

»Lena hat am Sonntag ein Date«, erklärte Juli. »Das wird auch höchste Zeit, denn wenn man vom Pferd fällt, muss man schnellstmöglich wieder in den Sattel steigen.«

»Was, Sonntag schon?«, rief ich überrascht. »Wieso erfahre ich das jetzt erst?«

Ben beugte sich vor, sodass er Juli ansehen konnte. »Warte mal, Juli, planst *du* Lenas Dates?«

Michel drehte den Ton am Fernseher lauter. »Könnt ihr vielleicht mal die Schnauze halten? Beckenbauer spricht!«

»Was ist das nun für ein Typ?«, wiederholte ich meine Frage. Langsam wurde ich ungeduldig.

»Bei uns im Labor arbeitet jemand, der seit Kurzem wieder Single ist. Ich habe ihn für nächsten Sonntag zum Essen eingeladen.«

»Wen denn?«, erkundigte sich Ben interessiert.

»Christian Baumann.«

»Was, dieser Vollidiot?«, fragte er mit angewiderter Miene.

»Er ist kein Vollidiot, sondern total nett.«

»Der hat neulich von einem fünfundachtzigjährigen Rentner mit Oberschenkelhalsbruch behauptet, er sei schwanger!«

»Ich habe das Beta-HCG selbst noch mal überprüft, der Wert lag bei 122!«

»Ja, weil dieses Genie die Blutproben vertauscht hat.«

»Ist doch egal! Christian soll ja schließlich nicht Lenas Blutwerte bestimmen!«

»Das ist wohl auch besser so«, murrte Ben.

»Hallo! Ich würde hier gerne mal zuhören!«, rief Michel unwirsch.

»Juli, ich weiß echt nicht.« Der Gedanke gefiel mir immer weniger. »So ein peinliches Kuppel-Blind-Date ist doch irgendwie scheiße.«

»Dann solltest du dich vielleicht selbst um deine Verabredungen kümmern«, warf Ben ein.

»Das wird überhaupt nicht peinlich«, sagte Juli entschieden. »Das ist einfach nur ein zwangloses Essen unter Freunden. Michel und ich, du und Christian und Ben.«

»Was, *ich?*«, rief Ben. »Nee! Vergiss es!«

»Hm, stimmt. Ben, wenn du dabei bist, ist es nicht ganz so offensichtlich«, überlegte ich.

Michel stellte den Ton noch lauter. »Habt ihr denn wirklich keinen Respekt vorm Kaiser?«

»Ich hab keinen Bock, meinen Sonntagabend mit Christian Baumann zu verbringen!«, maulte Ben.

»Na und, ich auch nicht«, fuhr ich ihn an. »Mich fragt auch keiner!«

»Entschuldige mal, aber diese Veranstaltung findet nur statt, damit du endlich mal wieder flachgelegt wirst«, schlug er zurück. »Ich sehe nicht ein, was ich damit zu tun haben soll.«

»Ich will nicht, dass irgendjemand darüber spricht, meine kleine Schwester flachzulegen!« Michel zeigte drohend mit dem Finger auf Ben. »Und du schon gar nicht, mein Freund!«

Ben schüttelte nur den Kopf. »Mach dich nicht lächerlich, Michel.«

»Und außerdem will Lena nicht flachgelegt werden, sie ist auf der Suche nach einer neuen ernsthaften Beziehung«, sagte Juli.

»Wie auch immer. Mit beidem will ich nichts zu tun haben!«

»Hast du ja auch nicht«, sagte ich. »Du sollst lediglich zwei Stunden mit uns essen! Danach kannst du machen, was du willst.«

»Nein!«

»Bist du nicht mal bereit, für eine Freundin *ein* lumpiges Essen durchzuhalten? Unter Freundschaft verstehe ich aber was anderes!«, sagte Juli vorwurfsvoll.

Ben sackte in sich zusammen. »Na schön«, sagte er schließlich. »Ihr könnt mich mal.«

Das Gespräch verstummte, und wir starrten auf die Mattscheibe.

»Toll«, sagte Michel. »Jetzt, wo Werbung läuft, haltet ihr die Klappe.«

Den Rest der Woche überlegte ich mir einen Schlachtplan für mein Date. Vor dem Spiegel übte ich die sexy Körperhaltung, die Ben mir beigebracht hatte. Rücken gerade, Brust raus, Kopf hoch, selbstbewusst gucken. Zusätzlich studierte ich in einer Frauenzeitschrift den Artikel »Das Einmaleins des Flirtens – Wie Sie garantiert jeden Mann rumkriegen«. Zwar ging ich nicht davon aus, dass Christian Baumann sich als die große Liebe meines Lebens herausstellen würde, aber man konnte ja nie wissen.

Am Sonntagabend duschte ich ausgiebig und machte mich für das Date zurecht. Ich zog eine Jeans und ein dekolletiertes, schwarzes Top an und schminkte mich dezent. Die Haare ließ ich offen über meine Schultern hängen. Mein Schuhwerk bestand nach Rücksprache mit Juli aus hochhackigen, schwarzen Folter-Riemchensandaletten, auf denen ich nicht laufen konnte und die ich aus diesem Grund zwar schon oft verliebt angesehen, aber noch nie getragen hatte.

Um halb sieben klopfte es an die Badezimmertür, und ich hörte Bens Stimme. »Lena, verschwende nicht so viel Zeit auf dein Äußeres. Das bringt eh nichts.«

Ich öffnete die Tür und stand direkt vor Ben. »Ich habe über eine Stunde gebraucht, um mich aufzubrezeln, du Idiot. Sehe ich etwa trotzdem blöd aus?«

Ben betrachtete mich von Kopf bis Fuß. »Nein«, sagte er schließlich erstaunt. »Hast du was mit deinen Haaren gemacht?«

Ich strich mir den frisch blondgesträhnten Pony aus der Stirn. »Ja, ich war beim Frisör.«

Er musterte meine Frisur und dann mein Gesicht. »Mhm. Also, gehen wir?«

Ich zog meinen Mantel an, und wir machten uns auf den Weg.

Es war zwar nicht weit bis zu Michel und Juli, trotzdem wurden meine nackten Füße in den Riemchensandalen eiskalt. Außerdem knickte ich alle zehn Meter ein oder stolperte über eine Unebenheit.

Ben hielt mir einen Arm hin. »Hier, halt dich fest.«

Dankbar nahm ich das Angebot an.

»Wieso hast du nicht wenigstens für den Weg ein Paar Schuhe angezogen, in dem du laufen kannst?«, erkundigte er sich.

»Du hättest ja bei Juli und Michel immer noch dieses anziehen können.«

Verdammt, wieso war mir diese Idee nicht selbst gekommen? »Klugscheißer«, stieß ich zwischen zusammengebissenen Zähnen hervor, während ich mit der Grazie einer Elefantendame auf Rollschuhen durch die Nacht stakste. »Auf einmal bist du der große Frauenversteher, oder was?«

Ben lachte. »Dich verstehe ich jedenfalls nicht, so viel steht fest.«

Eine Weile gingen wir schweigend nebeneinanderher. »Wie geht's Otto eigentlich?«, fragte Ben unvermittelt.

»Gut, denke ich. Er hat ordentlich zugenommen. Und inzwischen hält er es schon eine halbe Stunde am Stück mit mir im Kabuff aus, bevor er mich rausschmeißt.«

»Das ist doch ein großartiger Fortschritt«, sagte Ben, und ich konnte ein Lächeln in seiner Stimme hören. »Und wie läuft der Laden? Er scheint in letzter Zeit ganz gut besucht zu sein.«

»Ja, er läuft gut! Ich überlege, ob ich eine Lesung organisieren soll. Und ich würde gerne auch neue Bücher mit aufnehmen. Von noch unbekannten, jungen Hamburger Autoren, die man sonst nicht in Buchhandlungen findet. Aber da macht Otto noch dicht.« Ich knickte erneut um und klammerte mich an Bens Arm fest.

»Du kriegst ihn schon noch rum, da bin ich mir sicher.«

»Ich habe übrigens beschlossen, seinen Sohn zu finden«, vertraute ich ihm an. Davon hatte ich bislang noch niemandem erzählt. »Ich will, dass die beiden sich versöhnen.«

Ben seufzte. »Meinst du nicht, dass du dich da ein bisschen zu heftig in sein Privatleben einmischst?«

»Nein«, sagte ich entschieden. »Es ist das Beste für ihn.«

»Na, dann kann ich nur hoffen, dass Otto und sein Sohn das auch so sehen. Aber stell dir das nicht zu einfach vor.«

Inzwischen waren wir bei Juli und Michel angekommen. Juli öffnete die Tür und marschierte Ben und mir voraus ins Wohnzimmer. »So, hier sind die beiden endlich. Wie immer zu spät«, kündigte sie uns an. »Das ist Christian.«

Christian Baumann stand vom Sofa auf. Er war klein. Etwa eins sechzig. Und spindeldürr. Sein Gesicht wurde von einer dieser überdimensionalen Hipster-Hornbrillen dominiert.

»Und das hier«, jetzt zeigte Juli auf mich, »ist Michels Schwester Lena.«

Stolperfrei und für meine Verhältnisse wahnsinnig elegant ging ich auf mein Date zu. »Hallo Christian«, sagte ich und reichte ihm die Hand. In meinen hohen Schuhen war ich einen Kopf größer als er.

»Hallo Lisa«, sagte er.

»Lena«, korrigierte Ben.

»Natürlich, Lena. Entschuldige, ich stehe ein bisschen neben mir. Meine Freundin hat mich vor Kurzem verlassen. Wie ich hörte, bist du auch gerade ganz übel sitzengelassen worden?«

Ich warf einen Seitenblick auf Juli, die nur entschuldigend mit den Achseln zuckte. »Na ja, es ist schon eine Weile her«, antwortete ich.

»Ja, aber bei dir soll es ganz besonders mies gewesen sein«, bohrte er weiter. »Kurz vor der Hochzeit. War es nicht so?«

»Was meint ihr, wollen wir uns nicht setzen?«, mischte Juli sich ein.

Wir folgten ihrem Vorschlag und setzten uns um den großen Esstisch.

»Wie wäre es mit einem Glas Wein?«, fragte ich Christian.

»Oh, vielen Dank, aber ich trinke keinen Alkohol.«

»Ich auch nicht«, erwiderte ich ernst. Gleich Gemeinsamkeiten schaffen. Das war sehr wichtig, hieß es in der Frauenzeitschrift.

»Ach ja? Seit wann das denn?«, fragte Ben prompt.

»Immer schon, wie du weißt.« Nachdem ich Christian und mir Wasser in die Weingläser gefüllt hatte, fragte ich ihn: »Macht dir die Arbeit im Labor großen Spaß?« Ich stützte das Kinn auf meine gefalteten Hände (dies war als sehr gute Zuhörerpose empfohlen worden) und sah ihn gebannt an.

Christian rückte seine Brille zurecht. »Ja, schon«, erwiderte er.

»Ist das nicht eine riesige Verantwortung? Du hast bestimmt schon viele Leben gerettet.«

Ben hustete.

»Na ja«, sagte Christian bescheiden. »So direkt eigentlich nicht.«

»Aber du bist Teil des Ganzen. Ohne dich würde es nicht gehen, stimmt's?« Ich beugte mich weiter zu ihm.

Er lehnte sich in seinem Stuhl zurück. »Nein, wahrscheinlich nicht.«

Mit einer eleganten Bewegung strich ich mir das Haar aus der Stirn und lächelte ihn an. »Wow. Ist ja toll.«

»Äh ... ja«, sagte Michel. »Juli, sollen wir mal nach dem Essen schauen?«

Die beiden erhoben sich und verließen das Wohnzimmer. Beim Weggehen hörte ich sie tuscheln und sah, wie Michel ihr einen Vogel zeigte. Juli zuckte mit den Achseln.

»Also, Lena«, sagte Christian. »Wie war das denn nun genau mit der Trennung? Er hat dich wegen einer anderen verlassen, habe ich gehört?«

»Ach, das ist doch jetzt ganz egal«, wich ich aus, schob meine Brust raus und warf meine Haare über die Schulter. Das mit dem Sexysein kriegte ich heute wirklich ziemlich gut hin, fand ich.

Juli und Michel kehrten zurück und stellten die Vorspeisenteller vor uns ab. Mein Lieblingssalat mit gegrillten Garnelen und köstlichem Balsamicodressing.

»Oh«, sagte Christian und starrte auf seinen Teller. »Ich esse nichts, was eine Seele hat.«

Eine Weile blieb es still.

»Garnelen haben Seelen?«, erkundigte Ben sich interessiert.

»Jedes Tier hat eine Seele.«

»Das glaube ich auch«, erwiderte Ben todernst. Er hielt eine Garnele in die Höhe. »Ich frage mich, was die hier empfunden hat, als sie gefangen wurde.« Er bewegte die Garnele so, als würde sie sprechen. Mit hoher Stimme rief er dramatisch: »Arturo, mein Geliebter, ich muss sterben! Bitte vergiss mich nicht!« Nun nahm er eine zweite hoch und ließ sie mit tiefer Stimme rufen: »Yolanda, nein! Geh nicht fort! Ich kann ohne dich nicht leben!« Anschließend wickelte er Yolanda aus ihrem Panzer, steckte sie sich in den Mund und kaute genüsslich.

»Das ist nicht witzig, Ben«, kicherte ich. »Du hast Yolanda ermordet!« Ich hob ebenfalls eine meiner Garnelen hoch. »Ich bin ein Narr des Schicksals!«, rief sie, beziehungsweise ich, in Anlehnung an Leonardo DiCaprio in *Romeo und Julia*.

Ben und ich lachten uns halb tot. Er bewegte Arturo auf mich zu. »Was soll ich denn sagen? Ich hatte die Alte fast so weit. Noch ein Abend, und wir wären in den Algen gelandet.«

Erneut packte uns ein heftiger Lachkrampf. Als ich mich wieder einigermaßen beruhigt hatte, merkte ich, dass Juli, Michel und Christian uns anstarrten. Juli signalisierte mir mit Blicken, dass ich mich unmöglich benahm. Recht hatte sie. Ich besann mich meiner neuen Rolle und korrigierte meine Körperhaltung. Rücken gerade, Brust raus, Kopf hoch, sexy gucken. »Und was machst du so, wenn du nicht gerade Leben rettest?«, fragte ich Christian mit bewunderndem Augenaufschlag.

Er winkte ab. »Ach, so dies und das. Aber die Trennung, der ganze Mist, das tut immer noch weh, oder? Also, bei *mir* tut es immer noch weh.«

Ben neben mir lachte leise.

Juli erhob sich von ihrem Platz. »Also, da Michels Schweinebraten ja nun auch ausfällt, würde ich vorschlagen, dass ich schnell ein paar Spaghetti koche. Michel und Ben, helft ihr mir?« Sie sah die beiden beschwörend an, die ihr daraufhin prompt in die Küche folgten.

Christian und ich blieben allein zurück.

»Erzähl doch mal, engagierst du dich auch aktiv für Tiere?«, fragte ich und sah ihm tief in die Augen.

»Nein, nicht wirklich. Weißt du, meine Trennung ist zwei Monate her. Sie war die Liebe meines Lebens.«

Ja, ich schien wirklich extrem Eindruck auf ihn zu machen. Da es nur ein Thema zu geben schien, das ihn interessierte, stellte ich die Frage aller Fragen: »Und wieso hat sie dich verlassen?«

Darauf hatte Christian anscheinend nur gewartet. Er erzählte mir zwanzig Minuten lang ohne Punkt und Komma von seiner Trennung. Die Story hatte es allerdings tatsächlich in sich, denn seine Ex, Simone (ja, so hieß sie wirklich!), hatte ihn für niemand anderen als seinen eigenen Vater verlassen. Eins musste ich Simon ja zugutehalten: Er war zwar auch ein Arschloch, aber immerhin hatte er von meiner Mutter die Finger gelassen.

Als die anderen mit Spaghetti und Tomatensauce aus der Küche zurückkamen, befand ich mich immer noch mitten in Christians griechischer Tragödie. Inzwischen kullerten ihm sogar Tränen über die Wangen, während ich ihm mechanisch die Hand tätschelte. Dieses Date lief wirklich überhaupt nicht!

»Möchtest du nicht vielleicht doch ausnahmsweise mal ein winziges Schlückchen Wein zum Essen?«, fragte Ben und sah mich ernst an, doch um seine Mundwinkel zuckte es.

»Ausnahmsweise. Aber wirklich nur ein winzig kleines Schlückchen.«

Ben schenkte mir das Glas halb voll, ich hob es an und trank es völlig undamenhaft in einem Zug leer. Machte auch nichts, denn Christian starrte tränenblind vor sich hin.

»Das Schlimmste war, dass ich ihr so blind vertraut habe«, jammerte er jetzt. Seine Spaghetti standen unangetastet vor ihm. »Sie hat meinen Stolz mit Füßen getreten, diese Demütigung ist wirklich unerträglich! Mein Leben ist ein einziger Trümmerhaufen!«

Er heulte uns während des kompletten Essens hindurch voll. Kaum war der letzte Bissen verspeist, erhob ich mich und räumte die Teller zusammen. Ich musste ganz dringend für einen Moment raus.

Ich trug die Teller in die Küche, wo ich sie in die Spülmaschine räumte. Hoffentlich war ich nie so gewesen. Ich meine, Trauerarbeit zu leisten war sicher wichtig, niemand hatte dafür so viel Verständnis wie ich. Aber vor quasi völlig fremden Menschen? *Das* hatte ich nun wirklich nie gemacht. Mal abgesehen von Udo und Thomas. Und von Jan. Na ja, eigentlich von allen im Irish Pub, wenn man es ganz genau nahm. Und von Otto. Ich spülte die Töpfe und trocknete sie ab. Ich musste mir wohl oder übel eingestehen, dass ich ganz genauso gewesen war wie Christian. Und jetzt dämmerte mir, was Ben gemeint hatte, als er sagte, ich solle mich zusammenreißen. Dieses Selbstmitleid war wirklich kaum zu ertragen.

Ich nahm den Nachtisch, einen Apfelkuchen, aus dem Kühlschrank und reckte mich anschließend nach den Kuchentellern im obersten Fach des Küchenschranks. Vergeblich. Ich machte mich so lang, wie ich konnte, doch ich kam nicht ran. Plötzlich spürte ich, wie jemand dicht hinter mich trat, die Arme ausstreckte, die Kuchenteller aus dem Fach holte und sie vor mir auf die Arbeitsfläche stellte. Ben. Er beugte sich zu mir herunter und sagte leise in mein Ohr: »Ich hab dir doch gesagt, es bringt nichts, dass du dich so hübsch machst. Der Typ ist ein Idiot.«

Sein Atem an meinem Ohr jagte einen wohligen Schauer über meinen Nacken. Ich kämpfte mit aller Kraft gegen das Bedürfnis an, den Kopf zur Seite zu neigen und die Augen zu schließen. Anscheinend war mir der Wein zu Kopf gestiegen. Ich drehte mich um und sah Ben an. Er lächelte. Hatte er schon immer diese Lachfältchen um die Augen gehabt?

»Er redet immer noch von seiner Ex!«, ertönte in diesem Moment Michels Stimme von der Tür. »Ich halt's nicht mehr aus.«

Ben trat zwei Schritte von mir weg, und ich beschäftigte mich schnell weiter mit dem Nachtisch. Wir drückten uns noch eine Weile in der Küche herum, dann konnten wir es nicht mehr länger hinauszögern. Zurück im Wohnzimmer lag Christian haltlos schluchzend in Julis Armen.

Der Abend war dann relativ schnell vorbei. Christian mochte keinen Nachtisch mehr (obwohl der definitiv keine Seele hatte) und ging nach Hause.

»Na, das war doch mal ein voller Erfolg«, sagte Ben, kaum dass die Tür hinter Christian ins Schloss gefallen war. »Bleibt nur noch eine Frage: Lena, bringst du eigentlich alle Männer beim ersten Date zum Weinen?«

Juli und Michel lachten.

»Haha, verarschen kann ich mich auch allein!«

»Ganz bestimmt sogar. Aber lustiger ist es, wenn ich das mache«, erwiderte Ben grinsend.

Als ich später im Bett den Abend Revue passieren ließ, beschloss ich, die Planung meiner Verabredungen zukünftig selbst in die Hand zu nehmen. Ich würde nie wieder ein Date zusammen mit Juli und Michel haben. Und mit Ben Feldhaus schon gar nicht!

Kapitel 9

... in dem ich kurz mit Ben zusammen bin (aber ziemlich schnell wieder Schluss mache)

Ein paar Wochen später war meine Herbstdeko im Laden zur Weihnachtsdeko geworden, und anstelle von Regen fiel dichter Schnee vom Himmel. Ich sprach Otto noch einmal auf meinen Plan an, einen Tisch mit Büchern von Hamburger Nachwuchsautoren zu besetzen und eine Lesung zu veranstalten. Wie immer wehrte er beide Ideen ab. »Das ist nichts für uns, so ein Etepetete-Kram. Wir sind ein schlichter Gebrauchtbuchhandel.«

»Aber Dinge ändern sich nun mal. Wir alle ändern uns. Du, ich und auch dieser Laden.«

Pause. »Ich muss es mir noch überlegen.«

Ha! Das klang doch schon viel besser. »Ach, Otto?«

»Was ist denn jetzt noch?« Ungehalten sah er von seiner Kladde auf.

»Wie hast du dir eigentlich unsere Weihnachtsfeier vorgestellt?«

»Weihnachtsfeier?«

»Ja. Ich verlange von meinem Arbeitgeber eine Weihnachtsfeier. Wenn ich schon unterbezahlt bin und mich von dir herumkommandieren lassen muss, will ich mich wenigstens einmal im Jahr auf deine Kosten vollfressen und besaufen.«

Otto schlug wütend die Kladde zu. »Ich frage mich ja, wer hier wen herumkommandiert.«

»Eine Weihnachtsfeier sorgt für ein gutes Betriebsklima.«

»Dieser Betrieb besteht doch nur aus uns beiden!«

»Ja, aber selbst zwischen uns könnte das Betriebsklima noch besser sein. Wenn ich dir als Gesellschaft nicht reiche, können wir auch noch ein paar andere Leute einladen. Zufällig habe ich mir da schon was überlegt.«

»Zufällig!«, schnaubte Otto.

»Ich hatte an den dritten Samstag im Dezember gedacht. Wir könnten tagsüber im Laden Glühwein und Plätzchen anbieten, so was kommt immer gut an. Nach Feierabend laden wir dann ein paar Kunden und die benachbarten Ladenbesitzer ein. Sergej könnte Musik machen.«

Otto saß mit vor der Brust verschränkten Armen da.

»Was meinst du?«

Er seufzte. »Von mir aus.«

Zufrieden mit diesem Ergebnis verließ ich das Hinterzimmer und machte mich an eine Liste mit dem Titel »Weihnachtsfeier«. Zu groß sollte die Feier nicht sein, und auch nicht zu teuer. Je einfacher das Ganze, desto stimmungsvoller und netter.

»Sie nehmen doch auch Bücher in Zahlung, oder?«, wurde ich plötzlich aus meinen Gedanken gerissen. Die Stimme kam mir vage bekannt vor. Ich hob den Kopf und blickte in ein Paar blaue Augen. Vor mir stand Jan aus dem Irish Pub! Mein Herz setzte unwillkürlich einen Schlag aus.

Er musterte mich stirnrunzelnd. »Hey, du kommst mir irgendwie bekannt vor, aber …«

»Lena«, half ich ihm auf die Sprünge. »Ende Juni? Die mit dem Karton.«

Ein Grinsen breitete sich auf seinem Gesicht aus. »Ach ja, genau! Die Gefeuerte mit dem gebrochenen Herzen.«

Ich spürte, wie ich rot anlief. »Ja, genau die. Hallo Jan. Wie geht's?«

»Bestens. Na, und dir anscheinend auch. Gut siehst du aus.«

Ich strich mir den Pony aus der Stirn. Gott, der Mann war ja noch süßer als in meiner Erinnerung!

»Und einen neuen Job hast du auch«, stellte Jan fest.

»Ja, das stimmt. Ist aber nur eine Übergangslösung, bis ich einen Job in der PR-Branche gefunden habe.« Auf meine zahlreichen Bewerbungen und mein ständiges Nachhaken hatte sich bislang zwar noch keine Agentur ernsthaft gerührt, aber trotzdem. Erwähnen konnte ich es ja mal. Ich deutete auf den Stapel Bücher in seiner Hand. »Die willst du in Zahlung geben?«

»Ja, genau. Irgendwie muss die Kohle ja reinkommen.« Er lachte.

Langsam ging ich den Stapel durch, froh, etwas zu tun zu haben. *Die Pest* von Camus, *Die Rättin* von Grass, *In Swanns Welt* von Proust, *2666* von Bolaño. Oha, der stand ja nicht gerade auf leichte Kost.

»Das ist alles eher leichte Kost«, meinte Jan in diesem Moment. »Massenkompatible, seichte Unterhaltung. Aber ab und zu will man sich halt auch mal berieseln lassen.«

Ich schluckte und betrachtete die zerlesenen Taschenbücher. Wenn das hier seichte Unterhaltung war, war Hummer ein einfaches Arme-Leute-Essen. »Ich kann dir zwanzig Euro dafür geben.« Insgeheim hoffte ich, dass Otto nichts davon mitbekam, aber ich wollte vor Jan nicht geizig erscheinen.

Wir lächelten einander an, und mein Herz schlug schneller. Eigentlich glaubte ich ja nicht an Zeichen, aber dass Jan heute nach all der Zeit ausgerechnet in Ottos Buchladen aufgetaucht war – das musste doch etwas zu bedeuten haben! Das war meine Chance! Okay, also Augen zu und durch. »Ähm, sag mal«, wagte ich mich vor. »Hast du vielleicht Lust auf einen Kaffee?

Ich hab gleich Feierabend.« Mit klopfendem Herzen wartete ich auf seine Antwort.

»Klar, warum nicht?«, erwiderte er achselzuckend.

Mit Mühe unterdrückte ich ein breites Strahlen.

›Nein, Lena‹, ermahnte mich meine Vernunftstimme. *›Nicht Mischlingsköter, sondern Dalmatiner.‹*

»Super«, sagte ich, als hätte ich mit keiner anderen Antwort gerechnet. »Gleich nebenan ist ein nettes Café.«

»Okay. Ich warte da auf dich.«

Zwanzig Minuten später machte ich mich auf den Weg in Rüdigers Café.

»Hallo Lena«, begrüßte mich Rüdiger erfreut. »Wie geht's dir? Komm, setz dich zu mir an die Theke, und erzähl mir was.«

»Mir geht's gut. Ich würde mich supergerne zu dir setzen, aber ich kann heute nicht, ich bin verabredet.« Suchend sah ich mich um, und an einem Tisch hinten in der Ecke entdeckte ich Jan. Er winkte mir zu. »Mit ihm.« Mit dem Kopf deutete ich zu Jan.

Rüdiger sah mich mit erhobenen Augenbrauen an. »Na, sieh mal einer an. Was ist denn mit deinem Arzt?«

Ich verdrehte die Augen. »Er ist nicht *mein* Arzt. Er ist der Arzt von vielen Frauen, unter anderem auch der von Susanne. Aber ganz sicher nicht meiner.«

Rüdiger grinste. »Oh, Susanne ist nicht mehr bei ihm in Behandlung.«

»Nicht?«, fragte ich erstaunt.

»Nein.« Er wirkte zufrieden wie ein satter Kater.

»Na ja, wie auch immer. Ich habe jedenfalls nicht vor, mich jemals von ihm behandeln zu lassen.« Ich ging zu Jan und setzte mich an den Tisch.

Er sah von einem Buch auf, das vor ihm lag. »Hey.«

Neugierig sah ich auf den Titel. *Über das Schreiben*. Jan folgte meinem Blick. »Ja, ich schreibe. Das war es doch bestimmt, was du fragen wolltest.«

»Ähm ja, genau«, log ich.

In diesem Moment trat Rüdiger an unseren Tisch. »Was darf's denn sein?«

»Ein Espresso, bitte«, orderte Jan.

Ein Espresso? Wollte der dieses Treffen schnell hinter sich bringen, oder was?

»Und für die Dame?«, fragte Rüdiger.

»Ein Milchkaffee und ein großes St...« Ich unterbrach mich. Wenn ich jetzt ein Stück Schokoladenkuchen bestellte, würde Jan mich für verfressen halten. »... stilles Wasser.«

»Keinen Schokokuchen?«, fragte Rüdiger erstaunt.

»Nein danke. Ich habe vorhin einen Apfel gegessen und bin pappsatt.«

»Alles klar«, antwortete er grinsend und zog ab. Möglichst unauffällig schob ich meine Arme zusammen, um mein Dekolleté zu betonen. »Was schreibst du denn so?«

Er winkte ab. »Ach, nur existenzialistische Scheiße. Alles unveröffentlicht. Verleger trauen sich an mein Zeug nicht ran. Meine Werke sind halt zu schwere Kost und zu unangepasst für diese hirnlosen, grenzdebilen, schwachsinnigen – wie nennt man sie noch gleich – ach ja, Leser.« Er lachte über seinen Witz.

Herzlich stimmte ich ein und dachte an die rosaroten und himmelblauen Frauenromane, die ich so gerne las. Na ja, das musste ich ihm ja nicht auf die Nase binden. Ich nahm meine Zuhörerpose ein, in der Hoffnung, dass sie auf ihn mehr Eindruck als auf Christian machen würde. »Und woran arbeitest du im Moment?«

»Ich verfasse gerade meinen dritten Roman.«

»Wow. Worum geht es da?«

Rüdiger kam an den Tisch. »Ein Espresso«, sagte er und stellte die kleine Tasse vor Jan. »Und hier hätten wir einen Milchkaffee und ein großes … stilles Wasser.« Er sah mich amüsiert an und verschwand wieder.

Jan schüttete einen Teelöffel Zucker in seinen Espresso. »Es geht um einen Jungen, der in Neuengland in einem Waisenhaus aufwächst. Er entwickelt dort eine sehr intensive Beziehung zu dem leitenden Arzt, der eine Art Vaterfigur für ihn wird. Im Laufe der Zeit wird er dessen Gehilfe. Als junger Mann verlässt er das Waisenhaus und arbeitet als Erntehelfer bei einem Apfelbauern. Er verliebt sich in die Bauerstochter, und weiter bin ich noch nicht. Ich schreibe nicht nach Plan, sondern lasse mich von den Charakteren leiten. Sie bestimmen, wohin die Reise geht.«

»Ja, sie oder John Irving«, sagte ich und trank einen Schluck von meinem Milchkaffee.

»Wieso John Irving?« Er rührte bereits den dritten Löffel Zucker in seinen Espresso.

»Deine Story klingt sehr nach *Gottes Werk und Teufels Beitrag*. Von John Irving.«

Jan sah mich entsetzt an. »Was, echt?«

»Ja, absolut.«

Er fuhr sich mit der Hand durch das Gesicht und ließ sich dann nach hinten gegen die Rückenlehne seines Stuhls fallen. »So eine Scheiße!«

»Hey, mach dir nichts draus. Meine Schwester ist Lektorin und sagt immer, dass es inzwischen kaum noch Storys gibt, die noch nie erzählt wurden. Du musst nur hier und da was ändern, und schon merkt das keiner mehr.«

Jan setzte sich aufrecht hin. »Deine Schwester ist Lektorin?«

Ich nickte.

»Bei welchem Verlag denn?«

»Beim Libro-Verlag.«

»Interessant«, sagte er und schien für einen Moment seinen Gedanken nachzuhängen. Dann lächelte er mich süß an. »Udo hat im Pub übrigens damit geprahlt, dass er dich«, er machte mit den Fingern Anführungszeichen in die Luft, »›gebügelt‹ hat.«

Ich prustete in meinen Milchkaffee, wodurch der Schaum sich auf dem Tisch und unter anderem leider auch in Jans Gesicht verteilte. »Wie bitte?!«

Jan wischte sich die Milch von der Wange. »Keine Angst, das hat ihm keiner geglaubt«, sagte er beruhigend. »Der spielt sich nur auf.«

»Allerdings«, pflichtete ich ihm bei und verdrängte schleunigst die Erinnerung an den Anblick eines benutzten Kondoms und den Ansatz hängender Männerbrüste, die unwillkürlich in mir aufkam. Ich gab mich ganz souverän und sagte: »Das hätte er wohl gerne.«

Jan lächelte. »Verständlich«, sagte er und sah mir tief in die Augen.

Ich entdeckte goldene Sprenkel um seine Iris. Wie süß!

Er unterbrach unseren Blickkontakt, um auf die Uhr zu sehen. »Sorry, Lena, ich muss jetzt los. Meine Schicht im Pub fängt gleich an. Aber ich würde dich wirklich gerne wiedersehen. Hättest du Lust, mal mit mir auszugehen?«

»Ähm, ich …« Was machte man als interessante, viel beschäftigte Frau in so einer Situation bloß? »Du, prinzipiell schon«, sagte ich ganz locker. »Aber ich muss gucken, wann ich Zeit habe. Ich bin ständig auf Achse. Na ja, du weißt ja, wie das ist.«

»Schön. Dann ruf ich dich an.«

»Okay.«

Wir tauschten unsere Handynummern aus, Jan bezahlte unsere Rechnung bei Rüdiger, und dann standen wir draußen vor dem Café.

»War schön, dich wiederzusehen«, sagte er. »Also, bis bald.« Er gab mir einen Schmatzer auf die Wange, so wie ich das an dem Abend im Pub bei ihm getan hatte, zwinkerte mir zu und ging.

Verdattert sah ich ihm nach. Wow, meine Flirtkunst hatte ihn anscheinend richtig überzeugt. Zufrieden mit mir machte ich mich auf den Heimweg.

In der Wohnung traf ich auf Juli, die in der Küche Vanilleeis futterte und in meiner Gala las.

»Was machst du denn hier?«, fragte ich überrascht. »Wie bist du reingekommen?«

»Na hör mal, ich hab hier schließlich mal gewohnt. Und die Wohnungsschlüssel haben Michel und ich immer noch.«

»Ach so.« Ich holte einen Löffel aus der Schublade, gesellte mich zu ihr und aß von dem Eis. »Und wie sieht's aus bei dir? Was macht die Hochzeit?«

Sie konzentrierte sich sehr darauf, den Löffel in das Eis zu tauchen. »Was soll die schon machen?«

»Sind eure Pläne inzwischen konkreter geworden? Habt ihr einen Termin festgelegt?«

»Mein Gott, jetzt nerv mich nicht damit.« Juli legte den Löffel zur Seite. »Du bist genau wie Michel. Das hat doch noch Zeit!«

»Inzwischen haben wir Dezember«, erwiderte ich stirnrunzelnd. »Ich dachte, ihr wollt nächsten Sommer heiraten. Aber ihr habt noch nichts geplant, nicht mal einen Termin festgelegt.«

»Es ist halt nicht mein Ding, alles so akribisch durchzuplanen wie du. Du planst ja sogar, wann im Laufe des Tages du am besten aufs Klo gehen kannst. Darauf hab ich keinen Bock!«

Ich legte meinen Löffel ebenfalls zur Seite. »Was ist denn

nur los mit dir, Juli? Du bist irgendwie so komisch in letzter Zeit.«

Sie stand auf, nahm unsere Löffel und feuerte sie in die Spüle. »Michel hat sich bei meiner Mutter verplappert. Sie weiß jetzt, dass ich heirate.«

»Sie wusste es noch gar nicht?«

Juli setzte sich wieder zu mir an den Tisch. »Nein. Du kennst meine Mutter nicht. Sie ist rigoros gegen alles, was mit Hochzeiten zu tun hat, und ich ... Keine Ahnung, ich hätte es ihr halt gerne selbst gesagt. Irgendwann.«

»Okay«, sagte ich nachdenklich. »Aber mit dir und Michel ... da ist alles in Ordnung?«

»Klar«, sagte Juli und wich meinem Blick aus. Nervös wippte sie mit dem Bein. »Eigentlich war ich noch gar nicht fertig mit dem Eis«, sagte sie schließlich.

Obwohl es mir schwerfiel, ihr zu glauben, kannte ich sie gut genug, um zu wissen, dass ich jetzt besser nicht nachbohrte. »Nein, ich auch nicht.«

Wir lachten leicht gezwungen. Ich stand auf und holte uns zwei neue Löffel.

»Und bei dir, Lena? Gibt's was Neues?«

»Nein«, sagte ich automatisch, bevor mir die Begegnung mit Jan einfiel. »Doch!«, rief ich. Und dann erzählte ich ihr die ganze Geschichte.

Sie war begeistert. »Das ist ja großartig!«

»Er ist Schriftsteller.« Ich aß noch einen Löffel Vanilleeis. »Und ziemlich intellektuell.«

»Klingt interessant.«

»Ja«, sagte ich und stopfte weiter Eis in mich hinein. »Ich glaube, er wäre genau der Richtige für mich. Ein bisschen Intellektualisierung hat ja noch keinem geschadet.«

Juli rührte nachdenklich mit ihrem Löffel in dem inzwischen

fast geschmolzenen Eis. »Warte mal!«, rief sie plötzlich aus. »Da sollten wir unbedingt nachhelfen! Ich habe neulich in einem Buch gelesen, dass es da ein Beschwörungsritual gibt.«

»Aha?«

»Ja, dabei stellt man zu dem Menschen, mit dem man sich eine Beziehung wünscht, eine kosmische Verbindung her, und dann beschwört man die Liebe herauf. Du musst nichts weiter machen, als ganz fest an den Mann deiner Träume zu denken. Die Beschwörungsformeln spreche ich.«

Ich verstand nicht wirklich, worum es ging, oder besser gesagt: Es hörte sich für mich ziemlich schwachsinnig an. Aber sie war so begeistert, und ich war froh, dass sie wieder fröhlich war. »Na gut, wenn du meinst. Schaden kann es ja nicht.«

»Super!«, rief Juli. »Los, komm mit.«

Sie zog mich hinter sich her ins Wohnzimmer und befahl mir, mich aufs Sofa zu setzen, während sie ein paar Räucherstäbchen und Kerzen anzündete. Schließlich löschte sie das Licht und stellte eine CD mit der Meditationsmusik aus unserem Yoga-Kurs an. Dann zog sie einen Stuhl neben das Sofa und setzte sich. Mit tiefer, beruhigender Stimme sagte sie: »So, jetzt leg dich hin und entspann dich.«

Folgsam machte ich es mir auf dem Sofa bequem.

»Schließe die Augen, öffne deine Aura«, forderte sie mich mit ihrer aufgesetzten Jahrmarkt-Wahrsagerinnenstimme auf.

Ich kniff die Augen zusammen, was durchaus eine Erleichterung war, da sie angesichts der beißenden Räucherstäbchen ohnehin schon tränten. Das mit der Aura ignorierte ich, denn ich hatte keine Ahnung, was genau eine Aura war, geschweige denn wie ich sie öffnen konnte.

»Atme ganz tief und ruhig. Eeentspannen. Wir werden zu dem Mann deiner Träume jetzt eine kosmische Verbindung herstellen. Denk an ihn, denk an den Mann, den du gernhast.«

Vor meinem inneren Auge kristallisierte sich das Bild unserer Küche heraus. Igitt, wieso war die Spüle so dreckig? Die musste ich unbedingt mal wieder putzen.

»Und?«, fragte Juli nach einer Weile. »Siehst du ihn?«

Mein Blick entfernte sich von der dreckigen Spüle und wanderte zum Küchentisch, wo Ben saß und Zeitung las. Ich riss die Augen auf. Ben? Was hatte der hier zu suchen? Nee, nee, das zählte nicht. Das war nur, weil ich ihn erst heute Morgen noch in der Küche gesehen hatte.

»Was ist?« Juli runzelte die Stirn.

»Nichts. Mich hat nur irgendwas gezwickt. Vielleicht 'ne Mücke oder so.«

Sie sah mich zweifelnd an.

»Los, lass uns weitermachen«, sagte ich und schloss die Augen. Jetzt sah ich den Irish Pub vor mir. Ha, ging doch. Ich stand an der Theke und suchte Jan, fand ihn allerdings nirgends. Langsam verschwamm das Bild, und wieder erschien unsere Küche vor meinen Augen. Da war die (wirklich furchtbar dreckige) Spüle. Unwillkürlich sah ich rüber zum Küchentisch – wo immer noch Ben saß. Verdammt! ›Hau ab, du Idiot!‹, dachte ich gereizt. Ich setzte mich auf. Die Aktion war hiermit für mich beendet. War eh alles Schwachsinn.

»Lena, was ist denn los?«

»Nichts, ich hab nur aus Versehen ...«, stammelte ich und fuchtelte dabei mit den Händen in der Luft herum. »Also, ich glaube nicht, dass das hier funktioniert.«

»Was? Warte mal, an wen hast du gerade gedacht?«, fragte Juli.

»An niemanden!«, sagte ich etwas zu schnell.

Sie setzte sich neben mich auf das Sofa und sah mich aus schmalen Augen an. »Komm, erzähl mir doch nichts. Du hast an jemanden gedacht. Aber nicht an Jan. Wer war es?«

Abrupt erhob ich mich vom Sofa. »Das wird mir jetzt echt zu blöd hier! So 'n Eso-Quatsch! Ich geh die Küche putzen.« Hocherhobenen Hauptes ging ich aus dem Wohnzimmer und ließ eine verdatterte Juli zurück.

Wenig später schrubbte ich hingebungsvoll die Spüle. Ich fragte mich, wieso es mich so nervte, dass ich an Ben gedacht hatte. Erstens glaubte ich sowieso nicht an dieses seltsame Beschwörungsritual, das ganz so klang, als hätte Juli es sich spontan ausgedacht. Und zweitens hatte sie mich lediglich aufgefordert, an einen Mann zu denken, den ich gernhatte. War doch klar, dass Ben mir da in den Sinn kam. Natürlich hatte ich ihn gern, wenn er mir nicht gerade tierisch auf die Nerven ging. Er war schließlich Michels bester Freund und so was wie ein zweiter großer Bruder für mich. Ich hatte ihn auf eine schwesterliche und freundschaftliche Art gern. Also kein Grund, sich aufzuregen. Zufrieden schrubbte ich weiter.

Andererseits war er ja aber eben *nicht* mein Bruder. Und wenn wir wollten, was natürlich nicht der Fall war, Gott bewahre, aber *wenn* wir wollten, könnten wir ... Wie das wohl wäre mit Ben? Ich dachte an seine Hände. Er hatte wirklich schöne Hände. Und schöne Augen. Warm, schokoladenbraun und mit diesen süßen Lachfältchen ... und ausdrucksvolle Augenbrauen. Und dann diese kleine Narbe, die ihm so etwas ... hach ja, fast schon Verwegenes verlieh. War sicher schön, wenn er einen aus diesen Augen zärtlich ansah und einen mit diesen Händen ...

›*Ist das etwa schwesterlich und freundschaftlich?*‹, fragte meine Vernunftstimme scharf.

›Mein Gott, das war doch nur so ein Gedanke‹, rechtfertigte ich mich. ›Das hat überhaupt nichts zu bedeuten.‹

›*Mhm, klar*‹, sagte Vernunfts-Lena. ›*Du machst dich lächer-*

lich. Hast du schon vergessen, dass du ein Mischlingsköter für ihn bist? Da landen eher Merkel und Obama im Bett als ihr beide!‹

Allmählich ging diese Klugscheißerin mir echt auf die Nerven. ›Im Bett landen?! Davon kann überhaupt keine Rede sein! Ich will nichts von Ben, Punkt aus!‹, blaffte ich innerlich und polierte energisch den Wasserhahn.

»Na Schatz, sorgst du wieder für Ordnung?«

Ich fuhr herum. Ausgerechnet Ben steckte den Kopf zur Tür herein und sah mich an. Allerdings nicht gerade zärtlich, sondern amüsiert und leicht spöttisch, wie meistens. Scheiß braune Augen. Hatte ich schon erwähnt, dass ich braune Augen nicht ausstehen konnte?

»Du hast mir gerade noch gefehlt. Lass mich bloß in Ruhe!«, fuhr ich ihn an. »Los, hau ab!«

Natürlich haute er nicht ab, sondern betrat erst recht den Raum. Ich widmete mich wieder meiner Mission »saubere Küche«.

»Was ist denn mit dir los? Kriegst ...«

»Wenn du jetzt ›Kriegst du deine Tage‹ sagst, polier ich nicht mehr nur den Wasserhahn!«

Ben hatte die Frechheit, auch noch zu lachen. Er stellte sich neben mich, verschränkte die Arme vor der Brust und beugte sich zu mir herunter. »Glaubst du etwa, ich habe Angst vor dir?«, fragte er herausfordernd.

Wir waren schon fast in Kussposition. Was, wenn er mich jetzt küssen würde? Ich müsste nur noch meinen Kopf ein bisschen zu ihm rauf ...

›Merkel und Obama‹, raunte meine innere Stimme mir zu. Das wirkte. Augenblicklich fühlte ich mich wie ein begossener Pudel, besser gesagt, eine begossene Mischlingshündin. »Ben, kannst du bitte aufhören, mich zu verarschen?«

Er sah mich überrascht an. »Ich habe dich doch gar nicht verarscht. Eigentlich wollte ich dich nur fragen, ob du mitkommst auf den Weihnachtsmarkt. Juli wollte noch kurz nach Hause, dann kommt sie mit Michel nach.«

»Okay. Ich bin in zehn Minuten fertig.«

»Alles klar«, sagte er und verschwand.

Ich seufzte. Wann genau und vor allem *wieso* waren meine Gefühle für Ben so merkwürdig geworden? Wahrscheinlich lag es tatsächlich am PMS, da spielten die Emotionen ja gerne mal verrückt.

»Ist das nicht herrlich?«, fragte ich Ben begeistert, als wir über den stimmungsvollen, schneebedeckten Weihnachtsmarkt mit den hübsch dekorierten Buden schlenderten. »Guck doch nur, wie schön alles aussieht im Schnee! Und es riecht so gut! Riechst du das? Nach gebrannten Mandeln, Glühwein und Zimt.« Ich holte tief Luft und strahlte Ben an. Hach, Weihnachten war so toll!

»Hmhm, wunderschön.« Er zeigte in Richtung Glühweinstand. »Sag mal, ist das Kotze da vorne?« Ben hielt nicht viel von Weihnachtsmärkten. Um nicht zu sagen, er hasste sie und war nur mitgekommen, weil er den Abend mit seinen Freunden verbringen wollte.

Entnervt verdrehte ich die Augen. »Entspann dich mal, du Grinch. Ich hol uns einen Glühwein. Für dich wohl besser einen mit Schuss.«

Mit diesen Worten drehte ich mich um und nahm Kurs auf den Glühweinstand. Überall herrschte eifriges Geplapper und Gelächter. An den Buden und Karussells wurde die übliche Weihnachtsmusik von *In der Weihnachtsbäckerei* über *Winter Wonderland* bis hin zu *Last Christmas* gespielt. Gut gelaunt schob ich mich durch die Menge an den Tresen. Wenig später machte ich mich mit den dampfenden Tassen auf den Weg durch das Gewühl, zurück zu Ben.

Und dann stand ich plötzlich vor Simon.

Mein Herz setzte ein paar Schläge aus. Im gleichen Moment ertönte das lächerlich fröhliche *Feliz Navidad* aus der Box des Glühweinstands.

Simon riss die Augen auf und wurde blass. Ein kurzer Blick zur Seite zeigte mir, dass *sie* neben ihm stand. Cordula.

»Hallo Simon«, zwang ich mich zu sagen.

Er räusperte sich. »Hallo Lena. Wie geht es dir?«

»Sehr gut, vielen Dank.«

»Das ist schön.«

»Ja.« Gott, ich wünschte, ich wäre geistreicher. Wieso war ich in solchen Situationen nur so dermaßen auf den Mund gefallen? »Und wie geht es dir so?«

»Simon und ich heiraten kurz vor Weihnachten«, antwortete Cordula an seiner Stelle.

Feliz Navidad, prospero año y felicidad.

Diese Kuh! »Tatsächlich?«

Simon starrte angestrengt in seinen Glühwein.

»Ja, wir dachten uns, dass unser Kind in geordnete Verhältnisse geboren werden soll«, sagte Cordula und legte schützend die Hand auf ihren Bauch, der, wie mir jetzt auffiel, ziemlich rund war.

I wanna wish you a Merry Christmas from the bottom of my heart.

Mir blieb die Luft weg. »Ah ja«, sagte ich nach einer gefühlten Ewigkeit. »Wann ist es denn so weit?«

»Am 15. Januar«, erwiderte sie.

Ich rechnete schnell zurück. Sie war also schon schwanger gewesen, als Simon und ich noch zusammen waren.

Feliz Navidad. Feliz Navidad. Feliz Navidad, prospero año y felicidad.

»Oh«, war alles, was ich hervorbrachte. Dann besann ich

mich und fügte hinzu: »Da gratulier ich euch aber.« Ich suchte Simons Blick, doch er wich mir stur aus. »Ja, dann muss ich auch mal langsam los«, sagte ich mit aufgesetztem Lächeln. »Da wartet schon jemand sehnsüchtig auf seinen Glühwein.«

Cordula sah mich interessiert an. »Ach ja?«

»Ja, ja. Mein Freund.« Oh nein, wie dämlich. »Also dann, macht's gut, bis irgendwann vielleicht mal!« Ich drehte mich um und stieß fast mit Ben zusammen, der sich offensichtlich auf die Suche nach mir gemacht hatte.

»Wo bleibst du denn so lange?«, fragte er ungehalten.

»Was, *der?*«, hörte ich Simon rufen, der keine zwei Meter hinter mir stand. Ben sah über meine Schulter. Sein Blick wurde so kalt wie ein sibirischer Winter.

Oh Gott, diese Situation wurde schlimmer und schlimmer. »Ja, er«, erwiderte ich, drückte Ben einen Glühwein in die Hand und drehte mich wieder zu Simon.

Ben schien nicht zu verstehen, was vor sich ging. »Was, wer?«

»Du und Lena – ihr seid zusammen?«, bohrte Simon nach.

»Äh«, setzte Ben an, doch ich legte schnell meinen freien Arm um seine Taille und sagte: »Ja, wir sind zusammen. Es war für alle eine große Überraschung, nicht wahr, Schatz?«

Ich spürte, wie Ben sich unter meiner Berührung versteifte, bevor er mir einen ungläubigen Seitenblick zuwarf.

Möglichst unauffällig kniff ich ihn in die Taille, in der Hoffnung, dass er verstand.

Ben löste sich aus seiner Starre. »Oh ja, die Überraschung war riesig. Vor allem für mich«, hörte ich ihn zu meiner Erleichterung sagen. Er legte seinen freien Arm um meine Schulter und drückte sie so fest, dass es wehtat.

Ich konnte mir gerade noch verkneifen, »Au!« zu schreien. »Tja«, stieß ich zwischen zusammengebissenen Zähnen hervor. »Manchmal führt das Herz einen an die verrücktesten Orte.«

»Allerdings«, sagte Ben trocken. »Simon, altes Haus! Wer hätte gedacht, dass ich jemals die Gelegenheit bekomme, dir persönlich dafür zu danken, dass du dieses Prachtstück hier«, dabei drückte er erneut mit Eisengriff meine Schulter, »gerade noch rechtzeitig vom Haken gelassen hast.«

Simon sah zwischen Ben und mir hin und her.

»Ja, allerdings«, bestätigte ich und schmiegte meinen Kopf an Bens Schulter. »Stell dir nur vor, ich hätte ihn geheiratet. Wäre das nicht eine Katastrophe mittleren Ausmaßes gewesen?«

»Oh ja, Schweinebäckchen, du hast recht«, erwiderte Ben und kniff mich in die Wange. »Wie immer.«

Fur das Schweinebäckchen würde ich ihn umbringen, sobald diese Nummer hier vorbei war.

»So, und das ist also die neue Dame deines Herzens?«, fragte Ben und wandte sich an Cordula. Sein Blick glitt über ihren überaus schwangeren Bauch.

»Ja, und jetzt heiraten die beiden! Ist das nicht toll?« Ich legte so viel falsche Begeisterung in meine Stimme, dass sie sich überschlug.

Ben drückte wieder meine Schulter, dieses Mal aber ganz leicht. »Gut, dass der kleine Hosenscheißer nicht unehelich zur Welt kommt. Was da die Leute sagen würden.«

»Seit wann seid ihr denn zusammen?«, erkundigte sich Simon.

»Oh, äh …«, stammelte ich. »Auf den Tag genau festlegen lässt sich das eigentlich nicht. Das kam einfach irgendwie so.« Verlegen nahm ich einen Schluck lauwarmen Glühwein.

»Lena war ja im Grunde genommen immer schon in mich verliebt«, sagte Ben mit fester Stimme.

Ich verschluckte mich fast.

»Aber ich war so ein blöder Idiot«, fuhr Ben fort. »Ich habe Ewigkeiten gebraucht, bis ich gemerkt habe, dass sie mir komplett den Kopf verdreht hat.« Er ließ seine Hand sanft von meiner Schulter über meinen Arm gleiten, bis er meine Taille umfasste und mich eng an sich zog. »Tja, aber dann stand sie eines Tages mit gepackten Koffern vor meiner Tür.« Er sah zu mir hinab, lächelte und küsste mich sanft auf die Stirn. »Und da war mir plötzlich klar, dass ich sie nie wieder gehen lassen würde.«

Mein Herz vollführte seltsame Sprünge, und meine Knie wurden weich. Fasziniert starrte ich ihn an. Was für eine süße Geschichte.

»Schatz, wir müssen los«, meldete sich Cordula zu Wort. »Der Geburtsvorbereitungskurs fängt gleich an.«

»Ja. Natürlich, Schatz«, sagte Simon. »Es freut mich wirklich, dass es dir gut geht, Lena«, sagte er und sah mich ernst an.

›Du mieser Lügner, du hättest es verdient, dass ich dir eine reinhaue‹, dachte ich. Doch ich spürte Bens Arm um meine Taille, seine Hand auf meiner Hüfte. Seinen Körper dicht neben meinem. Und plötzlich war mir alles andere egal. »Tschüs, Simon. Mach's gut.«

Simon und Ben nickten sich zu, Cordula und ich tauschten ein höfliches »Tschüs« aus, und dann waren sie und mein Ex-Verlobter auch schon in der Menge verschwunden.

Ich hatte das dringende Bedürfnis, mich zu setzen, aber es gab weit und breit keine Gelegenheit.

Noch immer hielt Ben mich im Arm. »Alles okay bei dir?«, fragte er und musterte mich besorgt.

»Ja, alles okay. Seltsamerweise.« Ich atmete tief aus. »Sie ist eine ziemlich blöde Kuh, oder?«

»Ziemlich.«

»Ich hoffe, das Blag wird hässlich.«

Er lachte. »Ist es mit den Eltern nicht schon genug gestraft?«

Plötzlich schien ihm bewusst zu werden, dass er mich immer noch im Arm hielt, denn er ließ mich abrupt los, was mir eindeutig überhaupt nicht gefiel. »Da geht man einmal mit dir auf den Weihnachtsmarkt, und schon hat man dich am Hals, Schweinebäckchen.«

»Ben, nenn mich nie wieder Schweinebäckchen!«

»Aber jetzt, wo wir zusammen sind, brauche ich doch einen Kosenamen für dich.« In seinen Augen lag ein amüsiertes Funkeln. »Wann erzählen wir eigentlich deinen Eltern von uns? Oder wussten die es auch schon vor mir? Ach so, falls wir Heiratspläne haben, sag mir rechtzeitig Bescheid, damit ich schon mal Urlaub einreichen kann.«

Mir war plötzlich kalt, und ich schlang meinen Schal enger um meinen Hals. »Hör auf mit dem Blödsinn!«

»Und schon hast du mit mir Schluss gemacht«, sagte er grinsend.

»Na immerhin nicht du mit mir«, murmelte ich. »Wo bleiben eigentlich Juli und Michel?« Ich warf einen Blick auf mein Handy. Juli hatte eine SMS geschickt:

Tut mir sehr leid, wir schaffen es nicht mehr. Trinkt einen Glühwein für uns mit, ja? LG Juli

»Sie kommen nicht mehr«, informierte ich Ben.

»Was, wieso das denn nicht?«

»Keine Ahnung.« Nachdenklich starrte ich auf mein Handy und steckte es schließlich zurück in meine Tasche. »Sag mal, hast du auch das Gefühl, dass bei den beiden irgendwas nicht stimmt?«

Ben runzelte die Stirn. »Nein, eigentlich nicht. Wie kommst du darauf?«

Vor meinem inneren Auge sah ich Juli vor mir, die in der Küche so unglücklich gewirkt hatte. »Ich weiß nicht«, sagte ich schließlich. »Nur so ein Gefühl. Also, gehen wir?«

Wir machten uns schweigend auf den Rückweg. Ben ging dicht neben mir, und meine Gedanken wanderten zu meiner merkwürdigen Reaktion bei seiner Berührung vorhin. Eines war mir jetzt völlig klar: Ich musste höllisch aufpassen, dass ich mein PMS schnellstmöglich wieder in den Griff bekam, damit meine schwesterlichen Gefühle für Ben nicht völlig aus dem Ruder liefen. Denn DAS wäre eine Katastrophe unvorstellbaren Ausmaßes!

Kapitel 10

... in dem ich innerhalb von einer Stunde zwei Männer küsse

In den nächsten Tagen arbeitete ich konsequent daran, Ben aus meinen Gedanken zu verdrängen, und konzentrierte mich voll und ganz auf Jan. Ich wollte ihn wirklich gerne wiedersehen, doch er ließ mich zwei lange Wochen auf heißen Kohlen sitzen. Jedes Mal, wenn ich eine SMS oder einen Anruf bekam, starrte ich nervös auf mein Handy und wurde doch wieder enttäuscht. Auf so etwas hatte ich nun echt keine Lust. Ich wollte hofiert werden, verdammt noch mal! Das hatte ich mir nach der Sache mit Simon doch wirklich verdient.

Eines Nachmittags, vier Tage vor der Weihnachtsfeier, stand ich gerade im Buchladen und unterhielt mich mit meiner Lieblingsstammkundin Frau Brümmer angeregt über Jane Austens *Stolz und Vorurteil*, als mein Handy mich summend darauf hinwies, dass ich eine SMS bekommen hatte.

»Entschuldigung, Frau Brümmer, ich guck mal eben schnell.« Ich rief die Nachricht auf.

Hallo Lena! Hatte eine extrem kreative Phase und hab mich total abgeschottet. Sorry! Noch an einer Verabredung interessiert? Jan

Ich sah von meinem Handy auf. »Er hat sich gemeldet!«

»Ein Mr. Darcy, ein Mr. Wickham oder ein Mr. Collins?«

»Keine Ahnung. Das weiß ich noch nicht.«

»Dann drück ich die Daumen, dass es ein Mr. Darcy ist«, sagte Frau Brümmer. Sie kaufte eine weitere – geschätzt ihre achtunddreißigste – Ausgabe von *Stolz und Vorurteil* und verließ den Laden.

Es war mir ehrlich gesagt vollkommen egal, ob Jan ein Mr. Darcy war. Er war nicht Ben, das reichte mir. Ich wollte schon zurücksimsen, besann mich aber darauf, diese Sache gleich richtig anzugehen. Die neue Lena wartete nicht zwei Wochen auf eine Nachricht und meldete sich dann innerhalb von fünf Minuten zurück. Nein, die neue Lena gedachte nicht zu springen, wenn der Herr pfiff. Ich steckte mein Handy zurück in die Hosentasche. Am selben Abend stellte ich meinen Wecker auf halb drei.

Als ich mitten in der Nacht von Robbie Williams geweckt wurde, der mir *Angels* ins Ohr säuselte, war mir im ersten Moment nicht klar, wieso der Wecker überhaupt klingelte. Doch dann fiel mir ein, dass ich Jan eine SMS schreiben wollte. Noch im Halbschlaf ging ich in die Küche, um erst mal etwas zu trinken. Dort brannte Licht, und Ben saß am Tisch, eine dampfende Tasse vor sich.

»Kannst du auch nicht schlafen?«, fragte ich ihn.

»Nein.«

Ich nahm ein Glas und eine Packung Orangensaft und setzte mich zu ihm. Ein Blick auf seine Tasse ließ mich stutzen. »Ist das etwa heiße Milch mit Honig?«

»Ja. Die hat mir meine Mutter früher immer gemacht, wenn ich nicht schlafen konnte oder krank war.« Er starrte in seine Tasse. Erst jetzt fielen mir die dunklen Schatten unter seinen Augen auf.

»Geht's dir nicht gut?« Ich legte eine Hand auf seinen Arm.

Ben hielt einen Moment still, doch dann zog er den Arm weg und fuhr sich über die Stirn, als wollte er die Gedanken wegwischen, die sich dahinter verbargen. »Doch, doch«, erwiderte er. »Im Moment ist es nur extrem stressig im Krankenhaus. Bei dem Schneechaos ... So viele Unfallopfer an einem Tag habe ich noch nie erlebt.«

So nachdenklich war Ben nur selten, und mit einem Mal wurde mir klar, worüber ich nie nachgedacht hatte: der Grund für seine Berufswahl. Seine Mutter war damals auch bei einem Verkehrsunfall ums Leben gekommen.

Ich konnte nichts dagegen tun: In diesem Moment flog mein Herz ihm zu. »Du vermisst deine Mutter sehr, oder?« Mit dem Kopf deutete ich auf die heiße Milch.

Er rührte in der Tasse und hob mit dem Löffel die Haut hoch, die sich auf der Milch gebildet hatte. »Sie ist schon seit fünfundzwanzig Jahren tot.«

»Trotzdem vermisst du sie.«

Ben ließ den Löffel in die Tasse zurückfallen und schob sie heftig von sich. »Quatsch«, sagte er und stand auf. »Na ja, wie auch immer. Ich geh jetzt pennen.«

Das war wieder typisch für ihn. Bloß keine Emotionen zeigen! Ich räusperte mich. »Ja, ich auch. Gute Nacht, Ben.«

Ich verließ die Küche und tapste auf meinen Tigertatzen-Pantoffeln durch den Flur. In meinem Zimmer legte ich mich ins Bett und griff nach meinem Telefon. Den ganzen Tag über hatte ich an dem Text gefeilt, den ich nun endlich abschickte:

Sorry, konnte nicht eher antworten, war extrem busy. Komme gerade erst von einer Party. Klar, können gerne mal ausgehen.

Ich war zufrieden mit meiner Antwort. Distanziert, aber nicht übermäßig kühl, wie ich fand. Schon eine Minute später summte mein Handy. Hä? Hatte er etwa schon geantwortet? Mitten in der Nacht? Ich las die Nachricht.

Samstag?

Soso, erst lässt er mich Ewigkeiten schmoren, und dann kann er es kaum abwarten. Na ja, mir sollte es recht sein. Ich antwortete:

Samstag ist die Weihnachtsfeier in Ottos Laden. Du bist hiermit herzlich eingeladen. Um 19 Uhr?

Kurz darauf kam bereits Jans Zusage:

Gerne. Ich freu mich auf dich.

Unwillkürlich stahl sich ein Lächeln auf meine Lippen. Er freute sich auf mich! Und, ja, ich freute mich auch auf ihn.

Der Samstag kam, und endlich war es so weit: Ich würde Jan wiedersehen. Ich dekorierte den Laden noch weihnachtlicher, als er ohnehin schon war, stellte Plätzchen auf den Tisch in der Leseecke und auf den Tresen und hängte zu guter Letzt mitten im Hauptverkaufsraum einen Mistelzweig an der Decke auf. Auf einer Herdplatte erhitzte ich einen Riesenpott Glühwein.

Das Wetter war zu unserem Glück grau und duster, dadurch wirkte der weihnachtlich beleuchtete Laden von außen besonders anziehend. Hinzu kam, dass der Glühwein schon von der Straße aus zu riechen war. Kurz: Die Aktion wurde ein Riesenerfolg. Wir verkauften so viele Bücher wie noch nie zuvor.

»Eigentlich macht es ja nicht viel her, etwas Gebrauchtes zu verschenken«, sagte ein älterer Herr zu mir, der drei Glühwein gesüffelt hatte und nun vierzehn Bücher zum Bezahlen auf den Tresen legte. »Aber dieser Laden hat so viel Charme, das muss man einfach unterstützen.«

Ich strahlte vor Stolz. »Es ist doch schön, dass diese Bücher auch ihre eigene Geschichte haben.« Ich hielt eine schon etwas lädierte Ausgabe von *Anne auf Green Gables* hoch. »Dieses Buch zum Beispiel. Zum einen ist es gebunden überhaupt nicht mehr im Handel zu haben. Und zum anderen finde ich es wahnsinnig spannend, sich vorzustellen, was dieses Buch schon alles erlebt hat. Wem hat es gehört? Vielleicht hat es ein krankes Mädchen zum Lachen gebracht oder so.«

Der Mann war hellauf begeistert. »So habe ich das noch nie gesehen.« Er bezahlte die Bücher, ich war fünfundsechzig Euro reicher, und wir waren beide zufrieden.

»Ein krankes Mädchen wieder zum Lachen gebracht?«, hörte ich dicht hinter mir Bens amüsierte Stimme. »Da ist deine Fantasie mal wieder mit dir durchgegangen, was?«

Ich fühlte mich ertappt. »Das war reine Verkaufstaktik.«

»Ach ja? Sag mal, sind das da Tränen in deinen Augenwinkeln?«

Fieberhaft suchte ich nach einer Antwort, doch mir fiel nichts ein. Zum Glück wurde ich von Juli und Michel erlöst, die sich zu uns gesellten. Michel sah aus wie ein Hamster, so viele Plätzchen steckten in seinem Mund. »Echt tolle Feier, Lena. Hätte ich dir gar nicht zugetraut.«

»Also ich schon«, sagte Juli.

Kurz darauf trudelten Sergej und seine beiden Freunde Igor und Alex ein, die Balalaika und Violine spielten. Ihre Musik erfüllte den Raum, melancholisch und wunderschön. Und obwohl es keine weihnachtlichen Lieder waren, passten sie perfekt zur Stimmung.

Immer mehr Menschen betraten den Laden, und ich hatte alle Hände voll zu tun. Glühwein musste verteilt, Small Talk geführt und Bücher verkauft werden. Die Leute redeten und lachten, und der Glühwein floss in Strömen.

Sugar Otto kam irgendwann aus seinem Kabuff hervorgekrochen. Da stand er mitten im Raum, mit seinen grauen Haaren und seinem grauen Bart, hielt sich krampfhaft an einer Tasse Glühwein fest und wusste ganz offensichtlich nicht, wohin mit sich. Ich wollte schon alles stehen und liegen lassen und zu ihm eilen, da bemerkte ich, dass Ben ihn in ein Gespräch verwickelte. Sofern man bei einer Konversation mit Otto von »Gespräch« reden konnte. Ben und ich sahen uns über die Menge hinweg an. Er zwinkerte mir zu, und ich formte mit meinem Mund ein lautloses »Danke«.

Irgendwann tauchten Susanne und Rüdiger auf. Sie trug ein selbst kreiertes Kleid und strahlte so viel Glamour und Selbstbewusstsein aus, dass alle anderen Frauen im Raum verblassten. Rüdiger neben ihr wirkte fast schon komisch, klein, rundlich und unauffällig wie er war. Aber sie himmelte ihn förmlich an, und dann fiel mir plötzlich auf, dass die beiden Händchen hielten!

»Was ist das denn da?«, fragte ich und deutete auf ihre Hände.

Susanne strahlte. »Tja, das nennt man wohl eine Beziehung.«

Ich riss überrascht die Augen auf. »Was, Beziehung? Seit wann?«

Rüdiger legte einen Arm um Susannes Taille. »Offiziell zusammen sind wir erst seit ein paar Tagen. Aber verliebt bin ich schon seit dem 1. September 2002.«

»Da habe ich meinen Laden eröffnet«, erklärte Susanne. »Ich habe ein kleines bisschen länger gebraucht, aber dafür kam die Erleuchtung dann umso heftiger.«

Rüdiger küsste sie auf die Wange, wofür er sich ganz schön recken musste.

»Ach wie schön, das freut mich für euch! Aber wieso habe ich denn nie etwas bemerkt? Ich habe euch doch so oft zusammen gesehen.«

Susanne lachte. »Nimm's mir nicht übel, Schätzchen, aber ich fürchte, es gibt ziemlich viele Dinge, die du nicht bemerkst.«

Was sollte das denn jetzt? Ich verfügte über eine äußerst

scharfe Beobachtungsgabe! »Und was ist mit dir und Ben?«, hakte ich nach.

»Ach, da war nichts«, winkte Susanne ab. »Wir sind ein paar Mal ausgegangen, aber mehr auch nicht. Irgendwie hatten wir beide kein richtiges Interesse.«

Nachdenklich sah ich sie an. »Aha.«

Rüdiger trank einen Schluck von seinem Glühwein. »Übrigens, was ist eigentlich aus dem blonden Typen geworden, mit dem du dich neulich im Café getroffen hast?«

»Ach, du meinst Jan?«

»Wer ist Jan?«, hörte ich Bens Stimme hinter mir. Wann hatte der denn diese nervende Angewohnheit entwickelt, plötzlich aus dem Nichts aufzutauchen?

Ich drehte mich zu ihm um. »Kennst du nicht.« Bisher hatte ich noch keine Lust gehabt, ihm von Jan zu erzählen.

Ben runzelte die Stirn. »Ich weiß, deswegen frage ich ja.«

»Wir waren neulich mal einen Kaffee zusammen trinken. Du wirst ihn gleich kennenlernen, er kommt nämlich noch vorbei.«

Übertrieben geschauspielert hüpfte er auf der Stelle und klatschte in die Hände. »Oh, hurra, ich kann es kaum erwarten!«

»Du benimmst dich mal wieder wie der letzte Idiot!«

Stille trat ein.

Nach einer Weile räusperte sich Rüdiger. »Und, habt ihr schon alle Geschenke zusammen?«

»Ich habe noch kein einziges«, sagte Susanne, als Ben und ich nicht antworteten. »Weihnachten kommt immer viel zu plötzlich, findet ihr nicht?« Sie lachte gekünstelt.

»Und woher kennst du diesen Typen?« Ben schien nicht über Weihnachten plaudern zu wollen.

»Aus dem Pub.«

»Sieh mal einer an. Immer, wenn Lena es nötig hat, geht sie in den Pub und reißt einen auf, oder was?«

Am liebsten hätte ich ihm meinen Glühwein über den Kopf gekippt. »Was fällt dir eigentlich ein? Ausgerechnet du willst dir ein Urteil über mich erlauben?«

»Oh, wie romantisch!«, ertönte in diesem Augenblick Frau Brümmers Stimme, die sich zusammen mit dem angetrunkenen *Anne auf Green Gables*-Mann zu unserer Gruppe gesellte. »Ihr steht unterm Mistelzweig!«

Ich hoffte inständig, dass sie von Susanne und Rüdiger sprach. Aber nein. Ben und ich sahen im gleichen Moment nach oben – und da hing das Mistvieh von Mistelzweig direkt über uns und schien höhnisch zu grinsen. Welcher Idiot hatte den bloß aufgehängt?

»Ihr müsst euch küssen!«, forderte Frau Brümmer uns strahlend auf. Ben tippte sich mit dem Finger an die Stirn. »Ich küsse mit Sicherheit niemanden, nur weil zufällig irgendein Gestrüpp über mir hängt.«

Da war ich ganz seiner Meinung. »Ich auch nicht! Das Ding hängt eh nur als Deko hier rum.«

»Jetzt ziert euch doch nicht so!«, sagte Rüdiger.

Ben und ich standen reglos da und sahen geflissentlich in unterschiedliche Richtungen.

»Ich hätte nicht gedacht, dass ihr solche Feiglinge seid«, quälte Susanne uns. »Da ist doch nichts dabei.«

»Genau, ihr Memmen! Küsst euch!« Rüdiger und Susanne waren wirklich ein echtes Dream-Team. Sie grinsten beide über das ganze Gesicht.

»Küs-sen, küs-sen!«, rief nun die ganze Meute.

Die würden keine Ruhe geben. Und ich hatte nicht vor, als Memme in die Geschichte einzugehen. Ich drehte mich zu Ben. »Ich fürchte, wir müssen das machen.«

Die anderen johlten.

Ben kniff die Augen zu schmalen Schlitzen zusammen. »Lena, ich warne dich.«

»Stell dich nicht so an!«, schimpfte ich. »Wir sind hier doch nicht in der Grundschule.«

»Irgendwann werde ich dir das heimzahlen«, stieß er zwischen zusammengebissenen Zähnen hervor. Er zog mich unsanft zu sich und presste seine Lippen auf meine. Es war, als würde ein Stromschlag durch meinen Körper fahren. Erschrocken zog ich meinen Kopf ein kleines Stück zurück. Einen kurzen Moment verharrten wir in dieser Position, unsere Lippen nur Zentimeter voneinander entfernt. Dann fanden sie wie magisch voneinander angezogen wieder zusammen. Wir küssten uns jetzt sanft, vorsichtig, fast so als hätten wir Angst, etwas kaputtzumachen. Ich schlang meine Arme um seinen Hals, er zog mich näher an sich. Mein Herz raste und fühlte sich an, als würde ein riesiger Schwarm Hummeln aufgeregt darin herumsummen. Ich weiß nicht, wie lange dieser Kuss dauerte, aber ich weiß, dass ich außer Ben und dem Kribbeln, das er in mir verursachte, nichts mehr um mich herum wahrnahm.

Doch irgendwann holte die Realität mich wieder ein. Wie aus weiter Ferne vernahm ich ein Grölen und Klatschen. Beinahe widerstrebend unterbrach ich unseren Kuss und öffnete die Augen. Ben sah mich an, verwirrt, als wüsste er nicht, wie ihm geschehen war. Als könnte er nicht glauben, dass ich es war, die vor ihm stand. Genauso fühlte auch ich mich. Mit den Fingerspitzen berührte ich meinen Mund. ›Er hat mich geküsst‹, war alles, was ich denken konnte. ›Ich habe *Ben* geküsst!‹

»Na seht ihr«, sagte Rüdiger mit einem breiten Grinsen. »War doch gar nicht so schlimm.«

Ich stand völlig bedeppert da und konnte mich nicht von Bens braunen Augen losreißen. Mein Herz raste immer noch unkontrolliert, und auch die Hummeln hatten sich noch nicht wirklich beruhigt.

»Lena!« Plötzlich hörte ich Julis Stimme. »Kommst du bitte mal mit, ich brauche ganz dringend deine Hilfe.« Sie stürmte davon in Richtung Kabuff, und obwohl ich eigentlich nicht wollte, folgte ich ihr. Im Gehen drehte ich mich noch einmal zu Ben um. Er sah mir nach, immer noch fassungslos.

Im Hinterzimmer stellte Juli mich zur Rede. »Was war das denn bitte?«

Da ich das selbst nicht so genau wusste, stellte ich mich erst einmal blöd. »Hm? Wovon redest du?«

Juli zog die Stirn in Falten. »Von der Knutscherei mit Ben natürlich!«

Ich wich ihrem Blick aus und winkte ab. »Ach das. Das war doch nur ein Kuss unterm Mistelzweig. Wir wurden dazu genötigt.«

Juli schnaubte. »Klar, so saht ihr aus. Was läuft da zwischen euch?«

»Gar nichts! Ben küsst«, ich räusperte mich, »ganz gut.« Innerlich strafte ich mich für diese Untertreibung des Jahrtausends. »Irgendwie habe ich mich hinreißen lassen. Das ist alles. Da läuft nichts. Ehrlich.«

Juli seufzte tief. »Oh Mann, bau bitte keinen Scheiß.« Sie legte mir eine Hand auf den Arm. »Du weißt doch, wie er ist. Er würde dir das Herz brechen.«

Ihre Worte taten weh. Aber auch wenn es mir nicht gefiel – ich wusste, dass sie recht hatte. Und mir wurde klar, dass anscheinend ausgerechnet Juli, meine beste Freundin, die letzte Person auf dieser Welt war, die Verständnis für mich hätte, wenn ich ihr von meinen seltsamen Gefühlen für Ben erzählen würde.

Ich zwang mich zu einem Lächeln. »Mach dir mal keine Sorgen. Ich werde sicher nicht so blöd sein, mich ausgerechnet in einen wie Ben zu verlieben.«

»Gut«, sagte sie ernst. »Denn abgesehen davon, dass er ein Weiberheld ist und ihr wie Hund und Katze seid, gibt es da noch ein neues Problem. Und das fängt mit ›F‹ an und hört mit ›ranziska‹ auf.«

Sie hätte mir genauso gut Lara-Croft-mäßig einen gezielten Tritt in die Magengrube verpassen können. »Franziska? Wieso? Was ist mit ihr?«

»Michel hat erzählt, dass sie aus den USA zurückgekehrt ist und dass Ben sich gestern mit ihr getroffen hat. Sie ist die Einzige, die ihm jemals etwas bedeutet hat, Lena.«

Jetzt hatte Juli sich in Sonja Zietlow verwandelt, die mich dazu zwang, einen Känguruhoden zu verputzen. »Na ja, das ist doch ... schön für ihn«, sagte ich mit dünnem Stimmchen.

Juli blickte mich eine Weile an, ohne etwas zu sagen. »Ich gebe dir jetzt einen guten Rat, Süße: Vergiss Ben. Daraus wird nie was. Halt dich an Jan.«

Damit drehte sie sich um und ließ mich allein. Ich kaute an den Fingernägeln und sah mich im Kabuff um. Hier herrschte das reinste Chaos, und ich fühlte den übermächtigen Drang in mir, Ordnung zu schaffen. In dem kleinen Waschbecken spülte ich die benutzten Tassen. Mist, Mist, Mist, das hätte nicht passieren dürfen! Wieso hatte er mich überhaupt so blöd geküsst, wenn er wieder mit seiner Franziska zugange war? Natürlich, Casanova musste mal wieder aus dem Vollen schöpfen. Wahrscheinlich konnte er gar nicht anders, der küsste immer so. Ganz egal, wen.

Ich wischte den kleinen Herd gründlich ab. Also gut, es war nichts Dramatisches passiert. Ein Kuss unterm Mistelzweig, mehr nicht. Sollte Ben doch mit seiner Franziska glücklich werden. War mir doch egal. Wobei ich mich schon fragte, wo die jetzt auf einmal herkam und wieso diese Kuh die Dreistigkeit besaß, Ben erst eiskalt sitzenzulassen und dann Jahre später wieder bei ihm angekrochen zu kommen. Und wieso bitte schön ließ er sich wieder auf sie ein? Andererseits – wieso nicht? Schließlich war sie ja die Einzige, die ihm jemals etwas bedeutet hatte.

Ich feuerte meinen Putzlappen in die Spüle. Eins schwor ich mir hoch und heilig: Das vorhin war das erste und letzte Mal in meinem Leben gewesen, dass ich Ben Feldhaus geküsst hatte! Gleich würde Jan hier auftauchen, und Juli hatte vollkommen recht: An ihn sollte ich mich halten, und an ihn würde ich mich halten.

Ich sah mich im Kabuff um. Schon viel besser. Halbwegs beruhigt ging ich zurück in den Laden. Einfach so tun, als wäre nichts gewesen, lautete die Devise.

Der Raum war proppenvoll mit Leuten, doch mein Blick fiel sofort auf Ben. Er stand in einem Grüppchen mit Otto, Susanne und Rüdiger. Ich gesellte mich dazu und fragte betont fröhlich in die Runde: »Na? Alles klar, Leute?« Bens Nähe war mir auf seltsame Art übermäßig bewusst. Obwohl wir uns nicht einmal berührten oder nebeneinanderstanden, spürte ich ihn ganz deutlich. »Wie man hört, bist du wieder glücklich mit Franziska vereint?«, konnte ich mir nicht verkneifen zu sagen.

Er runzelte die Stirn. »Soso, das hört man also.«

»Zumindest, dass du wieder Kontakt zu ihr hast. Du hättest mir ruhig von ihr erzählen können.«

»Ungefähr so, wie du mir von diesem Typen aus dem Pub erzählt hast?«

Aus dem Augenwinkel bemerkte ich, wie Susanne und Rüdiger sich ansahen und die Augen verdrehten.

»Wie auch immer. Ich geh mal nach den Gästen sehen«, verkündete ich und suchte das Weite. Ich versuchte, mich abzulenken, räumte hier und da benutzte Tassen weg, stellte mich zu den verschiedenen Grüppchen und plauderte. Aber ich war nicht mehr richtig bei der Sache, zu sehr war ich damit beschäftigt, mich davon zu überzeugen, dass alles in bester Ordnung war.

»Entschuldigung«, ertönte eine Stimme hinter mir, »ich suche das Buch *Gottes Werk und Teufels Beitrag*. Haben Sie das?«

Ich drehte mich um. Jan stand vor mir, mit seinen blauen Augen, und grinste mich an. Am liebsten wäre ich ihm um den Hals gefallen.

»Meinen Sie das von John Irving oder das von Jan ... Ich weiß nicht mal deinen Nachnamen.«

»Von Jan Ichweißnichtmaldeinennachnamen natürlich.«

»Das ist leider noch nicht erschienen, aber Sie können es schon mal vorbestellen.«

Ein paar Sekunden standen wir nur da und lächelten uns an.

»Wo warst du so lange?«, fragte ich schließlich.

»Ich war gerade schreibmäßig total im Flow. Wenn ich das unterbrochen hätte, wäre ich nie wieder reingekommen.« Er sah sich um. »Scheint ja ganz gut was los zu sein. Hab ich viel verpasst?«

Ich dachte an den Kuss. »Nein, nichts Besonderes.«

»Reichert übrigens«, sagte Jan unvermittelt.

»Was?«

»Mein Nachname ist Reichert.«

»Klein.«

»Sehr erfreut«, sagte er und hielt mir die Hand hin.

Ich nahm sie und erwiderte lächelnd: »Ganz meinerseits.«

Jan ließ meine Hand nicht los, er hielt sie fest in seiner und sah mir tief in die Augen. »Wie soll ich meine Seele halten, dass sie nicht an deine rührt?« Leicht strich er mit dem Finger über meine Wange. »Wie soll ich sie hinheben über dich zu anderen Dingen?«

Wow. So etwas Schönes hatte mir noch nie jemand gesagt. »Das habe ich für dich geschrieben«, behauptete Jan.

Ich wusste zwar zufällig, dass es einem Gedicht von Rilke entstammte, aber egal. »Wie schön«, hauchte ich.

»So wie du.« Jan lächelte, und ich konnte nicht anders, als zurückzulächeln. Nach einer Weile räusperte er sich und fragte beiläufig: »Ist deine Schwester eigentlich auch hier?«

»Katja? Nein, wieso?«

Er winkte ab. »Ach, nur so.«

»Komm«, sagte ich und zog ihn an der Hand hinter mir her. »Ich will dich allen vorstellen.«

Wir kämpften uns durch den Raum zu Juli, Michel und Ben, die sich unterhielten. »Hey«, sagte ich. »Ich möchte euch jemanden vorstellen. Das hier ist Jan.«

Juli strahlte, Michel lächelte höflich, Ben sah ziemlich angenervt aus. Einen besonders freundlichen Eindruck machte er nicht. »Das ist mein Bruder Michel.« Die beiden gaben sich die Hand. »Das ist Juli, Michels Verlobte und meine beste Freundin.«

»Verlobte!«, rief Juli und gab Jan ebenfalls die Hand. »So 'n Quatsch.«

»Wir beide sind de facto nun mal verlobt, *Schatz*«, sagte Michel mit einem Unterton, der suggerierte, dass sie diese Diskussion nicht zum ersten Mal führten.

»›Verlobte‹ klingt furchtbar spießig. Ich bin keine Verlobte. Wenn dir das nicht passt, dann …«

»Was, dann?«, fragte Michel.

Über den beiden schien plötzlich eine gewaltige Gewitterwolke aufgezogen zu sein.

»Und das hier ist Ben«, unterbrach ich den drohenden Streit. »Mein … äh, mein …« Verdammt, jetzt war ich durcheinander. Wenn es um Ben ging, dann fing ich die Sätze normalerweise nicht mit »mein« an, sondern mit »Michels«. Mein *was* war er denn eigentlich?

Ben hob eine Augenbraue und sah mich spöttisch an. Dann wandte er sich an Jan. »Mitbewohner, guter Freund, persönlicher Albtraum, Held ihrer Kindheit – such dir was aus.«

Ben und Jan musterten sich auf eine Weise, die mich stark an Henry Fonda und Charles Bronson im Showdown von *Spiel mir das Lied vom Tod* erinnerte. Fast konnte ich die Mundharmonika hören und einen vertrockneten Dornenbusch durch den Buchladen wehen sehen.

»Dann entscheide ich mich für den persönlichen Albtraum«, sagte Jan schließlich.

»Glaub mir, das kann ich werden«, erwiderte Ben.

Das war ja ein merkwürdiges Verhalten, das die beiden hier an den Tag legten. Normalerweise war Ben Fremden gegenüber ganz nett. Außer bei Simon, den hatte er auch nie leiden können.

»Jan ist Schriftsteller«, verkündete ich stolz.

»Oh, hat man von dir vielleicht schon mal etwas gelesen?«, fragte Juli.

Er winkte ab. »Nein, bislang war alles nur für die Schublade.«

Ben starrte ihn noch durchdringender an. »Na, was für ein glücklicher Zufall, dass Lenas Schwester Lektorin ist.«

Na toll. War ja klar, dass Ben kein anderer Grund einfiel, warum ein Mann wie Jan sich für mich interessieren könnte. »Komm, ich stell dir Otto vor«, sagte ich zu Jan. Auf Bens blöde Kommentare konnte ich auch gut verzichten.

Wir machten uns auf die Suche, doch er war nirgends zu finden, nicht mal in seinem Kabuff. Er musste sich klammheimlich aus dem Staub gemacht haben. Ich wollte gerade zurück in den Laden gehen, als Jan mich am Arm zurückhielt.

»Warte mal kurz, Lena«, sagte er. »Ich habe schon den ganzen Abend das dringende Bedürfnis, dir etwas zu geben. Und jetzt ist die perfekte Gelegenheit.«

»Was denn?«, fragte ich, doch da riss er mich schon in seine Arme und küsste mich. Mein erster Impuls war, ihn wegzustoßen. Aber dann kam mir der Gedanke, dass es vielleicht gar nicht so schlecht wäre, Bens Kuss gewissermaßen mit einem Gegengift zu bekämpfen.

Jan küsste gut. Technisch einwandfrei. Stürmisch. Nicht so … atemberaubend und weltverändernd und zärtlich wie Ben. Ben! *Und* Jan! Oh mein Gott, noch nie in meinem Leben hatte ich innerhalb von einer Stunde zwei Männer geküsst! Schnell schüttelte ich den Gedanken ab und konzentrierte mich voll auf Jan. Eng umschlungen und uns küssend bewegten wir uns aufs Sofa zu, wo er sich setzte und mich auf seinen Schoß zog. Er küsste meinen Hals, und ich musste ein Lachen unterdrücken, weil es so kitzelte. ›Wenn jetzt jemand hier reinkommt‹, dachte ich, während er an meinem Ohr knabberte und gleichzeitig mit seinen Fingern an meinem BH-Verschluss herumfummelte. ›Außerdem müsste ich mal dringend nach dem Glühwein sehen, nicht, dass der mir noch anbrennt.‹

Ich wand mich aus seinem Klammergriff. »Moment mal. So geht das nicht. Ich habe einen Haufen Gäste da draußen, da kann ich nicht hier mit dir rumknutschen.« Ich lachte, weil Jan aussah wie ein kleiner Junge, dem jemand sein Spielzeug weggenommen hatte. »Leider«, fügte ich versöhnlich hinzu.

»Na gut«, sagte er. »Aber dann verlange ich, dass wir das hier schnellstmöglich wiederholen.«

Das war mir sehr recht. Allerdings entsprach es auch meiner neuen Rolle, ihn etwas zappeln zu lassen. »Gerne. Aber ich habe nicht so viel Zeit, wie du weißt.«

Jan seufzte. »Ja, ja, ich weiß. Wie sieht's denn nach Weihnachten bei dir aus, vielleicht am 27.? Könntest du da ein paar Stündchen für mich abzwacken?«

»Ja, das könnte klappen.«

»Gut. Ich verschwinde jetzt.«

»Was, wieso denn?«, protestierte ich. »Du bist doch gerade erst gekommen.«

»Ja, weißt du«, Jan beugte sich zu mir herunter und sagte leise in mein Ohr: »Ich habe auch nicht so viel Zeit.«

Verdammt, er war mein Anti-Ben-Mann, ich wollte ihn hier bei mir haben. Aber darum betteln würde ich ganz bestimmt nicht. Ich drückte meinen Rücken durch und hob hochmütig den Kopf. »Klar«, sagte ich.

»Also bis zum 27. Ich hol dich um halb acht ab.« Er küsste mich, und schon war er verschwunden.

Ich richtete meine ramponierte Frisur und bemühte mich um einen entspannten Gesichtsausdruck, bevor ich mich wieder zu Juli und Michel gesellte. »Ist Ben weg?«, erkundigte ich mich beiläufig, wofür ich gleich einen strafenden Blick von Juli erntete.

»Ja. Ich glaube, er trifft sich noch mit Franziska.«

Ich setzte ein betont gleichgültiges Gesicht auf. »Aha. Na, das ist ja schön.«

Schließlich war ich auf dem besten Wege, mich in Jan zu verlieben, und das war auch gut so.

Kapitel 11

… in dem ich NICHT aussehe wie Olivia Jones!

Am ersten Feiertag kam traditionell unsere verrückte Tante Wilma zum Weihnachtsessen. Streng genommen war sie die Tante meiner Mutter, und sie war auch nicht wirklich verrückt, sondern nur etwas wunderlich, seit ihr vor acht Jahren beim Gassigehen mit ihrem Pudel Babsi ein mit Geranien bepflanzter Blumenkasten auf den Kopf gefallen war.

Heute waren sie und Babsi eine Stunde zu früh aufgelaufen. Meine Mutter war darüber nicht gerade begeistert, denn sie befand sich in einem Zustand höchster Panik. Mein Vater hatte doch tatsächlich vergessen, am Vorabend die Gans aus der Truhe zu nehmen. Sie war also noch steinhart gefroren, und meine Mutter sah sich gezwungen, ihr auf brutalste Art und Weise mithilfe eines Föns Feuer unterm oder besser *im* Hintern zu machen. Sie (also meine Mutter, nicht die Gans) war eigentlich sehr sanftmütig und außerdem stets darauf bedacht, ihren Zeitplan einzuhalten. Dass sie nun einer, wenn auch toten, Gans Gewalt antun musste und darüber hinaus den geplanten Zeitpunkt des Mittagessens um mehrere Stunden verfehlen würde, gefiel ihr verständlicherweise gar nicht. Noch nie hatte ich sie so fluchen hören; mir klingelten fast die Ohren. Mit hochrotem Kopf rammte sie der Gans den Fön in den Hintern. »Wenn du nicht schon tot wärst, du verdammtes Miststück, würde ich dich umbringen!«, rief sie. Das war der Moment, in dem ich es vorzog, das Weite zu suchen.

Mein Vater, Katja, Lars und die Kinder sowie Juli und Michel waren längst auf einen Spaziergang geflüchtet, und so leistete ich Tante Wilma und Babsi im Wohnzimmer Gesellschaft. Die beiden saßen auf dem Sofa und tranken Sherry. Ich verwende hier bewusst den Plural, denn auch Babsi durfte hin und wieder aus dem Sherryglas ihres Frauchens schlabbern.

»Na, min Deern?«, sagte Tante Wilma, als ich mich zu ihr setzte. Ihre Wangen schimmerten rosig und passten hervorragend zu dem rosa Kleid, das sie heute zur Feier des Tages trug. »Wo ist denn dein Mann?«

Ich stutzte. »Welcher Mann?«

Tante Wilma schnalzte missbilligend mit der Zunge und gab Babsi noch etwas Sherry aus ihrem Glas. »Na, dein Ehemann. Also so was, frisch verheiratet und kann sich nicht mehr an ihren Mann erinnern. Hm, Babsilein?«, sagte sie mit Babystimme und kraulte Babsis Kopf. »Das verstehen wir nicht, nicht wahr, mein Schnuckiputzi Dutzi Dutzi?« Sie drückte Babsi einen dicken Schmatzer auf die Schnauze. Die sah ziemlich genervt aus, konnte sich aber kaum wehren, da sie mit einer nicht unerheblichen Menge Alkohol sediert worden war.

Langsam schwante mir, dass Tante Wilma irgendetwas falsch abgespeichert hatte. »Aber ich bin doch gar nicht verheiratet.«

Sie starrte mich eine Weile an. »Sag mal, Lena, willst du mich veräppeln? Im Juni hast du geheiratet, das weiß ich ganz genau. Ich bin doch nicht bekloppt.«

»Nein, natürlich nicht«, beschwichtigte ich und nahm nun meinerseits einen ordentlichen Schluck Sherry. »Ich *wollte* im Juni heiraten. Aber dann ist die Hochzeit geplatzt und hat nicht stattgefunden.«

»Aber ich kann mich genau daran erinnern! Du warst so eine hübsche Braut. Und dein Bräutigam!«, schwärmte sie. »So ein schmucker Mann mit seinen dunklen Haaren. Arzt ist der doch, oder?«

Ich seufzte. Tante Wilma hatte heute anscheinend einen ziemlich verwirrten Tag. »Du redest von Ben, Michels Freund.«

»Ja richtig, der Arzt. Dein Mann.«

»Er ist NICHT mein Mann!«

»Aber du hast ihn doch geheiratet.«

»Pfff, na das wüsste ich aber. Ich habe niemanden geheiratet! Und Ben schon gar nicht!«

»Schade eigentlich«, hörte ich in diesem Moment eine Stimme von der Tür. Ich fuhr herum. Da stand Manfred, Bens Vater, und grinste mich an, wobei er seinem Sohn erschreckend ähnlich sah. »Fröhliche Weihnachten, Lena. Ich wollte nur kurz die obligatorische Flasche selbst gemachten Eierlikör von Gisela vorbeibringen. Aber ich komme anscheinend gerade etwas ungelegen.« Er blickte kurz über seine Schulter und flüsterte: »Deine Mutter veranstaltet in der Küche ganz furchtbare Sachen mit einer Gans.«

Ich lachte. »Setz dich doch zu uns. Sherry?«

»Eigentlich muss ich gleich wieder los. Giselas Eltern sind zum Essen da.« Er zögerte kurz, setzte sich dann aber doch zu uns dreien. »Aber was soll's. Für einen kleinen Sherry wird die Zeit schon reichen.«

Ich schenkte ihm ein Glas ein und füllte mir und Tante Wilma nach. »Und wie läuft es bei dir und Ben so, Lena?«, erkundigte er sich. »Verhält mein Sohn sich anständig?«

Unwillkürlich dachte ich an den Kuss in Ottos Laden und merkte zu meiner Schande, dass ich rot anlief. »Ja, natürlich«, beeilte ich mich zu sagen. »Wir kommen gut miteinander aus.«

Tante Wilma ließ Babsi erneut aus ihrem Glas schlabbern. Sie fing schon an zu schielen. Also Babsi, nicht Tante Wilma.

»Wie geht es ihm denn?«, erkundigte Manfred sich. »Er hat schon ewig nichts mehr von sich hören lassen.«

Ich riss meinen Blick von Babsi los. »Na ja, es ist Weihnachten, da muss er als Single natürlich extrem viel arbeiten. Aber das wisst ihr ja.«

»Und sonst?«

Seltsam, mir war nie aufgefallen, dass Ben ihm gegenüber so zurückhaltend war. »Ansonsten geht es ihm gut. Er hat mir neulich sehr geholfen, den Laden zu renovieren, in dem ich arbeite.«

»Ja, er hat handwerklich ziemlich was drauf, stimmt's?« Aus seiner Stimme war deutlich der Vaterstolz herauszuhören.

»Mhm.« ›Küssen kann er übrigens auch sehr gut‹, fügte ich in Gedanken hinzu und war froh, dass nicht alles, was mir durch den Kopf schoss, ungefiltert aus meinem Mund herauskam.

Babsi war es zwischenzeitlich gelungen, sich aus Tante Wilmas Griff zu winden. Sie sprang vom Sofa auf den Boden, wo sie augenblicklich ins Taumeln geriet und gegen den Sockel des Couchtischs knallte. Dort blieb sie liegen, alle viere von sich gestreckt.

Tante Wilma griff sich die benebelte Babsi und legte sie auf ihren Schoß. »Na, so was. Was ist mit dir denn los, du kleine Putzimausi?«, säuselte sie und knutschte das arme Tier ab.

»Ich würde sagen, die kleine Putzimausi ist stockbesoffen«, stellte Manfred trocken fest, was mich wieder stark an Ben erinnerte. Er trank sein Glas aus und erhob sich. »So, jetzt muss ich aber wirklich los«, sagte er und umarmte mich. »Könntest du Ben ausrichten, dass er mal anrufen soll? Wenn ich ihm eine Nachricht auf dem Anrufbeantworter hinterlasse, macht er das ja doch nie. Wir würden ihn gerne mal wieder sehen. Und wenn er nicht spätestens im April auf unserer Silberhochzeit auftaucht, kriegt er richtig Ärger.«

»Okay, ich sag's ihm.«

Manfred winkte uns noch einmal zu und verließ den Raum.

Babsi war inzwischen auf Tante Wilmas Schoß eingeschlafen und schnarchte laut.

»Sag mal, Tante Wilma, du und Babsi, genehmigt ihr euch eigentlich öfter mal ein Schlückchen?«

»Ach was«, winkte sie ab. »Nur an Weihnachten.«

Gott sei Dank. Dann musste ich ja nicht den Tierschutz alarmieren.

Um fünf Uhr war das Essen endlich fertig (meine Mutter auch – mit ihren Nerven), und wir versammelten uns um den Wohnzimmertisch. Die Gans war wirklich köstlich, und zu meinem Erstaunen schmeckte man ihr das Leid, das ihr posthum widerfahren war, nicht an.

Nach dem Essen fuhren Juli und Michel nach Berlin, um Julis Mutter einen Weihnachtsbesuch abzustatten. Juli war in den letzten Tagen sehr schweigsam gewesen, und ich hatte den Eindruck, dass ihr vor der Begegnung mit ihrer Mutter regelrecht graute. Aber als ich sie darauf ansprach, schüttelte sie nur den Kopf und behauptete, es wäre alles in bester Ordnung. Ich glaubte ihr kein Wort, aber es war mehr als offensichtlich, dass Juli nicht vorhatte, näher auf dieses Thema einzugehen.

Als ich später mit dem Rest der Familie vor dem Kaminfeuer saß, wo wir uns die vollgefressenen Wänste hielten, widmete mein Vater sich mal wieder seinem Lieblingsthema: meinem versauten Leben.

»Das mit deinen hochtrabenden Jobplänen wird sowieso nichts, Lena. Die nehmen dich nie in einer PR-Agentur«, predigte er. »Du musst wirklich langsam zusehen, dass du klarkommst. So wie deine Geschwister. Katja zum Beispiel. Die hat alles richtig gemacht.« Stolz sah er zu Katja hinüber.

»Hör auf damit, Papa«, sagte sie leise.

»Möchte jemand einen selbst gemachten Eierlikör von Gisela?«, fragte ich in die Runde und sprang auf, um ein paar Gläser mit dem Teufelszeug zu füllen. Ich hatte nicht die geringste Lust, mir schon wieder diese Leier anzuhören.

Doch mein Vater ließ sich nicht so leicht ablenken. »Sie hat ihr Studium durchgezogen, sich einen gut bezahlten Job mit Perspektive gesucht und macht jetzt Karriere.«

»Ich werde auch Karriere machen!«, sagte ich mit fester Stimme, wich seinem Blick jedoch aus. Dann stürzte ich meinen Eierlikör herunter und musste unwillkürlich würgen. Das Zeug war widerlich.

Mein Vater schien nicht überzeugt, ließ das Karrierethema aber auf sich beruhen. Der Rest des Weihnachtsfests verlief zum Glück friedlich, und ich konnte mich innerlich auf mein Date mit Jan vorbereiten. Ich wollte dieses Mal wirklich alles richtig machen, denn Jan sollte nicht mit der gemütlichen Lena ausgehen, sondern mit der neuen, sexy Traumfrau.

Als der große Tag schließlich gekommen war, quetschte ich mich abends in ein weißes, tief ausgeschnittenes Minikleid, das ich mir von Juli geliehen hatte. Mein Make-up gestaltete ich, passend zum Kleid, sehr sexy. Auch mit meiner Frisur gab ich mir besonders viel Mühe und fönte, sprayte und toupierte munter vor mich hin. Ich schlüpfte in meine High Heels und betrachtete abschließend mein Werk in dem großen Spiegel neben der Garderobe im Flur. Hm. Alles in allem sah ich tatsächlich *sehr* sexy aus. Fast schon verrucht. Doch irgendwie gefiel ich mir so. Es passte zu der Rolle, die ich spielte. Nein, halt! Das war keine Rolle, das war mein neues Ich!

Wobei, das Kleid war wirklich verdammt tief ausgeschnitten. Und so kurz! Kein Wunder, schließlich trug Juli eine Kleidernummer und eine BH-Größe kleiner als ich. Ich war gerade dabei, am Ausschnitt zu zerren, um nicht ganz so viel von meiner Oberweite preiszugeben, als die Wohnungstür aufgeschlossen wurde und Ben hereinkam.

»Hey«, sagte er, ohne mich anzusehen. Er zog seine Jacke aus und wollte sie gerade ausnahmsweise an die Garderobe hängen, als sein Blick auf mich fiel. Seine Augen weiteten sich, und er verpasste den Haken, sodass die Jacke auf den Boden fiel. »Wie siehst du denn aus?«

Ich zupfte an dem Kleid herum. »Sexy, hoffe ich. Du hast mir doch selbst geraten, dass ich nicht so mischlingshundmäßig daherkommen soll.«

Ben hob die Augenbrauen. »Sexy? Du siehst aus wie 'ne Transe. Im ersten Moment habe ich mich gefragt, was Olivia Jones in unserem Flur zu suchen hat.«

Empört schnappte ich nach Luft. »Hast du sie noch alle? Ich sehe nicht aus wie Olivia Jones!«

Er zuckte mit den Achseln. »Dann eben wie diese andere. Diese Katzenberger.«

»Daniela Katzenberger ist keine Transe! Und wie sie sehe ich auch nicht aus!«

»Wenn du meinst. Was soll diese Verkleidung überhaupt?«

Eigentlich hatte ich keine Lust, das Gespräch mit Ben fortzuführen, trotzdem antwortete ich. »Ich habe ein Date.«

Ben feuerte den Wohnungsschlüssel, den er immer noch in der Hand hielt, auf die Kommode. »Mit wem? Mit diesem Victor aus dem Pub?«

»Er heißt Jan, wie du sehr wohl weißt! Wie kommst du auf Victor?«

»Weil er mich an Victor erinnert, den schleimigen Steward vom *Traumschiff*.«

Ich fuhr zu ihm herum. »Du bist so ein mieser Penner! Ich *hasse* dich!« Blöderweise fing ich meistens an zu heulen, wenn ich wütend war, und auch jetzt stiegen mir zu meinem Ärger Tränen in die Augen. Ich wartete darauf, dass Ben etwas sagen, mir erklären würde, wieso er sich so unmöglich benahm. Aber er stand nur da und sah mich mit unergründlichem Blick an.

»Ich muss los«, sagte er dann plötzlich. »Bin mit Franziska verabredet. Viel Spaß mit Victor.« Damit drehte er sich um und ging zur Tür.

»Viel Spaß mit dem Franzbrötchen!«, rief ich ihm nach. Meine Hände und meine Unterlippe zitterten, und so beschäftigte ich mich schnell damit, in meiner Handtasche zu wühlen. Ich überlegte, ob ich mein Make-up entfernen und dezent neu auftragen sollte, doch dazu blieb mir keine Zeit, denn in diesem Moment klingelte Jan. Nachdem ich den Türsummer betätigt hatte, atmete ich tief durch. ›Beruhig dich, Lena. Du siehst gut aus. Lass dir von diesem Vollidioten nichts anderes einreden.‹

Inzwischen war Jan oben angekommen. »Hallo Lena.« Er küsste mich leicht auf den Mund.

Gut sah er aus in seinen schwarzen Klamotten. Mit Victor vom *Traumschiff* hatte er nicht die geringste Ähnlichkeit!

Unten auf der Straße realisierte ich als Erstes, dass ich mal wieder völlig unpassendes Schuhwerk trug. Es war saukalt, noch immer lag Schnee, und ich steckte barfuß in meinen Riemchensandaletten. Immerhin hatte ich in der Zwischenzeit geübt, in den Dingern zu laufen, sodass ich nicht mehr unsicher wie eine Kuh auf Schlittschuhen durch die Gegend stakste. Wir gingen ein paar Schritte durch die Nacht, bis Jan mich am Arm zurückhielt und zu sich heranzog. Er lächelte süß und strich mir über die Wange. Dann küsste er mich lange und intensiv.

›Hm‹, dachte ich mir. ›Gar nicht mal so schlecht. Aber meine Füße!‹

»Du siehst toll aus«, sagte Jan, als wir aus unserer Umarmung wieder aufgetaucht waren. »Wunderschön. Und sexy.«

Ich schob eine Haarsträhne aus meiner Stirn. »Ach was«, winkte ich ab, aber mein Herz machte einen freudigen Hüpfer. Also doch keine Transe, Ben Feldhaus! »Wohin gehen wir eigentlich?«

»Wenn ich mir deine Füße so ansehe, gehen wir nirgendwohin, sondern nehmen ein Taxi«, erwiderte er, und dafür hätte ich ihn knutschen können. Tat ich dann auch.

Jan hielt ein Taxi an, und wir fuhren in die White Lounge, eine der angesagtesten Sushi-Bars der Stadt. Wie aus dem Namen ersichtlich, war das Restaurant ganz in Weiß gehalten. Boden, Einrichtung, Wände, Bar, Kellner – alles weiß. Ich kam mir ein bisschen vor, als wäre ich gestorben und im Himmel, was nicht unbedingt positiv zu verstehen ist, denn ich hatte noch nicht so bald vor, den Abgang zu machen.

Wir wurden von einem hübschen Kellner begrüßt und an unseren Tisch geführt, der nur kniehoch war. Es gab keine Stühle, sondern Sitzsäcke. Angesichts meines kurzen Rocks fiel es mir schwer, eine bequeme Position zu finden, in der niemand freien Blick auf meine Unterhose hatte, und ich rutschte unbehaglich auf meinem Platz herum. Der Kellner brachte uns zur Begrüßung eine Schale mit Reisgebäck und grünen Tee sowie die Speisekarten.

»Du magst doch Sushi?«, erkundigte Jan sich.

»Natürlich, und wie! Sushi mag doch jeder.« Unter uns gesagt, ich hatte noch nie in meinem Leben Sushi gegessen, denn beim Gedanken an rohen Fisch und Algen lief mir nicht gerade das Wasser im Mund zusammen.

»Ich dachte mir, nach den Weihnachtstagen wäre etwas Leichtes ganz angenehm«, sagte Jan, während er die Speisekarte studierte. »Diese Völlerei ist widerlich. Weihnachten an sich ist widerlich, findest du nicht?«

»Absolut!«, erwiderte ich und dachte mit Sehnsucht an die köstliche Weihnachtsgans meiner Mutter.

»Das Fest der Liebe – dass ich nicht lache!«, fuhr Jan fort. »Alles Heuchelei, alles Fake. Das Fest des Konsums oder der Verlogenheit sollte es besser heißen. Weihnachten dreht sich doch per se nur um Kohle, Kitsch und Essen.« Er unterstrich seine Worte mit energischen Bewegungen. Immer wieder wischte er sich seinen langen Pony aus der Stirn. »Weihnachten dient einzig und allein als Projektionsfläche für die Sehnsucht nach einer heilen Welt.«

Sein Blick wurde abwesend, er starrte für ein paar Sekunden ins Nichts, dann zückte er aus seiner Hosentasche ein kleines Notizbuch und kritzelte mit einem Stummel-Bleistift eifrig etwas hinein.

»Was schreibst du denn da?« Inständig hoffte ich, dass er nicht auch endlose Briefe an seine tote Ehefrau verfasste.

»Besonders tiefsinnige oder originelle Dinge, die mir durch den Kopf gehen, notiere ich immer sofort. Es wäre doch schade, wenn dieses Gedankengut verloren ginge. Das kann ich alles in meinen Werken verwenden.« Er strich sich erneut seinen Pony aus der Stirn.

»Verstehe.« Ich griff in die Schale mit dem Reisgebäck und knabberte vor mich hin.

Eine Weile hingen wir beide unseren Gedanken nach, das Schweigen wurde nur durch mein Knabbern durchbrochen.

»Glaubst du an Gott?«, fragte Jan schließlich unvermittelt und sah mich ernst an.

Das war ja starker Tobak fürs erste Date. Tauschte man normalerweise nicht Belanglosigkeiten aus? Bei Jan lief das anscheinend anders. Und ich muss sagen, dass mir das gefiel. »Klar«, erwiderte ich.

Der Kellner trat an unseren Tisch, und Jan gab die Bestellung auf: eine gemischte Sushi-Platte für zwei Personen. Im Laufe des Abends stellte ich fest, dass er wirklich kein Freund von Small Talk war. Als das Sushi an den Tisch kam, schilderte er mir gerade sein erstes Mal. Er war sechzehn, sie war fünfzehn, sie hieß Nadine, und es passierte auf der Geburtstagsparty seines Kumpels im Schlafzimmer von dessen Eltern. Als es vorbei war, erbrach Nadine die halbe Flasche Baileys, die sie in noch jungfräulichem Zustand getrunken hatte, auf das Eisbärfell vor dem Ehebett.

»Und wie war es bei dir?«, fragte Jan, als er seine Erzählung beendet hatte.

»Ganz ähnlich«, wich ich aus, während ich ein Stück Sushi mit reichlich grünem Zeug belegte, das ganz lecker aussah, im Gegensatz zu dem glibberigen, rohen Lachs, der sich in der Sushi-Rolle befand. »Nur mit Amaretto.«

Jan lachte und steckte sich ein Stück Sushi in den Mund. »Du haust ja ganz schön rein beim Wasabi, was?«

»Oh ja. Ich liebe Wasabi.« Was auch immer das war. Irgendwo hatte ich das schon mal gehört, aber wo?

»Ist dir das nicht zu scharf?«

»Quatsch«, behauptete ich. »Sag mal, wie siehst du eigentlich den Rummel um Herta Müllers neuesten Roman? Ist er gnadenlos überbewertet, oder ist der Hype gerechtfertigt?« Zufrieden mit meinem Beitrag zur Konversation (ich hatte Sonntag extra zur Vorbereitung eine Literatursendung auf ARTE geschaut) führte ich das Sushi-Teil zum Mund und schob es hinein.

»Interessante Frage«, sagte Jan und wischte sich wieder eine Haarsträhne aus der Stirn. »Weißt du, ich denke, es ist ein aufwühlend brisanter Text über die Zerbrechlichkeit der künstlerischen Singularität. Wie Müller mit den Adorno'schen Thesen spielt, wie sie die schleichende Liquidation des Individuums im Hinblick auf …«

Mehr bekam ich nicht mit. Die Hölle brach in meinem Mund los. Verzweifelt versuchte ich, mir nichts anmerken zu lassen und einen möglichst intelligenten Gesichtsausdruck zu machen, aber es war hoffnungslos. Meine Zunge und mein Gaumen brannten wie Feuer, Tränen traten mir in die Augen, und ich merkte, wie ich hochrot anlief.

»Lena? Was ist los?« Jan musterte mich besorgt.

Ich spuckte das widerliche Sushi-Teil äußerst unelegant in meine Serviette. »Scharf!«, brachte ich mühsam hervor. Inzwischen liefen mir die Tränen in Strömen über die Wangen. »Scharf!« Verzweifelt griff ich nach meinem grünen Tee.

»Nicht!«, rief Jan.

Aber es war zu spät, ich hatte bereits einen Schluck runtergekippt und dadurch Dantes Inferno in meinem Mund entfacht. Meine Zunge fühlte sich an, als wäre sie auf ein Vielfaches angeschwollen. Immer wieder sog ich laut Luft ein, um mir etwas Kühlung zu verschaffen.

Plötzlich tauchte der Kellner hinter Jan auf und hielt mir einen Korb mit Brot hin. »Hier, das hilft gegen die Schärfe.«

Quer über den Tisch langte ich in den Korb, und als ich meinen Arm hektisch wieder zurückzog, um mir das Brot in den Mund zu stopfen, stieß ich den restlichen grünen Tee um. Die heiße Flüssigkeit verteilte sich auf meinem Schoß und dem weißen Sitzsack. »Au!«, schrie ich und sprang instinktiv auf, wobei ich mit voller Wucht gegen den Tisch krachte. Der machte einen Satz nach vorne und knallte Jan gegen das Schienbein.

»Au!«, schrie der nun seinerseits, sprang ebenfalls auf und hüpfte auf einem Bein herum, während er sich mit schmerzverzerrtem Gesicht das Schienbein rieb. »Scheiße, tut das weh!«

Inzwischen war die Schärfe durch das Brot etwas gemildert,

und die Peinlichkeit meines Benehmens drang durch die Wasabi-Schlacht in meinem Mund in mein Bewusstsein. Meine Zunge war immer noch gelähmt, und ich konnte kaum sprechen. »Tut mir leid. Geht esch wieder?«

»Ja, schon in Ordnung«, presste Jan zwischen zusammengebissenen Zähnen hervor.

»Du schollteschst vielleicht etwasch Eisch drauf tun.« Auf unserem Tisch gab es keins, aber die Wasserflasche stand in einem Kühler, also griff ich danach und drückte sie beherzt gegen Jans Schienbein. Überrumpelt von der plötzlichen Bewegung, geriet er ins Straucheln und verlor schließlich das Gleichgewicht. Er plumpste in seinen Sitzsack, und bei dem Versuch, sich auf dem Tisch abzustützen, landete seine Hand mitten im kunstvoll angerichteten Sushi.

»Oh Gott, dasch tut mir scho leid!«, rief ich, kniete mich neben ihn und machte mich daran, seine Hand mit einer Serviette zu reinigen. Was für ein furchtbarer Auftritt! Wir waren inzwischen die Sensation des Restaurants, alle starrten zu uns herüber. Hier und da hörte ich deutlich ein Kichern.

»Hör auf, Lena«, sagte Jan. Seine Stimme klang immer noch gepresst. »Das ist oberpeinlich!«

Mit hängenden Schultern ging ich an meinen Platz und setzte mich auf den Sitzsack, ohne zu bedenken, dass der ja voll mit grünem Tee und klatschnass war. Nach und nach drang die Feuchtigkeit an mein Hinterteil, doch ich ließ mir nichts anmerken. Schlimmer konnte es jetzt auch nicht mehr werden. Ich räusperte mich. »Was hattest du noch mal über Herta Müller gesagt?« Gott sei Dank funktionierte meine Zunge wieder.

»Du hast dich gerade in den Tee gesetzt, stimmt's?«, fragte Jan statt einer Antwort und sah mich mitleidig an.

Leugnen war zwecklos. Also nickte ich. Ich fing an, etwas Ordnung in das Chaos auf unserem Tisch zu bringen, aber Jan griff nach meiner Hand. »Kopf hoch, Kleines, ist doch nicht so schlimm. Aber lass uns woanders hingehen, das war echt 'ne peinliche Aktion.«

Recht hatte er. Mir war jetzt auch eher nach einer Umgebung, in der nicht jeder Anwesende wusste, was für eine Vollidiotin ich war.

Wir gingen in eine Kneipe, in der die schummrige Beleuchtung die grünlich-gelben Flecken auf meinem Kleid zum Glück weitestgehend verbarg. Es dauerte eine Weile, bis ich lockerer wurde und aufhörte, mich über mich selbst zu ärgern. Aber irgendwann gelang es mir, die peinliche Situation zu verdrängen, und wir redeten und redeten. Jans offene, emotionale Art zog mich ebenso an wie seine festen Überzeugungen. Jemanden wie ihn hatte ich noch nie kennengelernt, so viel stand fest. Irgendwann war es ein Uhr nachts, und wir waren schon lange die beiden letzten Gäste. Schließlich legte man uns die Rechnung vor und wünschte uns höflich, aber bestimmt noch einen schönen Abend.

Wir bezahlten, nahmen ein Taxi zurück und standen schließlich in der kalten Winternacht vor meiner Haustür.

Jan sah mir tief in die Augen. »Ich mag dich, Lena«, sagte er. »Sehr sogar.«

»Ich dich auch.«

»Pass bloß auf, sonst verliebe ich mich noch in dich.« Er lächelte mich verschmitzt an. »Ups. Schon passiert.«

Mein Herz ging auf. Wie süß war das denn? Ich zog seinen Kopf zu mir herunter und küsste ihn. Er schmeckte nach Sushi, Bier und den billigen Zigaretten, die er geraucht hatte, und für mich war das in diesem Moment der köstlichste Geschmack, den ich mir vorstellen konnte. Wenn nur meine Füße nicht so kalt waren!

»Sehen wir uns Silvester?«, fragte er, als wir unseren Kuss beendet hatten.

»Juli und Michel geben eine Party. Kommst du mit?«

»Nee, du«, sagte er. »Sorry, aber diese Silvesterpartys sind echt nichts für mich. Zum einen finde ich es unverantwortlich, Milliarden Euros in die Luft zu feuern, während in Afrika Menschen hungern und verrecken. Und zum anderen ist mir unklar, wieso ich mich über die schlichte Tatsache freuen soll, dass ein weiteres verschissenes Jahr beginnt. Ich stehe echt nicht drauf, irgendwelchen mir unbekannten Prolls um den Hals zu fallen, nur weil es null Uhr ist.«

»Meine Freunde sind keine Prolls«, erwiderte ich beleidigt.

»Es geht ja auch nicht speziell um deine Freunde. Es geht ums Prinzip. Hör zu, wenn du gerne auf diese Party gehen möchtest, dann geh. Und komm einfach danach bei mir vorbei.«

Ich zögerte. »Na gut«, sagte ich schließlich. »Dann also bis Silvester.« Ich tippte seine Adresse in mein Handy, wir küssten uns noch mal, und dann zwangen mich meine eiskalten Füße, mich von Jan zu lösen, Gute Nacht zu sagen und die fünf Etagen zur Wohnung zu erklimmen.

Als ich in die Küche kam, um mir ein Körnerkissen warm zu machen, stand dort Ben am Kühlschrank und trank Saft, wie immer direkt aus der Packung. »Hey«, sagte er.

»Hey.« Ich hatte keine Lust auf eine weitere Auseinandersetzung mit ihm, also wandte ich mich ab.

»Lena, warte!«, rief er mir nach.

Widerwillig blieb ich stehen. »Was?«

»Hör mal …« Er schien nach Worten zu suchen. »Wegen vorhin. Das mit Olivia Jones und so. Du weißt schon.«

»Was ist damit?«

Er sah mich ernst an. »Entschuldige. Ich war mies drauf und hab's an dir ausgelassen.«

Ben hatte sich noch nie bei mir entschuldigt. Für gar nichts. Wieso fing er jetzt damit an, und wieso berührte mich das so? Am liebsten wäre ich in seine Arme gestürzt, um mich von ihm trösten zu lassen. Ausgerechnet von ihm, dabei war er es doch, der mir wehgetan hatte.

»Schon gut, halb so wild.« Ich beschloss, doch noch mein Körnerkissen aus der Anrichte zu holen und in die Mikrowelle zu stecken.

Dabei fiel sein Blick auf mein Kleid. »Was hast du denn gemacht?«, fragte er.

»Ich habe … Ich meine, jemand hat mir versehentlich Tee über das Kleid gekippt.«

Ben zog die Stirn kraus. »Vorne und hinten?«

Achselzuckend erwiderte ich: »Ja, so etwas kommt vor.«

»Bei dir wundert mich langsam gar nichts mehr«, seufzte er.

Wir sahen stumm dem Körnerkissen zu, das sich in der Mikrowelle im Kreis drehte.

»Und? Wie war dein Date?«, fragte er schließlich.

»Gut. Wir waren Sushi essen.«

»Sushi magst du doch gar nicht.«

»Früher vielleicht. Jetzt mag ich es.«

»Aha.« Er steckte die Hände in die Hosentaschen. »Dann ist das 'ne richtig dicke Sache zwischen euch, was?«

»Ja, ich denke schon.« Ich räusperte mich. »Und du und Franziska?«, fragte ich möglichst beiläufig. »Seid ihr wieder zusammen?«

Ben schwieg eine Weile, dann nickte er. »Sieht so aus.«

Ich hätte gerne etwas Unverfängliches gesagt wie »Das freut mich« oder »Wie schön für dich«, aber die Worte wollten einfach nicht über meine Lippen. Erneut standen wir schweigend da und starrten auf das Körnerkissen. Wie es sich drehte. Wieder und wieder im Kreis.

»Ding!«, machte die Mikrowelle und riss uns aus unserer Lethargie.

Ich nahm das Körnerkissen heraus. »Also dann, gute Nacht.«

»Gute Nacht.«

Wir sahen uns an, und wieder hatte ich das Bedürfnis, mich in seine Arme zu stürzen. Doch ich drehte mich um und ging in mein Zimmer, wo ich mich in mein Bett verkroch und meine eiskalten Füße unter dem Körnerkissen vergrub. Obwohl ich todmüde war, konnte ich nicht einschlafen. Ich hätte überglücklich sein sollen, weil ich jetzt Jan hatte. Stattdessen fühlte ich mich, als hätte ich etwas verloren.

Kapitel 12

… in dem mir so einiges klar wird und Knut mir einen folgenschweren Rat erteilt

Als ich am nächsten Tag von der Arbeit nach Hause kam und meinen Schlüssel auf die Kommode warf, fegte ich dabei einen Brief herunter. Er war an mich adressiert – versendet von der PR-Agentur Maurien & Thews. Mein Herz machte einen kleinen Hüpfer. ›*Mach dir keine Hoffnungen, das ist sowieso eine Absage*‹, wies mich Vernunfts-Lena zurecht. Mit zitternden Händen öffnete ich den Umschlag.

Sehr geehrte Frau Klein,
mit großem Interesse haben wir Ihre Bewerbung um ein Volontariat in unserer Agentur gelesen und auch Ihre zahlreichen schriftlichen und telefonischen Rückmeldungen zur Kenntnis genommen. Wir möchten uns für die lange Wartezeit entschuldigen, können Ihnen aber mitteilen, dass wir in diesem Jahr wieder einen Volontariatsplatz vergeben.

Wir freuen uns, Sie am 1. Februar um 14:00 Uhr zu einem persönlichen Gespräch begrüßen zu dürfen. Bitte melden Sie sich telefonisch unter der oben angegebenen Nummer, um den Termin zu bestätigen.
Mit freundlichen Grüßen
Claas Maurien

Ich schlug die Hand vor den Mund. Es war ganze fünf Monate her, dass ich meine Bewerbung abgeschickt hatte! Klar, ich hatte zwischendurch immer mal wieder nachgehakt und mich nach dem Stand der Dinge erkundigt, aber mehr als ausweichende Antworten hatte ich nicht erhalten. Nie im Leben hätte ich noch damit gerechnet, doch jetzt hatten die mich tatsächlich eingeladen! Mich! Mit dem Brief in der Hand führte ich einen Freudentanz auf und sang dabei immer wieder zu einer selbst ausgedachten Melodie: »Maurien findet mich gu-hut, ich mach jetzt Karriere, Maurien findet mich gu-hut«. Das musste ich unbedingt Ben erzählen! Die Küchentür stand auf, und es brannte Licht, also schien er da zu sein. Ich rannte los, den Brief noch in der Hand, stürzte in die Küche und rief: »Ben! Rate mal, was ...«

Mitten im Satz brach ich ab. Das war nicht Ben. Sondern Franziska. Sie stand an der Küchenanrichte und trug nichts als ein altes T-Shirt von Ben, das ihr knapp bis zur Mitte ihrer schlanken Oberschenkel reichte. Ich hatte nicht vergessen, dass Franziska hübsch war, aber dass sie so hübsch war, hatte ich offensichtlich verdrängt. Sie war klein und zierlich wie eine Elfe, hatte dunkle, lange Haare, ein feines Stupsnäschen und leuchtend blaue Augen. Augenblicklich fühlte ich mich wie ein Dorftrampel.

»Du musst Lena sein«, unterbrach sie schließlich das peinliche Schweigen und setzte ein Lächeln auf. »Seltsam, ich habe dich irgendwie als pummeliges, kleines Mädchen in Erinnerung.«

»Ja, sie hat sich gar nicht verändert, was?« Ben stand plötzlich neben mir, die Haare nass vom Duschen. Er kniff mir in die Taille, wo sich meine zwei Kilo Weihnachtsspeck häuslich niedergelassen hatten.

Franziska lachte. »Das war echt fies, Ben. Schäm dich!«

Was für eine Frechheit! Als Ben und Franziska zusammen

waren, war ich kein kleines Mädchen, sondern Anfang zwanzig gewesen, und nebenbei bemerkt *nicht* pummelig! Genauso wenig wie jetzt! Ich schubste Ben unsanft von mir weg. »Richtig, ich bin Lena.« Ich kniff meine Augen zusammen und tat so, als würde ich scharf nachdenken. »Entschuldige, aber ich weiß gerade gar nicht so genau, wer *du* eigentlich bist.«

Franziskas Lächeln verschwand.

»Das ist Franziska«, sagte Ben. »Erinnerst du dich nicht an sie?«

»Nein, ehrlich gesagt nicht«, log ich und wandte mich ab, um ein paar benutzte Tassen zusammenzuräumen. »Na ja, Ben, bei der Vielzahl deiner Frauenbekanntschaften kann ich mir nun wirklich nicht jede x-beliebige merken.«

Obwohl ich Ben und Franziska den Rücken zukehrte, konnte ich deutlich die Giftpfeile spüren, die sie mit ihren Blicken auf mich abfeuerten.

»Fahren wir zu mir?«, hörte ich Franziska pikiert fragen.

»Gerne«, erwiderte Ben.

Kurz darauf schlug die Küchentür zu.

Da war sie also. Franziska. Blöde Kuh. Gut, ich war vielleicht auch nicht gerade nett gewesen, aber *sie*, sie war einfach ... eine blöde Kuh!

An Silvester ging ich schon früh zu Juli und Michel, um ihnen bei den Vorbereitungen für ihre Party zu helfen. Wie jedes Jahr gaben sie eine Kostümparty, und das diesjährige Motto lautete »Was ich als Kind werden wollte«.

Nachdem wir das Bufett aufgebaut und alle Luftballons und Girlanden aufgehängt hatten, stylten Juli und ich uns im Badezimmer. Ich ging als Cowboy, und mein Kostüm bestand aus einer engen schwarzen Jeans und einem schwarzen, figurbetonten Hemd. Natürlich trug ich Cowboystiefel, und um die Hüften einen lockeren Nietengürtel mit einer Knarre drin, die ich mir von meinem Neffen Paul geliehen hatte. Meine Augen umrahmte ich mit Kajal, meine Haare band ich zu einem Pferdeschwanz zusammen, und auf meinem Kopf thronte ein schwarzer Cowboyhut. Das Beste war aber die Schrotflinte, die an einem Gurt lässig über meiner Schulter hing.

»Wahnsinn!«, sagte Juli, die in einem ziemlich gewagten und nicht ganz der Realität entsprechenden Krankenschwestern-Outfit steckte. »Du siehst hammermäßig aus!«

»Du aber auch«, gab ich das Kompliment zurück.

»Ein bisschen nuttig vielleicht«, sagte sie, begutachtete sich noch einmal und zuckte dann mit den Achseln. »Aber egal.«

Wir gingen ins Wohnzimmer und gesellten uns zu Michel, der als Pilot verkleidet an einem Stehtisch stand und ein Bier trank.

Nach und nach trudelten Feuerwehrmänner, Astronauten, Rockstars und Prinzessinnen ein. Wir futterten Hackbällchen und mit Wodka zubereiteten Wackelpudding, und die Party hatte wirklich etwas von einem ausgelassenen Kindergeburtstag – nur eben mit Erwachsenen. Ein paar Fake-Polizisten spielten sogar Topfschlagen.

Ich diskutierte gerade mit einem Kollegen von Michel, den ich von verschiedenen Partys kannte, über die miserable Saison des HSV, als ich Bens Stimme hinter mir hörte.

»Du wolltest als Kind also Revolverheld werden?«

Ich drehte mich zu ihm um und schrak bei seinem Anblick leicht zurück. Er war in seiner Arbeitskleidung erschienen, bestehend aus weißen Klamotten und einem Arztkittel, an dem das Schild »Dr. Feldhaus – Oberarzt Unfallchirurgie und Orthopädie« befestigt war. Um seinen Hals hing ein Stethoskop. Er sah, ich konnte es nicht anders sagen, verdammt scharf aus. Ich hatte ihn noch nie so gesehen, und das war wohl auch gut so, denn er gefiel mir in diesem Aufzug. Sehr sogar.

»Hallo? Jemand da?«, fragte Ben, als ich auf seine Frage nicht reagierte.

Äh ... Was hatte er noch mal wissen wollen? »Was? Ich hab dich nicht verstanden«, sagte ich, woraufhin er sich weit zu mir herüberbeugte und mir direkt ins Ohr rief: »Ob du als Kind Revolverheld werden wolltest!«

Ich wollte gerade antworten, als Franziska an seiner Seite erschien. Sie trug ein wunderschönes, eng anliegendes Abendkleid, und in ihrem Haar steckte ein Diadem. Bei ihrem Anblick wäre Herzogin Catherine vor Neid erblasst. »Hallo Lena«, begrüßte sie mich.

»Hallo«, erwiderte ich und wandte mich gleich wieder an Ben. »Natürlich wollte ich nicht Revolverheld werden. Sondern Cowboy.«

»Wolltest du nicht«, sagte er rigoros.

»Wollte ich doch.«

»Wolltest du nicht.«

»Wollte ich doch!«

»Wolltest du nicht! Du wolltest heute nur dieses Outfit anziehen. Was verständlich ist, wenn ich das mal so sagen darf.« Er grinste frech.

Flirtete der mit mir, oder was?

Prinzessin Franzifee legte besitzergreifend einen Arm um Ben und sagte: »Komm, Schatz, du wolltest mir doch noch ein paar Leute vorstellen.«

Ben war zwar beim Ausdruck »Schatz« merklich zusammengezuckt, ließ sich aber ohne zu murren von ihr wegzerren.

Ich mixte mir einen kräftigen Gin Tonic, und plötzlich standen Juli und Michel neben mir.

»Ben ist mit Franziska hier«, ließ Michel mich wissen. »Die

sind tatsächlich wieder zusammen.« Mit dem Kopf deutete er auf das andere Ende des Raumes, wo die beiden sich küssten. Sie verschlangen sich geradezu.

Schnell nahm ich einen großen Schluck Gin Tonic. »Ich weiß«, sagte ich schließlich und bemühte mich um einen gleichgültigen Tonfall.

»Ich fasse es nicht!«, sagte Michel. »Er kann sich unmöglich ernsthaft wieder auf sie einlassen, und das werde ich ihm jetzt auch sagen!«

»Hör auf, Michel«, mischte Juli sich ein und hielt ihn am Arm zurück. »Vielleicht hat sie sich ja geändert. Wir sollten uns da wirklich raushalten.«

Michel schüttelte den Kopf und sagte: »Sie war eine dämliche Kuh, und das ist sie garantiert immer noch.« Damit verschwand er.

Juli und ich blieben allein zurück. Obwohl ich es nicht wollte, schielte ich wieder zu Ben und Franziska. Sie küssten sich immer noch. Für einen kurzen Moment wünschte ich, das Gewehr über meiner Schulter wäre echt.

»Ist es sehr schlimm für dich?«, fragte Juli.

»Warum sollte es? Das ist mir vollkommen egal!«, protestierte ich heftig und etwas zu schnell, wie mir selbst auffiel.

»Ich glaub dir kein Wort.«

»Es stimmt aber!«

»Also schön«, seufzte Juli. »Lassen wir das. Komm, gehen wir tanzen.«

Gesagt, getan, wir eroberten die Tanzfläche, auf der sich schon ein paar Feuerwehrmänner und eine Richterin austobten. Die nächsten zwei Stunden tanzte ich wie eine Besessene, und in den wenigen Momenten, in denen ich es nicht tat, kippte ich mir einen Gin Tonic nach dem anderen hinter die Binde.

Irgendwann wurde die Musik ausgemacht, und alle gingen runter vor die Tür, wo sich anscheinend schon ganz Ottensen nebst Gästen versammelt hatte, um das neue Jahr in Empfang zu nehmen. Jemand fing an, den Countdown zu zählen, und alle stimmten ein:

Zehn, Neun, Acht, Sieben

›Wo ist Ben eigentlich?‹, dachte ich und sah mich nach ihm um.

Sechs, Fünf, Vier

›Wahrscheinlich vögelt er irgendwo mit seinem blöden Franzbrötchen. Ach, scheiß drauf. Ich hasse ihn!‹

Drei, Zwei, Eins

Erneut reckte ich den Hals und versuchte, ihn irgendwo zu entdecken. ›Oh Mist. Wem mache ich hier eigentlich etwas vor? Ich bin rettungslos in ihn verliebt.‹

Frohes neues Jahr!

Rings um mich brach die Hölle los. Das Feuerwerk krachte, zischte, pfiff und erhellte den Himmel. Leute fielen einander jubelnd um den Hals, Sektflaschen wurden geköpft. Und ich mittendrin im Chaos mit nur einem Gedanken: ›Ich bin in Ben verliebt.‹

Juli führte ein kleines Freudentänzchen mit mir auf, was sie, wenn sie meine Gedanken hätte lesen können, aller Wahrscheinlichkeit nach nicht getan hätte. Ständig wurde ich umarmt. Irgendein Typ, den ich gar nicht kannte, hob mich hoch und wirbelte mich in der Luft herum.

›Verdammt, verdammt, verdammt! Wie konnte mir das passieren?‹

Ein Fake-Polizist aus unserer Gruppe drückte mir einen Pappbecher mit Sekt und eine brennende Wunderkerze in die

Hand. Er stieß kurz mit mir an und verschwand wieder. ›Ich habe mich in Ben verliebt. So was Bescheuertes!‹

Und dann stand er plötzlich vor mir. Ben. In seinen schmucken Arztklamotten. Dieser blöde Checker trug das Stethoskop immer noch um den Hals, als wäre er McDreamy von *Grey's Anatomy*. Überhaupt war er ein Idiot, aber die noch größere Idiotin war ich, denn ich war in ihn verliebt.

Es war, als hätte jemand einen Schalter betätigt und damit das Feuerwerk und das Johlen der Leute leiser gestellt. Um mich herum verschwamm alles, ich nahm nur Ben wahr. Ich starrte ihn an, und er starrte zurück. Wieder schien es mir, als sähe er mich zum ersten Mal und als überlegte er, wer ich eigentlich war. Ich hätte gerne etwas gesagt, *irgendetwas*, aber ich konnte nicht.

Jemand stieß unsanft gegen meinen Rücken, und ich machte einen Satz nach vorne, in Richtung Ben. Ich konnte mich gerade noch abfangen, aber Ben legte reflexartig die Arme um meine Taille, um mich zu stützen. »Frohes neues Jahr«, sagte er lächelnd.

»Frohes neues Jahr.« Mein Herz schlug schneller, als ich seinen Körper so dicht an meinem spürte, und in meinem Bauch flatterte ein ganzer Schwarm Schmetterlinge aufgeregt hin und her.

Ben musterte mich mit funkelnden Augen. »Du hast deinen Cowboy-Look übrigens sehr an Henry Fonda in *Spiel mir das Lied vom Tod* angelehnt, stimmt's? Ich fürchte, von jetzt an wird es nie mehr dasselbe sein, wenn ich mir diesen Film ansehe.«

Wieso ließ er mich nicht los? »Und du bist mit deiner Verkleidung in Richtung Professor Brinkmann gegangen, stimmt's?« Von McDreamy sagte ich lieber nichts, davon würde er nur noch eingebildeter werden.

»Hey, das ist meine Arbeitskleidung!«, lachte er.

»Ach ja? Schlitzt du in diesem Aufzug etwa Leute auf?«

»Nein, das nicht.«

»Also, dann willst du doch hier ganz offensichtlich einen auf sexy Halbgott in Weiß machen.«

»Ach, du findest mich sexy?«, fragte er mit erhobenen Augenbrauen.

Er flirtete mit mir, ganz eindeutig. Wieso fing er auf einmal an, mit mir zu flirten? Und vor allem, wie sollte ich darauf reagieren? ›Achtung, Lena an Sprachzentrum, Lena an Sprachzentrum, hier wird dringend eine schlagfertige Antwort benötigt!‹

»Äh, nee?«, stammelte ich. Na, vielen Dank auch, liebes Sprachzentrum.

Ben lachte leise und zog mich näher an sich.

»Schatz!«, ertönte Franziskas Stimme aus der Nähe. »Ben? Wo bist du?«

Ben fuhr zusammen und ließ mich abrupt los. »Hier!«, rief er über seine Schulter.

Mit einem Rums landete ich wieder in der Realität. Das Feuerwerk war verpufft, Qualm und der Geruch von abgebrannten Feuerwerkskörpern waberten in der Luft. Die Leute hatten sich größtenteils wieder in die Wohnungen und Kneipen ringsum verzogen. In der Ferne erklangen Polizeisirenen.

Ich fror und merkte plötzlich, dass ich viel zu viel getrunken hatte. Mein Kopf tat höllisch weh, und mir war übel.

Da tauchte auch schon Prinzessin Franzifee neben uns auf. »Ben, können wir bitte nach Hause gehen? Diese Party ist scheiße. Und bei dir könnten wir …« Sie ließ den Satz unvollendet in der Luft hängen, ihre Hände führten ihn jedoch fort, indem sie Ben schamlos an den Hintern grapschten.

»Okay, also ich werd dann auch mal. Bin noch mit Jan verabredet«, sagte ich bemüht beiläufig, doch ich fühlte mich, als hätte ich mir den Finger an einem Blatt Papier geschnitten.

Ben runzelte die Stirn und öffnete den Mund, als wolle er etwas erwidern, schloss ihn jedoch wieder.

»Tschüs, Lena.« Franziska schmiegte ihren Kopf an Bens Schulter. »Und frohes neues Jahr.«

»Danke. Dir auch.« Ich ging, nein, rannte rauf in die Wohnung und verabschiedete mich von Juli und Michel.

Als ich wieder unten auf der Straße stand, wurde mir bewusst, dass ich gar nicht wusste, wo ich jetzt eigentlich wirklich hinwollte. Nach Hause jedenfalls nicht. So ziemlich das Letzte auf der Welt, das ich jetzt hören wollte, waren Sexgeräusche von Ben und Franziska. Zu Jan? Was war nun überhaupt mit ihm? Unsere Beziehung machte nicht viel Sinn, wenn ich eigentlich in einen anderen verliebt war. Blieb nur noch eine Lösung. Meine Eltern waren im Skiurlaub, und ich kannte das Geheimversteck des Hausschlüssels. Also auf nach Niendorf.

Ich beschloss, schon mal in die Richtung zu gehen und mir das nächste Taxi zu nehmen, das ich kriegen konnte. Langsam bewegte ich mich aus Ottensen heraus. Um mich herum wurde es ruhiger, und es waren immer weniger Menschen unterwegs. Mann, wieso war ich nur so blöd, mich ausgerechnet in Ben zu verlieben! Und er, was sollte das, dass er mich so ansah, wenn er doch mit Franziska im siebten Himmel schwebte? Ich kickte eine leere Sektflasche aus dem Weg und ging weiter und weiter durch die eiskalte Nacht. Gerade, als ich mir eingestand, dass es eine Schnapsidee war, allein durch die Straßen zu laufen und ausgerechnet an Silvester auf ein Taxi zu lauern, sah ich eins um die Ecke biegen. Heftig winkend machte ich auf mich aufmerksam. Das Taxi fuhr rasant auf mich zu und bremste unmittelbar vor mir scharf ab. Ich stieg ein und machte es mir auf der Rückbank bequem.

»Moin, junge Dame, frohes Neues. Wo soll's denn hingehen?«, wollte der Fahrer wissen. »Für 'ne Handvoll Dollar zum Rio Bravo, wa?« Er lachte über seinen Witz, und ich rückte verlegen meinen Cowboyhut zurecht.

Das Taxi war alt und abgenutzt, es roch nach Zigarettenqualm, aus den Boxen drang AC/DC, und ich war schon einmal hier gewesen.

Ich beugte mich vor, um den Fahrer besser sehen zu können. Tatsächlich, das war er. Der lange Zopf, die tätowierten Unterarme, der Bart. Er trug sogar das gleiche St.-Pauli-Retter-T-Shirt. »Knut?«

Er drehte sich zu mir um und musterte mich aus seinen schwarzen Knopfaugen. Dann schien ihm ein Licht aufzugehen, denn er strahlte übers ganze Gesicht, wobei er einen fehlenden Frontzahn offenbarte. Wann war ihm der denn abhandengekommen? »Sachma, du bist doch die Traurige, die ich damals von Volksdorf nach Ottensen gefahren hab! Die, wo ihr Verlobter 'ne Andere hadde, näch?«

»Ja, genau die! Lena übrigens.« Seltsam, dass ich mich so freute, ihn zu sehen.

»Menschenskinners, nee! Wie klein die Welt is, du, das sach ich immer wieder. Wo soll's denn nu hingehen? Wieder nach Ottensen?«

»Nein, bloß nicht! In Ottensen ist es gerade kompliziert. Warte mal, Knut, ich komm zu dir nach vorne.«

»Da sachste auch was.«

Ich sprang aus dem Wagen, um vorne wieder einzusteigen, nannte Knut die Adresse meiner Eltern, und er brauste los. Sein Fahrstil hatte sich nicht geändert, und ich musste das Fenster runterkurbeln, um frische Luft reinzulassen.

»Haste zu viel gesoffen?«, fragte er und musterte mich während der Fahrt viel zu eingängig.

»Allerdings. Darf ich mir eine nehmen?« Ich deutete auf seine Zigarettenpackung.

»Klar. Ich sach dir mal was, Lena. Von dir«, er zeigte mit seiner Zigarette auf mich, »lass ich mir sogar den Wagen vollkotzen. Muss nich sein, aber wär okay.«

Ich lachte und steckte mir die Zigarette an. Nachdem ich einen tiefen Zug genommen hatte, sagte ich: »Vielen Dank. Bist ja ein richtiger Charmeur.«

»Jo, ich weiß, was den Frauen gefällt, da kannste aber einen drauf lassen. Nu erzähl aber mal, wie isses dir so ergangen? Biste noch traurig wegen deim Ex?«

»Nein. Der ist vergessen.«

»Sehr gut«, lobte er mich. »Ich sach ja, von der Liebe darfste dich nich feddichmachen lassen.«

»Das ist gar nicht so einfach. Mir ist vor circa einer Stunde klar geworden, dass ich in jemanden verliebt bin, aber der will nichts von mir. Außerdem wäre er sowieso der absolut Falsche für mich. Und dann gibt es da noch jemanden, der mit ziemlicher Sicherheit genau der Richtige wäre. In den bin ich aber leider nicht verliebt.«

»Oha«, war Knuts einziger Kommentar. Er warf seine Zigarettenkippe aus dem Fenster und zündete sich gleich eine neue an.

»Wieso kann ich nicht einfach den Richtigen lieben?«, seufzte ich.

»Hmmm«, machte Knut. »Wennde so genau weißt, welcher von den beiden Knilchen das is, was hält dich dann von ihm ab?« Er sah sehr zufrieden mit sich aus. »Is doch deine Entscheidung.«

War das die Lösung? So einfach, mir nichts dir nichts? Ich zog an meiner Zigarette. »Und du meinst, das funktioniert?«

»Na logen«, sagte Knut eifrig nickend.

Es ergab schon einen Sinn. Ich wollte Ben nicht lieben, auf keinen Fall! Also warum sollte ich mir diese Chance mit Jan entgehen lassen? Ich mochte ihn, sogar sehr. Vielleicht liebte ich ihn jetzt noch nicht, aber ich war mir sicher, dass es nicht lange dauern würde. Und am besten fing ich auf der Stelle an, mich in ihn zu verlieben. »Knut, bring mich zu Jan! Sofort!« Ich nannte ihm die Adresse, er wendete das Taxi ohne Rücksicht auf Verluste mitten auf der Straße und fuhr wie Colt Seavers auf Crack Richtung Innenstadt. Fünfzehn Minuten später hielt er in der Susannenstraße, mitten im szenigen Schanzenviertel.

»Da wärn wer«, meinte er.

»Vielen Dank. Du bist echt der beste Ratgeber in Liebesdingen, den eine Frau sich wünschen kann«, sagte ich und drückte ihn an mich. An Silvester war ich immer so sentimental.

Er lachte laut. »Nu hör aber mal auf, sonst werd ich noch ganz rot. Ab mit dir zu deim Alden.«

Ich fischte etwas Geld aus meinem Pistolenhalfter und hielt es Knut hin. »Hier, deine Hand voll Dollar«, grinste ich und stieg aus dem Taxi. Ich klingelte, drehte mich dann aber noch mal zu Knut um und winkte ihm zu. Er hupte kurz zur Antwort. Als ich das Haus betrat, hörte ich, wie er mit Hochgeschwindigkeit davonbrauste.

Wenig später wurde Jans Tür geöffnet, und ich blickte in seine strahlend blauen Augen. »Frohes neues Jahr!«, wünschte ich und überlegte, ob ich ihn jetzt küssen sollte.

Er schien meine Unsicherheit zu spüren, denn er zog mich in die Wohnung. »Frohes neues Jahr. Oder vielleicht sollte ich lieber sagen: Howdie!«

Ich berührte meinen Cowboyhut. »Na ja, eigentlich sehe ich eher aus wie ein Revolverheld.«

»Du siehst sexy aus. Verdammt sexy.« Er zog mir den Hut vom Kopf und warf ihn achtlos auf den Boden, dann nahm er mein Gesicht in seine Hände und küsste mich. Und ja, da war es wieder: das Kribbeln! Doch, da war etwas!

Später zeigte Jan mir die Wohnung. Viel zu zeigen gab es da

allerdings nicht, denn sie war winzig. Sie bestand eigentlich nur aus einem Raum, in den nichts passte außer einem Bett, einem Schreibtisch und einem Schrank. Überall waren tiefe Dachschrägen. Direkt auf die Wände hatte Jan mit schwarzer Farbe Literaturzitate geschrieben. *»Sein oder Nichtsein – das ist hier die Frage (Shakespeare)«*, las ich zum Beispiel, oder *»Allwissend bin ich nicht, doch viel ist mir bewusst (Goethe)«* oder *»Dichtung ist immer nur eine Expedition nach der Wahrheit (Kafka)«*.

Wir setzten uns in die Küche, Jan nahm eine Flasche Sekt aus dem Kühlschrank und füllte damit zwei Wassergläser. Eins davon reichte er mir. »Auf das neue Jahr und alles, was es mit sich bringt«, sagte er. »Und vor allem darauf, dass dein Weg dich in meine Arme geführt hat.«

Als ich am nächsten Morgen erwachte, wusste ich im ersten Moment nicht, wo ich war. Doch dann entdeckte ich Jans blonden Haarschopf neben mir auf dem Kopfkissen. Ich trug nach wie vor mein Cowboy/Revolverheld-Kostüm, und auch er war voll bekleidet. Er war eben ein richtiger Gentleman. Ich beobachtete den schlafenden Jan. Er sah jung aus und so friedlich. Meine Güte, er sah tatsächlich *ziemlich* jung aus. Wie alt war er eigentlich? Bevor ich länger darüber nachgrübeln konnte, wurde er wach. Als er mich sah, lächelte er und zog mich zu sich heran. »Hey«, sagte er schlaftrunken. »Das neue Jahr fängt wunderschön an.«

Statt einer Antwort küsste ich ihn, und schon bald war klar, dass Küsse uns nicht reichen würden. Ich überlegte schnell, ob ich vorzeigbare Unterwäsche trug (tat ich), ob ich meine Pille gestern Abend genommen hatte (hatte ich) und ob ich eine Schlampe wäre, wenn ich jetzt schon mit Jan ans Eingemachte gehen würde (war ich, aber egal).

Die Sache an sich war okay. Nein, mehr als okay. Jan gab sich wirklich Mühe, allerdings fluchte er während des, hm, ich möchte mal ganz technisch sagen, Geschlechtsakts auffallend häufig, was mich äußerst irritierte. »Oh, verdammt!«, stöhnte er zum Beispiel, oder »Heilige Scheiße«. Als er kam, schrie er »Verflucht noch mal, JA!«. Sehr merkwürdig. Aber wie gesagt, die Sache an sich war mehr als okay. Absolut zufriedenstellend.

Nachdem wir den ganzen Tag im Bett verbracht hatten, hielten wir es vor Hunger irgendwann nicht mehr aus. Arm in Arm gingen wir durch den kalten Januarabend zu Jans Lieblingsportugiesen. Auf den Straßen türmte sich noch der Müll der Silvesternacht: die Reste von Feuerwerkskörpern, Scherben, leere Sektflaschen. Das Viertel lag verlassen da, es waren kaum Menschen unterwegs. Ganz Hamburg war in Katerstimmung, aalte sich mit fettigem Essen auf den Sofas und sah den Neujahrs-SAT.1-Mega-FilmFilm im Fernsehen.

Der alte, freundliche Portugiese schien sich wirklich zu freuen, uns zu sehen. Kein Wunder, bis auf uns war nur ein anderes Pärchen zu Gast in seinem Restaurant. An einem kleinen Tisch mit einer rot-weiß karierten Tischdecke nahmen wir Platz und wurden mit Brot und Aioli sowie einer Flasche herrlich schwerem portugiesischen Rotwein versorgt. Wir suchten uns verschiedene Tapas aus und steckten die Köpfe zusammen, um zu reden. Es gab so viel zu reden am Anfang einer Beziehung. Alles war neu, alles war aufregend.

»Wo leben eigentlich deine Eltern?«, wollte ich wissen.

»In einem kleinen Spießerkaff in der Nähe von Cuxhaven. Ich konnte es kaum erwarten, von da wegzukommen.«

»Hast du Geschwister?«

»Ja, eine ältere Schwester. Sie lebt immer noch dort.«

»Wie alt ist sie?«

»Sechsundzwanzig.«

Ich verschluckte mich fast an meinem Rotwein. Wenn seine

ältere Schwester erst sechsundzwanzig war, dann hieß das ja, dass er ... »Wie alt bist *du* eigentlich?«, fragte ich mit angehaltenem Atem.

»Dreiundzwanzig.«

Ach du Schande! Ich war ganze sieben Jahre älter als er! Alle würden mit dem Finger auf mich zeigen und mich Madonna nennen!

»Was ist?«, fragte Jan grinsend. »Du siehst schockiert aus.«

»Nein, nein, schon gut«, winkte ich ab, stopfte mir ein großes Stück Brot in den Mund und kaute darauf herum.

»Und wie alt bist du?«

Kurz überlegte ich, ihm zu erzählen, ich sei zweiundzwanzig, entschied mich aber für die Wahrheit. »Dreißig«, erwiderte ich mit vollem Mund.

Jan sprangen fast die Augen aus dem Kopf. »Du wirkst viel jünger.«

»Danke. Du wirkst viel älter.«

»Danke. Warte mal – bedankt man sich für so eine Aussage?«

Wir mussten beide lachen, und damit war der Moment der Anspannung verflogen. Unser Essen kam, während wir weitere Basisinformationenen austauschten.

»Welchen Fußballverein magst du?«, fragte ich.

Darauf ließ er sich mehrere Minuten lang über das Thema Fußball aus. Er fand diesen Sport »prä-evolutionär« und konnte keinen Sinn darin erkennen, sich jedes Wochenende reinzuziehen, wie zweiundzwanzig »Vollpfosten« für Geld einem Ball hinterherrannten.

»Ja, so sehe ich das auch«, behauptete ich und schrieb mir ein gedankliches Memo: Nie in Jans Gegenwart Sportschau gucken.

Im Laufe des Abends rückten wir immer enger zusammen, bis Jan sich neben mich auf die Bank setzte. Wir hielten Händchen, und er streichelte meinen Oberschenkel.

»Was ist?«, flüsterte er mir irgendwann ins Ohr. »Kommst du noch mit zu mir?«

»Auf einen Kaffee?«, fragte ich gespielt unschuldig.

»Oder Sex?«

Mein Herz klopfte schneller. »Oder beides?«

Jan griff nach meiner Hand. »Gehen wir.«

Wir teilten uns die Rechnung und gingen zurück in Jans Wohnung. Langsam zunächst und eng umschlungen. Zwischendurch hielten wir alle paar Meter an, um uns ausgiebig zu küssen. Dann wurden unsere Schritte immer schneller, bis wir schließlich rannten. Lachend und außer Atem kamen wir bei ihm an. Wir lehnten uns an die Tür und japsten kurz nach Luft, nur um uns wieder küssen zu können.

Und so verbrachte ich die zweite Nacht mit Jan, meinem neuen Freund.

Am nächsten Morgen schwebte ich lächelnd durch die Straßen Richtung S-Bahn. Mir war so leicht ums Herz wie schon lange nicht mehr. Das mit Ben vorgestern Abend hatte ich mir bestimmt nur eingebildet. Heute spürte ich nicht mal mehr ansatzweise so etwas wie Liebe, wenn ich an ihn dachte. Ich und in Ben verliebt! Blödsinn.

Wie gut man sich doch fühlte, wenn man sich für den richtigen Mann entschieden hatte. Wenn man einen tollen neuen Job in Aussicht hatte, von dem man sich bald eine eigene tolle Wohnung leisten könnte. Die Zeit der Notlösungen war bald vorbei, das spürte ich deutlich.

Zu Hause angekommen machte ich mich für den neuen Tag fertig und kochte mir einen Kaffee, wobei ich fröhlich vor mich hin summte. Zufrieden saß ich am Küchentisch, schlürfte meinen Kaffee und blätterte dabei in einer alten Mopo, die auf dem

Küchentisch lag. Interessiert studierte ich die Tipps, die ein paar C-Promis zur Bekämpfung eines Katers gaben. Ha, den besten Tipp hatte immer noch ich: Sex.

»Na sieh mal einer an, da bist du ja wieder!«

Ich schreckte hoch und verschüttete dabei aus Versehen ein bisschen Kaffee. Ben stand vor mir, die Lippen zu einer schmalen Linie zusammengepresst. Seine braunen Augen blitzten gefährlich.

Unsanft stellte ich die Tasse auf dem Tisch ab, sodass noch mehr Kaffee überschwappte.

»Und, hattest du eine angenehme Zeit mit Victor?«, fragte er gespielt höflich.

Ich stand auf, wobei mein Stuhl laut über den Boden kratzte, und stellte mich an die Spüle, um meine Tasse zu säubern. »Ja, danke der Nachfrage, mit *Jan* war es sehr schön.«

»Das freut mich aber.« Seine Stimme ätzte geradezu.

»Mhm. Ich muss arbeiten. Ciao.« Damit stellte ich die Tasse zurück in die Anrichte und wollte gerade die Küche verlassen, als mir etwas einfiel. »Ach übrigens, ich habe an Weihnachten deinen Vater getroffen.« Noch während ich es aussprach, hätte ich mir am liebsten auf die Zunge gebissen. Ben hatte übelste Laune und sah extrem angenervt aus, warum auch immer. Es war wirklich kein guter Zeitpunkt, das Thema anzusprechen.

»Und?«, fragte er unfreundlich.

»Du sollst dich mal wieder melden und außerdem unbedingt zur Silberhochzeit kommen.«

Ben schüttelte den Kopf. »Mit Sicherheit werde ich dort *nicht* hingehen.«

»Du musst doch zur Silberhochzeit deiner El…«

»Das sind nicht meine Eltern!«, unterbrach er mich.

»Bitte?«

»Das sind nicht meine Eltern«, wiederholte er, »sondern mein

Vater und seine Frau. Und der fünfundzwanzigste Jahrestag ihrer Hochzeit ist nebenbei bemerkt auch nicht gerade ein Grund zum Feiern für mich.« Er stand mit vor der Brust verschränkten Armen da und starrte finster vor sich hin.

»Ben, was ist los mit dir? Ich weiß ja, dass du nicht gerade ein Fan von Gisela bist, aber ...«

»Hattest du nicht gesagt, dass du arbeiten musst?«, unterbrach er mich bereits zum zweiten Mal an diesem Morgen. Jan unterbrach mich nie.

»Stimmt. Also dann.« Unschlüssig blieb ich stehen.

»Also dann, geh auch.«

»Bist du an Silvester irgendwie in eine Zeitfalle geraten und wieder zum bockigen Teenager mutiert?«

»Ja, das muss die gleiche Zeitfalle sein, aus der du seit siebzehn Jahren nicht herauskommst«, erwiderte er, bevor er sich umdrehte und sich einen Kaffee eingoss.

Ohne ein weiteres Wort verließ ich die Küche, schlug die Wohnungstür hinter mir zu und machte mich auf den Weg in Ottos Laden.

Dort befand sich bereits ein Kunde, und zu meinem Erstaunen bediente Otto ihn. Und zwar ohne einen mürrischen Gesichtsausdruck zu machen! Nachdem der Kunde den Laden verlassen hatte, ging ich zu Otto an den Tresen. »Frohes neues Jahr!«, wünschte ich.

»Ebenfalls.« Er wollte sich wieder ins Hinterzimmer begeben, doch ich hielt ihn zurück.

»Ich muss dir was erzählen. Du weißt doch, dass ich mich bei PR-Agenturen um ein Volontariat beworben habe. Und jetzt habe ich ein Vorstellungsgespräch! Ist das nicht der Hammer?«

Statt mir eine Antwort zu geben, runzelte er die Stirn, drehte mir den Rücken zu und ging in sein Kabuff. Benahm sich heute eigentlich jeder unmöglich?

Ich folgte ihm und bohrte nach: »Was ist? Das ist doch toll, oder nicht?«

Otto setzte sich an seinen Schreibtisch und holte sein Notizbuch hervor. »Ja. Ich wünsch dir viel Glück.« Er begann zu schreiben.

»Was ist los? Bist du sauer?«

»Nein. Wieso sollte ich?«

»Freu dich doch. Wenn das klappt, musst du mich nicht mehr bezahlen. Und ich nerve dich nicht mehr jeden Tag.«

»Gott sei Dank«, sagte er, ohne mich anzusehen.

Obwohl mir klar war, dass er es nicht so meinte, versetzte sein Verhalten mir einen Stich. »Na gut«, sagte ich. »Dann geh ich mal nach vorne in den Laden.«

Ich hatte den Durchgang schon fast erreicht, da rief er mir nach: »Heute Abend spiel ich Skat mit deinem Ben und deinem Bruder.«

»Schön.« Soso, Otto wurde auf seine alten Tage anscheinend noch richtig gesellig. »Aber er ist nicht *mein* Ben.«

»Für Doppelkopf fehlt uns der vierte Mann.« Er spielte mit dem Kugelschreiber in seiner Hand und betrachtete ihn eingehend. »Interesse?«

Mein Herz schmolz dahin. »Ja, klar!« Plötzlich hatte ich den widersinnigen Impuls, Maurien & Thews auf der Stelle anzurufen und das Vorstellungsgespräch abzusagen. Aber ich musste diese Chance nutzen. Es war mein Ziel, Karriere zu machen und erfolgreich zu sein. Das war Punkt 1 meines Plans, und an meine Pläne hielt ich mich nun mal.

Kapitel 13

... in dem Goethes Mephisto mir die kalte Schulter zeigt

Der Januar flog nur so dahin. Ich hatte Otto letzten Endes doch noch dazu überreden können, im Laden eine Lesung zu veranstalten, und nun war ich intensiv mit der Planung beschäftigt. Der Abend sollte unter dem Motto »Moderne Liebesgedichte« stehen, und ich hatte mit Jans Hilfe bereits zwei Hamburger Autoren engagieren können. Jan selber durfte natürlich auch auftreten, und als vierter Teilnehmer schwebte mir ein in Hamburg ziemlich bekannter Poetry Slammer vor, zu dem ich allerdings noch keinen Kontakt hatte herstellen können.

»Vielleicht solltest du auch deine Schwester einladen«, schlug Jan vor.

»Katja? Wie kommst du denn darauf?«

»Na ja«, er wischte sich eine Haarsträhne aus der Stirn, »ich könnte mir vorstellen, dass sie das interessiert. Immerhin ist sie aus der Branche. Und dann könnte sie mich, also ich meine, dann könnte *ich sie* endlich mal kennenlernen.«

»Ich frage sie mal«, log ich. Aus irgendeinem Grund wollte ich ein Aufeinandertreffen der beiden so lange wie möglich hinauszögern.

Von Ben bekam ich kaum noch etwas mit, denn er verbrachte den Großteil seiner Freizeit bei Franziska. Ich wusste, dass dieser Abstand zu ihm eigentlich das Beste für mich war, trotzdem fehlte er mir.

Juli versicherte mir während einer Yoga-Stunde, das mit den beiden sei eine ganz dicke Sache, und sie behauptete, ihn noch nie so glücklich gesehen zu haben.

»Ach ja? Zuckt er immer noch zusammen, wenn sie ihn Schatz nennt?«, fragte ich beiläufig und versuchte mir nicht anmerken zu lassen, dass ihre Worte mir einen Stich versetzt hatten.

»Nein, fast gar nicht mehr«, erwiderte sie kichernd.

»Und wie findest du sie so?«

Juli überlegte eine Weile. »Sie ist schon ein bisschen anstrengend. Aber im Grunde genommen ganz in Ordnung. Und du und Jan, ihr beide seid auch ein tolles Paar!«

»Ja, genau. So wie du und Michel.«

»Mhm«, machte Juli und verlagerte ihre Krieger-Position auf die andere Seite, sodass sie mir nicht mehr ins Gesicht sehen konnte.

»Wie sieht's denn mit der Hochzeitsplanung aus?« Wir hatten schon ewig nicht mehr darüber gesprochen, und auch heute wich Juli aus.

»Läuft«, sagte sie nur.

In letzter Zeit hatte ich immer öfter das Gefühl, dass etwas zwischen Juli und mir stand. Ich traute mich nicht, mit ihr über Ben zu reden, denn sobald ich den Namen auch nur erwähnte, strafte sie mich jedes Mal mit einem bösen Blick und lenkte das Gespräch sofort auf Jan. Wenn ich sie auf die Hochzeit oder Michel ansprach, wich sie mir aus, obwohl offensichtlich war, dass irgendetwas sie diesbezüglich bedrückte. Und so beschränkten unsere Gespräche sich weitestgehend auf Belanglosigkeiten.

Den Gedanken im Hinterkopf, dass ich Otto womöglich bald allein lassen musste, machte ich mich mit Nachdruck auf die Suche nach seinem Sohn, und es gelang mir tatsächlich, ihn ausfindig zu machen. Nochmals schnüffelte ich, mit äußerst schlechtem Gewissen, in dem Kästchen auf Ottos Schreibtisch in der Hoffnung, dort ein paar Infos über Frank zu finden. Dabei fiel mir ein Flyer aus dem letzten Sommer auf, der für eine Aufführung von Shakespeares *Sommernachtstraum* in einem Theater in Berlin warb. Auf gut Glück googelte ich »Frank Jansen Schauspieler Berlin«, und mir fielen fast die Augen aus dem Kopf, als ich tatsächlich fündig wurde. Ein Treffer verwies auf die Seite einer Künstleragentur, und dort befand sich ein Steckbrief von Frank Jansen. Sogar ein Foto war dabei. Der Mann darauf war groß und hager, hatte graue Augen und ein verschlossenes Gesicht. Die Ähnlichkeit mit Otto war nicht zu leugnen. Momentan gab er an einem kleinen Theater in Berlin den Mephisto. Ich notierte mir die Adresse des Theaters und sah mir dann weitere Google-Treffer an, doch außer verschiedenen Zeitungsartikeln über Stücke, in denen er mitgespielt hatte, erfuhr ich nichts über ihn.

So wie die Dinge lagen, stand wohl ein Trip nach Berlin an. Mist. Ich konnte Berlin nicht ausstehen!

Eine Woche später lag ich in Jans Bett und las das neueste Kapitel seines Romans. Ich hätte mich gerne unterhalten oder etwas unternommen, aber Jan musste die Idee, die ihm soeben beim Geschlechtsverkehr gekommen war, unbedingt sofort aufs Papier bringen. Nackt saß er an seinem Schreibtisch, weit über den PC gebeugt.

»Sag mal, Jan?«

»Hm?«, machte er und blickte auf. »Hast du es gelesen?«

»Ja.«

»Und?«

»Das ist gut. Wirklich richtig gut.« Ehrlich gesagt fand ich es furchtbar.

»Ja, und warum?«

»Äh ... Es ist so ... originell.«

»Ist das alles? Originell?« Er seufzte. »Ich sollte mich mal mit jemandem darüber unterhalten, der Ahnung hat. Mit deiner Schwester zum Beispiel.«

Ich stand auf und suchte meine Klamotten zusammen. »Katja hat im Moment sehr viel um die Ohren. Manchmal habe ich das Gefühl, du bist mehr an ihr interessiert als an mir.«

»Aber nein, Kleines.« Jan kam auf mich zu und umarmte mich. »Wie kannst du so etwas nur denken?« Er warf mich auf das Bett, um mir ausgiebig zu beweisen, wie groß sein Interesse an mir war. Später erzählte ich ihm die Geschichte von Otto und seinem Sohn und fragte ihn, ob er Lust auf eine *Faust*-Inszenierung in einem kleinen Berliner Theater hätte. Hatte er. Er war hellauf begeistert, denn wie er es ausdrückte, den *Faust* konnte man sich gar nicht oft genug geben.

An einem klirrend kalten Wochenende im Januar fuhren wir also in die Hauptstadt. Nachdem wir über eine Stunde auf der Suche nach dem Theater durch Kreuzberg geirrt waren, fanden wir uns vor einem heruntergekommenen ehemaligen Fabrikgebäude wieder.

»Meine Fresse, da bauen die ihre scheiß Theater in ihrer scheiß Stadt in einem beschissenen Hinterhof!«, fluchte ich. »Wollen die nicht gefunden werden, oder was?«

Jan verdrehte die Augen. »Lena, du meckerst rum, seit wir aus dem Zug gestiegen sind. Das ist echt uninspirierend.«

Ich biss die Zähne zusammen. Er hatte ja recht. Als sensibler Schriftsteller war er für negative Schwingungen ziemlich empfänglich, und meine schlechte Laune musste ich wirklich nicht an ihm auslassen. »Entschuldige«, murmelte ich.

Wir betraten das Theater. In der eiskalten Fabrikhalle befanden sich lediglich die Bühne und etliche Holzstühle, von denen nicht mal die Hälfte besetzt war. Dabei sollte die Aufführung bereits in wenigen Minuten beginnen. Wir nahmen unsere Plätze in der dritten Reihe ein.

Bald betraten die Schauspieler die Bühne, und damit begannen die längsten hundertachtzig Minuten meines Lebens. Die Inszenierung war modern, und das Stück in die Zukunft versetzt worden, in der sich gerade ein atomarer Supergau ereignet hatte. Abgesehen von zwei Stühlen existierte kein Bühnenbild. Die Schauspieler traten in Schutzanzügen auf, und wenn sie die nicht gerade anhatten, waren sie nackt. Splitterfasernackt! Nachdem ich mir zu Beginn begierig Frank angesehen hatte (selbstverständlich nur von der Hüfte aufwärts), verlor ich jegliches Interesse an dem Stück. Der *Faust* war mir schon in der Schule nie besonders nahegegangen, und in dieser Inszenierung ging er mir komplett am Hintern vorbei. Apropos, auf den harten Holzstühlen tat ebendieser mir bereits nach dreißig Minuten weh. Um mich zu beschäftigen, daddelte ich auf meinem Handy herum, simste so unauffällig wie möglich mit Juli oder spielte Tetris. Während der Aufführung verließen nicht wenige Leute den Saal, verfolgt von meinen neidischen Blicken. Als ich kurz davor war, aus lauter Verzweiflung in Tränen auszubrechen, und gerade in Erwägung zog, das Theater auf Schmerzensgeld zu verklagen, war das Stück endlich zu Ende. Das inzwischen stark dezimierte Publikum applaudierte höflich, doch schon als die Schauspieler sich zum zweiten Mal verbeugten, klatschte niemand mehr.

»Es ist vorbei«, raunte ich Jan erleichtert zu, während wir durch die Stuhlreihen Richtung Ausgang gingen.

»Das war genial«, schwärmte Jan.

»Hä?«, war alles, was ich von mir geben konnte.

»Ich bin selten in meinem Leben intellektuell so herausgefordert worden wie bei dieser Inszenierung.« Jan unterstrich seine Worte mit ausholenden Gesten. »Wie der Regisseur alle festen Werte, alle Traditionen und das Bekannte per se infrage gestellt hat, war der Wahnsinn!«

»Die waren nackt! Ich meine, hallo? Nackt!«

»Du hast recht, diese Idee ist nicht neu. Aber in dieser Inszenierung ist alle Kleidung im Kontext des Weltuntergangsszenarios obsolet geworden, die Nacktheit gründet sich also aus der Apokalypse heraus. Faust und Gretchen so zu zeigen, so wahrhaftig und echt – genial.«

»Hmhm«, machte ich. »Ja, wirklich genial. Aber jetzt müssen wir Frank finden. Los, lass uns versuchen, ihn hinter der Bühne abzufangen.«

»Frank? Welchen Frank?«

»Ottos Sohn! Ich habe dir doch von ihm erzählt. Er war der Mephisto!«

Sein Blick erhellte sich. »Ein genialer Schauspieler.«

Wir verließen das Foyer und gingen um das Gebäude herum bis zum Bühneneingang. Ich klingelte. Nach etlichen Sekunden wurde die Tür von einer gelangweilt aussehenden Frau mit schlecht sitzender Dauerwelle und Zigarette im Mundwinkel geöffnet, die mich entfernt an Peggy Bundy erinnerte. »Ja?«

»Hallo, wir sind Lena Klein und Jan Reichert vom Feuilleton der Frankfurter Allgemeinen«, behauptete ich, einer plötzlichen Eingebung folgend. »Wir würden gerne mit Frank Jansen sprechen.«

Jan neben mir schien glatt um ein paar Zentimeter zu wachsen und wischte sich schwungvoll die Haare aus der Stirn. »Ja, wir hätten ein paar Fragen zu dieser genialen Inszenierung«, sagte er.

Die Frau sah uns mit großen Augen an. »Na, dit gloob ick jetze nich!« Sie ging uns voraus und blieb kurze Zeit später vor einer geschlossenen Tür stehen. Nachdem sie drei Mal geklopft hatte, öffnete sie die Tür und rief: »Frank, hier sind zwee vonne FAZ für dich!« Anschließend stieß sie die Tür ganz auf und trat zurück.

Frank Jansen saß am beleuchteten Spiegel seiner Garderobe und wischte sich die Schminke aus dem Gesicht. Seine dunklen, an den Schläfen bereits ergrauenden Haare wurden von einem Band zurückgehalten, außerdem trug er noch den Schutzanzug. Neben ihm saß Gretchen in Unterwäsche, sie war ebenfalls damit beschäftigt, sich abzuschminken. Frank sah uns im Spiegel an. »Soso, von der FAZ sind Sie?«

Es war unglaublich, wie sehr er mich an seinen Vater erinnerte. Die Art zu reden, der Blick, die grauen Augen. Ich räusperte mich, doch Jan kam mir zuvor. »Darf ich Ihnen sagen, wie außerordentlich inspirierend ich Ihre Darbietung fand? Ich habe noch nie einen so … ja, geradezu kafkaesken Mephisto gesehen. Chapeau, mein Lieber. Chapeau.«

Frank hob die Augenbrauen. »Kafkaesk, ja?«

»Sind Sie wirklich von der FAZ?«, mischte Gretchen sich misstrauisch ein. Es geschah vermutlich nicht so häufig, dass ein FAZ-Redakteur, oder, um genau zu sein, *irgendein* Redakteur, hier auftauchte, geschweige denn, dass er den Darstellern Honig um den Bart schmierte.

»Ehrlich gesagt nein«, sagte ich.

»Was wollen Sie dann?«, fragte Frank unverblümt, und wieder erinnerte er mich sehr an Otto.

»Mein Name ist Lena Klein. Ich arbeite im Buchladen Ihres Vaters.«

Er zog gerade das Stirnband aus seinen Haaren und hielt mitten in der Bewegung inne. »Und was will mein Vater von mir?«

»Ähm, nichts«, erwiderte ich. »Er weiß nicht, dass ich hier bin.«

»Aha.« Frank zog seinen Raumanzug aus und stand schließlich nackt vor uns.

Das schockierte mich nicht besonders. Mit seinem Gemächt hatte ich heute bereits ausführlich Bekanntschaft gemacht, hatte es doch nahezu drei Stunden vor mir gebaumelt. »Ihr Vater leidet sehr darunter, dass der Kontakt zu Ihnen abgebrochen ist.«

»Ach ja? Hat er das gesagt?«

Ich zupfte mir ein unsichtbares Fusselchen von der Jacke. »Nein, gesagt hat er das so direkt nicht, aber ich weiß, dass es so ist.«

»Woher wollen Sie das wissen?« Er schlüpfte in eine hellbraune Cordhose.

»Ich mach die Biege. Bis morgen, Frank«, sagte Gretchen und ging ab.

»Sein Verhalten verrät das. Ich kenne ihn.«

»Schlafen Sie mit ihm?«

Schockiert sog ich die Luft ein. »Nein! Natürlich nicht! Ich arbeite für ihn, und wir sind gewissermaßen befreundet. Was denken Sie denn von mir?«

Frank knöpfte ein schwarzes Hemd zu, das er sich inzwischen übergezogen hatte. Gleichmütig zuckte er mit den Achseln. »Na ja, es kann sich für Sie ja durchaus lohnen.«

»Was soll das denn heißen?«, fragte ich empört.

»Ach kommen Sie, tun Sie nicht so. Der Alte ist steinreich.«

»Das ist doch Unsinn! Ich weiß, wie viel sein Buchladen abwirft.«

Frank sah mich mitleidig an. Er setzte sich wieder auf seinen Stuhl, um ein altes Paar brauner Lederschuhe überzustreifen. »Mein Vater besitzt zehn Mietshäuser in Ottensen und Eppendorf. Riesige Altbauwohnungen. Was meinen Sie, was der für Einnahmen hat. Aber wie ich ihn kenne, speist er Sie mit einem Hungerlohn ab. Stimmt's?«

Ja, das stimmte. Diese Information haute mich wirklich um.

Frank stand auf. »Es war mir ein außerordentliches Vergnügen, Sie kennenzulernen. Jetzt muss ich leider los. Vielen Dank für dieses interessante Gespräch.« Und schon war er zur Tür hinaus.

Sprachlos stand ich da.

Jan räusperte sich. »Tja, so ist das. Scheiß drauf. Los, gehen wir.«

Ohne ihn zu beachten, stürzte ich aus der Garderobe. Im Flur entdeckte ich Frank auf dem Weg Richtung Ausgang. Ich eilte hinter ihm her und rief: »Ihr Vater ist alt. Können Sie denn nicht vergessen, was damals war, und ihn mal besuchen?«

Frank fuhr zu mir herum. »Er hat mich rausgeschmissen und gesagt, dass ich mich nie wieder blicken lassen soll! Und das soll ich einfach so vergessen?«

Wieder stürmte er davon, ich hinter ihm her. Draußen empfing uns eisige Kälte, und ich rutschte prompt auf einer gefrorenen Pfütze aus, konnte mich aber gerade noch abfangen. Frank hatte inzwischen schon mehrere Meter Abstand zu mir geschaffen. »Bleiben Sie verdammt noch mal stehen, und reden Sie mit mir!«, schrie ich ihm hinterher.

Zu meinem Erstaunen hielt er tatsächlich inne und wartete, bis ich ihn eingeholt hatte. Er atmete schwer. »Diese ganze Geschichte geht Sie wirklich überhaupt nichts an. Aber wenn wir nun schon mal dabei sind: Meine Mutter hat ihn angefleht, sich bei mir zu entschuldigen, sie ist an dieser Situation kaputtgegangen. Aber er wollte nichts davon hören. Es war ihm scheißegal! Selbst, als sie krank geworden ist! Ich musste sie heimlich besuchen, damit er nichts davon mitkriegt, können Sie sich vorstellen, was das für ein Gefühl war?«

»Ihr Vater denkt, dass Sie sie gar nicht besucht haben! Hat Ihre Mutter denn nicht auch Sie gebeten, Frieden mit ihm zu schließen? Waren Sie nicht beide stur?«

Frank lachte bitter. »Auf der Beerdigung meiner Mutter habe ich versucht, mit ihm zu reden. Und er hat mich wieder rausgeschmissen.«

Ich wusste nicht, was ich sagen sollte. Ich spürte die Kälte, die langsam unter meine Jacke kroch, und meine Zähne klapperten. Inzwischen waren es sicher minus zwanzig Grad. Plötzlich wurde mir klar, dass ich für Frank und Otto nichts mehr tun konnte, diese Situation war zu verfahren. Ich reichte Frank die Hand. »Es tut mir leid, dass ich mich eingemischt habe. Aber ich dachte, ich muss es wenigstens versuchen.«

Nach kurzem Zögern ergriff er meine Hand und schüttelte sie. »Mein Vater hat Glück, dass sich noch ein Mensch auf der Welt um ihn schert. Ich tue es nicht mehr.« Dann drehte er sich um und stapfte durch den Schnee davon, bis er in der Dunkelheit verschwunden war.

»Ist nicht gut gelaufen, oder?«, hörte ich Jans Stimme hinter mir. Er legte seine Arme um meine Taille.

Ich schüttelte den Kopf.

»Du kannst eben niemanden zwingen. Komm, gehen wir richtig einen draufmachen, hm?«

Ich machte mich von ihm los. »Nein. Ich will nach Hause.«

»Du meinst ins Hotel?«

»Nein, ich meine nach Hamburg.«

»Aber jetzt fährt doch gar kein Zug mehr. Es ist gleich zwölf.«

Verdammt, er hatte recht. »Na schön. Dann also ins Hotel.«

Schweigend gingen wir zurück in unsere Absteige. In unserem Zimmer setzte ich mich auf das Bett, zog meine Schuhe aus und verkrümelte mich unter die klamme Decke.

»Willst du wirklich nicht mehr ausgehen?«, fragte Jan.

»Nein, wirklich nicht. Aber wenn du noch loswillst, dann geh ruhig.«

Unschlüssig lungerte er an der Tür herum. »Ehrlich?«

Ich zog meine Bettdecke bis unter die Nase. »Klar.«

Jan kam auf mich zu und küsste mich. »Also dann, gute Nacht, kleine Frostbeule.«

»Gute Nacht.« Er verließ das Zimmer, ich blieb allein zurück und starrte an die Decke. Wie unglaublich naiv ich war! Hatte ich wirklich gedacht, ich müsste nur nach Berlin fahren, Frank sagen, dass er sich mit seinem Vater versöhnen soll, und daraufhin würde der mit wehenden Haaren nach Hamburg eilen?

Meine Gedanken drehten sich unaufhörlich im Kreis. Ich musste endlich aufhören, mich überall einzumischen. Schließlich war in erster Linie jeder Mensch nur für sich selbst verantwortlich. Und doch, wenn wieder mal einer meiner Freunde dabei war, einen Fehler zu machen, wäre ich dann wirklich in der Lage, meine Klappe zu halten und mich einen Dreck darum zu scheren?

›In erster Linie ist jeder für sich selbst verantwortlich. In erster Linie ist jeder für sich selbst verantwortlich.‹ Ich wiederholte diese Worte immer wieder, so lange, bis ich irgendwann einschlief.

Frühmorgens wurde ich davon wach, dass Jan sich neben mich ins Bett fallen ließ. Er stank nach Alkohol und Zigaretten. Draußen dämmerte es bereits. Als ich seine Decke höherziehen wollte, damit er nicht fror, bemerkte ich, dass er bis auf seine Unterhose unbekleidet war. Und dann fiel es mir auf: Auf seine Brust hatte Jan sich direkt über dem Herzen ein Zitat eintätowieren lassen: *»Dichtung ist immer nur eine Expedition nach der Wahrheit«*. Die Tätowierung war noch blutig und geschwollen und offensichtlich erst wenige Stunden alt. Mein Gott.

Am nächsten Tag saß ich mit Juli in ihrer Küche. Wir tranken Tee und aßen sündhaft teure Zartbitterschokolade, die ich in Berlin gekauft hatte.

»Und wie läuft es zwischen dir und Jan?«, wollte Juli wissen, nachdem ich den Bericht über meine misslungene Berliner Mission beendet hatte.

Um Zeit zu schinden, nahm ich einen großen Schluck Tee. »Gut«, sagte ich schließlich, als ich die Antwort nicht mehr länger hinauszögern konnte. »Aber wir sind schon ziemlich unterschiedlich.«

»Ja, aber das ist doch eigentlich ganz gut. Gegensätze ziehen sich an und so weiter.«

»Hm. Stimmt.« Ich brach noch ein Stück von der Schokolade ab. »Du und Michel, ihr seid ja auch total unterschiedlich.«

Juli wich meinem Blick aus und war nun ihrerseits damit beschäftigt, umständlich an ihrem Tee zu nippen. »Genau«, stimmte sie mir schließlich zu, aber es klang halbherzig.

In diesem Moment kamen Michel und Ben herein.

»Habt ihr es im Radio gehört?«, fragte Michel aufgeregt und schälte sich aus Mütze und Jacke.

»Nee. Was denn?«, fragte Juli.

Michel baute sich vor uns auf, klopfte an Julis Tasse und tat so, als würde er eine wichtige Rede halten. »Meine Damen und Herren, halten Sie sich fest, am kommenden Wochenende wird zum ersten Mal seit sage und schreibe zehn Jahren das ... tadada ...«, er trommelte mit den Fingern auf die Tischplatte, »Alstereisvergnügen stattfinden!«

»Ach, wie schön«, sagte Juli. »Dass die Stadt doch noch die Genehmigung gibt, hätte ich nie gedacht.«

Ja, das war wirklich mal eine gute Nachricht. Immer, wenn das Eis auf der Alster dick genug war, wurde der zugefrorene See zur Bühne für ein großes Fest mit Musik, Glühwein- und Fressbuden, zu dem die Leute stilgemäß auf Schlittschuhen schlitterten. Allzu oft kam es jedoch leider nicht vor, dass die Behörden das Eis für dick genug erachteten, um es für die ganze Stadt freizugeben.

»Vielleicht hatte Lena da ihre Finger im Spiel«, meinte Ben. »Immerhin hat sie ziemlich gute Kontakte zum Ordnungsamt.«

Ohne es verhindern zu können, lief ich rot an. Dass er mir Udo aber auch immer wieder unter die Nase reiben musste!

»Was soll das denn heißen?«, fragte Michel.

»Nichts«, beeilte ich mich zu sagen und warf Ben einen mörderischen Blick zu.

»Gehen wir am Samstag zusammen hin?«, fragte Michel.

»Ja, die Idee ist super!« Juli war begeistert. »Wir haben schon seit Ewigkeiten nichts mehr gemeinsam unternommen. Franziska und Jan kommen doch bestimmt auch mit, oder?«

Ben und ich sahen uns kurz an.

»Mhm«, murmelte ich.

»Klar«, sagte Ben.

Na toll, ein Nachmittag zusammen mit Franziska. Das waren ja großartige Aussichten.

Kapitel 14

... in dem ich ein Currywurst-Attentat überlebe, vom Stuhle falle und ganz groß im Eishockey rauskomme

»Otto, wo ist meine verdammte Liste für die Lesung in zwei Wochen?« Hektisch wühlte ich in den Unterlagen, die ausgebreitet auf seinem Schreibtisch lagen.

»Woher soll ich das wissen? Als würdest du mich jemals eine deiner heiligen Listen anfassen lassen.«

Auf dieser verdammten Liste stand die Telefonnummer des momentan ziemlich angesagten Poetry Slammers Jonas Kramer, den ich endlich hatte erreichen können und der mir zugesagt hatte, sich bis heute zu entscheiden, ob er an der Lesung teilnehmen würde. Noch hatte ich nichts von ihm gehört.

»Du weißt doch, dass ich es eilig habe! Kannst du mir nicht beim Suchen helfen?«

Heute fand mein Vorstellungsgespräch bei Maurien & Thews statt, und ich hielt es kaum noch aus vor Anspannung und Nervosität. »Verdammt, ich muss los. Wenn ein Jonas Kramer hier anruft, dann sei bitte nett zu ihm, ja? Es ist wirklich wichtig, dass er an der Lesung teilnimmt.«

»Ist mir egal, du machst dich hier doch sowieso aus dem Staub«, brummelte Otto.

»Wie oft soll ich dir noch sagen, dass ich nur ein Vorstellungsgespräch habe? Das heißt noch gar nichts.«

Im Laufschritt verließ ich den Laden, um mich zu Hause seriös und dynamisch zurechtzumachen. Mit Juli hatte ich intelligente Antworten auf die Fragen eingeübt, die mir während des Vorstellungsgesprächs möglicherweise gestellt werden würden. Diese ging ich innerlich immer wieder durch, während ich in meinen schicken dunkelblauen Hosenanzug stieg. Vor dem Spiegel probierte ich diverse Gesichtsausdrücke, bis mir schließlich ein zuversichtliches Lächeln gelang. »Lehnen Sie sich entspannt zurück, meine sehr verehrten zukünftigen Arbeitgeber, ich habe alles im Griff«, erklärte ich meinem Spiegelbild. »Mein Name ist Klein. Lena Klein. Ich löse Probleme. Ich kriege das hin.«

Ich ging in die Küche, um mir eine Packung Taschentücher aus der Kramschublade zu holen. Am Küchentisch saßen Franziska und Ben. Es war mir in den letzten Wochen zwar gelungen, ihnen weitestmöglich aus dem Weg zu gehen, aber manchmal ließ es sich eben doch nicht vermeiden. Franziska trug mal wieder lediglich ein T-Shirt von Ben, der wiederum nur eine Jeans trug, was mich zu der Spekulation verleitete, ob Franziska sich die Klamotten vom Leib gerissen und Ben dann lediglich gesagt hatte: »Mein Gott, Kind, du holst dir ja den Tod. Hier, nimm mein T-Shirt. Und jetzt lass uns ein Nutellabrot essen.«

Mir wurde bewusst, dass ich die beiden länger als unbedingt nötig angestarrt hatte, vor allem Ben, der so ohne T-Shirt wirklich ... ähm, nicht schlecht aussah. Eilig wandte ich den Blick ab.

»Wahnsinn, Lena. Du siehst aus wie Frau Dallmann, meine Sparkassensachbearbeiterin«, sagte Ben grinsend.

Ich zuckte mit den Achseln und holte die Taschentücher.

»Sag nicht, dass keine Taschentücher in deiner Handtasche sind. Ich hätte schwören können, dass du immer welche dabeihast.«

»Die waren leer«, murmelte ich und verstaute die Tempos.

Bens Grinsen wurde noch breiter, und er wollte gerade etwas sagen, wurde aber von Franziska daran gehindert. »Benny, holst du mir mal bitte meine Strickjacke? Ich friere mir hier den Arsch ab.«

Benny?!

»Vielleicht solltest du es dann lieber mit einer Hose versuchen«, platzte es aus mir heraus, doch die beiden ignorierten mich. Mit großen Augen beobachtete ich, wie Ben sich folgsam erhob und lostrottete, um Prinzessin Franzifee ihren Wunsch zu erfüllen. Mannomann, die hatte ihn ja echt gut im Griff.

Kaum waren wir allein, musterte Franziska mich abschätzig. »Soso, heute ist also der große Tag.«

»Falls du damit das Vorstellungsgespräch meinst, ja.«

»Wie schön. Da drück ich dir die Daumen.«

»Danke. Kann ich gut gebrauchen.«

Mit einer eleganten Handbewegung strich sie sich eine Strähne ihres dunklen Haares aus der Stirn. »Ich meine, es wird ja auch Zeit, dass du endlich richtiges Geld verdienst. Ben wäre ziemlich froh, wenn du ausziehen würdest. Auf die Dauer ist das hier ja kein Zustand mit euch.«

Mein Herz setzte einen Schlag aus. »Hat Ben das gesagt?«

»Na ja, er würde es dir natürlich niemals ins Gesicht sagen. Wegen Michel, weißt du. Er kann ja schlecht die kleine Schwester seines besten Freundes rausschmeißen.«

»Klar«, erwiderte ich, quälte noch ein »Tschüs« aus mir heraus und verließ fluchtartig die Wohnung.

Auf der Fahrt zu Maurien & Thews bemühte ich mich, meine Gedanken zu sortieren. Ich hatte mich so gut auf dieses Gespräch vorbereitet, und dann kam diese blöde Kuh daher! Ob es wirklich stimmte, dass Ben mich loswerden wollte? Einerseits konnte ich es nicht ausschließen, andererseits war Ben nicht der Typ, der sich davor scheute, jemandem die Wahrheit ins Gesicht zu sagen, auch wenn sie noch so unangenehm war. Aber wie auch immer, im Grunde genommen hatte Franziska ja recht. Ben und ich hatten zwar bis jetzt eigentlich ganz gut zusammengelebt, in letzter Zeit aber waren meine Gefühle für ihn allzu verwirrend geworden. Und spätestens seit Franzifee wieder aufgetaucht war, war diese WG wirklich kein Zustand mehr, auch für mich. Es war absolut an der Zeit, dass ich auszog. Und dafür brauchte ich diesen verdammten Job!

Ich atmete tief ein und aus und schloss meine Augen. ›Konzentrier dich. Denk nur an den Job. Sei seriös, dynamisch und zielstrebig.‹

Von da an war ich mit den Gedanken ganz beim Vorstellungsgespräch und einigermaßen überrascht, als die S-Bahn in die Station einfuhr, an der ich aussteigen musste. Im Schaufenster eines Cafés kontrollierte ich den Sitz meiner Frisur und meines Hosenanzugs. Alles in Ordnung. Langsam ging ich die Straße entlang. Ein Blick auf die Hausnummern sagte mir, dass ich noch zehn Nummern passieren musste.

›Ich bin hoch motiviert, ehrgeizig und selbstständig.‹

Noch acht.

›Mein Name ist Lena Klein. Ich löse Probleme.‹

Noch sieben. Ich ging an einem Imbissstand vorbei. Ein gestresst aussehender Vater reichte seinem eindeutig übergewichtigen Sohn eine Pappschale mit Currywurst. Neben ihnen stopfte ein Mann im Anzug Pommes in sich hinein.

›Das ist meine Chance. Ich krieg das hin. Ich hol mir diesen Job!‹

»Iiiiihhhh, da ist Currypulver auf der Wurst! Ich hasse Currypulver!«, schrie der Junge seinen Vater an.

Und dann lief das Leben plötzlich in Zeitlupe weiter. Der Moppel warf seine Wurst in hohem Bogen von sich. Direkt in meine Richtung. Wie ein Reh im Scheinwerferlicht blieb ich stehen und starrte gebannt auf das Geschoss aus Wurst und Ketchup, das näher und näher kam, bis es schließlich, wie sollte es anders sein, mitten auf meinem Mantel landete. Hastig zog ich ihn aus, um den Schaden zu begutachten, und stieß geradewegs mit einer Frau zusammen, die einen Crêpe in der einen und eine Cola in der anderen Hand hielt. Der Crêpe (mit Apfelmus übrigens) kollidierte mit meiner Bluse, während die Cola sich über meinen Blazer ergoss.

Die Frau, der gestresste Vater, der dicke Junge, der Mann im Anzug und ich selbst starrten fasziniert an mir herunter. Ich war von Kopf bis Fuß mit Flecken übersät.

Der gestresste Vater rührte sich als Erster. »Ach herrje, das tut mir furchtbar leid!«

»Mit Mineralwasser kriegt man das bestimmt wieder raus«, behauptete die Crêpefrau und deutete auf meine Brust.

»Nee, Salz!«, behauptete der Mann im Anzug. »Salz hilft gegen Flecken.«

»Ja, gegen Rotwein-Flecken«, korrigierte die Frau. »Mineralwasser muss sie nehmen.«

»Was mach ich denn jetzt?«, sagte ich mit piepsiger Stimme, endlich aus meiner Erstarrung erwacht. »Was mach ich denn jetzt bloß?«

»Na ja, die paar Flecken, davon wird die Welt schon nicht untergehen«, spielte der gestresste Vater meine Verzweiflung herunter.

Mein Schock wandelte sich augenblicklich in Wut. »Woher wollen Sie wissen, wovon meine Welt untergeht und wovon nicht? Und erklären Sie mir mal bitte, wieso Ihr Gör mit Wurst durch die Gegend schmeißt!«

»Das wüsste ich auch gerne«, mischte sich der Mann im Anzug ein. Er lächelte mich freundlich an.

Ich warf einen Blick auf meine Uhr, und der Schreck durchfuhr meine Glieder. »Verdammt! Nur noch zwölf Minuten!« Ich riss dem Anzugmann sein Mineralwasser aus der Hand, holte die Taschentücher aus meiner Handtasche und rieb an den Flecken auf der Bluse und dem Blazer herum. »Schnell, ich brauche mehr Mineralwasser! Mit Kohlensäure!«, befahl ich dem Mann.

»Sehr wohl.« Grinsend zog er los.

Der gestresste Vater, sein fetter Sohn und die Frau hatten sich zwischenzeitlich klammheimlich ohne ein weiteres Wort aus dem Staub gemacht.

Der Mann brachte mir zwei kleine Flaschen Mineralwasser. »Ich würde Ihnen natürlich gerne weiter zur Seite stehen, aber ich habe jetzt leider einen Termin.«

»Ich habe auch einen Termin!«, herrschte ich ihn an. »Hier, halten Sie mal.« Ich drückte ihm meinen Blazer in die Hand, um ihn besser bearbeiten zu können. Hochkonzentriert war ich bei der Sache, und bald war das Schlimmste behoben. Die Bluse allerdings war ein Problem. Hektisch rieb ich an dem Apfelmusfleck auf meinen Brüsten herum, mit dem Ergebnis, dass das Apfelmus zwar raus war, dort aber stattdessen ein dunkler, nasser Fleck prangte. »Oh mein Gott, das sieht ja aus, als würde ich stillen!«

Der Mann lachte. »Ein bisschen vielleicht.«

»Egal, lässt sich nicht ändern. Meinen Blazer bitte.« Ich streckte die Hand danach aus, doch der Mann half mir formvollendet hinein.

»Vielen Dank«, sagte ich. »So, ich muss mich beeilen. Tschüs!«

Mit diesen Worten drehte ich mich auf dem Absatz um und

stürmte davon. Ich passierte im Eilschritt die verbliebenen sechs Hausnummern und klingelte kurze Zeit später, um Punkt 13:56 Uhr, an der Tür meines zukünftigen Arbeitgebers.

Eine freundliche junge Frau ließ mich herein.

»Hallo, ich bin Lena Klein. Ich habe jetzt einen Termin mit Herrn ...« Ach du Schreck! Vor lauter Chaos und Stress hatte ich den Namen meines Gesprächspartners vergessen. Verdammt, vorhin wusste ich ihn doch noch.

»Für ein Volo-Vorstellungsgespräch? Dann meinen Sie Herrn Maurien und Herrn Schoppmann. Kommen Sie.« Sie führte mich durch den Empfangsbereich in einen Besprechungsraum. Auf dem großen Konferenztisch befanden sich Getränke und Kekse. »Möchten Sie etwas trinken?«

»Ja, gerne. Ein Wasser bitte.«

Die Frau schenkte mir ein Wasser ein und lächelte mich aufmunternd an. Sie tat so, als würde sie den riesigen Fleck auf meiner Bluse nicht bemerken, wofür ich ihr sehr dankbar war. »Die beiden Herren sind sofort da«, sicherte sie mir zu und ließ mich allein.

Mit einem Schlag wurde ich nervös. Mein Gehirn war wie leergefegt, alle schlauen Sprüche, die ich mir überlegt hatte, waren weg. Was sollte ich denen bloß erzählen? Ich konnte doch überhaupt nichts! Ganz abgesehen davon, dass ich aussah, als käme ich direkt vom Schlammcatchen.

Kurze Zeit später kam ein untersetzter Mann in den mittleren Jahren herein. Er trug einen Anzug, aber keine Krawatte, hatte eine Halbglatze und leuchtend blaue Augen, die mich aufmerksam musterten. Wir gaben uns die Hand.

»Hallo Frau Klein. Ich bin Markus Schoppmann. Herr Maurien ist noch nicht da, müsste aber jeden Moment auftauchen.« Herr Schoppmann setzte sich und schenkte sich einen Kaffee ein. »Sie sind mit allem versorgt? Keks vielleicht?«

Er schob die Schale näher zu mir. Erwartete er jetzt, dass ich einen nahm? War es besser, einen zu essen, oder besser, keinen zu essen? Ich wollte keinen, also lehnte ich dankend ab.

»Haben Sie gut hergefunden?«, erkundigte er sich.

Die übliche Einstiegsfrage. Schon immer hatte ich mich gefragt, was genau die Leute von der Personalabteilung damit bezweckten. Ich sagte, dass ich problemlos hergefunden hätte (wer würde auch ernsthaft in einem Vorstellungsgespräch zugeben, dass er zu dämlich war, den Weg dorthin zu finden?), und wir plauderten ein wenig über den ungewöhnlich kalten Winter und das anstehende Alstereisvergnügen.

Nach fünf Minuten ging die Tür auf. »Entschuldigen Sie die Verspätung«, hörte ich eine mir vage bekannt vorkommende Stimme sagen. »Da war so eine Verrückte am Imbisswagen, die mich aufgehalten hat.«

Was? Ich drehte mich um – und vor mir stand der Anzugmann.

Auch mein Gegenüber erkannte mich sofort. »Ha!«, rief er und lachte. »Da ist sie ja wieder!« Vergnügt trat er auf mich zu und reichte mir die Hand. »Ich bin Claas Maurien, Mitinhaber dieser Agentur. Und unsere Termine haben wir offensichtlich miteinander.« Wieder lachte er und setzte sich mir gegenüber neben Herrn Schoppmann an den Tisch. Er warf einen Blick auf meine Bewerbungsmappe, die vor ihm lag. »Ah, Sie sind also Lena Klein.«

»Was redest du denn da?«, erkundigte sich Herr Schoppmann.

Claas Maurien schenkte sich Kaffee ein und stopfte sich einen Keks in den Mund. Er sah nett aus, wie mir auffiel. »Frau Klein ist soeben Opfer eines Currywurst-Attentats geworden«, erklärte er mit vollem Mund. »Und der Fleck da«, dabei deutete er auf meine Brust, »kommt übrigens nicht vom Stillen.« Er grinste mich an.

»Currywurst-Attentat? Was heißt das denn?«, fragte Herr Schoppmann.

Ich berichtete kurz von dem Vorfall, und nach einigem höflichen Gelächter setzte Herr Maurien zum eigentlichen Gespräch an. »So, Frau Klein«, sagte er, immer noch freundlich lächelnd. »Sie sind das beste Beispiel dafür, dass Hartnäckigkeit sich irgendwann auszahlt. Sie sind uns allen hier mit Ihren Anrufen und ständigen Nachfragen derartig auf die Nerven gegangen, dass ich letzten Endes wirklich neugierig auf Sie war.« Er warf einen kurzen Blick auf meinen Lebenslauf. »Qualifiziert sind Sie ja eigentlich nicht für diesen Job, das wissen Sie selber, oder?«

Die beiden Herren starrten mich durchdringend an. Irgendwie hatte ich das Gefühl, dass der Funke nicht so richtig überspringen wollte. Aber auf diesen Vorwurf war ich perfekt vorbereitet. »Nun, ich halte mich für absolut qualifiziert«, erwiderte ich ruhig. Während meines folgenden Monologs über Eigeninitiative, Selbstständigkeit, Marketing, Marktanalysen und Kreativität gestikulierte ich lebhaft und rutschte dabei auf meinem Stuhl immer weiter nach vorne, bis ich auf der äußersten Kante saß.

Herr Schoppmann sah immer wieder auffällig unauffällig auf seine Uhr, und Herr Maurien schien sich immer noch zu fragen, wie eine Verrückte wie ich überhaupt auf die Idee gekommen war, sich für so einen Job zu bewerben. Ich änderte erneut meine Sitzposition, und da ohnehin schon mehr als die Hälfte meines Hinterns in der Luft schwebte, verlor ich prompt das Gleichgewicht. Die Hinterbeine des Stuhls hoben sich, ich rutschte ab und landete unsanft auf dem Boden. Kaum dass ich saß, knallte der Stuhl mir auf den Kopf.

»Oje!«, rief Herr Maurien, sprang auf, befreite mich von dem Sitzmöbel und half mir auf. »Alles in Ordnung?«

»Ja, bestens«, sagte ich und wünschte, der Boden würde sich

unter meinen Füßen auftun und mich augenblicklich in dem Loch verschwinden lassen.

»Siehst du, Markus, das haben wir nun davon, dass wir die billigen IKEA-Stühle gekauft haben«, sagte Herr Maurien. Offenkundig amüsierte er sich köstlich, und das machte es für mich nur noch peinlicher.

»Entschuldigung, wie dumm von mir«, sagte ich, als ich wieder auf meinem Platz saß.

Herr Maurien winkte ab. »Kein Problem«, meinte er mit einem Lachen in der Stimme.

»Ja, Frau Klein, von unserer Seite wäre dann alles geklärt«, sagte Herr Schoppmann. »Haben Sie noch Fragen?«

Ich hatte mir Fragen überlegt, verdammt gute Fragen. Aber ich konnte mich an keine erinnern. Die einzige, die mir einfiel war »Wo ist das Klo, ich würde mich gerne runterspülen?«. »Ähm, nein, im Moment nicht.«

»Dann vielen Dank für dieses … ungewöhnliche Gespräch.« Herr Maurien stand auf und gab mir lächelnd die Hand. »Wir melden uns bei Ihnen.«

›Das bezweifle ich‹, dachte ich, brachte aber ein Lächeln zustande und verabschiedete mich einigermaßen würdevoll.

Mit gesenktem Kopf trottete ich zurück zur Bahn und war mir ziemlich sicher, dass ich soeben Hauptakteurin des kürzesten und peinlichsten Vorstellungsgesprächs gewesen war, das die Welt je gesehen hatte. Da hatte ich ja nun wirklich auf ganzer Linie versagt. Das war die einzige Chance, die ich bekommen hatte, und höchstwahrscheinlich auch die einzige, die ich jemals bekommen würde. Und ich hatte es versaut.

Gott sei Dank waren Ben und Franziska nicht mehr zu Hause, als ich endlich dort ankam. Ich zog mein seriöses Outfit aus und schlüpfte in meinen unmöglichen, aber saugemütlichen Hello-Kitty-Schlafanzug. Mit einer Decke verkrümelte ich mich auf das Sofa und machte den Fernseher an. So ein Mist! Auf Wiedersehen Karriere, willkommen Armenhaus. Vielleicht sollte ich wieder bei meinen Eltern einziehen. Auf der Suche nach etwas Trost rief ich Jan an, doch es ging nur die Mailbox ran. Auch Juli war nicht zu erreichen. Ich zog mir die Decke bis unter die Nase und starrte in die Glotze. Es lief ein alter Schinken mit Romy Schneider, in dem alle das R rollten und in regelmäßigen Abständen ein Liedchen trällerten. So ein bisschen heile Welt war jetzt genau das Richtige.

Am nächsten Nachmittag traf ich mich mit den anderen vorm Cliff, einer Bar direkt an der Außenalster. Ben, Juli und Michel genehmigten sich bereits einen Glühwein, von Jan und Franziska war jedoch weit und breit noch nichts zu sehen. Ich holte mir ebenfalls einen Glühwein und gesellte mich zu meinen Freunden.

»Und, wie ist es gestern gelaufen?«, fragte Juli, noch bevor ich überhaupt Hallo sagen konnte.

Um nicht gleich antworten zu müssen, pustete ich umständlich in meinen Glühwein und nahm nach einer halben Ewigkeit einen Schluck. »Ganz gut.«

Erwartungsvoll sahen die drei mich an. »Wie, ganz gut? Erzähl doch mal.«

Und so blieb mir nichts anderes übrig, als den ganzen scheußlichen Nachmittag noch mal in meiner Erinnerung zu durchleben, indem ich jede Kleinigkeit schilderte. Als ich die Geschichte mit meinem unrühmlichen Stuhlfall beendete, reagierten die drei zunächst mit ungläubigem Schweigen.

»Du bist ernsthaft …«, begann Juli, konnte den Satz aber nicht beenden.

Michel tat das für sie. »Vom Stuhl gefallen?«

Ich nickte und trank noch einen Verlegenheitsschluck.

»Ist doch nicht so schlimm, Süße«, tröstete Juli mich.

»Ach komm, mach dir nichts draus«, sagte Michel. »Wer weiß, vielleicht fanden sie dich ansonsten so toll, dass es ihnen gar nichts ausmacht, wenn du gelegentlich mal vom Stuhl plumpst.«

Ben, der blöde Penner, wischte an seinem Mund herum und starrte intensiv auf den Boden. Er war ganz offensichtlich damit beschäftigt, sich ein Lachen zu verkneifen. Um Michels Mundwinkel zuckte es auch, und er hustete mehrmals. Juli war hochrot angelaufen und wühlte eifrig in ihrer Umhängetasche, wonach auch immer.

»Findet ihr das etwa witzig?«, fragte ich empört.

»Nein, überhaupt nicht«, bestritt Michel, der jetzt jedoch ganz offen grinste. »Eher ... tragisch.«

Für ein paar Sekunden blieb es ruhig, dann ging es los. Das Lachen platzte aus den dreien heraus, sie konnten sich gar nicht mehr beruhigen. Am Anfang fand ich das nicht besonders lustig, musste mir aber schließlich eingestehen, dass es das wohl doch war. Ich stimmte in ihr Lachen ein, und all die Anspannung, die ich seit gestern empfunden hatte, fiel von mir ab.

Ben legte einen Arm um meine Schulter und zerwuschelte meine Haare. »Mannomann, du kleine Chaotin. So etwas kann echt nur dir passieren.«

»Ich weiß«, sagte ich. »Das ist ja das Schlimme.« Am liebsten hätte ich mich an ihn gekuschelt, doch stattdessen machte ich mich von ihm los und trat einen Schritt zur Seite.

Wenig später tauchte Franziska auf. In ihrem weißen Winter-Outfit wirkte sie wie ein sehr zarter und zerbrechlicher Engel. Ich mit meinen Jeans, drei Pullovern und dem von Juli selbst gestrickten, endlos langen Schal musste neben ihr aussehen wie ein Michelinmännchen, beziehungsweise -weibchen.

Franziska stand augenblicklich im Mittelpunkt. Sie erzählte ein paar lustige Geschichten aus der Gemeinschaftspraxis für Schönheitschirurgie, deren Teilhaberin sie war. Schließlich wandte sie sich an Juli und Michel. »Ihr beide seid doch die einzigen Menschen auf der Welt, neben mir natürlich, die auf Ben Einfluss haben. Könnt ihr ihn nicht überreden, sich als Orthopäde niederzulassen? Dieses Krankenhaus frisst ihn noch auf.«

»Er muss schon selbst wissen, was er tut«, sagte Michel kurz angebunden. Er konnte Franziska nach wie vor nicht leiden.

Was sollte das überhaupt heißen, dass Ben sich in einer Praxis niederlassen sollte? Er ging nicht weiter auf Franziskas Vorschlag ein. Aber begeistert sah er nicht gerade aus.

»Tja, aber manchmal glaube ich, dass er eben nicht weiß, was wirklich gut für ihn ist«, seufzte Franziska.

»Ach, und *du* weißt das?«, entfuhr es mir.

Sie warf mir einen kalten Blick zu. »Natürlich.«

»Aber Gott sei Dank treffe ich meine Entscheidungen nach wie vor selbst, nicht wahr, Franzi?«, fragte Ben und gab ihr einen Kuss auf die Wange.

Wieso nahm er es so gelassen, dass sich diese Kuh dermaßen in sein Leben einmischte? Sie wusste überhaupt nicht, was gut für ihn war! *Ich* war diejenige, die ihn ein Leben lang kannte, die mit ihm zusammenwohnte, *ich* war diejenige, die ihn ...

»Hallo Lena«, unterbrach Jans Stimme meine Gedanken. Ich schreckte auf. »Du siehst aus, als würdest du einen Mord planen«, witzelte er, strich mit dem Finger über die Zornesfalte auf meiner Stirn und drückte einen Kuss darauf.

»Quatsch«, wehrte ich ab.

»Hallo«, grüßte Jan nun den Rest der Runde, bevor er sich wieder an mich wandte: »Wie war denn dein Gespräch gestern?«

»Das weißt du noch gar nicht?«, fragte Michel entgeistert.

»Nein, wir haben uns gestern Abend nicht gesehen«, erwiderte Jan.

»Und du bist nicht auf die Idee gekommen, Lena mal anzurufen und dich danach zu erkundigen?«, setzte Ben das Verhör fort, das mein Bruder angefangen hatte. »Das war doch eine ziemlich große Sache für sie.«

»Ich konnte nicht telefonieren«, sagte Jan von oben herab. »Ich hatte etwas Wichtiges zu tun. Ich habe geschrieben.«

»Geschrieben?«, wiederholte Ben ungläubig.

»Ja, genau.«

Jan und Ben musterten einander mit ihren *Spiel-mir-das-Lied-vom-Tod*-Blicken.

»Was schreibst du denn?«, erkundigte sich Franziska interessiert.

Jan beantwortete die Frage bereitwillig, und die beiden verstrickten sich in eine Unterhaltung über hohe Literatur und Herta Müllers *Atemschaukel* – ein Lieblingsthema von Jan. Wir anderen standen schweigend daneben.

Juli wurde es anscheinend irgendwann zu blöd. »Was ist, wollen wir aufs Eis?«

Michel, Ben und ich stimmten zu, doch Jan schüttelte den Kopf. »Ich bin völlig unpassend angezogen, mir ist saukalt.« In der Tat, er trug nur eine Jeans, einen Pullover, Turnschuhe und eine dünne Jacke.

»Aber du wusstest doch, dass wir die ganze Zeit draußen sein würden. Auf dem Eis«, beschwerte ich mich.

»Na, ich dachte, wir trinken nur schnell einen Glühwein. Diese Massenveranstaltung ist mir sowieso zuwider. Hier geht es doch nur ums Fressen und Saufen. Höchstens noch darum, dass die Leute sich selbst beruhigen: Seht ihr, die Alster ist zugefroren, das mit der Klimaerwärmung ist alles gelogen. Nee, das hier ist echt unter meinem Niveau.«

Eine Weile blieb es still, dann sagte Franziska zähneklappernd zu Jan: »Wie wäre es, wenn wir beide reingehen und da auf die anderen warten?« Mit dem Kopf deutete sie auf das Cliff, zog anschließend einen Kleinmädchen-Schmollmund und wandte sich an Ben. »Es macht dir doch nichts aus, Bennybär? Kälte ist einfach nichts für mich.«

BENNYBÄR?!?!

Juli, Michel und ich starrten Ben ungläubig an, der sichtlich unangenehm berührt war und ein Gesicht machte, als hätte er soeben mit einer Amalgamfüllung auf Aluminium gebissen. Franziska schien davon nichts mitzukriegen. »Der große Schriftsteller hier wird schon auf mich aufpassen«, fuhr sie fort, während sie sich bei Jan unterhakte, und für einen winzig kurzen Augenblick konnte ich in ihren Augen so etwas wie Triumph erkennen. Sie zog diese Nummer nur aus einem einzigen Grund ab: Sie wollte mich eifersüchtig machen. Und höchstwahrscheinlich auch Ben. Wobei sie damit bei ihm wenig Erfolg haben würde, denn Ben war niemals eifersüchtig. Und ich selbst war ja auch absolut nicht der eifersüchtige Typ. Dieses Gefühl war mir wirklich vollkommen fremd.

›*Ja, wenn es um Jan geht*‹, flüsterte die nervige Stimme in meinem Kopf, doch ich ignorierte sie.

Ben zuckte die Achseln. »Schon gut, wir sehen uns später im Cliff.«

»Nee, in diesen Schickimicki-Schuppen setze ich keinen Fuß!«, sagte Jan entschieden. »Lass uns ins Literaturhauscafé gehen.«

Die beiden zogen von dannen, und Ben und ich sahen ihnen wortlos nach. Schließlich gingen wir runter zur Alster, wo bereits die Hölle los war. Ganz Hamburg (na ja, bis auf Jan und Franziska) hatte die Schlittschuhe aus dem Keller geholt und zog jetzt auf der zugefrorenen Alster seine Bahnen. Zahlreiche

Glühwein- und Bratwurstbuden standen um den See herum, es gab Musik und sogar ein kleines Kinderkarussell. Der Anblick war herrlich: die gefrorene Alster, ringsherum Häuser, die aussahen, als wären sie mit Puderzucker überzogen, die beleuchteten Buden und die dick eingemummelten, fröhlichen Menschen. Schneeballschlachten und Wettrennen wurden veranstaltet, einige Grüppchen picknickten sogar. Als ich auf Schlittschuhen das Eis betrat, wäre ich am liebsten sofort losgelaufen. Ich sah zu den anderen und stellte fest, dass Juli und Michel arge Schwierigkeiten hatten, vor allem Juli. Sie stakste unsicher über das Eis und stützte sich dabei auf Michel ab, ohne dessen Halt sie, so wie es aussah, schon längst auf dem Hosenboden liegen würde.

»Hast du das noch nie gemacht?«, fragte ich verwundert.

»Doch«, erwiderte sie und kippte erneut fast hintenüber. »Aber ich hab's komplett verlernt. Fahrt ihr beide nur schon los.«

Ben und ich sahen uns ratlos an.

»Na los, macht schon. Wir sehen uns später.«

Michel stützte Juli und gefiel sich in der Rolle des starken Mannes anscheinend sehr gut. »Ja, haut ruhig ab. Wir treffen uns später im Literaturhaus.«

»Na schön. Kommst du mit?«, fragte ich Ben.

»Wer als Erster dahinten ist«, war seine Antwort. Er zeigte auf einen weit entfernten Glühweinstand und hetzte los.

»Hey!«, rief ich und jagte ihm nach.

Natürlich hatte ich aufgrund des Vorsprungs, den er sich ergaunert hatte, keine Chance. So erwartete Ben mich bereits mit zwei dampfenden Pappbechern, als ich abgekämpft ankam. »Du warst auch schon besser in Form«, meinte er und hielt mir einen Glühwein hin. »Wir sollten dringend mal wieder zusammen laufen gehen.«

»Wann denn?«, fragte ich und nahm das heiße Getränk entgegen. »Ich kriege dich ja kaum noch zu Gesicht.«

»Das Gleiche könnte ich von dir sagen.«

In gemächlichem Tempo fuhren wir weiter, den Glühwein in der Hand. Wir redeten nicht viel, tranken im Fahren, und ich genoss die besondere Atmosphäre auf der Alster und das kratzende Geräusch der Kufen auf dem Eis.

Bei einer Horde Teenie-Jungs, die sich ein Eishockey-Match lieferten, blieben wir stehen und schauten zu. Ich liebte Eishockey! Früher hatte ich manchmal mit Michel und Ben und ihren Freunden spielen dürfen (natürlich nur ausnahmsweise, wenn ihnen ein Mann fehlte). »Meinst du, die lassen uns mitspielen?«, fragte ich, einer plötzlichen Eingebung folgend.

»Hast du denn Lust?«

»Ja, und wie!«

»Hey!«, rief Ben zu den Jungs herüber. »Habt ihr noch zwei Plätze frei?«

Die Jungs beratschlagten sich kurz. »Für dich ja«, rief der Sprachführer. »Aber sie können wir nicht gebrauchen.« Dabei deutete er auf mich.

»Habt ihr 'ne Ahnung«, meinte Ben. »Ich bin harmlos. Aber sie hier«, er zog mich am Ärmel nach vorne, »macht euch alle allein fertig, das kann ich euch versprechen.«

Ich versuchte, besonders gefährlich auszusehen, kniff die Augen zu schmalen Schlitzen zusammen und zog die Stirn in tiefe Furchen. Otto wäre stolz auf mich, wenn er hier gewesen wäre.

Die Jungs beratschlagten sich erneut. Schließlich kamen zwei auf uns zugefahren und drückten uns ihre Schläger in die Hand. Wir stellten uns unseren neuen Spielkameraden vor, und dann ging es auch schon los. Ich erwischte den Puck, trieb ihn vor mir her über das Feld, wobei ich zwei Gegenspieler umtänzelte, und passte ihn sicher zu meinem Teamkameraden, der ihn prompt ins Tor beförderte.

»Hey, gar nicht so schlecht«, sagte er anerkennend.

Die gegnerische Mannschaft griff an, und einer der Jungs versuchte, an mir vorbeizukommen. Ich verpasste ihm einen kräftigen Bodycheck, sodass er auf das Eis fiel, und war wieder in Besitz des Pucks. Schnell spielte ich ihn zu einem Mitspieler und schubste einen Gegner, der mir in die Quere kam, unsanft zur Seite. Mein Mitspieler passte zurück zu mir, und ich beförderte den Puck ins Tor.

»Das gibt's doch gar nicht!«, motzte einer der Jungs.

»Ich hab's euch ja gesagt«, meinte Ben grinsend.

Unser Team lag schon bald weit vorne, und ich war die Heldin des Tages. Auch wenn ich fairerweise zugeben musste, dass die Jungs extrem schlecht spielten, war ich froh, endlich mal wieder ein Erfolgserlebnis zu haben. Ben, der der gegnerischen Mannschaft angehörte, hielt sich ziemlich zurück, was mich ärgerte. Damals war er gut, wenn nicht einer der Besten gewesen, und ich glaubte nicht, dass er es plötzlich verlernt hatte.

»Hältst du dich etwa mit Absicht zurück, Feldhaus?«, fragte ich, als wir einander beim Bully gegenüberstanden. »Glaubst du, ich habe es nötig, dass du mich gewinnen lässt?«

»Willst du dich ernsthaft mit mir anlegen, Klein? Das überlebst du nicht.«

»Oh, da hab ich aber Angst!«

»Du willst also Krieg?«

»Ja, allerdings.«

»Bis aufs Blut?«

»Bis aufs Blut, *Bennybär!*«

Bens Augen blitzten gefährlich auf. »Kannst du haben, Schweinebäckchen.«

Er schlug mit voller Kraft mit seinem Schläger gegen meinen, sodass meine Hände wehtaten, eroberte den Puck und zog damit ab.

»Nenn mich nicht Schweinebäckchen!«

Von da an lieferten Ben und ich uns einen erbitterten Kampf. Wir gaben uns Bodychecks, rempelten uns an, hielten uns fest, kniffen und foulten uns. Unsere Mitspieler waren zu Statisten geworden. All die aufgestaute Wut brach plötzlich aus mir hervor, und ich ließ sie gnadenlos an Ben aus. Meine Wut darüber, dass er mich mein ganzes Leben lang nie ernst genommen hatte. Dass er überheblich war und arrogant, dass er mich Transe nannte, wenn ich versuchte, mich hübsch zu machen. Meine Wut darüber, dass er mit Franziska zusammen war. Und meine Wut darüber, dass ich immer noch in ihn verliebt war, egal, wie sehr ich es auch zu verdrängen versuchte.

Als ich wirklich und ernsthaft nicht mehr konnte, aber trotzdem nicht ans Aufgeben dachte, setzte ich zu einem neuen Angriff an, um Ben den Puck abzunehmen. Mit voller Geschwindigkeit raste ich auf ihn zu, doch anstatt ihn zu rammen, geriet ich kurz vor ihm aus dem Tritt und fuhr geradewegs in ihn hinein. Ben fiel der Länge nach auf das Eis, ich auf ihn drauf. Der Schläger glitt aus meiner Hand und schlitterte weg. Einen Moment lang lagen wir da und schnappten nach Luft.

»Hast du dir wehgetan?«, fragte ich besorgt, als ich wieder einigermaßen atmen konnte. Immer noch lag ich auf ihm, kam nicht von ihm los. Als würde ich magnetisch von ihm angezogen.

»Nein. Aber so wie du spielst, könnte man glatt denken, du hast was gegen mich. Möchtest du mir vielleicht irgendetwas sagen?«

»Ich wüsste nicht, was ich dir sagen sollte.« Trotz all der Lagen Kleidung, die wir trugen, spürte ich seinen Körper unter meinem, und seine Nähe verursachte ein heftiges Kribbeln in mir. ›Ich würde dich jetzt viel lieber küssen‹, dachte ich.

Ben sah mich herausfordernd an. Es war, als hätte er meinen Gedanken gelesen und als lautete seine Antwort: ›Dann tu's doch.‹

Ohne dass ich es wollte, machte mein Kopf sich selbstständig und bewegte sich auf seinen zu. Seine Hand wanderte aufreizend langsam meinen Rücken hinauf. Er zog meinen Kopf zu sich, unsere Gesichter waren nur noch Millimeter voneinander entfernt. Ich schloss die Augen, in Erwartung seines Kusses.

»Hey! Könnt ihr das nicht in euer Schlafzimmer verlegen?«, bölkte plötzlich einer unserer Teamkameraden direkt neben uns. Die anderen lachten.

Ben und ich schreckten hoch. Ich fühlte mich, als hätte mir jemand einen Eimer kaltes Wasser über den Kopf gegossen.

Bens Blick meidend machte ich mich von ihm los und rappelte mich auf. Mit bemüht leichter Stimme sagte ich: »Ich für meinen Teil habe für heute genug. Was meinst du?«

Ben erhob sich ebenfalls. »Ich auch. Außerdem habe ich ehrlich gesagt sowieso langsam Angst vor dir.«

In unangenehmem Schweigen fuhren wir in Richtung Literaturhaus. Der Rückweg kam mir endlos vor, und ich grübelte die ganze Zeit, was zur Hölle da eben passiert war. Normalerweise ließ ich mich in der Öffentlichkeit nicht zu so etwas hinreißen, aber mit Ben war mir das jetzt bereits zum zweiten Mal passiert. Eins stand fest: Ich musste wirklich lernen, mich ihm gegenüber besser unter Kontrolle zu haben. So eine Situation durfte niemals mehr vorkommen.

Kapitel 15

... in dem es Ben die Sprache verschlägt.
Und, na ja, mir auch.

Kurz nach dem Alstervergnügen taute das Eis, der Schnee schmolz, und allmählich kehrte der Frühling ein. Der Winter war lang gewesen, und ich freute mich über jedes Schneeglöckchen und über jedes Grad, um das das Thermometer nach oben kletterte.

Von Maurien & Thews hörte ich, wie erwartet, nichts. Ich nahm noch einmal all meinen Mut zusammen und fragte telefonisch nach, worauf man mir mitteilte, dass man sich für eine andere Kandidatin entschieden habe. War ja klar. Ich war kurz davor, meine Karrierepläne an den Nagel zu hängen, beschloss dann aber, nicht so schnell aufzugeben. Also startete ich eine neue Bewerbungsoffensive.

Otto war beruhigt, dass ich ihm noch länger (wahrscheinlich noch viel, viel länger, wenn ich ehrlich war) erhalten bleiben würde. In letzter Zeit war er wieder dünner geworden, auch wenn er regelmäßig aß, und ich machte mir Sorgen um ihn. Immer wieder versuchte ich, ihn zu einem Arztbesuch zu überreden, aber da stieß ich bei ihm auf taube Ohren.

»Ich geh in meinem Leben zu keinem Arzt mehr«, sagte er

eines Tages entschieden, als wir beim gemeinsamen Mittagessen diese Diskussion zum gefühlten zwanzigsten Mal führten. »Von denen hab ich die Schnauze gestrichen voll. Wenn ich tot bin, können die mit mir machen, was sie wollen. Aber vorher sehen die mich garantiert nicht mehr!«

»Hör auf, so zu reden! Ich werde bald vielleicht nicht mehr hier sein, und dann musst du das alles allein auf die Reihe kriegen. Dafür musst du fit sein.«

»Ach, der Laden! Ich mach den Laden dicht, wenn du weg bist.«

Mir wäre fast der Löffel aus der Hand gefallen. »Das kannst du nicht! Ich reiß mir hier doch nicht den Hintern auf, nur dafür, dass du die Bude zumachst, kaum dass ich weg bin.«

»Dann bleib halt hier«, brummte er und starrte angestrengt in seine Suppe. Er hatte es noch nie ausgesprochen, hatte mich noch nie darum gebeten zu bleiben. »Was soll das denn überhaupt mit diesen blöden PR-Heinis? So 'n alberner Schickimicki-Kram!«

Es brach mir fast das Herz. »Ich kann nicht ewig hierbleiben, Otto.«

»Ich könnte dir mehr zahlen. Acht Euro die Stunde.«

»Es geht nicht nur ums Geld, das weißt du doch.«

»Ja, ja. Du willst Karriere machen, was auch immer das heißen soll.«

Mir wurde tatsächlich immer mehr klar, dass es mir nicht leichtfallen würde, den Job im Laden aufzugeben. Es machte mir so viel Spaß, hier zu arbeiten. Die Lesung war ein voller Erfolg gewesen, und eine weitere war in Planung. Es war sogar ein Artikel im Hamburger Stadtmagazin erschienen, und diese PR tat uns sehr gut. Inzwischen hatten wir alle Hände voll zu tun. Otto war gezwungenermaßen aus seinem Kabuff gekrochen und packte nun auch vorne im Laden mit an. Dabei war er regelrecht freundlich zu den Kunden, und ich hatte den Eindruck, dass ihm die Arbeit Spaß machte.

Das alles war mein Verdienst, mein Erfolg, und es tat weh, das aufgeben zu müssen. Aber es war nun einmal mein Ziel, Karriere zu machen, und bei einem schlechtbezahlten Job in einem Gebrauchtbuchladen konnte man wohl kaum von Karriere sprechen.

Jan und ich waren nun schon seit drei Monaten zusammen, und das erste Treffen mit Katja und Lars stand an. Er war mir mit seinem dauernden Gerede über meine Schwester so auf die Nerven gegangen, dass ich schlussendlich nachgegeben hatte. Wir trafen uns eines Abends im Nachtasyl, einer Bar über dem Thalia Theater.

»Ich war schon seit Ewigkeiten nicht mehr hier«, verkündete Lars, der von der Theke unsere Getränke geholt hatte und sie nun vor uns auf den Tisch stellte.

»Nein? Ich bin häufig hier«, erwiderte Jan. »Das Theater direkt unter mir, der Geist der großen Literaten – ich finde das wahnsinnig inspirierend.«

»Lena hat erzählt, du arbeitest im Pub?«, fragte Lars.

Jan schüttelte den Kopf und machte eine wegwerfende Handbewegung. »Das ist nur mein Brotjob. Ich bin Schriftsteller. Aber noch hat sich kein Verleger an mein Werk herangetraut.«

»Aha.« Katja warf mir einen Seitenblick zu, dem ich auswich.

»Wie geht es Paul und Anna denn so?«, erkundigte ich mich, um das Thema zu wechseln.

»Sehr gut«, erwiderte Lars. »Paul hat neulich ...«

»Und was machst du beruflich, Katja?«, unterbrach Jan meinen Schwager. »Lena hat mal beiläufig erwähnt, dass du auch in der Buchbranche bist.«

Fast wäre mir der Schluck Caipirinha, den ich gerade genommen hatte, in die falsche Röhre gelaufen. Er wusste doch ganz genau, was sie machte!

»Ja, ich bin Lektorin«, erwiderte Katja knapp.

»Ach, tatsächlich? Und bei welchem Verlag?«

»Beim Libro-Verlag.« Nach einem kurzen Räuspern forderte Katja mich auf: »Lena, wie läuft es denn mit deinen Bewerbungen? Papa hat erzählt, dass du hartnäckig dranbleibst an der PR-Branche.«

»Ich versuch mein Bestes«, sagte ich seufzend. »Es wäre schon toll, wenn das klappen würde. Aber das ist echt ...«

Jan legte eine Hand auf meinen Arm. »Entschuldige, Kleines, aber das muss ich noch eben loswerden. Ich bin begeistert von der Arbeit des Libro-Verlages! Der intellektuelle Anspruch ist enorm. Die künstlerische Identität wird dort wertgeschätzt, und dafür sind wir Literaten zutiefst dankbar.«

Katjas Augenbrauen waren während Jans Rede bis zu ihrem Haaransatz gewandert. »Vielen Dank, Jan. Ich werde es den Kollegen ausrichten.«

Jan wischte sich eine Haarsträhne aus der Stirn. »Wisst ihr, die breite Masse ist heutzutage gar nicht mehr in der Lage, hinter das Geschriebene zu blicken. Die Schafherde möchte viel lieber alles vorgekaut kriegen, damit es schön leicht verdaulich ist. Aber Proust oder Kafka, oder ja, auch ich – wir wollen mit unserer Literatur eine ausgewählte, intellektuelle Leserschaft ein Stückchen näher an den Kern der Wahrhaftigkeit bringen.«

»Also, mir persönlich ist völlig wurscht, ob mich ein Buch intellektuell weiterbringt. Ich will unterhalten werden«, sagte Lars. »Wie von diesem schönen Psychopathenmörder-Bestseller, den du mir neulich geliehen hast, Lena. Das nenne ich Unterhaltung.«

Ich schüttelte unmerklich den Kopf, denn Jan wusste nichts von meiner Vorliebe für Splatter-Romane. Doch der hatte Lars' Bemerkung anscheinend gar nicht mitgekriegt. »Bestseller?« Er rümpfte die Nase und fuhr sich erneut durch die Haare. »Von Bestsellern lasse ich prinzipiell die Finger. Die sind für mich wie Soufflés: eine süße, klebrige Pampe, die bei näherem Hinsehen nur aus Schaum besteht und in sich zusammenfällt. Pfff, Bestseller! Don't believe the hype.« Er zückte sein Notizbuch und kritzelte hektisch seine letzten Sätze hinein.

Katja und Lars sahen ihm irritiert zu, während ich mit dem Strohhalm in meinem Caipirinha herumstocherte.

Katja riss ihren Blick von Jan los und wandte sich mir zu. »Was macht Ben denn eigentlich so, Lena?«, fragte sie und schlürfte übertrieben laut ihren Gin Tonic.

»In letzter Zeit sehen wir uns kaum noch. Er ist wahnsinnig viel mit Fran...«

»Hör mal, Katja«, sagte Jan und zog aus seiner Schultertasche einen dicken Stapel DIN-A4-Blätter hervor, die mit einem Gummiband zusammengehalten waren. »Du bist jetzt bestimmt neugierig auf mein Werk. Zufällig habe ich meinen neuesten Roman dabei. Du kannst ja mal ganz unverbindlich reinschnuppern und mir sagen, was du davon hältst.« Damit drückte er der überrumpelten Katja den Stapel in die Hand.

Sie starrte auf den riesigen Packen. »Was für ein Zufall«, sagte sie, legte den Stapel neben sich auf die Bank und stieß mich in die Seite. »Ich muss mal aufs Klo. Kommst du mit, Lena?«

Ich kannte meine Schwester gut genug, um zu erkennen, dass sie auf hundertachtzig war, und ich hatte keine Lust, mir eine Standpauke abzuholen. Doch da ich befürchtete, dass sie mich sonst noch am Ohr hinter sich herziehen würde, folgte ich ihr widerwillig auf die Damentoilette. Kaum war die Tür hinter uns zugeschlagen, zischte Katja mir zu: »Was ist das denn für einer?

Das kann unmöglich dein Ernst sein!« Sie verschwand in einer der Kabinen.

Ich kramte in der Handtasche nach meinem Lippenstift. »Sonst ist er gar nicht so. Wahrscheinlich will er dich nur beeindrucken.«

»Ja, da kannst du einen drauf lassen. Der wollte mich doch nur kennenlernen, weil er mir sein Manuskript aufs Auge drücken wollte«, hörte ich sie rufen.

»Das stimmt nicht!«, widersprach ich heftig. »Er wollte dich kennenlernen, weil du meine Schwester bist!«

»Ach hör doch auf, Lena.« Die Toilettenspülung rauschte, und kurz darauf kam Katja aus der Kabine. »Ich werde diesen Scheiß nicht lesen, das kannst du deinem Möchtegern-Kafka von mir ausrichten.«

»Musst du ja auch nicht.« Umständlich zog ich mir die Lippen nach, während Katja sich die Hände wusch. Energisch rupfte sie ein paar Papiertücher aus dem Spender. Nachdem sie sie in den Korb geworfen hatte, drehte sie sich zu mir. »So, und jetzt mal zu dir. Wieso bist du mit dem zusammen?«

Ich feuerte den Lippenstift zurück in meine Handtasche. »Muss ich mich jetzt etwa ernsthaft dafür vor dir rechtfertigen?«

Katja schwieg für drei Sekunden, dann atmete sie tief aus. »Nein, natürlich nicht. Entschuldige.«

»Schon gut.«

»Ich wundere mich nur ein bisschen, weil ich das Gefühl habe, dass er ... na ja. Ich denke einfach, es gibt Männer, die besser zu dir passen würden. Das ist alles. Aber wenn du ihn wirklich magst, dann will ich nichts gesagt haben.«

Unwillkürlich spürte ich einen Kloß in meinem Hals.

Als wir wieder am Tisch saßen, erwischte ich mich dabei, wie ich Jan beobachtete. War er wirklich der interessante, sensible Mann, nach dem ich gesucht hatte? Und selbst wenn, vielleicht hatte Katja recht, und dieser Typ Mann passte gar nicht zu mir. Meine Gedanken drifteten ab zu Ben, doch ich rief mich schnell zur Ordnung. Nein. Der stand überhaupt nicht zur Debatte. Er hatte Franziska, und vor allem hatte ich Jan – und ihn würde ich nicht aufgeben, nur weil mir Ben immer noch im Kopf herumspukte.

Apropos Ben. In den letzten Wochen war ich ihm so gut wie möglich aus dem Weg gegangen. Wir hatten uns kaum gesehen, und wenn, dann klebte meistens Franziska an ihm. Umso erstaunter war ich, dass er mich eines Abends im April ansprach, als wir beide ausnahmsweise allein in der Küche waren. »Sag mal, Lena, du weißt doch, dass mein Vater und Gisela am Freitag Silberhochzeit feiern.«

»Ja. Und?«

»Würdest du mich zur Feier begleiten?«, fragte er. Nicht gerade freundlich, wie ich hinzufügen möchte.

Mir blieb fast das Brot im Hals stecken, von dem ich gerade abgebissen hatte. »Was ist mit Franziska?«

Er zuckte die Achseln. »Die kann nicht. Sie vertritt ihre Praxis auf einem Kongress in Kopenhagen.«

»Und wieso gehst du nicht allein?«

Er trommelte mit den Fingern auf die Tischplatte. »Ich will da nicht allein hin! Es ist schon schlimm genug, dass ich überhaupt hinmuss! Also, kommst du mit oder nicht?«

»Als deine Notlösung? Was für ein charmanter Gedanke.«

»Du bist nicht meine Notlösung, okay?«

»Komisch, genauso kommt es mir aber gerade vor.«

Ben stand seufzend vom Tisch auf. »Schon gut, ich hab verstanden. Vergiss es. War 'ne blöde Idee.«

»Na schön, ich komme mit«, hörte ich mich sagen. Am liebsten hätte ich mich geohrfeigt. Verdammt, *wieso* hatte ich das gesagt?

Ben grinste, und mir wurde klar, dass er genau gewusst hatte, dass ich endgültig anbeißen würde, sobald er Anstalten machte, den Köder vor meiner Nase wegzuziehen. Jetzt zappelte ich am Haken und kam aus der Nummer nicht mehr raus. Nervosität machte sich in mir breit, doch tief in mir konnte ich nicht leugnen, dass ich mich auch darauf freute, Ben endlich mal wieder für mich zu haben. Ach Mann! Was für eine Schnapsidee, einen ganzen Abend ausgerechnet mit demjenigen zu verbringen, den ich … für den ich noch nicht ganz ausgestandene Gefühle hatte.

Als ich am Freitagmittag von der Arbeit nach Hause kam, schlief Ben noch, da er Nachtdienst gehabt hatte. So konnte ich in aller Ruhe duschen und mich für den Abend stylen. Wenn ich schon nur als seine Notlösung mit ihm zu dieser Veranstaltung ging, dann wollte ich aber eine Notlösung sein, die ihm die Schuhe auszog! Bei der Auswahl eines geeigneten Outfits hatte ich Susanne um Rat gefragt. Bereitwillig hatte sie mir eins ihrer selbst designten Kleider geliehen, und das war wie für mich gemacht: Es war knielang und ärmellos. Der dunkelgrüne Chiffon schmiegte sich weich um meinen Körper und betonte meine Augen. Meine Frisur gelang mir problemlos, und beim Make-up gab ich mir alle Mühe, es nicht versehentlich zu übertreiben.

Ein letztes Mal blickte ich in den Spiegel. Doch, ich war durchaus zufrieden mit mir. Wie ein Transvestit sah ich nun wirklich nicht aus. Wenn Ben jetzt nicht merkte, dass ich ein ernstzunehmendes weibliches Wesen war, dann würde er das niemals tun.

Langsam wurde es Zeit aufzubrechen, und ich machte mich auf die Suche nach Ben. Er stand, inzwischen ebenfalls geduscht und angezogen, in der Küche an die Anrichte gelehnt und trank Kaffee. Gerade wollte er die Tasse zum Mund führen, doch als er mich entdeckte, gefror sein Arm mitten in der Bewegung.

Ich wartete auf ein Kompliment, eine Beleidigung, einen Witz, auf irgendeine Reaktion. Doch er stand nur da und starrte mich an.

Ich zupfte an meinem Kleid herum und strich mir eine Haarsträhne aus der Stirn. Schließlich räusperte ich mich. »So, ich wäre dann so weit.«

Einen Moment lang reagierte er nicht, dann schien ihm klar zu werden, dass ich etwas gesagt hatte, und er fragte irritiert: »Was?«

»Ich wäre dann so weit«, wiederholte ich etwas lauter.

»Ja. Das sehe ich.« Er rührte sich immer noch nicht vom Fleck.

»Gut, also wollen wir los?«

»Äh, ja. Klar.« Er stellte die Tasse ab und kam auf mich zu. »Hast du keine Jacke?«

»Doch, hier.« Ich trug meinen Mantel deutlich sichtbar über dem Arm.

»Ach ja. Also, wollen wir los?«

»Ja, wollen wir. Das hatten wir doch schon.«

»Richtig.« Er fuhr sich durch die Haare, und wir machten uns auf den Weg.

Es war ein milder Spätnachmittag im April. Die Feier fand im Le Canard statt, einem der führenden Sternerestaurants in Hamburg. Ben schlug vor, zu Fuß zu gehen, da das Wetter so schön war und das Restaurant nur zwanzig Gehminuten von unserer Wohnung entfernt lag. »Oder ist das technisch nicht möglich?«, fragte er mit einem Seitenblick auf meine Schuhe, die guten alten Riemchensandaletten.

»Doch, kein Problem«, erwiderte ich.

»Notfalls trage ich dich. Deine neunzig Kilo kriege ich schon irgendwie gewuppt.«

»Danke, das wird nicht nötig sein«, erwiderte ich möglichst würdevoll. »Und ich wiege übrigens *nicht* neunzig Kilo.«

»Siebenundachtzig dann eben«, sagte er.

Blöder Idiot. Schweigend und verunsichert wie vorhin in der Küche hatte er mir besser gefallen. (Mein Gewicht betrug nebenbei bemerkt auch nicht siebenundachtzig Kilo. Nicht, dass das hier irgendeine Rolle spielt, aber so viel Zeit muss sein.)

Im Le Canard führte der Oberkellner uns in einen separaten Raum. Die Gäste waren noch nicht da, aber Manfred und Gisela standen an einem Panoramafenster, das einen gigantischen Ausblick über die Elbe und den Hafen bot, und nippten an einem Gläschen Champagner. Gut sahen die beiden aus, und sie strahlten, als würden sie heute heiraten und nicht etwa den fünfundzwanzigsten Jahrestag dieses Ereignisses feiern.

»Ben! Lena! Wie schön, dass ihr da seid!«, rief Gisela. Sie umarmte mich. »Toll siehst du aus. Wie 'ne richtige junge Dame.«

»Danke, du aber auch«, erwiderte ich lachend.

Gisela strich Ben über den Arm, der seinerseits keine Anstalten machte, die Berührung zu erwidern. »Hallo Ben«, sagte sie warmherzig. »Sie sieht doch toll aus, oder?«

Er gab keine Antwort, sondern rang sich nur ein gequältes Lächeln ab. Anschließend begrüßte er seinen Vater mit einem ungelenken Handschlag.

»Mensch, Lena!«, sagte Manfred grinsend und drückte mich an sich. »Ich dachte glatt, da kommt eine von diesen Topmodels herein, als ich dich gesehen habe.«

Hach, so viel Lobhudelei tat wirklich gut. Ich wuchs glatt um zwei Zentimeter. Der Kellner versorgte Ben und mich mit Champagner, und wir stießen mit Manfred und Gisela an.

»Als wen dürfen wir sie denn vorstellen?«, fragte Manfred seinen Sohn, mit dem Kopf auf mich deutend.

»Wie wäre es als Lena Klein?«, war Bens Gegenfrage.

»Dein Vater will wissen, ob ihr jetzt ein Paar seid, aber er ist zu diskret, um direkt danach zu fragen«, erklärte Gisela, legte Manfred einen Arm um die Taille und lächelte ihn liebevoll an. »Ich aber nicht. Also. Seid ihr ein Paar?«

»Das geht euch nun wirklich nichts an«, sagte Ben barsch.

Gisela sah aus, als hätte er ihr einen Schlag versetzt.

»Nein, wir sind kein Paar«, erklärte ich in dem Versuch, die Situation zu entschärfen. »Ich bin nur für Franziska eingesprungen, weil sie heute keine Zeit hatte.«

»Franziska?«, fragte Manfred.

»Ja, Bens Freundin.«

Manfred und Gisela tauschten einen Blick, und es war offensichtlich, dass sie zum ersten Mal davon hörten, dass Ben eine Freundin hatte. Dabei war er seit mehr als drei Monaten mit ihr zusammen.

»Franziska? Hieß so nicht auch die Ärztin, mit der du vor ein paar Jahren zusammen warst?«, erkundigte sich Gisela.

Ben verdrehte nur die Augen und trank einen Schluck von seinem Champagner.

Erneut fühlte ich mich verpflichtet, für ihn zu antworten. »Ja, die beiden sind wieder zusammen.«

»Na, so was«, sagte Gisela nachdenklich. »Es hat dich damals ja schwer getroffen, als sie deinen Antrag abgelehnt hat.«

»Können wir vielleicht mal aufhören, hier mein Privatleben zu bequatschen?« Er hielt den Stiel seines Glases so fest in den Händen, dass seine Knöchel weiß hervortraten.

»Das hier *ist* dein Privatleben, mein Sohn«, sagte Manfred

laut. »Oder sind wir eine rein geschäftliche Beziehung für dich?«

»Manche Beziehungen kann man sich halt nicht aussuchen«, sagte Ben mit einem kalten Seitenblick auf Gisela.

Manfred lief hochrot an, und Gisela stiegen Tränen in die Augen. Die Luft um die drei herum war so dick, dass man sie fast greifen konnte, und es war mehr als deutlich, dass tausend unausgesprochene Dinge zwischen den dreien standen.

»Reiß dich gefälligst zusammen, Ben!« Manfred sprach leise, aber es schwang ein gefährlicher Unterton mit. »Ab morgen kannst du wieder in der Versenkung verschwinden und uns ignorieren. Aber den heutigen Tag, den wirst du uns nicht versauen!«

Ben knallte sein Glas auf den Tisch, sodass der Champagner auf die Tischdecke überschwappte. »Oh ja, was freuen wir uns alle über den heutigen Tag!«

Ich berührte ihn am Arm. »Ben, bitte«, sagte ich eindringlich, doch er schüttelte meine Hand einfach ab.

»Was sind wir alle happy, dass ihr euch heute vor fünfundzwanzig Jahren das Jawort gegeben habt! Keine sechs Monate, nachdem die erste Frau gestorben ist. Trauern, wer braucht das schon? Nein, vergessen wir die Alte und reden kein Wort mehr über sie! Tun wir am besten so, als hätte es sie niemals gegeben!« Er trat dicht an seinen Vater heran. »Schön für dich, dass du meine Mutter so einfach vergessen konntest.« Hasserfüllt sah er Manfred an. »Aber ich kann es nicht, also verlang nicht von mir, dass ich heute mit dir feiere, dass du es getan hast.«

Damit drehte er sich um und marschierte zur Tür hinaus.

Ein unangenehmes Schweigen breitete sich aus. Gisela war blass geworden, und in ihren Augen schimmerten Tränen.

Ich überlegte, ob ich irgendetwas sagen könnte, um sie zu trösten, merkte aber schnell, dass es momentan nur einen Menschen gab, um den ich mich kümmern wollte. »Entschuldigt bitte«, sagte ich. »Ich werde mal nach Ben sehen.«

Gisela nickte, doch Manfred reagierte nicht. Er schien völlig in seiner eigenen Welt versunken zu sein.

Ich trat hinaus in die milde Aprilluft und sah mich suchend nach Ben um. Instinktiv ging ich die Stufen hinab, die runter zur Elbe führten, und tatsächlich, da stand er, auf einer Aussichtsterrasse, die Unterarme auf das Geländer gestützt. Er rauchte eine Zigarette und starrte auf den Fluss.

»Hey«, sagte ich leise und stellte mich neben ihn.

»Hey«, erwiderte er, ohne mich anzusehen. Er warf seine Zigarette weg und hielt sich mit den Händen am Geländer fest. Er wirkte verloren. Und einsam.

Vorsichtig legte ich meine Hand auf seine und strich leicht darüber. Erst reagierte er nicht, und ich fürchtete schon, dass er mich abweisen würde. Doch nach einer Weile drehte er seine Hand um und verschränkte seine Finger fest mit meinen. Unsere Blicke fanden sich, und in seinen Augen lagen der Schmerz und die aufgestaute Wut aus fünfundzwanzig Jahren.

»Komm her«, sagte er leise und zog mich an sich. Ich drückte ihn an mich, hielt ihn fest so gut ich konnte. So standen wir lange da, schweigend. Ich wünschte mir, dass er reden, mir erzählen würde, was in ihm vorging. Aber was Emotionen betraf, war Ben so verschlossen wie kaum jemand sonst.

Schließlich ließ er mich los und sagte mit verzogenem Gesicht: »Wir müssen da wieder rein, oder?«

»Ja, ich finde, dass du ihnen das schuldig bist. Immerhin ist er dein Vater. Und Gisela hat sich jahrelang von dir anfeinden lassen, ohne je die Geduld verloren zu haben.«

Ben setzte zu einer Erwiderung an, doch ich kam ihm zuvor.

»Ich kann dich verstehen, Ben. Das muss damals schlimm für dich gewesen sein. Aber ich glaube auch nicht, dass es für die beiden so einfach war, wie du denkst. Sie haben vielleicht Fehler gemacht, aber du solltest ihnen langsam verzeihen und es gut sein lassen. Immerhin sind sie deine Familie, ob du willst oder nicht.«

»Amen«, sagte er. »Dr. Lena Sommer hat mal wieder gesprochen.«

»Hör auf, ja? Ich gebe dir jetzt mal einen guten Rat, und auch wenn du es nicht glaubst: Meine Ratschläge können verdammt gut sein. Rede mit deinem Vater. Du hast ihn lang genug bestraft, meinst du nicht?« Damit ließ ich ihn stehen und ging die Stufen hinauf Richtung Restaurant. Nach einigen Metern drehte ich mich um.

Ben stand immer noch an der Brüstung und sah mir nach.

»Was ist?«, rief ich. »Kommst du?«

Er folgte mir und hatte mich schnell eingeholt. »Wirklich guter Ratschlag«, sagte er. »Ich wünschte nur, in meiner Welt würde es ebenso einfach zugehen wie in deiner.«

Manfred und Gisela standen zwischen ihren Gästen, als wir eintraten. Gisela schien erleichtert, dass wir zurückgekommen waren. Bens Vater konnte ich nicht so leicht ansehen, was er empfand. Er und Ben tauschten einen Blick, dann nickte Manfred kurz zur Begrüßung, und Ben antwortete mit derselben Geste.

Es gelang uns allen, so zu tun, als wäre nie etwas gewesen. Zum Glück war ich Fachfrau auf diesem Gebiet, und auch Familie Feldhaus schien darin geübt zu sein. Ben war nicht mehr so angespannt, er lächelte sogar und unterhielt sich freundlich mit seinen Verwandten.

»So, bitte alle die Plätze einnehmen«, rief Manfred kurz darauf. »Das Essen fängt an.«

Es gab insgesamt sechs Gänge, und obwohl so feine Restaurants normalerweise nicht mein Ding waren, muss ich zugeben, dass ich den Abend sehr genoss. Nicht zuletzt, weil mir während des Essens ein gut aussehender Kellner unverhohlen schöne Augen machte. Er servierte zwar am anderen Ende des Raumes, warf mir von dort aber immer wieder bewundernde Blicke zu und lächelte mich an. So hübsch und begehrt hatte ich mich schon lange nicht mehr gefühlt, und um Ben zu beweisen, dass es durchaus Männer gab, die mich attraktiv fanden, schäkerte ich nach allen Regeln der Kunst zurück.

»Sag mal, Ben«, sagte sein Onkel Willi, der mir gegenübersaß und mit dem wir uns während des Essens unterhielten. »Stört es dich gar nicht, dass deine Freundin schamlos mit dem Kellner flirtet?«

Ben zuckte die Achseln. »Nein, das ist schon okay.«

Irritiert realisierte ich, dass Ben seinen Onkel nicht darauf hinwies, dass wir gar nicht zusammen waren. Na schön, was er konnte, konnte ich schon lange. »Ben und ich führen eine sehr, sehr offene Beziehung«, behauptete ich und strahlte den Kellner an, der mir von der gegenüberliegenden Seite des Raumes zuzwinkerte. Verführerisch warf ich mein Haar über die Schulter.

›Mischlingsköter!‹, flüsterte die Stimme in meinem Kopf.

Schnell schaltete ich mein Strahlen einen Gang runter und nahm einen Schluck von meinem Wein.

»Ach, tatsächlich? Eine offene Beziehung?«, fragte Ben, und um seine Mundwinkel zuckte es.

»Na, so was habe ich auch noch nicht gehört«, sagte Willi und musterte mich interessiert.

Ben legte einen Arm um meine Schulter. »Na ja, die Zeiten

ändern sich. Es macht mir eben nichts aus, dass Lena flirtet. Vor allem auch deswegen nicht, weil der Kellner gar nicht sie meint, sondern mich.«

»Was? Das stimmt doch gar nicht! Der Kellner da?« Bei dem Versuch, mit meiner Gabel auf meinen Flirtpartner zu deuten, stieß ich an mein Rotweinglas, sodass es umkippte. Das weiße Tischtuch färbte sich dunkelrot. »Oh Mist«, murmelte ich.

Gelassen legte Ben eine Serviette über den Fleck und stellte eine Blumenvase darauf. »Doch, Süße«, meinte er mit einem sanften Lächeln. »Ich fürchte schon.«

Ich beobachtete den Kellner noch genauer. Und Ben hatte recht. Er lächelte gar nicht zu mir herüber, sondern zu ihm. Meine Güte, wie peinlich war das denn? Das hatte ich nun von meiner standhaften Weigerung, meine Augen auf Kurzsichtigkeit untersuchen zu lassen.

Onkel Willi und Ben fanden das furchtbar witzig. Ich kam mir mal wieder vor wie der absolute Oberdepp.

»Flirte doch mit mir«, schlug Willi vor und warf einen Blick in meinen zum Glück nicht sehr tiefen Ausschnitt. »Ich flirte auch bestimmt zurück.«

Den Rest des Abends hatte ich Onkel Willi an der Backe. Nach dem Essen, als noch ein paar Flaschen Champagner geöffnet wurden und alle aufstanden, folgte er mir auf Schritt und Tritt. Zu Beginn fand ich das noch ganz amüsant, aber irgendwann nervte es mich. Ben schien davon nichts mitzukriegen. Er stand etwas abseits mit Gisela und unterhielt sich mit ihr, was ich gut fand, keine Frage. Aber über ein kleines bisschen Aufmerksamkeit hätte ich mich schon gefreut.

Ich stand gerade in einem Grüppchen mit Bens Tanten, als unvermeidbar Onkel Willi auftauchte. Inzwischen hatte er schon so einige Gläser getankt und konnte seine Finger kaum noch unter Kontrolle halten. »Bist 'n richtiges Prachtweib«, lallte er und tätschelte mir die Wange. Sein Blick fixierte erneut mein Dekolleté. »Die ist aber hübsch.« Er griff beherzt nach meiner Halskette, wobei sein Handrücken meinen Ausschnitt streifte. Instinktiv trat ich einen Schritt zurück. Er folgte mir, beugte sich vor und sagte ungefähr fünf Zentimeter von meinem Gesicht entfernt: »Kommste mit einen trinken?« Eine alkoholgeschwängerte Wolke wehte mir entgegen.

»Nein danke«, erwiderte ich und trat noch einen Schritt zurück. »Langsam reicht es, Willi.«

Plötzlich spürte ich, wie jemand neben mich trat, meine Taille umfasste und mich an sich zog. Ben. »So, ab hier übernehme ich sie, Onkel Willi«, sagte er freundlich, aber bestimmt.

»Nix für ungut, Junge«, lallte er. »Ich dachte, von wegen offene Beziehung und so ...«

»Das vergiss mal lieber. So offen ist die nicht.«

»So 'n schönes Paar seid ihr«, sagte seine Tante Mechthild und strahlte uns an. Sie schielte auf meinen vom Essen gut gefüllten Bauch und fragte: »Ist denn bei euch schon was unterwegs?«

Ich erstarrte. »Was soll denn unterwegs sein?«, fragte ich mit zusammengebissenen Zähnen.

»Na, was Kleines«, erwiderte sie und zwinkerte Ben zu.

Der lachte laut. Er legte seine Hand auf meinen Bauch und streichelte ihn leicht. »Nee, nee. Lena ist nicht schwanger. Das sieht nur so aus.«

Ich atmete scharf ein. Leider nicht nur aus Empörung, sondern auch, weil Bens Berührung durch den dünnen Stoff meines Kleides eine ziemlich heftige Wirkung auf mich hatte.

»Ach, ist es wirklich schon so spät?«, fragte ich und sah auf meine nicht vorhandene Uhr. »Na ja, wenn's am schönsten ist, soll man ja bekanntlich gehen.« Damit befreite ich mich aus Bens

Griff und stürmte davon in Richtung Garderobe. Dieser fiese, unsensible Scheißkerl! Der beflissene Oberkellner wollte mir sofort in meinen Mantel helfen, doch Ben, der mich inzwischen eingeholt hatte, sagte: »Danke. Ich mach das schon«, und hielt ihn mir ganz gentlemanlike hin. Er lachte immer noch. *Gentleman.* Von wegen!

Ich riss ihm den Mantel aus der Hand und stieg hinein. »Was lachst du denn so blöd? Hör gefälligst auf damit!«

Ohne seine Antwort abzuwarten, drehte ich mich um und ging zurück in den Raum, um mich von Manfred und Gisela zu verabschieden und mich artig für den schönen Abend zu bedanken.

»Schade, dass ihr schon gehen wollt«, sagte Gisela.

Wieso »ihr«? Ich warf einen Blick über meine Schulter und erblickte Ben hinter mir. Toll. Wurde ich den blöden Penner jetzt überhaupt nicht mehr los? »*Ich* gehe. Was Ben noch so vorhat, weiß ich nicht, und es ist mir auch völlig egal.«

»*Wir* gehen«, sagte Ben. »Lena ist sauer auf mich«, fügte er erklärend hinzu.

Manfred und Gisela sahen irritiert zwischen uns hin und her.

»Na dann sieh mal zu, dass du das wieder hinkriegst«, sagte Manfred. »Wir kommen am 1. Mai aus dem Urlaub wieder. Vielleicht sieht man sich dann ja?«

Ben schwieg eine Weile. »Ja«, sagte er schließlich. »Vielleicht.«

Selbst vor der Tür war Ben mir immer noch auf den Fersen.

»Ich komme auch sehr gut allein nach Hause, du musst dich nicht dazu verpflichtet fühlen, mich zu begleiten.«

Er verdrehte die Augen. »Jetzt komm mal langsam wieder runter, und hör mit dem Rumgezicke auf!«

»Siehst du, da vorne sind Taxis. Also, schönen Abend noch.«

Ben hielt mich am Arm zurück. »Verdammt noch mal, Lena! Was genau ist eigentlich dein Problem? Bist du so übertrieben sauer auf mich, nur weil ich mir einen kleinen Spaß erlaubt habe?«

»Einen kleinen Spaß, ja? Ich habe mir heute den Arsch aufgerissen, damit du mich wenigstens einmal hübsch findest! Und dann flirtet der Kellner mir dir und nicht mit mir, ich stehe mal wieder da wie der letzte Idiot, und alles, was ich von dir zu hören bekomme, ist, dass ich neunzig Kilo wiege und schwanger aussehe! Mag ja sein, dass du das lustig findest, ich aber nicht! Also tu mir einen Gefallen und hör endlich auf, mich in einer Tour zu verarschen!« Damit drehte ich mich um und machte mich auf den Weg zu den Taxis. Kaum hatte ich auf dem Rücksitz Platz genommen, ging die gegenüberliegende Tür auf, und Ben stieg ein. Wütend fuhr er mich an: »Schön, du hast deine Ansage gemacht, jetzt kommt meine. Erstens ist mir klar, dass du keine neunzig Kilo wiegst, und du siehst auch nicht schwanger aus, wie du sehr wohl weißt. Es macht nur einfach wahnsinnig viel Spaß, dich damit zu ärgern.«

Ich wollte zum Gegenschlag ausholen, doch er deutete mir mit einer Geste, zu schweigen. »Ich bin noch nicht fertig! Zweitens: Es tut mir leid, wenn du das Gefühl hast, dass ich dich andauernd verarsche. Aber vielleicht solltest du dir mal überlegen, ob es wirklich nötig ist, bei jedem kleinen bisschen, das ich von mir gebe, gleich auf die Palme zu gehen. Und drittens: Ich bin nicht der Typ, der mit Komplimenten um sich schmeißt und Süßholz raspelt, aber ja, ich finde dich verdammt hübsch! Und zwar nicht nur heute Abend, sondern immer!«

Ich öffnete den Mund, schloss ihn aber sofort wieder, weil mir nichts einfiel, das ich hätte antworten können.

»Moin Lena«, meldete sich der Taxifahrer zu Wort. »So sieht man sich wieder, wa?«

Ben und ich wandten uns ihm ruckartig zu: Da saß niemand anderer als Knut. Er grinste mich an und offenbarte dabei seine Zahnlücke. Plötzlich nahm ich außer Ben auch noch andere Dinge wahr, wie den miefigen Geruch des Wagens und die AC/DC-Musik. »Das gibt's ja gar nicht!«, rief ich, als mein Gehirn wieder einigermaßen einsatzfähig war.

»Ihr kennt euch?«, fragte Ben.

»Jo, die Lüdde is mein Lieblingsfahrgast.« Er hielt Ben seine Hand hin. »Ich bin der Knut.«

»Ben«, sagte der und ergriff die dargebotene Hand.

»Tut mir leid, du, ich wollde dich nich störn bei deiner Ansage.«

»Kein Problem, ich war gerade fertig.«

»War'n guder Text, muss ich sagen.«

»Danke«, erwiderte Ben grinsend.

»Jo, also ich geh mal davon aus, es geht jetzt nicht ins Schanzenviertel, sondern nach Ottensen, wa?«

»Genau.«

Knut fuhr los, und die beiden Männer verstrickten sich in eine Unterhaltung. Ich saß immer noch geplättet von Bens Worten da und konnte mich nicht auf das Gespräch konzentrieren. Fast schon war ich genervt, dass Knut ausgerechnet jetzt wieder aufgetaucht war, denn auch wenn ich ihn mochte, hatte er den Moment kaputtgemacht. Jetzt lachten sie, und ich fühlte mich regelrecht ausgeschlossen.

»Ich sach ja immer, von der Liebe darfste dich nich feddichmachen lassen«, erklärte Knut. Wie auch immer sie auf dieses Thema gekommen waren.

»Das sehe ich absolut genauso«, stimmte Ben zu.

»Das hab ich der Lüdden auch schon mehrmals gesacht. Aber die hat glaub ich so 'ne Antenne dafur, den Karren immer im Mist zu parken.«

»Entschuldigung, aber ich bin auch anwesend«, meldete ich mich zu Wort.

Ben langte zu mir herüber und tätschelte meine Hand. »Ganz so schlimm ist es auch wieder nicht«, sagte er. »Denn es gelingt ihr immer irgendwie, ihn wieder rauszuziehen.« Seltsamerweise vergaß er, meine Hand loszulassen, und ich brachte es auch nicht über mich, sie wegzuziehen. Knut und Ben unterhielten sich inzwischen angeregt über den FC St. Pauli. Ich hingegen nahm nichts wahr als das aufgeregte Schmetterlingsflattern, das Bens Berührung in meinem Bauch auslöste. Geistesabwesend streichelte er mit dem Daumen meine für Berührungen mehr als empfängliche Handinnenfläche, während er mit Knut die Tabellensituation der Zweiten Bundesliga erörterte. Mein Atem ging schneller, ich schloss unwillkürlich die Augen und genoss das sanfte Prickeln auf meiner Haut.

»Bist heude ganz schön einsilbig, Lena«, sagte Knut.

»Mhm«, machte ich und öffnete die Augen.

Wir waren inzwischen vor unserem Haus angekommen. Ben bezahlte die Fahrt, wozu er, wie ich geradezu empört zur Kenntnis nahm, meine Hand losließ. »War nett, dich kennenzulernen«, sagte er.

»Ganz meinerseits.«

Ben stieg aus dem Taxi, und Knut und ich blieben allein zurück.

»Das is'n guder Typ. Den find ich gut.«

»Ja«, sagte ich leise. »Ich blöderweise auch.«

»Schon klar.« Er grinste. »Das brauchste mir nich erzählen, blind bin ich ja nu nich, nä?«

»Aber er ist der Falsche! Erinnerst du dich an unser letztes Gespräch? *Er* ist der Falsche!«

»Jo, das hab ich mir wohl gedacht. Aber manchmal stellt sich der Falsche am Ende denn eben doch als der Richtige heraus. Da kannste nix gegen machen.«

Ich seufzte. »Du rätst mir auch jedes Mal etwas anderes. Ich fürchte, ich muss dich als meinen Ratgeber in Liebesdingen feuern.« Knut lachte nur, und wir verabschiedeten uns. Ben wartete an der Haustür auf mich, und zusammen gingen wir hinauf in unsere Wohnung.

Ich zog meinen Mantel aus und hängte ihn an der Garderobe auf. »Sag mal, wieso hast du heute Abend eigentlich nicht klargestellt, dass wir gar nicht zusammen sind?«, wollte ich wissen.

Ben zuckte mit den Achseln. »Keine Ahnung. Ist doch egal. Und das mit der offenen Beziehung kam nebenbei bemerkt von dir«, sagte er. »Wie sieht's aus, trinken wir noch ein Bier?«

Wir gingen in die Küche und holten uns zwei Bier aus dem Kühlschrank. Hier blieben wir stehen, dicht beieinander, und prosteten uns zu.

»Als würden wir zwei jemals eine offene Beziehung führen«, versuchte ich zu scherzen.

Ben schwieg eine Weile. Schließlich sagte er: »Als würden wir zwei überhaupt jemals eine Beziehung führen. Eine wie du mit einem wie mir. Undenkbar.«

Wir sahen einander an, und mit einem Schlag änderte sich die Stimmung. Die Luft lud sich geradezu elektrisch auf und schien zu knistern. Obwohl Ben mich gar nicht berührte, spürte ich wieder seine Hand auf meinem Bauch und das Prickeln, das sein Daumen in meiner Handinnenfläche verursacht hatte. »Na ja, wie auch immer. Jetzt hast du es ja hinter dir«, sagte ich mit aufgesetzt fröhlicher Stimme.

»Was habe ich hinter mir?«, fragte Ben und trat näher an mich heran.

Mein Herz klopfte schneller. »Dass alle denken, wir wären ein Paar.«

»Ach so, das.« Er nickte nachdenklich. »Ja, das war wirklich die Hölle für mich.«

Ich war ihm so nah, dass ich kaum noch atmen konnte.

»Denn das ist schließlich das Letzte auf der Welt, das ich will«, sagte er. Er strich mir mit dem Finger eine Haarsträhne aus dem Gesicht.

»Ich weiß«, sagte ich mit kaum hörbarer Stimme.

»Und das ist auch das Letzte auf der Welt, das du willst«, fuhr er fort.

Ich nickte.

Ben lächelte und sah mich an, wie er mich meistens ansah, amüsiert und leicht spöttisch. Aber es lag noch etwas anderes in seinem Blick. Etwas Neues, Unbekanntes, das ich nicht deuten konnte.

»Stell dir vor, ich würde dich jetzt küssen.« Mit dem Daumen strich er sanft über meine Lippen. »Wäre das nicht furchtbar?«

Ich war nicht mehr in der Lage, zu reagieren. Mein Herz schlug mir bis zum Hals, jede Faser meines Körpers sehnte sich nach ihm.

Ben stellte seine Bierflasche auf die Arbeitsfläche neben dem Kühlschrank und nahm mir dann meine aus der Hand, um sie ebenfalls abzustellen. »Dich zu küssen wäre wirklich das Dümmste, was ich jetzt machen könnte«, flüsterte er, umfasste meinen Kopf und küsste mich.

Der Kuss war anfangs sanft, doch schon bald schien es, als wären wir völlig ausgehungert nach einander. Er schob mich ein paar Schritte durch den Raum, bis ich an die alte Küchenanrichte stieß. Irgendetwas fiel herunter und zerbrach, aber das nahm ich kaum wahr, und es war mir völlig egal. Ben hob mich auf die Anrichte, ich umschlang seine Hüfte mit meinen Beinen, besitzergreifend, gierig geradezu. Er öffnete den Reißverschluss meines Kleides und löste sich dann von mir. Sofort hatte ich Angst, dass er mich nicht wollte, dass er sagen würde, wir hätten einen Fehler gemacht. Doch er sah mich nur für ein paar Sekunden atemlos an, als könne er kaum glauben, dass das hier wirklich passierte. Die unausgesprochene Frage, die in seinen Augen stand, beantwortete ich, indem ich mit ungeduldigen, zitternden Fingern seine Hemdknöpfe öffnete. Ich wollte ihn spüren, seine Haut, seinen Körper. Er streifte das Kleid von meinen Schultern und bedeckte dabei meinen Hals mit zarten Küssen. Seine Hände wanderten an meiner nackten Taille hinauf, bis sie die Seiten meiner Brüste berührten. Das alles dauerte mir viel zu lange, ich wollte ihn jetzt! Sofort! Unsere Lippen fanden sich, wir küssten uns leidenschaftlich, und mein nur noch mit einem Spitzen-BH bekleideter Oberkörper drängte sich fordernd an die warme Haut seiner Brust.

Von weit, weit weg vernahm ich ein Geräusch, das ich nicht einordnen konnte, das mich aber irgendwie störte. Ben anscheinend auch, denn er hob abrupt den Kopf. Ich wollte gerade protestieren und ihn wieder an mich ziehen, als ich eine Stimme von der Wohnungstür hörte.

»Hallo? Jemand da?«

»Michel!«, sagte Ben erschrocken. Seine Stimme klang heiser. Hektisch schob er das Kleid zurück über meine Schultern und zog den Reißverschluss zu.

»Hallo?«, hörte ich wieder.

»Was?«, fragte ich und verstand immer noch nicht so ganz, was eigentlich los war und wieso Ben mich verdammt noch mal nicht mehr küsste.

»Michel ist hier«, flüsterte er, knöpfte schnell sein Hemd zu und schob mich von der Anrichte.

Ich hielt mich mühsam daran fest, sämtliche Muskeln in meinen Beinen schienen verschwunden zu sein.

Ben hatte sich gerade an den Küchentisch gesetzt, als Michel hereinkam. Er sah ziemlich mitgenommen und nicht gerade nüchtern aus. »Ach, hier seid ihr ja. Wieso sagt ihr denn nichts?«

»Wir haben dich gar nicht gehört«, log Ben.

Ich blieb wie angewurzelt an der Anrichte, klammerte mich daran fest und fühlte mich ohne seine Berührung seltsam allein. Wieso nur wurden Ben und ich andauernd gestört? Wieso? Das war ja wie in einem drittklassigen Schundroman, verdammt noch mal!

»Was ist denn mit dir los, Lena?«, wollte mein Bruder wissen. Eine starke Bierfahne wehte zu mir herüber. »Du siehst aus, als hättest du einen Geist gesehen.«

Ich starrte Michel an und zwinkerte mehrmals mit den Augen. »Äh, ja. Nein, ich meine, ich hab total müde und bin Kopfschmerzen.«

»Aha?« Michel schien mich für nicht ganz bei Trost zu halten.

»Ich glaube, Lena will ganz dringend ins Bett«, sagte Ben, und für das anzügliche Grinsen, das auf seinen Lippen lag, hätte ich ihm am liebsten eine reingehauen. Wieso war er so cool? Um vom Thema abzulenken, fragte ich Michel: »Sag mal, was machst du hier eigentlich mitten in der Nacht? Betrunken?«

Michel holte einen Brief aus seiner Jackentasche, warf ihn auf den Küchentisch und setzte sich. »Ich hab 'n bisschen Gesellschaft gesucht. Und meine Verlobte. Die ist nämlich weg.«

»Wie, weg?«, hakte Ben nach.

»Na weg halt! Sie hat mich verlassen.« Er ließ seinen Kopf auf die Tischplatte fallen. Es rumste gewaltig, und ich zuckte zusammen. »Meine Juli«, schluchzte Michel, »hat mich verlassen.«

Kapitel 16

… in dem ziemlich viel verbockt wird

Augenblicklich war ich wieder voll bei Sinnen. Ich nahm den Brief aus dem Umschlag und las ihn vor.

Lieber Michel,
es tut mir unglaublich leid, dass ich dir das hier antue. Ich weiß nicht, wie ich es dir erklären kann. Unsere Beziehung, die Hochzeit – das alles wächst mir über den Kopf, und ich erkenne mich selbst darin nicht mehr wieder. Du wünschst dir ein Haus in einem Vorort, Kinder, gemeinsame Sonntagsausflüge – und du verdienst jemanden, der dir all das geben kann. Ich kann es nicht, Michel. Ich dachte, ich könnte es, aber ich kann es nicht.

Bitte vergib mir und vergiss mich schnell.
Juli

»Was soll das denn?«, fragte ich, als ich den Brief zu Ende gelesen hatte. »Spinnt die jetzt total?«

»Ich will doch gar nicht unbedingt eine Hochzeit und ein Haus«, schluchzte Michel. »Ich will nur meine Juli.«

Ich strich ihm tröstend über den Rücken.

Ben beobachtete ihn eine Weile, dann stand er abrupt vom Tisch auf. »Ohne ein Wort abhauen, das ist echt übel.« Er ging zum Kühlschrank, holte ein Bier für Michel heraus und nahm unsere beiden von der Arbeitsplatte.

»Sie hat mir doch einen Brief geschrieben«, verteidigte Michel sie.

»Ja, weil sie zu feige war, es dir ins Gesicht zu sagen!«, erwiderte Ben heftig.

Das brachte Michel immerhin dazu, seinen Kopf zu heben. »Rede nicht so über Juli!«

»Aber es ist doch die Wahrheit!«

»Hör auf damit, Ben«, mahnte ich.

Er brummte vor sich hin, ließ das Thema aber auf sich beruhen.

Schweigend tranken wir. Michel starrte auf seine Flasche. »Ich kann einfach nicht glauben, dass das ihr Ernst ist«, sagte er düster. »Ich kann es nicht glauben.«

Wie gut konnte ich nachvollziehen, was er empfand! Ich umarmte ihn und legte meinen Kopf auf seine Schulter.

Nach einer Weile schüttelte Michel mich ab und stand auf. »Ben!«, sagte er. »Du und ich, wir gehen jetzt in eine Kneipe, besaufen uns und reißen ein paar Frauen auf. Schließlich sind wir jetzt beide Singles. Na ja, du eigentlich nicht. Aber was soll's«, er schlug ihm auf die Schulter, »das war für dich ja noch nie ein Hinderungsgrund.«

Ben verzog das Gesicht.

»So«, fuhr Michel fort. »Ich geh jetzt noch mal pinkeln, und dann geht's los.«

Er verschwand, und Ben und ich blieben allein zurück.

»Nur zu deiner Information«, sagte er leise. »Ich werde heute garantiert niemanden aufreißen.«

Mich eingeschlossen? War das seine Art, mir klarzumachen,

dass er bereute, was vorhin passiert war? »Schon gut«, beeilte ich mich zu sagen. »Kein Problem. Ich auch nicht.«

Er runzelte die Stirn und wollte etwas erwidern, doch dann kam Michel herein. »Los geht's«, sagte er zu Ben. »Auf ins Gefecht.«

Ben stand auf, legte eine Hand auf meinen Rücken und streichelte ihn federleicht. Ich unterdrückte den Impuls, ihn zum Abschied zu küssen, denn das stand mir nun wirklich nicht zu.

Als Ben und Michel weg waren, versuchte ich, Juli auf dem Handy zu anzurufen, doch wie wohl nicht anders zu erwarten, hatte sie es ausgestellt. Ich schrieb ihr eine Nachricht und ging anschließend ins Bad, wo ich mein Kleid auszog. Meine Güte, was für ein Chaos. Zwischen Michel und Juli war es aus. Ausgerechnet bei den beiden, die ich immer für das perfekte Paar gehalten hatte. Wobei, wenn ich ganz ehrlich war, hatte ich doch irgendwie geahnt, dass bei Juli und Michel etwas nicht stimmte. Wie oft hatte ich Juli auf die Hochzeit angesprochen und nur ausweichende oder gar keine Antworten erhalten. Ich hätte nicht lockerlassen dürfen, vielleicht hätte sie dann mit mir geredet. Oder mit Michel. Vielleicht wäre es dann nicht zu dieser Katastrophe gekommen. Auch wenn mir bewusst gewesen war, dass Juli und ich uns in den letzten Wochen voneinander entfernt hatten, hätte ich nie gedacht, dass sie einfach so verschwinden würde, ohne mit mir darüber zu reden.

Mit eiskaltem Wasser wusch ich mir das Make-up aus dem Gesicht. Wenn selbst Juli und Michel keine Chance hatten, wer dann? Etwa Ben und ich? Das war lächerlich, und im Grunde genommen wusste ich das auch ganz genau. Was Michel zu Ben gesagt hatte, ging mir nicht aus dem Kopf: *»Das war für dich ja noch nie ein Hinderungsgrund.«* Bislang hatte ich mich in Ben-

Szenarien immer als diejenige gesehen, die er betrügen würde. Jetzt war es fast noch schlimmer. Ich war diejenige, mit der er jemanden betrogen hatte.

Ich betrachtete mein ungeschminktes Gesicht im Spiegel. Nicht nur Ben war heute untreu gewesen. Auch ich hatte meinen Freund betrogen. Genau das, was mir selbst mit Simon passiert war, hatte ich einem anderen angetan.

›*Du bist ein schlechter Mensch*‹, raunte die Vernunftstimme in meinem Kopf mir zu. ›*Weißt du noch, wie es sich anfühlt, betrogen zu werden? Erinnerst du dich daran?*‹

›Es ist einfach so passiert! Ich wollte das nicht!‹, versuchte ich mich zu verteidigen.

›*Und ob du das wolltest!*‹

›Na und? Ich liebe ihn!‹ Das Gesicht im Spiegel blickte mir trotzig entgegen.

›*Aber er liebt dich nicht! Hast du denn gar keinen Stolz? Du bist für ihn ein treudoofer, zotteliger Mischlingsköter!*‹

›Halt die Klappe!‹

›*Halt du doch die Klappe!*‹

Wütend schlug ich auf den Lichtschalter am Spiegelschrank, verließ das Bad und vergrub mich tief in meinem Bett.

Was ich für Ben empfand, die Gefühle, die er in mir auslöste, meine heftige körperliche Reaktion auf ihn – all das jagte mir riesige Angst ein. Nichts an ihm war sicher, planbar oder vorhersehbar. Ich verstand ihn einfach nicht, konnte nicht erkennen, was in ihm vorging. Doch seine Blicke gingen mir einfach nicht aus dem Kopf, seine Berührungen und die Leidenschaft, mit der er mich geküsst hatte. All das musste doch etwas zu bedeuten haben?!

Andererseits – wahrscheinlich hoffte ich so sehr darauf, dass er meine Gefühle erwiderte, dass ich mir das alles nur einredete. Und schließlich war da ja noch Franziska. Die perfekte Franziska. Klug, selbstbewusst und sexy. Ich war nicht einmal ansatzweise so wie sie, selbst wenn ich mich noch so sehr bemühte.

Nach einer fast gänzlich durchwachten Nacht schleppte ich mich am nächsten Morgen in Ottos Laden. Ich hatte nicht gehört, dass Ben nach Hause gekommen war, also war er vermutlich mit Michel versackt und hatte anschließend in dessen Wohnung geschlafen. Oder bei Franziska. Oder bei irgendeiner Tussi, die er aufgerissen hatte. Ich mochte gar nicht daran denken. Unterwegs holte ich mir bei Rüdiger einen dreifachen Espresso. Susanne saß am Tresen und bewunderte ihren Freund bei der Kaffeezubereitung.

»Na, wie ist es gestern gelaufen?«, fragte sie neugierig.

»Gut«, erwiderte ich.

Für Susanne war diese Antwort anscheinend alles andere als ausreichend. »Und? Was hat Ben zu dem Kleid gesagt?«

»Ach, das Kleid!«, winkte Rüdiger ab und sah Susanne liebevoll an. »Du und deine Kleider!« Jetzt wandte er sich an mich. »Die Frage, die uns alle am brennendsten interessiert, ist doch: Habt ihr es endlich miteinander getrieben?«

Rüdiger und Susanne hingen geradezu an meinen Lippen.

»Also echt, das geht euch überhaupt nichts an! Und jetzt gib mir bitte meinen Espresso, ich muss los.«

»Espresso gegen Infos«, sagte er knallhart.

Ich zeigte auf meine Stirn. »Steht hier etwa das Wort ›Auskunft‹? Ich glaube nicht, oder?«

Susanne kam mir zu Hilfe. »Lass sie, Rüdi. Lena ist halt nicht so indiskret wie wir.«

Rüdiger gab mir seufzend meinen Espresso, und ich verabschiedete mich. Bevor ich ging, flüsterte Susanne mir noch zu: »Aber wenn wir allein sind, erzählst du mir alles, okay?«

Meine Güte, wie konnte man so neugierig sein? Doch damit waren die beiden nicht die Einzigen. Selbst Otto begrüßte mich mit den Worten: »Na? Wie war es gestern?«

»Otto, bitte!«, sagte ich gereizt. »Fang du nicht auch noch an. Der Abend war sehr schön. Mehr wirst du von mir nicht erfahren.«

Der Vormittag zog sich endlos hin. Wenn ich nicht gerade mit dem vergeblichen Versuch beschäftigt war, Juli zu erreichen, dachte ich unaufhörlich an Ben und die letzte Nacht. Mir war klar, dass ich ihm irgendwann gegenübertreten musste. Wahrscheinlich schon heute Abend. Aber wie sollte ich mich dann verhalten? Und was würde er sagen? Meine Hände waren eiskalt, mein Magen flatterte, und mir war übel.

Als ich gerade einem Teenie-Mädchen einen Euro für den Vampirroman aushändigte, den sie in Zahlung gegeben hatte, kam plötzlich Ben herein. Mein Herz machte einen riesigen Sprung und fing dann wie wild an zu rasen. Schnell suchte ich in seinem Gesicht nach Zeichen für seine Gefühle.

»Vielen Dank, Lena. Tschüs«, hörte ich das Mädchen wie aus weiter Ferne sagen, reagierte aber nicht.

Ben trat an den Tresen. Ich stand wie angewurzelt an der Kasse, den Vampirroman in meinen Händen drehend. Wir musterten einander, ohne dass einer von uns etwas sagte. Schließlich hielt ich es nicht mehr aus. »Hallo.« Sehr einfallsreich.

»Hallo«, sagte Ben und machte ein Gesicht, als müsse er mir die Botschaft überbringen, dass von heute an auf der ganzen Welt das Essen von Schokolade verboten sein würde.

»Wie geht es Michel?«, fragte ich.

»Der liegt noch im Koma. Ich schätze mal, er wacht so schnell nicht auf.«

»Hat Juli sich bei ihm gemeldet?«

»Nein.«

Ich nickte langsam. »Bei mir auch nicht. Auf Anrufe oder SMS reagiert sie nicht. Und hast du jemanden … ich meine, hat *Michel* jemanden …«

Seine braunen Augen blickten mich prüfend an. »Jemanden aufgerissen? Nein. Wir haben nur Unmengen getrunken. Na ja, vor allem er. Ich hab bei ihm geschlafen, weil er nicht allein sein wollte.«

»Ah.«

Wieder schwiegen wir.

»Also, das mit uns gestern, ähm, der Kuss, das war ja echt … ziemlich verrückt. Oder?«

Er nickte. »Das kann man wohl sagen.«

»Gut, dass Michel reingeplatzt ist, wer weiß, wo das sonst geendet hätte.«

Ben hob eine Augenbraue. »Wir wissen doch beide ganz genau, wo das geendet hätte, Lena.«

Da war er wieder, der überhebliche, arrogante Ben, den nichts berührte.

»Ja. Und dann?«, platzte es aus mir heraus. »Du bist mit Franziska zusammen!«

»Und du mit Jan!«

»Ja, und ich fühle mich ganz furchtbar deswegen!«

Er runzelte die Stirn. »Weswegen genau? Weil du mit Jan zusammen bist oder weil wir uns geküsst haben?«

»Wegen beidem natürlich! Weil wir uns trotzdem geküsst haben, das hätten wir niemals tun dürfen! Das war ein Riesenfehler!«

Bens Gesicht verdunkelte sich. Oh Gott, was redete ich denn da? Das war komplett falsch rausgekommen, doch bevor ich mich korrigieren konnte, sagte er kalt: »Jetzt mach mal nicht so 'ne große Sache daraus. Wir haben ein bisschen rumgeknutscht, na und? Das hat doch überhaupt nichts zu bedeuten!«

Da war es. Genau das hatte ich befürchtet, davor hatte ich diese wahnsinnige Angst gehabt. »Dir ist das alles scheißegal, oder? Klar, du hast bis jetzt ja schließlich jede deiner Freundinnen betrogen, da kommt es auf dieses eine Mal auch nicht mehr an. Aber im Gegensatz zu dir bin ich niemand, der fremdgeht!«

Bens Augen verengten sich zu schmalen Schlitzen. »Da hatte ich gestern aber einen ganz anderen Eindruck, meine Liebe!«

Ich fühlte mich, als hätte er mir einen Faustschlag in die Magengrube verpasst. »Meine Güte, Ben, ich kann nicht fassen, was für ein Arschloch du bist! Franziska kann einem wirklich leidtun!«

Auch Ben wurde jetzt laut. »Soll ich dir mal sagen, wer mir leidtut? Jan, der arme Kerl. Der ist nämlich mit einer Person zusammen, die überhaupt gar nicht existiert und die ihm und vor allem sich selbst die ganze Zeit nur etwas vormacht! Die neue Lena! Von wegen! Du bist noch genau das kleine, ängstliche Mädchen wie vor einem Jahr, das sich vor allem zu Tode erschreckt, das unvorhergesehen passiert und nicht planbar ist!«

Ich feuerte den Vampirroman auf den Tresen. »Wo wir gerade von Angst reden: Was ist denn mit dir? Jahrelang hast du Franziska als Entschuldigung für deine Bindungsunfähigkeit vorgeschoben. Weil du Angst davor hast, wieder verlassen zu werden! Aber mit ihr hat das überhaupt nichts zu tun, sondern mit deiner Mutter!«

Ben wurde blass. Er ballte seine Hände zu Fäusten, doch als er redete, tat er das leise und kontrolliert, was es irgendwie umso bedrohlicher machte. »Hör auf mit meiner Mutter, ich warne dich.«

Doch ich konnte nicht aufhören. »Deine Mutter ist gestorben, sie hat dich verlassen, und *davon* hast du dich nie erholt! Du konntest nie darüber reden, also hast du es in dich reingefressen und schön verpackt in dir versteckt. Und das machst du immer noch! Jedes Mal, wenn etwas emotional wird, blockst du sofort ab. Du tust so, als wärst du der große Macker, aber in Wirklichkeit bist du nichts als ein elender, kleiner Feigling, der vor Gefühlen den Schwanz einzieht!« Schwer atmend hielt ich inne.

Ben schloss die Augen und atmete tief durch. Seine Lippen waren zusammengepresst, und er war blass. Schließlich sah er mich wieder an, eiskalt und voller Verachtung. »Was bildest du dir eigentlich ein? Dass du mich in- und auswendig kennst? Nur weil wir die letzten Monate gezwungenermaßen zusammengewohnt und mehr Zeit als sonst miteinander verbracht haben? Du weißt überhaupt nichts von mir! Die meiste Zeit meines Lebens warst du für mich unbedeutend und so gut wie gar nicht existent, und glaub mir, da ging es mir besser!«

Seine Worte taten unglaublich weh. Ich schluckte ein paar Mal heftig, um die Tränen niederzukämpfen. »Nicht existent, alles klar«, sagte ich schließlich mit zitternder Stimme. »Wenn es dir damit so gut geht, dann kann ich das umgehend wieder werden. Das ist überhaupt kein Problem für mich!«

»Oh, vielen Dank!«, sagte Ben mit vor Sarkasmus triefender Stimme. Er sah mich ein letztes Mal wütend an und verließ türenknallend den Laden.

Instinktiv wollte ich ihm nachlaufen, doch ich rührte mich nicht von der Stelle. Es war, als hätte mir jemand den Boden unter den Füßen weggezogen. Nach einer Weile realisierte ich, dass ich aufgehört hatte zu atmen und dass mir allmählich der Sauerstoff ausging. Mein Hals fühlte sich eng an und tat weh, und am liebsten hätte ich den bitteren Klumpen, der darin steckte, herausgeschrien. Aber kein Geräusch verließ meine Kehle. Meine Beine gaben nach, ich sank am Tresen entlang herab und kauerte mich auf den Boden, die Arme fest um meine Knie geschlungen.

»Ach Mädel«, hörte ich Ottos Stimme. »Mädel, Mädel, Mädel. Musste das denn wirklich sein?« Er hockte sich neben mich und legte mir vorsichtig einen Arm um die Schulter. Diese unerwartete Geste der Zärtlichkeit, ausgerechnet von Otto, weckte mich aus meiner Erstarrung. Mein Kopf sank an seine knochige Schulter, aber ich weinte nicht.

Eine gefühlte Ewigkeit saßen wir so da. Ich fror erbärmlich und klapperte unaufhörlich mit den Zähnen. Otto sagte nichts, tätschelte nur hin und wieder unbeholfen meinen Rücken. Meine Gedanken schwirrten hin und her. Sie waren es, die mich aufrecht hielten, die mich davon abhielten, komplett zusammenzubrechen. Ich sagte mir, dass es so sein sollte, dass es gut so war. Immerhin wusste ich jetzt endgültig, woran ich war. Ich liebte Ben, er liebte mich nicht. Das hatten schon Millionen von Menschen vor mir durchlebt, und auch ich würde es überleben. Genau genommen hatte ich das ja schon einmal geschafft. Mit Simon war ich vier Jahre zusammen gewesen, und was verband mich noch mal mit Ben? Ach ja, richtig. Nichts. Also war das mit Simon im Grunde genommen viel schlimmer, und ich hatte es trotzdem überlebt. Wegen Ben würde ich nicht zusammenbrechen. Nicht wegen ihm!

Irgendwann kam wieder etwas Leben in mich, und ich stand auf.

»Was hast du jetzt vor?«, fragte Otto. »Mit ihm reden?«

»Er hat mich rausgeschmissen! Was ich jetzt vorhabe? Ausziehen natürlich!«

Otto stand mühselig vom Fußboden auf. »Rausgeschmissen? Das sehe ich anders.«

»Dann siehst du es falsch«, sagte ich hart.

Ich verließ eilig den Laden und ging in die Wohnung. Bens

Wohnung, in der wir, wie er gesagt hatte, gezwungenermaßen zusammengelebt hatten. Er war Gott sei Dank nicht da. Ich wollte ihn nicht mehr sehen, nie mehr. Wieder und wieder gingen mir seine Worte durch den Kopf. *»Unbedeutend und so gut wie gar nicht existent.«* Es war also doch wahr, was Franziska am Tag des Vorstellungsgesprächs zu mir gesagt hatte. Ben wollte, dass ich ausziehe, aber er konnte es mir nicht sagen. Wegen Michel.

Ich öffnete meinen Kleiderschrank und lud die Sachen, die darin hingen, in meinen Koffer, stopfte sie einfach hinein. Genauso verfuhr ich mit meinem Kram im Badezimmer. Es sollte schnell gehen, wie bei einem Pflaster, das man möglichst schnell abzog, damit es nicht so schmerzhaft war. Ich zwang mich, nicht darüber nachzudenken, was ich tat, oder in mich hineinzuspüren, was ich empfand. Gefühle erlaubte ich mir nicht.

Doch als ich die Tür abschloss und den Schlüssel durch den Briefschlitz warf, kam es mir vor, als würde ich einen Teil von mir selbst wegsperren.

Michel starrte mich mit großen Augen an, als er mich mit gepackten Koffern vor seiner Tür erblickte. »Was machst du denn hier?«

»Ben und ich haben uns gestritten.«

»Ihr streitet euch doch ständig!«

»Aber nicht so wie dieses Mal.«

Michel seufzte. »Komm rein. Ich will gar nicht wissen, was genau vorgefallen ist. Bei euch beiden steige ich schon lange nicht mehr durch, und ich werde mich garantiert nicht einmischen.«

Kurz darauf saßen wir gemeinsam am Küchentisch, schweigend.

»Ist wohl kein gutes Wochenende für die Kleins, was?«, fragte Michel schließlich in die Stille hinein.

»Nein«, erwiderte ich. »Absolut nicht.«

Mir war immer noch furchtbar kalt. Vermutlich würde das für den Rest meines Lebens auch so bleiben.

Als ich nachts in Michels und Julis Gästebett im Dunkeln an die Decke starrte, beschloss ich, dass es an der Zeit war, mir mein eigenes Reich zu suchen. Und zwar sofort. Möglichst weit weg von Ben. Ich wollte nicht länger bei jemandem unterkriechen und mich dort unterm Rockzipfel verstecken, sondern endlich mein Leben in die Hand nehmen.

Bereits am nächsten Morgen studierte ich zum ersten Mal seit langer, langer Zeit wieder den Wohnungsmarkt. Dabei war mir von vornherein klar, dass ich mir eine eigene Wohnung von meinem mickrigen Gehalt nicht leisten konnte. Also musste ein WG-Zimmer her. An Michels Laptop durchforstete ich das Internet nach geeigneten Angeboten. Schnell stellte ich fest, dass für die dreihundert Euro Miete, die ich erübrigen konnte, nur WG-Zimmer weit außerhalb Hamburgs oder in den Brennpunktbezirken zu bekommen waren. Die bezahlbaren Zimmer in den angesagten Stadtteilen waren entweder schon vergeben oder wurden erst viel später frei. Aber warten kam für mich nicht infrage. Ich rief nacheinander sechsundzwanzig WGs an, bis ich schließlich an eine gelangweilte Frau geriet, die mir sagte, ich könne morgen vorbeikommen, um mir das Zimmer in einer Vierer-WG auf der Veddel anzusehen.

Abends saßen Michel und ich auf dem Sofa und sahen fern. Insgeheim waren wir jedoch beide mehr damit beschäftigt, auf unsere Handys zu schielen und auf Anrufe oder SMS zu warten. Doch weder mein noch Michels Handy gab auch nur einen Piep von sich.

»Hast du eigentlich etwas von Ben gehört?«, fragte ich ihn so beiläufig wie möglich, und allein den Namen auszusprechen tat weh. Gleichzeitig ärgerte ich mich, dass ich ihn überhaupt erwähnte.

»Nein«, sagte er. »Morgen Abend bin ich mit ihm und Otto zum Kartenspielen verabredet.«

»Hier?«, fragte ich schnell und in einem Anfall von Panik.

Er runzelte die Stirn. »Nein. Bei eu… Ben.«

Eine Weile sahen wir wieder zu, wie Bud Spencer ein paar Gangster verkloppte.

»Und Juli?«, fragte Michel schließlich, ebenfalls beiläufig. »Hat sie sich bei dir gemeldet?«

»Nein. Ich habe ständig versucht, sie anzurufen, aber ihr Handy ist aus. Auf SMS reagiert sie auch nicht.«

»Ach so. Tja.«

Wieder schwiegen wir, rückten aber näher zusammen. Ich lehnte meinen Kopf an seine Schulter, und er legte seinen Kopf auf meinen. Ich fühlte mich, als wäre etwas in mir kaputt, das dringend repariert werden musste. Aber das benötigte Ersatzteil gab es nicht.

Kapitel 17

... in dem ich (fast) aufhöre,
mich ständig überall einzumischen

Am nächsten Nachmittag stand ich vor einem wenig einladenden Wohnkomplex aus rotem Backstein, der direkt gegenüber den Bahnschienen lag. Alle paar Minuten ratterte eine S-Bahn oder ein Fernzug vorbei. Die Hauswand war mit Graffitis übersät, auf einer Bank lag ein Penner und schlief seinen Rausch aus. Im Erdgeschoss befand sich eine Kneipe mit dem schmissigen Namen Boing!. Davor saßen ein paar tätowierte Männer in Lederkluft und tranken Bier.

Ich hatte das übermäßig starke Bedürfnis, meine Beine in die Hand zu nehmen und zu verschwinden, aber dies hier war die einzige Chance, schnellstmöglich eine eigene Bude beziehen zu können. Also atmete ich tief durch und klingelte. Der Summer ertönte, und ich betrat den Hausflur. Es stank nach Urin, die Wände im Treppenhaus waren ebenfalls besprayt und bekritzelt. Ich stieg zwei Etagen hinauf und erblickte eine geöffnete Wohnungstür. Niemand war zu sehen. »Hallo?«, rief ich.

»Ja, was ist? Brauchst du 'ne Extraeinladung?«, hörte ich die Stimme der Frau, mit der ich telefoniert hatte.

Ich trat in den dunklen Flur, der mich mit einem widerlichen Geruch nach verschimmelten Lebensmitteln empfing. Ein dünner Lichtstrahl aus einer der Türöffnungen offenbarte mir

Schauderhaftes. In einer Ecke türmten sich Mülltüten, überall lag etwas herum. Ich lugte in das geöffnete Zimmer. Es war leer. Circa zwölf Quadratmeter groß, schmierig grauer Teppichboden. Das Fenster bot einen grandiosen Ausblick auf die Bahngleise. Ich suchte die Frau vom Telefon und fand sie schließlich in der Küche an einem Tisch, der vor dreckigem Geschirr nur so überquoll. Sie rauchte eine Zigarette und hatte eine Klatschzeitschrift vor sich liegen. »Das Zimmer haste gesehen?«, fragte sie.

»Ja.«

Mit dem Kopf deutete sie auf einen Küchenstuhl. »Kannst dich ruhig hinsetzen. Ich bin übrigens Tina.« Sie musterte mich aus dick mit Kajal umrandeten Augen.

»Lena.« Ich setzte mich auf die äußerste Stuhlkante.

Die Küche war übel. Dagegen war Bens Chaos der reinste Kindergarten. Herd und Arbeitsflächen waren komplett verdreckt, und in der Spüle türmten sich Berge von Geschirr, auf dem die Essensreste angetrocknet waren. Bei jedem Schritt klebten die Schuhe am Boden.

Tina wickelte sich eine Strähne ihres wasserstoffblonden Haares, das von schwarzen Strähnen durchzogen war, um den Finger. »Hast du irgendwelche Fragen?«

»Wo sind die anderen Mitbewohner?«

»Keine Ahnung.« Gleichgültig zuckte sie mit den Achseln. »Auf Arbeit vielleicht oder pennen noch. Einen hab ich schon seit drei Wochen nicht gesehen. Vielleicht verwest der ja in seinem Zimmer.« Sie lachte laut. »Ach Quatsch«, sagte sie, als sie meinen vermutlich schockierten Gesichtsausdruck sah. »War nur'n Witz. Das würde man ja riechen.«

Angesichts des widerlichen Gestanks in der Wohnung gelang es mir beim besten Willen nicht, über ihren Witz zu lachen.

Tina steckte sich eine weitere Zigarette an, nachdem sie die andere gerade erst ausgedrückt hatte. »Also, nimmst du das Zimmer?«

»Ja«, hörte ich mich sagen.

»Gut. Hier ist der Schlüssel.« Tina warf mir einen Ring mit zwei Schlüsseln daran zu. »Die Miete zahlst du monatlich bar an mich. Dreihundert Euro. Kannst von mir aus sofort einziehen.«

Mir kam der Gedanke, dass die gute Tina ziemlich geschäftstüchtig war. Sie musste einen ordentlichen Reibach machen, wenn sie drei Zimmer für je dreihundert Euro untervermietete. Aber mich interessierte es nicht. Hauptsache, ich hatte meine eigene Bude, weit weg von Ben. »Ich denke, ich ziehe morgen Abend ein. Nach der Arbeit.«

Zurück in Michels Wohnung, sprang ich sofort unter die Dusche. Das kochend heiße Wasser prasselte auf meinen Körper, und plötzlich fuhr mir der Schreck durch die Glieder. Ich hatte ja überhaupt keine Möbel! Nichts, nicht mal eine Matratze. Als ich bei Simon ausgezogen war, hatte ich nichts mitgenommen, und die Zimmereinrichtung in Bens Wohnung gehörte nicht mir, sondern war von ihm und Michel zusammengeliehen. Ich überlegte hin und her, doch mir fiel keine Lösung ein. Für neue Möbel hatte ich kein Geld.

Das hatte ich nun von dieser Hauruck-Aktion. Niemals würde ich das alles allein hinkriegen!

Meine Haut war vom heißen Wasser schon knallrot, also kletterte ich aus der Dusche und trocknete mich ab. Bens Worte gingen mir nicht aus dem Kopf: *»Du bist noch genau das kleine, ängstliche Mädchen wie vor einem Jahr, das sich vor allem zu Tode erschreckt, das unvorhergesehen passiert und nicht planbar ist!«*

»Er hat unrecht, und das werde ich ihm beweisen!«, sagte ich laut zu meinem Spiegelbild.

Mein Leben lang hatten mir immer andere die Dinge aus der Hand genommen, die ich als zu schwierig oder unangenehm empfunden hatte. Ob Umzüge, Renovierungen, Steuererklärungen, Bankangelegenheiten oder Versicherungskram, nie hatte ich mich ganz allein um etwas kümmern müssen. Damit war jetzt Schluss. Ich würde die Dinge von jetzt an selbst in die Hand nehmen.

Und mir kam auch schon eine Idee, wie ich damit anfangen konnte. Auch wenn ich dafür noch einmal meinen Bruder brauchte. Ich wusste, dass er abends zum Kartenspielen bei Ben war, also bat ich ihn darum, mir mein Brautkleid mitzubringen, das ich im Kleiderschrank zurückgelassen hatte.

Als Michel zurückkam, drückte er mir den weißen Plastiksack in die Hand. Ich hätte gerne gefragt, wie es Ben ging, ob er irgendetwas über mich gesagt hatte. Ob Franziska bei ihm gewesen war. Doch ich verkniff es mir, und Michel erzählte von sich aus nichts.

Am nächsten Morgen rief ich Otto an und sagte ihm, dass ich heute leider nicht zur Arbeit kommen könnte und dringend einen Tag frei bräuchte. Mit dem Kleid bewaffnet machte ich mich auf den Weg in einen Laden, der gebrauchte Brautkleider an- und verkaufte. Die unfreundliche Verkäuferin tat so, als wäre sie nicht gerade angetan von dem, was ich ihr anzubieten hatte, doch nach einigem Hin und Her drückte sie mir achthundert Euro in die Hand.

Damit ging ich schnurstracks zu einer Autovermietung und besorgte mir einen kleinen Transporter, mit dem ich mich auf den Weg zu IKEA machte. Hier kaufte ich die nötigsten Möbel und ein bisschen Dekokram. Schwer beladen fuhr ich zu meiner neuen Bleibe und wuppte ächzend Paket um Paket hinauf. Nachdem ich mein Zimmer gründlich geputzt und desinfiziert hatte, baute ich Bett und Schrank auf. All das tat ich hochkonzentriert und mit zusammengebissenen Zähnen.

Abends saß ich allein und mit schmerzenden Gliedern auf meinem neuen Bett. Es roch fremd, und dieses Zimmer fühlte sich nicht wie ein Zuhause an. Eine Weile blieb ich sitzen, starrte die Wand an und kaute an meinen Fingernägeln. Ich fragte mich, wie es Juli wohl gerade erging, ob sie sich ebenso mies fühlte wie ich, und schrieb ihr eine SMS, auch wenn mir inzwischen klar war, dass sie nicht darauf antworten würde. Schließlich hielt ich die Stille nicht mehr aus und ging in die Küche, wo ich auf Tina traf, die am Tisch saß, in einer Zeitschrift blätterte und rauchte.

»Hallo«, sagte sie. »Ich sehe, du bist eingezogen?«

»Ja. Hier ist dein Geld.« Wie abgesprochen legte ich die dreihundert Euro auf den Küchentisch.

»Na dann, herzlich willkommen im Ritz.« Sie lachte und stopfte sich die Scheine in die Hosentasche.

»Danke.« Ich bereitete mir eine 5-Minuten-Terrine zu und setzte mich zu ihr. »Weißt du, ich hab heute spontan einen Tag frei genommen, sonst hätte ich das alles nie geschafft.«

»Was machst du denn so beruflich?«, erkundigte sich Tina.

»Ich arbeite in einem Buchladen. Und du?«

»Ich studiere Architektur«, erwiderte sie.

Oookääääy. So konnte man sich in Leuten täuschen. Ich hätte vermutet, dass sie gar nichts tat oder maximal auf Vierhundertfünfzig-Euro-Basis in einer Pornovideothek jobbte. »Und wer wohnt hier sonst noch?«

»Also«, fing sie an. »Da hätten wir René, der pennt die meiste Zeit. Wenn nicht, macht er glaub ich irgendwas Illegales auf'm Kiez. Dann gibt es noch Mutlu, das ist der Verschollene. Keine

Ahnung, vielleicht ist der im Terroristen-Trainingscamp in Afghanistan oder so.« Sie zuckte mit den Achseln. »Und dann ich und du.«

›Nette Combo‹, dachte ich.

»Hast du einen Freund?«, fragte Tina.

»Nein. Ich meine, ja«, korrigierte ich mich, als mir mit einem Riesenschreck Jan einfiel. Meine Güte, bei dem hatte ich mich seit Freitagnachmittag nicht mehr gemeldet! Er wusste noch nicht mal, dass ich ausgezogen war. Sofort klopfte auch das schlechte Gewissen wieder an, das mich ihm gegenüber quälte.

Tina grinste. »Weißt du selbst nicht so genau, ob du 'nen Freund hast? Das hab ich auch noch nicht gehört.«

Ich aß einen Löffel aus meiner Terrine, aber ohne Appetit. Sie schmeckte wie Pappe.

Die Tür ging auf, und herein stiefelte ein hagerer junger Mann von etwa zwanzig Jahren. Er trug ein Unterhemd und eine Jogginghose, und das, was ich von seinem dünnen Körper sehen konnte, war über und über mit Tätowierungen übersät. Er gähnte mit weit geöffnetem Mund und schlurfte, ohne uns zu beachten, zur Spüle.

»Das ist René«, erklärte Tina. »René, das hier ist unsere neue Mitbewohnerin. Lena.«

Er drehte sich kurz zu mir um und sah mich ohne größeres Interesse an. »Hi«, sagte er. »Finger weg vom Nescafé, das ist meiner.«

»Okay«, erwiderte ich. »Kein Problem.«

Er spülte eine der angeschimmelten Tassen aus der Spüle notdürftig aus, schüttete sechs Löffel Nescafe hinein und goss warmes Wasser aus dem Hahn darüber. Nachdem er ein paar Mal umgerührt hatte, trank er die Tasse in einem Zug aus und wischte sich den Mund mit der Hand ab. »Brauchst du was zu rauchen?«, fragte er mich unvermittelt.

»Nein, ich habe noch irgendwo Zigaretten. Und so oft rauche ich eigentlich nicht.«

»Ich rede von Gras«, erklärte René.

»Oh. Äh, nein. Danke.«

»Wenn du mal irgendwas brauchst, Gras, Crack, H – wende dich vertrauensvoll an mich. Ich habe Kontakte.« Er schmiss die Tasse wieder in die Spüle. »Also ciao«, sagte er und verschwand.

Mir schwante, um was es sich bei Renés »illegaler Beschäftigung auf dem Kiez« handeln könnte. Oh mein Gott, wo war ich hier nur hineingeraten?

Ich ging in mein Zimmer und rief Jan an. Er wunderte sich zwar darüber, dass ich nicht mehr bei Ben wohnte und stattdessen so überhastet in eine WG gezogen war, gab sich aber mit meiner schnell zusammengezimmerten Erklärung, ich hielte die ewigen Zankereien mit Ben einfach nicht mehr aus, zufrieden. Er würde am nächsten Abend vorbeikommen und sich meine neue Bleibe mal ansehen. Seinerseits lieferte er mir keinerlei Gründe dafür, warum er sich so lange nicht gemeldet hatte. Aber sein Buch sei jetzt fast fertig, sagte er.

Nach dem Gespräch legte ich mich ins Bett und versuchte zu schlafen. Es war ungewöhnlich hell, was an den beleuchteten Bahnschienen vor meinem Fenster lag. Alle paar Minuten rumpelte und quietschte es, wenn ein Zug oder eine Bahn vorbeifuhr. In der Wohnung über mir stritt lauthals ein Paar, und ein kleines Kind weinte. Unter meinem Fenster vor der Kneipe grölte ein Besoffener permanent nach einer Ramona. Meine Gedanken wollten immer wieder zu Ben, aber ich erlaubte es ihnen nicht.

Jan holte mich am nächsten Tag von der Arbeit ab. Lächelnd stand er vor mir, seine meerblauen Augen blitzten. Ich fiel ihm um den Hals. »Oh Gott Jan, endlich bist du da!«, rief ich und schmiegte mich in seine Arme. »Es tut mir so leid.«

Er lachte und hielt mich fest. »Was ist denn mit dir los? Was tut dir leid?«

Für einen kurzen Moment zog ich in Erwägung, ihm alles zu beichten. Aber ich konnte es nicht. »Dass ich mich so lange nicht gemeldet habe«, sagte ich schließlich. »Ich bin so froh, dich zu sehen«, murmelte ich an seiner Brust.

»Ich doch auch, Kleines«, erwiderte er.

Ich hasste es, wenn er mich Kleines nannte. Und doch. Wenn ich es mit ihm nicht schaffte, dann mit niemandem. Und überhaupt, wenn ich eins gelernt hatte, dann, dass man selten das vom Leben bekam, was man sich wünschte. Die Kunst lag darin, das Beste aus dem zu machen, was man kriegen konnte.

Jan war, zu meinem großen Erstaunen, begeistert von der Wohnung. »Das Leben an der Basis«, schwärmte er, als er sich in der verdreckten Küche umsah. »Das nenne ich Wahrhaftigkeit. Ich bin wahnsinnig inspiriert.« Er kramte sein Notizbuch hervor, setzte sich damit an den Küchentisch und fing an, wild darin zu kritzeln.

Während Jan schrieb, putzte ich die Küche. Ich wusch ab, schrubbte, wienerte, entrümpelte und desinfizierte. Ein paar Stunden später war ich schweißgebadet und todmüde, aber wenigstens war die Küche in einem einigermaßen vertretbaren Zustand.

Nachdem Jan und ich ins Bett gegangen waren und das Licht gelöscht hatten, stand er wieder auf und sah aus dem Fenster. Gerade ratterte eine S-Bahn Richtung Wilhelmsburg vorbei. »Der Wahnsinn«, meinte er. »Das ist das wahre Leben.«

Ich fragte mich, was an einem Leben im Schanzenviertel oder

Ottensen »unwahr« sein sollte. Aber ich war zu müde, darüber zu diskutieren, und nickte ein.

Juli ließ weiterhin nichts von sich hören, bis auf folgende SMS an Michel:

Bitte verzeih mir. Ich bin bei meiner Mutter und melde mich, wenn ich die Kraft dazu habe. Im Moment kann ich es noch nicht.

Diese SMS war es, die das Fass für mich zum Überlaufen brachte. Dass sie meinen Bruder jemals so behandeln würde, hätte ich nicht von ihr gedacht. Und es passte einfach nicht zu ihr.

Ich bat Michel um die Nummer von Julis Mutter und rief vom Laden aus in einer ruhigen Minute dort an. Nach drei Mal klingeln meldete sich eine rauchige Frauenstimme: »La Luna, Fachladen für weiße Magie und Esoterik, wie kann ich Ihnen weiterhelfen?«

»Hallo, hier ist Lena Klein. Ich würde gerne mit Juli sprechen.«

Die Frau schwieg, sodass ich im Hintergrund leise Meditationsmusik hören konnte. Schließlich sagte sie: »Ich gehe davon aus, dass Sie die Schwester von Michel sind? Julia braucht ihren Freiraum und Luft zum Atmen. Sie ist kein Mensch, der sich einengen lässt. Sagen Sie ihm das bitte.«

Julia. Ihre Mutter war wahrscheinlich der einzige Mensch auf der Welt, der sie so nannte. »Mein Anruf hat nichts mit meinem Bruder zu tun. Ich möchte wirklich gerne mit ihr sprechen. Als ihre Freundin.«

»Julia muss erst mal einen klaren Kopf bekommen. Wenn die Zeit reif ist, wird sie sich sicherlich melden. Aber im Moment kann ich leider nichts für Sie tun.«

Damit knallte sie den Hörer auf die Gabel.

Nachdenklich starrte ich auf das Telefon. Mir würde wohl nichts anderes übrig bleiben, als mich auf den Weg nach Berlin zu machen. Schon wieder. Dann fiel mir mein Vorhaben ein, mich nicht mehr einzumischen. »Jeder ist in erster Linie für sich selbst verantwortlich«, betete ich mir vor. Aber trotzdem. Es musste doch noch erlaubt sein, bei seiner besten Freundin nach dem Rechten zu sehen.

Am Abend bevor ich nach Berlin fahren wollte, hielt Otto mich im Laden zurück.

»Lena, ich muss mal ein ernstes Wörtchen mit dir reden.«

Er wurde von einem heftigen Hustenanfall unterbrochen, und mir wurde plötzlich bewusst, dass das in letzter Zeit häufiger vorgekommen war. Otto sah schlechter aus denn je.

»Du musst endlich zum Arzt gehen!«

»Nicht schon wieder diese Diskussion. Das ist nur eine lästige Erkältung. Jetzt lenk nicht ab. Komm mit.« Otto ging mir voraus in das Kabuff und setzte sich an seinen Schreibtisch. »Setz dich«, sagte er und deutete auf den Stuhl ihm gegenüber.

Ich tat, wie mir geheißen, und wunderte mich über sein ernstes Gesicht und die Förmlichkeit. »Worüber willst du denn reden?«

Otto musterte mich mit seinen grauen, wässrigen Augen. »Du bist unglücklich«, stellte er fest.

Ich lehnte mich im Stuhl zurück und verschränkte die Arme vor der Brust. »Das stimmt nicht, mir geht es sehr gut!«

»Jaja«, brummte er. »Siehst aber nicht so aus, als ginge es dir gut. Und dein Ben übrigens auch nicht.«

»Das ist dann ja wohl sein Problem.«

»Nein, das ist *euer* Problem.« Otto seufzte. »Warum fasst du dir nicht ein Herz und redest mit ihm?«

»Da gibt es nichts mehr zu reden.«

Otto verdrehte die Augen. »Es ist unglaublich, wie stur ihr seid!«

»Apropos stur: Was ist denn mit dir und deinem Sohn?«

Sofort wurde er abweisend. »Das ist ein ganz anderes Thema.«

»Das glaube ich nicht. Im Grunde genommen ist es genau das gleiche Thema. Warum rufst du ihn nicht an und entschuldigst dich bei ihm?«

Otto bekam erneut einen schweren Hustenanfall. »Er muss sich bei mir entschuldigen!«, stieß er hervor.

Langsam machte seine schlechte Verfassung mir Angst. »Gibt es sonst noch etwas, das du mit mir bereden musst?«, fragte ich.

Resigniert winkte er ab. »Nein. Das hat ja doch keinen Sinn.«

»Gut. Dann geh ich jetzt.« Damit erhob ich mich. »Denk dran, morgen deinen Erkältungstee zu trinken, ja?«

»Ja, ja. Ab nach Hause mit dir«, brummte er.

Die Adresse des Esoterik-Ladens von Julis Mutter hatte ich mir aus den Gelben Seiten herausgesucht. Nun stand ich vor dem Eingang, über dem in verschnörkelter Schrift ein Schild mit den Worten »La Luna» hing. Im Laden roch es stark nach Räucherstäbchen. Asiatische Meditationsmusik klang durch den Raum, der vollgestopft war mit Tees und Kräutern, Tarotkarten, Traumfängern, esoterischen Büchern und überhaupt allem, was irgendwie mit Zen, Karma oder Mystik zu tun hatte. Es gab sogar eine Ecke mit »Hexenbedarf«.

»Kann ich Ihnen helfen?«, ertönte hinter mir die rauchige Stimme, die ich vom Telefon wiedererkannte. Ich drehte mich um und fand mich einer Frau in wallenden Klamotten gegenüber, die ich auf den ersten Blick als Julis Mutter identifizierte. Sie hatte feuerrotes Haar, das asymmetrisch geschnitten war, und in dem Ohr, das nicht darunter verborgen lag, baumelte ein langer Federohrring. Sie sah mir tief und bohrend in die Augen, was ein unangenehmes Gefühl in mir auslöste. Ich fühlte mich fast nackt vor ihr.

»Oh«, sagte sie und legte ihre Hände an meine Schläfen, ohne sie jedoch zu berühren. »Sie kämpfen harte Kämpfe mit sich selbst. Tun Sie das nicht.« Dann legte sie mir die Hände auf die Schultern. »Umarmen Sie Ihre innere Kriegerin, schließen Sie Frieden mit ihr. Schauen Sie, ich habe hier eine Kräuterteemischung, die Ihnen dabei helfen kann, Ihre Balance wiederzufinden.« Sie hielt mir eine Packung Tee hin.

Ich nahm sie, schenkte ihr aber keine weitere Beachtung, sondern sagte: »Danke, aber eigentlich bin ich auf der Suche nach Ihrer Tochter, Frau Schumann.«

»Nennen Sie mich Naigila.«

»Äh ja. Naigila. Ich bin Lena Klein. Wir haben letzte Woche miteinander telefoniert, und ich würde Juli gerne besuchen. Ist sie da?«

Ihr Gesichtsausdruck wurde gleich viel weniger freundlich. »Ja, ist sie.«

»Kann ich denn zu ihr oder nicht?«

Naigila Schumann spielte mit ihrer Kette, an der ein überdimensional großer, kreisrunder Natursteinanhänger hing, der in der Mitte ein Loch hatte. Nach einer Weile sagte sie »Warten Sie kurz« und verschwand in einem Hinterraum.

Ich blieb zurück und sah mich unschlüssig im Laden um. Dabei entdeckte ich sogar ein Buch über Liebesbeschwörungsrituale. Daraus hatte Juli damals also diese bescheuerte Idee gehabt, die Beziehung zwischen Jan und mir heraufzubeschwören.

Julis Mutter tauchte wieder auf. »Ich soll Ihnen ausrichten, dass es Julia sehr leidtut, aber sie kann es nicht ertragen, Sie zu sehen. Und es ist zwecklos, sie wird sich nicht überreden lassen, zu Michel zurückzukehren.«

Ich schob das Liebesbeschwörungsbuch heftig zurück ins Regal. »Ich will sie zu gar nichts überreden!«

»Julia ist ein sehr freier, unabhängiger Mensch. Sie lässt sich nicht von irgendwelchen Konventionen einzwängen, und ein Beziehungsmensch ist sie auch nicht. Beziehungen führen zu nichts als Kummer. Es ehrt Sie, dass Sie sich so für Ihren Bruder einsetzen, aber Sie müssen das verstehen.«

»Ich muss überhaupt nichts!«, sagte ich laut. »Ist Juli dahinten irgendwo, ja?« Ich deutete in die Richtung, aus der Julis Mutter eben gekommen war, und stürmte wild entschlossen an ihr vorbei. Vom Hinterzimmer des Ladens führte eine schmale Treppe hinauf in ein winzig kleines Wohnzimmer. Hier saß Juli auf dem Sofa und blätterte in einer Zeitschrift. Als ich den Raum betrat, sah sie auf und zuckte zusammen.

»Sag mal, hast du sie noch alle?«, fuhr ich sie an. »Jetzt mal ganz ehrlich, bist du komplett bescheuert? Ich dachte, du bist meine beste Freundin! Aber nicht nur, dass du dich klammheimlich aus dem Staub machst und meine Millionen Anrufe und SMS einfach ignorierst, jetzt siehst du dich auch noch außerstande, mir eine Privataudienz zu gewähren, nachdem ich den ganzen Weg aus Hamburg hergekommen bin! Das kann ich einfach nicht fassen!«

Juli knallte die Zeitschrift neben sich auf das Sofa und stand auf. »Ich habe nicht darum gebeten, dass du herkommst und mir deine Meinung zu meinem Verhalten verkündest. Ich habe meine Gründe, warum ich so gehandelt habe!«

»Dann sag mir doch endlich, was mit dir und Michel los ist!«

»Hör verdammt noch mal damit auf, dich ständig überall einzumischen! Das geht dich nichts an!«

»Wenn meine beste Freundin und mein Bruder mich nichts angehen, wer denn dann?«

»Ich kann so nicht mehr leben, Lena!« Diese Worte schrie sie heraus. Mir fiel auf, wie blass und abgemagert sie aussah. »Die Hochzeit, ein Haus und Kinder, glücklich bis ans Lebensende, das bin ich einfach nicht! Ich kann das nicht!« Schwer atmend stand sie da, und plötzlich tat sie mir unglaublich leid. Am liebsten wäre ich zu ihr gegangen und hätte sie in den Arm genommen. Aber ich blieb auf meinem Fleck stehen. »Du liebst Michel doch. Oder, Juli? Du liebst ihn.«

Juli verbarg das Gesicht in ihren Händen und begann bitterlich zu weinen. »Ja, natürlich liebe ich ihn«, sagte sie unter Tränen. »Aber ich kann das nicht. Ich kann nicht.« Sie schluchzte heftig und wiederholte immer wieder dieselben Worte.

Ich gab meinem Impuls nach, ging zu ihr und legte ihr vorsichtig einen Arm um die Schulter. Sie ließ ihren Kopf sinken und lehnte sich an mich. So standen wir lange da, bis Julis Tränen versiegt waren.

»Wovor hast du solche Angst?«, fragte ich leise.

»Du kannst das nicht verstehen.« Sie ließ sich aufs Sofa fallen, nahm ein Kopfkissen auf den Schoß und klammerte sich daran fest.

»Versuch's doch mal.« Ich setzte mich neben sie. »Und ich bin hier als deine Freundin. Okay? Ich werde immer Michels Schwester bleiben, das ist klar. Aber hier und jetzt sitze ich als deine Freundin.«

Juli sah mich aus ihren dunklen Augen an, in denen immer noch Tränen schimmerten. »Mein Vater hat uns verlassen, als ich noch sehr klein war. Das weißt du ja«, begann sie zu erzählen. »Er hat sich nie wieder gemeldet. Kein Besuch, kein Anruf, keine Postkarte, nichts. Das Einzige, was ich gehört habe, ist, dass er in Argentinien lebt. Aber ob das stimmt – keine Ahnung.« Sie hielt inne und zog das Kissen noch enger an sich. »Meine Mutter hat wahnsinnig darunter gelitten, und ich glaube, sie hat sich nie ganz davon erholt. Das ist es, was dabei herauskommt, wenn man sich so sehr auf jemanden einlässt. Man ist so schutzlos. Und am Ende wird man verletzt.«

Sie schwieg, und ich ließ ihre Worte eine ganze Weile sacken. »Das heißt, du hast Michel im Grunde genommen nur verlassen, weil du Angst hast, dass er es sonst irgendwann tun würde?«, sagte ich schließlich. Ich seufzte und sah plötzlich Ben vor meinem inneren Auge. »Das kommt mir irgendwie bekannt vor.«

»Ich vermisse ihn so«, flüsterte sie.

»Ach Süße.« Ich nahm sie fest in den Arm und streichelte ihren Kopf. »Er vermisst dich auch. Und er ist es doch wert, die Feigheit zu überwinden und es zu riskieren, oder?«

Juli schniefte, hob den Kopf von meiner Schulter und sah mich an. »Wo wir gerade von Feigheit reden, was ist eigentlich mit dir und Ben?« In ihren Augen war schon wieder etwas von ihrer alten Kampfeslust zu erkennen. »Und bitte versuch nicht wieder, mir etwas vorzumachen, indem du mir erzählst, dass da nichts läuft.«

»Angriff ist die beste Verteidigung, oder was?«, fragte ich. Ich kämpfte eine Weile mit mir, beschloss dann aber, dass es an der Zeit war, mit ihr darüber zu reden. In all den Monaten hatte ich meine Gefühle für mich behalten, sie vor Juli und allen anderen geleugnet. Und diese Anstrengung war mir plötzlich zu viel. »An dem Abend, als ich mit ihm bei der Silberhochzeit von Manfred und Gisela war, haben wir uns geküsst.«

Juli riss die Augen auf.

»Es hat sich wieder gezeigt, dass es uns ziemlich schwerfällt, damit aufzuhören, wenn wir erst mal angefangen haben«, fuhr ich fort und betrachtete meine Hände. »Und ich denke, das hätten wir auch nicht getan, wenn Michel nicht hereingeplatzt wäre, weil du ihn verlassen hast.«

»Oh Mann.«

»Am nächsten Morgen haben wir uns gestritten. Ben hat gesagt, dass er mich nicht mehr sehen will, ich bin ausgezogen, wohne jetzt in einer Vierer-WG auf der Veddel und gehe ihm aus dem Weg. Seit diesem Morgen habe ich nichts mehr von ihm gehört.«

»Er will dich nicht mehr sehen?«, fragte Juli ungläubig. »Das ist doch Unsinn. Meine Güte, da lässt man dich einmal allein, und schon geht alles drunter und drüber. Also, was genau hat er gesagt? Was hast du gesagt? Wir werden das jetzt von Grund auf analysieren.«

»Nein, Juli. Es ist besser so«, sagte ich und ärgerte mich darüber, dass meine Stimme so dünn klang. Ich räusperte mich. »Und außerdem geht es hier nicht um Ben und mich, sondern um dich. Aber nächstes Mal werde ich auf dich hören und mich nicht in den Falschen verlieben, das verspreche ich dir.«

»Also gibst du endlich zu, dass du in ihn verliebt bist?«

Ich versuchte ein Lächeln, allerdings nicht sehr erfolgreich. »Ich liebe ihn.« Noch nie hatte ich es ausgesprochen. Es fühlte sich seltsam an, so als wäre es erst jetzt wirklich wahr.

»Was ist mit Jan?«

»Ich weiß es nicht«, flüsterte ich.

»Mann, Lena«, sagte Juli kopfschüttelnd. »Wieso waren wir in letzter Zeit nur so unehrlich miteinander?«

»Keine Ahnung. Ich wollte nicht ständig von dir hören, dass es falsch ist, mich in Ben zu verlieben. Das wusste ich ja selber. Irgendwie konnte ich es vor dir einfach nicht zugeben.«

»Und ich dachte immer, dass du sowieso auf Michels Seite wärst und mich nicht verstehen würdest.«

Eine Weile saßen wir still auf dem Sofa. »Glaubst du, Michel würde mich zurückhaben wollen?«, fragte Juli.

»Ja. Das glaube ich.«

»Auf einer Skala von 1 bis 10, wie hoch ist die Wahrscheinlichkeit?«

Ich knuffte sie in die Seite. »Frag doch die Karten oder eine Glaskugel oder was weiß ich. Es gibt da auch ein super Beschwörungsritual, vielleicht sollten wir das mal machen.«

Juli und ich sahen uns an und lachten. Wir redeten noch lange und brachten uns gegenseitig auf den neuesten Stand. Es war wirklich schön, endlich wieder so vertraut mit Juli zu sein. Schließlich war der Moment gekommen, in dem ich zum Zug musste. Juli begleitete mich zur Tür. »Ich muss mit meiner Mutter noch einiges klären«, sagte sie. »Aber in ein paar Tagen komme ich zurück nach Hamburg. Könnte ich vielleicht bei dir unterkommen, wenn Michel ...« Sie ließ den Satz unbeendet.

»Klar. Das kriegen wir schon irgendwie hin. Aber mach dir keine Sorgen, das wird schon gut gehen.«

Wir umarmten uns fest, und ich ließ Juli zurück. Auf dem Weg zur U-Bahn überlegte ich kurz, noch bei Frank vorbeizuschauen. Aber dann ließ ich es bleiben. Ich hatte getan, was ich konnte. Und schließlich und endlich hatten die anderen recht: Ich sollte wirklich aufhören, mich ständig einzumischen.

Kapitel 18

... in dem ich Heimweh habe

In den folgenden Tagen achtete ich verstärkt auf Otto, und je länger ich ihn betrachtete, desto deutlicher wurde mir, wie blass er war und wie schwer er atmete und hustete. Doch er weigerte sich weiterhin strikt, zum Arzt zu gehen, und ich konnte nichts weiter tun, als ihm besonders gesunde Mahlzeiten zu kochen und zu überwachen, dass er sie auch aß. Außerdem versuchte ich, ihm Vitaminpräparate anzudrehen, die er aber rigoros ablehnte. Am Samstag war ich gerade damit beschäftigt, heimlich Sanostol in seinen Kaffee zu mischen, als Michel den Laden betrat.

»Hallo Lena«, sagte er und versuchte vergeblich, ein breites Grinsen zu unterdrücken. »Ich habe eine Überraschung für dich.«

Mir war sofort klar, worum es dabei ging, doch ich spielte mit. »Was denn?«, fragte ich unschuldig.

»Rate.«

»Na schön. Wladimir Klitschko wird neuer Bundeskanzler.«

»Besser.«

»Merkel und Obama haben ihre Verlobung verkündet.«

»Nicht ganz, aber wir kommen der Sache schon näher.«

»Du und Juli habt euch miteinander versöhnt, und sie steht

jetzt draußen vor der Tür und wartet darauf, dass du sie reinholst.«

Michel sah enttäuscht aus. »Woher weißt du das?«

Ich grinste. »Ich weiß es halt. Michel, ich freu mich so für euch!« Als ich ihn umarmte, fiel mir auf, dass der Liebeskummer seiner Figur nicht gerade gutgetan hatte. »Und jetzt hol Juli endlich rein, Moppelchen!«

Zur Feier des Tages gingen wir in Rüdigers Café, wo wir uns überdimensional große Stücke Schokoladenkuchen genehmigten. Rüdiger holte eine Flasche Prosecco aus dem Kühlschrank und stellte sie vor uns auf den Tisch. »Geht aufs Haus«, verkündete er. »Unter der Bedingung, dass ich was abkriege.« Er schenkte jedem ein Glas ein, und wir stießen an.

Michel schlug mit seiner Kuchengabel an sein Sektglas. »Also, ich habe etwas zu verkünden. Oder willst du das machen?« Er sah Juli mit einem süßen Blick an, und sie strahlte über das ganze Gesicht. So ausgeglichen und glücklich hatte ich sie schon lange nicht mehr gesehen.

Sie schlug ihrerseits mit ihrer Kuchengabel an ihr Glas und räusperte sich. »In letzter Zeit habe ich mich häufig negativ zum Thema Ehe geäußert und konnte mich mit dem Gedanken zu heiraten nicht so recht anfreunden. Aber, um es kurz zu machen, ich habe eingesehen, dass ich einfach nur feige war.« Dabei schielte sie zu mir herüber und grinste. »Michel und ich werden heiraten. Und zwar in genau zwei Wochen. Wir waren heute beim Standesamt und haben uns einen Termin besorgt.«

Mir klappte die Kinnlade herunter. »Ihr heiratet in zwei Wochen? Wie wollt ihr das so schnell auf die Reihe kriegen? Du hast noch kein Kleid, ihr habt keine Location, keinen DJ ...«

»Das brauchen wir alles nicht«, sagte Juli. »Es wird eine kleine, entspannte Hochzeit, nur mit uns beiden, der Familie und den engsten Freunden. Die Trauung findet im Standesamt Altona statt, die Feier im Beach Club, und ein Kleid finde ich schon noch.«

»Okay«, sagte ich verdattert.

»Übrigens, du und Ben, ihr seid unsere Trauzeugen. Ich hoffe, dir ist klar, dass ihr euch auf unserer Hochzeit über den Weg laufen werdet?«, sagte Juli und trank einen Schluck.

Oh verdammt. »Kann Ben nicht, ich meine, könnt ihr nicht einen anderen …?«, stammelte ich, wurde aber energisch von meinem Bruder unterbrochen. »Nein, können wir nicht. Er wird von Anfang bis Ende dabei sein, genauso wie du.«

»Was ihr da abzieht, geht so nicht«, sagte Juli streng. »Wie stellt ihr euch das vor? Ihr beide seid unsere besten Freunde, und wir wollen mit euch feiern. Zusammen. Bei euren seltsamen Spielchen werden wir nicht mitmachen.«

Ich verschränkte die Arme vor der Brust. »Das habt ihr ihm hoffentlich auch so gesagt.«

Juli und Michel tauschten einen Blick. »Ja, allerdings«, sagte Michel.

»Also habt ihr ihm zuerst mitgeteilt, dass ihr euch versöhnt habt?«, fragte ich empört. »Was hat er dazu gesagt?«

Erneuter Blickwechsel zwischen Juli und Michel. »Das kannst du ihn ja bald selbst fragen«, meinte Juli.

Später ging ich zurück in den Laden, räumte auf und dekorierte die Schaufenster neu. Ich war fast fertig, als mein Handy klingelte. Als ich hörte, wer dran war, wäre mir fast das Telefon aus der Hand gefallen.

»Hallo Frau Klein, hier ist Claas Maurien von der Agentur Maurien & Thews. Erinnern Sie sich?«

Mein Herz setzte einen Schlag aus. »Ja, natürlich erinnere ich mich.« Meine PR-Bewerbungsoffensive hatte ich in den letzten Wochen allerdings doch ziemlich aus den Augen verloren. Ich war viel zu sehr damit beschäftigt gewesen, die zweite Lesung zu organisieren, und Otto musste schließlich auch aufgepäppelt werden.

»Also, Frau Klein, ich will gar nicht lang drum herumschnacken. Unsere Volontärin ist kurzfristig abgesprungen, und da wir Sie und das Gespräch mit Ihnen wirklich als sehr positiv und unkonventionell empfunden haben, würden wir Ihnen nun gerne den Job anbieten.«

In meinem Kopf drehte sich alles, und die Hand, in der ich mein Handy hielt, zitterte wie Espenlaub. *Was* hatte er gerade gesagt?

»Frau Klein? Sind Sie noch dran?«

Ich zuckte zusammen. »Ähm ja, klar. Entschuldigung.«

»Gut, also, wenn Sie noch Interesse haben, würden wir uns sehr freuen, Sie bei uns an Bord zu begrüßen.«

Meine Knie wurden weich, und ich musste mich setzen. »Ja«, sagte ich, nachdem ich mich einigermaßen gefangen hatte. »Natürlich habe ich Interesse!«

»Sehr schön«, sagte Herr Maurien vergnügt. »Das ist jetzt alles leider ziemlich kurzfristig, ich hoffe, Sie können es zum 15. Juni einrichten?«

Ich bekam kaum noch Luft. »Doch, ja. Das müsste gehen.« Oh Gott, der arme Otto würde aus allen Wolken fallen. Was machte ich hier eigentlich?

»Super! Also, bis zum 15. Juni.«

»Ja. Bis dann.«

Wie versteinert saß ich da und starrte auf mein Handy. Es war tatsächlich passiert. Das, womit ich schon überhaupt nicht mehr gerechnet hatte. Punkt 1 auf meiner Liste war abgehakt. Ich würde tatsächlich in einer PR-Agentur arbeiten, Karriere machen und allen beweisen, was in mir steckte. Ich stellte mir die großen Augen vor, die mein Vater machen würde, der mir geraten hatte, mir doch lieber wieder einen Job als Tippse zu suchen. Ha!

Wieso nur konnte ich mich nicht richtig freuen?

Ich ging langsam durch den Laden, betrachtete die Wände, die ich gestrichen, den Boden, den ich geschliffen hatte. Die gemütliche Leseecke mit den beiden Sesseln. Die Fensterdekoration, die ich passend zum Frühling mit Schmetterlingen und Blumen gewählt und unter das Thema »Liebe« gestellt hatte. Im Kabuff setzte ich mich an Ottos Schreibtisch und ließ gedankenverloren seine Spieluhr laufen. ›Die Freude kommt schon noch‹, dachte ich. ›Du stehst noch unter Schock.‹

Ich packte meine Sachen zusammen, um zurück in die WG zu fahren. Auf dem Weg zur Bahn kam ich an Sergej vorbei, der mit seinem Akkordeon an seinem angestammten Platz stand. Als er mich sah, winkte er mir zu und fing an, *Katjusha* zu spielen, mein Lieblingslied. Andächtig hörte ich zu. Und plötzlich wurde mir ganz deutlich bewusst, dass ich in Ottensen mein Zuhause gefunden hatte; hier gehörte ich hin. Aber jetzt lebte ich nicht mehr hier, und bald würde ich nicht einmal mehr hier arbeiten.

Die letzten Töne des Liedes verklangen. »Na, Lena«, sagte Sergej. »Siehst du immer so traurig aus in letzter Zeit. Geht dir nicht gut?«

»Doch, mir geht's gut«, log ich. »Ich habe gerade einen ganz tollen Job ergattert.«

»Na, aber warum weinst du? Sind keine glücklichen Tränen, das ich sehe.«

Weinte ich? Ich wischte mir mit der Hand über die Wange, und tatsächlich, da liefen ein paar Tränen herunter.

»Welche Läuse laufen dir über die Nieren? Die Liebe?«

Ich schüttelte den Kopf. »Heimweh.«

»Ach«, seufzte er. »Weiß ich, was du meinst. Liebeskummer, das geht vorbei. Aber Heimweh, das hört nie auf, Lenotschka. Nie.«

Die Zeit bis zu Michels und Julis Hochzeit raste nur so dahin. Einen Junggesellinnenabschied wollte Juli nicht, darum hatte sie ausdrücklich gebeten. Sie und Michel hatten für den Abend vor der Trauung »Wellness für Verliebte« in einem schicken Spa gebucht. Ich war enttäuscht, denn ich wäre gerne mit Juli um die Häuser gezogen. Wellness! Michel in einem Kleopatrabad mit anschließender Hot-Stone-Massage, Maniküre und Pediküre? Als Juli mich über diesen Plan in Kenntnis setzte, musste ich ein Kichern unterdrücken. Ich fragte mich, was Ben wohl dazu sagen würde, wenn ich ihm das erzählte. Doch dann fiel mir ein, dass ich es ihm ja gar nicht erzählen würde. So ging es mir öfter, als mir lieb war. Es gab Bruchteile von Momenten, in denen ich einfach vergaß, dass wir keinen Kontakt mehr hatten. Aber ich erlaubte mir nicht, mich deswegen lange schlecht zu fühlen. Da stellte ich mir lieber Michel im Fangobad vor.

Ich unterstützte Juli und Michel bei der Hochzeitsplanung, denn obwohl die beiden der Ansicht waren, dass das alles gewissermaßen von selbst laufen würde, gab es natürlich trotzdem einiges zu tun. Darüber hinaus galt es, meinen Weggang aus Ottos Laden vorzubereiten. Die Tage flogen nur so dahin, und schließlich war mein letzter Tag in Jansens Büchereck gekommen. Otto hatte seltsam gelassen auf die Nachricht von meinem neuen Job reagiert. »Wenn du gehen musst, musst du wohl gehen«, hatte er nur gebrummt, während ich vor Traurigkeit über meinen baldigen Abschied fast in Tränen ausgebrochen war. Kurz vor Feierabend kam Otto nach vorne geschlurft, wo ich gerade die Kasse abrechnete.

»Komm mal mit. Ich hab 'ne Überraschung für dich«, sagte er und sah mich mit seinem zerfurchten, verkniffenen Gesicht an, das mir anfänglich solche Angst eingejagt hatte. Ich folgte ihm in sein Kabuff, wo er alles für ein kleines Fest für uns beide aufgebaut hatte: einen Piccolo und eine Platte mit Berlinern vom Bäcker um die Ecke. »Ich dachte mir, weil doch dein letzter Tag ist.« Er sah geflissentlich an mir vorbei.

»Vielen Dank, Otto!« Schnell holte ich zwei Gläser aus dem Schrank.

Er öffnete die Flasche und schenkte uns beiden ein kleines Pfützchen ein. »Vielleicht sollte ich jetzt eine Rede halten, aber ich lass es. Nur ... na ja.« Otto machte eine unbestimmte Handbewegung. »Ich bin froh, dass ich dich eingestellt habe.«

Ich schluckte schwer. »Danke. Ich bin auch froh, dass du mich eingestellt hast. Du hattest es vielleicht nicht immer leicht mit mir, aber ...«, jetzt fiel es auch mir schwer, weiterzureden, »ich glaube, ich bin hier erwachsen geworden.«

Otto lachte sein merkwürdiges Lachen. »Erwachsen, jaja.«

Wir aßen Berliner und tranken Sekt. Mir ging so viel im Kopf herum. »Du weißt, dass ich hier so oft es geht auf der Matte stehe, um dich zu besuchen, oder?«

»Das klingt wie 'ne Drohung.«

»Ist es auch. Glaub ja nicht, dass du mich los bist, nur weil ich nicht mehr für dich arbeite.«

»Hm.«

Wie würde ich dieses Brummen vermissen, das mich am Anfang so geärgert und irritiert hatte. Mittlerweile liebte ich es, denn es war einfach Ottos Art und konnte alles heißen, von »Geh mir nicht auf die Nerven« bis »Ich hab dich sehr gern«.

»Du isst auch genug, versprochen?«

Er sah mich entrüstet an. »Also das ist nun wirklich nicht dein Bier.«

»Versprochen?«

»Ja«, sagte er unwillig, aber ich hatte trotzdem Angst, dass er es nicht tun würde.

»Und den Laden machst du nicht zu. Du kriegst das auch ohne mich ganz wunderbar hin. Du brauchst mich doch gar nicht.«

»Nee, tu ich auch nicht. Endlich hab ich wieder meine Ruhe«, sagte er, aber sein Gesichtsausdruck war freundlich, fast liebevoll. »So, nu bin ich aber mal dran«, sagte er. »Du sieh zu, dass du den neuen Job gut hinkriegst. Zeig denen, was du kannst. Blamier mich nicht. Und achte drauf, dass du nicht zu viel redest. Nicht jeder hat so 'ne Engelsgeduld wie ich.«

Ich lachte. »Engelsgeduld? Du machst wohl Witze!«

Wir saßen noch eine Stunde in friedlicher Zweisamkeit zusammen. Unsere letzte gemeinsame Stunde, die nie vergehen sollte, aber unweigerlich eben doch zu Ende ging. Viel zu schnell, wie jeder Moment im Leben, der ewig dauern soll.

Ich zog meine Jacke an und hängte meine Tasche über die Schulter. Unschlüssig und verlegen standen wir voreinander. »Danke, dass du mir eine Chance gegeben hast und dass du mich hast machen lassen«, sagte ich schließlich. »Das war wirklich sehr, sehr wichtig für mich.«

»Ach«, sagte Otto unwirsch. »Hör auf mit dem Blödsinn.«

Ich umarmte ihn, drückte ihn fest an mich und spürte, wie dünn und knochig er war. Otto klopfte mir unbeholfen auf den Rücken.

»Tschüs. Bis ganz bald«, sagte ich und ließ ihn los.

»Ja. Tschüs denn.«

An der Tür drehte ich mich noch mal zu ihm um. Er stand wie angewurzelt an seinem Platz und sah mir nach.

›Was tue ich hier eigentlich? Ich will doch gar nicht gehen!‹, dachte ich. Aber ich musste, ich hatte mich dazu entschieden, und diese Entscheidung war richtig für mich. Ein letztes Mal winkte ich ihm zu. Er hob die Hand und versuchte ein Lächeln, doch es gelang ihm nicht. Dann ging ich durch die Tür, und das hübsche Bimmeln der Glocke, die ich angebracht hatte, ertönte. Als wollte es mir einen Abschiedsgruß mit auf den Weg geben.

Jan saß, wie so häufig in letzter Zeit, mit René und Tina in der Küche und kiffte, als ich in der WG ankam. Ich riss das Fenster weit auf, um frische Luft hereinzulassen.

»Hey Lena«, begrüßte er mich. »Setz dich zu uns. Hier, zieh doch mal.« Er hielt mir den stinkenden Joint hin.

»Nee danke. Ich habe bis morgen noch einiges zu erledigen.« An der Spüle schenkte ich mir ein Glas Wasser ein.

»Wieso bis morgen?« Er sah mich aus wässrigen Augen an.

»Na, wegen der Hochzeit. Ich muss mir dringend etwas zum Anziehen raussuchen. Apropos, hast du schon etwas Geeignetes gefunden?«

Es hatte mich viel Überredungskunst gekostet, bis Jan eingewilligt hatte, mich zur Hochzeit zu begleiten, denn laut eigener Aussage stand er diesen »bürgerlichen Konventionen sehr kritisch gegenüber« und sah sich außerstande, an einer Zeremonie teilzuhaben, an die er nicht glaubte. Schließlich war ich gezwungen gewesen, meine Katja-Trumpfkarte auszuspielen, und hatte mich furchtbar dabei gefühlt. Aber der Gedanke, Ben und Franziska allein gegenübertreten zu müssen, war für mich noch furchtbarer gewesen.

»Ach, die Hochzeit.« Jan sah betreten zur Seite. »Du, da muss ich dir noch was sagen. Ich hab gar nicht mehr dran gedacht, dass ich da mit hinsoll, und jetzt habe ich einem Kollegen zugesagt, eine Schicht im Pub für ihn zu übernehmen.«

»Oh oh, Ärger im Paradies«, meinte René mit einem Grinsen und nahm Jan den Joint aus der Hand.

Ganz langsam sickerten Jans Worte in mein Bewusstsein. »Wie, du übernimmst eine Schicht im Pub? Dann sag das halt wieder ab.«

»Das kann ich nicht. Mein Kollege verlässt sich doch jetzt auf mich.«

»Ich habe mich auch auf dich verlassen!« Ich feuerte mein Wasserglas in die Spüle, wo es in tausend Stücke zerbrach, stürmte in mein Zimmer und knallte die Tür zu. Wahllos zerrte ich Kleidungsstücke aus meinem Schrank und schmiss sie auf das Bett, in dem Versuch, mir ein passendes Outfit auszusuchen. Doch im Prinzip war es zwecklos, ich konnte mich ohnehin nicht darauf konzentrieren.

Nach einer Weile betrat Jan das Zimmer. »Jetzt reg dich bitte nicht so auf. Mach dich mal locker.«

Ich knallte einen Schuh, den ich gerade in der Hand hielt, auf den Boden. »Du lässt mich hängen, du mieser Penner! Und darüber soll ich mich nicht aufregen?«

»Das ist nun mal mein Brotjob, und ich bin auf ihn angewiesen! Ich würde ja gerne nur vom Schreiben leben, aber das kann ich nicht. Noch nicht.«

Ich zog das viel zu kurze und viel zu tief ausgeschnittene Kleid aus dem Schrank, das ich bei meinem ersten Date mit Jan getragen hatte. Ben hatte es unmöglich gefunden. Ich pfefferte es zu den anderen Kleidern aufs Bett. »Dein Brotjob, dass ich nicht lache! Du bist seit Wochen nicht mehr arbeiten gewesen! Du frisst dich doch nur noch bei mir durch!«

»Umso wichtiger ist es, dass ich mich da mal wieder blicken lasse!« Nach einer Weile sagte er nachdenklich: »Dass ich Katja morgen nicht sehe, ist natürlich sehr ärgerlich. Vielleicht könnten wir uns nächste Woche mal mit ihr treffen. Man soll ja guten Kontakt zu seiner Lektorin halten.«

»Mein Gott, Jan!«, rief ich aus. »Katja ist nicht *deine* Lektorin, sie hat dein Manuskript nicht gelesen und hat es auch nicht vor! Du wirst niemals einen deiner Romane veröffentlichen, und soll ich dir mal sagen, warum? Weil sie *scheiße* sind!« Ich hatte diese Worte kaum ausgesprochen, da taten sie mir schon leid.

Jan wandte sich ab und trat ans Fenster. »Ich habe mich schon oft gefragt, ob wir überhaupt zusammenpassen. Anfangs dachte ich, du seist mir intellektuell ebenbürtig.« Er drehte sich zu mir um. »Aber je besser ich dich kennenlerne, desto klarer wird mir, dass du keine Tiefe hast. Du bist wie ein Soufflé – scheinbar ein köstliches Kunstwerk, aber bei näherem Hinsehen fällst du zusammen, weil du aus nichts als heißer Luft bestehst.« Und dann tat er es, schon wieder: Er zückte sein Notizbuch und schrieb das Gesagte auf.

Das war nun wirklich zu viel. Vergessen war meine Reue. »Den Vergleich mit dem Soufflé hast du neulich schon mal gebracht. Der steht in deinem schlauen Buch schon drin. Warte mal, vielleicht solltest du *das* veröffentlichen. Ich wüsste auch schon einen guten Titel: *Jan Reicherts pseudointellektuelle Phrasendrescherei!*«

Er starrte mich eine Weile schweigend an. Schließlich sagte er: »Lena, ich mag dich im Moment nicht besonders. Ich denke, es ist besser, wenn ich heute nicht bei dir schlafe.«

»Das denke ich auch.«

›Mein Gott, was tue ich hier eigentlich?‹, dachte ich, bereits zum zweiten Mal an diesem Tag. Jan hatte mich hängen lassen.

Er hatte mich eiskalt hängen lassen. Wie war ich eigentlich auf die Idee gekommen, dass mir das mit ihm nicht passieren würde?

Am nächsten Tag öffnete Juli mir auf mein Klingeln die Tür. Der Wellness-Abend hatte ihr gutgetan. Ihre Wangen leuchteten rosig, und sie strahlte über das ganze Gesicht, als sie mir um den Hals fiel, um mich zu begrüßen. Auf dem Weg in die Küche hielt sie mich am Arm zurück. »Es gibt da ein Problem mit Michel«, flüsterte sie. »Er hat gestern ein bisschen zu lange unterm Solarium gelegen. Die Kosmetikerin hatte ihm ein Sonnenbad empfohlen, damit sein Teint ein bisschen frischer wird, und der Dussel hat gleich den Turbo-Röster gewählt.«

Ich kicherte und wollte schon losstürmen, um das Ergebnis zu begutachten, doch Juli hielt mich abermals zurück. »Tu bitte so, als würde das gar nicht auffallen. Er ist so unglücklich darüber.«

Ich versicherte ihr, mir nichts anmerken zu lassen, und ging in die Küche. Michel saß am Frühstückstisch und köpfte ein Ei. Als ich eintrat, sah er zu mir auf. Sofort wandte ich mich ab, weil ich mein Lachen beim besten Willen nicht unterdrücken konnte. Sein gesamter Kopf, einschließlich der beginnenden Halbglatze, war knallrot wie ein gekochter Hummer. Nur um die Augen lagen zwei schneeweiße Ringe.

»Was soll das, Lena?«, fragte Michel. »Lachst du? Ich sehe unmöglich aus, stimmt's?« Er tat mir so leid, aber gleichzeitig sah er so absurd aus.

»Ach, Michel, das ist halb so wild. Du siehst aus, als wärst du im Urlaub gewesen. Gut erholt«, log ich mit bebender Stimme und tränenden Augen.

Von Juli ertönte ein leises Schnauben, das sie als Nieser tarnte und das Michel mit einem bösen Blick kommentierte.

»Wenn es dich so stört, kannst du es vielleicht mit Puder überschminken«, schlug ich vor. »Das könnte funktionieren.«

»Du kannst mich mal«, brummte Michel. »Verarschen kann ich mich auch allein!«

»Das war ein ernst gemeinter Vorschlag!«

»So, ich muss mich mal umziehen. Hilfst du mir, Lena?« Juli bedeutete mir mit dem Kopf, sie zu begleiten.

Dankbar ergriff ich die Gelegenheit beim Schopfe und flüchtete mit ihr aus der Küche. Im Schlafzimmer schlüpfte sie in das schlichte weiße Sommerkleid, das wir zusammen für sie ausgesucht hatten. Ihre schönen roten Haare ließ sie offen über die Schultern fallen, und auf Make-up verzichtete sie fast gänzlich.

Spontan ging ich zu ihr und umarmte sie ganz fest. »Du siehst wunderschön aus, Juli. Ich wette, du bist die schönste Braut, die es je gegeben hat.«

»Ach. Übertreib mal nicht.« Juli machte sich von mir los und winkte bescheiden ab. Die Röte in ihrem Gesicht verriet jedoch ihre Freude über dieses Kompliment. Sie setzte sich aufs Bett und schlüpfte in ihre Schuhe. Mitten in der Bewegung hielt sie inne. »Wo ist überhaupt Jan?«, fragte sie.

Ich wich ihrem Blick aus. »Der kann leider doch nicht mitkommen«, sagte ich, ging zum Spiegel und zupfte an meiner Frisur herum.

»Ach ja?«, fragte Juli, und ich konnte die Missbilligung deutlich aus ihrer Stimme heraushören. »Lena, hör mir mal zu. Ich weiß, dass ich …«

In diesem Moment wurde sie von einem Klingeln an der Haustür unterbrochen. »Das muss Ben sein«, sagte Juli.

Mein Herz setzte einen Schlag aus, um direkt darauf umso heftiger zu pochen. Mir war augenblicklich übel, und ich hatte das Bedürfnis, mich unter dem Bett zu verkriechen und erst wieder hervorzukommen, wenn Ben weg war. »Ah ja«, brachte ich hervor.

»Irgendwann muss der Moment ja kommen, an dem ihr euch wiederseht«, meinte Juli. »Willst du aufmachen?«

Nein, auf keinen Fall! Ich wollte ihn nicht sehen. Ihn, glücklich, zusammen mit seiner perfekten Franziska. Es klingelte erneut.

»Also gut, ich mach auf«, sagte ich schließlich. Mit zitternden Händen versuchte ich noch einmal, mein Haar zu ordnen.

Juli beobachtete mich. »Du schaffst das schon«, sagte sie aufmunternd.

Ich atmete tief durch, ging in den Flur und betätigte den Türsummer. Zum Glück blieben mir noch ein paar Sekunden Gnadenfrist, bis Ben oben ankommen würde. Ich öffnete schon mal die Wohnungstür und fuhr augenblicklich zusammen. Da stand er, direkt vor mir.

Wieder fühlte ich den Impuls zur Flucht, aber ich war nicht in der Lage, mich zu bewegen. Wie angewurzelt stand ich da, meine Hände und Füße waren eiskalt, mein Herz schlug im Rhythmus eines Speed-Metal-Songs. Seit sechs Wochen hatte ich ihn nicht gesehen. Als Erstes fiel mir auf, dass er allein gekommen war, dann, dass er irgendwie anders aussah, ohne dass ich genau hätte sagen können, warum. Aber seine Augen waren dieselben. Schokoladenbraun und warm, und jetzt gerade musterten sie mich intensiv. Mein Gott, wie ich ihn vermisst hatte! Aber mein Gott, wie wütend ich auch immer noch auf ihn war!

›*Du musst etwas sagen*‹, forderte meine innere Stimme mich auf. ›*Du wirst heute so cool sein, dass ihm das Blut in den Adern gefriert. Ice Ice Baby!*‹

»Hallo Ben«, brachte ich schließlich hervor.

»Hallo Lena«, sagte er mit einem Nicken.

Das Schicksal hatte Erbarmen mit uns und schickte Michel als rettenden Engel vorbei.

»Was steht ihr denn hier in der Tür herum?«, hörte ich seine Stimme hinter mir. »Komm rein, Ben.«

Ben sah über mich hinweg zu Michel, woraufhin ihm die Gesichtszüge entglitten. »Ach du Schande!«, stieß er hervor. »Was hast du denn gemacht?«

»Er hat ein bisschen Farbe gekriegt«, antwortete ich anstelle meines Bruders und warf Ben dabei einen mahnenden Blick zu. »Gestern im Solarium. Aber das fällt kaum auf.«

Ben hob die Augenbrauen bis zum Haaransatz. »Äh, doch?«

»Müssen wir das hier im Flur besprechen?«, fragte mein Bruder mürrisch. »Jetzt komm rein, Ben.«

Endlich kam Bewegung in uns, und Ben betrat die Wohnung. Auf dem Weg in die Küche raunte ich ihm zu: »Tu so, als wäre es nicht so schlimm. Das ist ein sehr sensibles Thema für Michel.«

Doch es war zwecklos. Im hellen Licht der Küche sah Michel noch absurder aus als im dunklen Flur, und Taktgefühl war ja nun mal etwas, das Ben definitiv nicht besaß. Mit todernster Miene sagte er: »So, Michel, dann erklär mir doch mal, wieso du aussiehst wie ein Engländer nach zwei Wochen Urlaub auf Malle.«

»Ben!«, rief ich empört.

»Was?«

Für einen Moment trafen sich unsere Blicke, doch dann wandten wir uns schnell wieder voneinander ab.

»Diese dumme Wellness-Tussi gestern hat mich überredet, ins Solarium zu gehen, um ›ein bisschen Farbe‹ zu bekommen.« Michel ließ sich auf einen Stuhl fallen und berührte mit einer Hand seine Wange. »Kann ich denn ahnen, dass die Dinger einem gleich alles wegbraten?«

»Vielleicht hättest du nicht gleich den Costa-Cordalis-Modus wählen sollen«, meinte Ben.

»Also schön. Ihr habt es nicht anders gewollt. Ich werde mich jetzt schminken!«, verkündete er beleidigt und zog ab.

In früheren Zeiten hätten Ben und ich uns jetzt aller Wahrscheinlichkeit nach kaputtgelacht, doch nun schwiegen wir. Die Stille war unbehaglich.

Zum Glück erschien kurz darauf Juli. »Die Braut ist fertig, aber der Bräutigam schminkt sich noch«, verkündete sie mit einem breiten Grinsen. »Verkehrte Welt, oder?« Sie sah kurz zwischen Ben und mir hin und her, dann trat sie auf ihn zu und umarmte ihn. »Wo ist Franziska?«

»Die wartet beim Standesamt.«

In diesem Moment kam Michel herein. Er hatte sich das Gesicht gepudert und sah tatsächlich nicht mehr ganz so knallrot aus wie vorher. »Können wir jetzt heiraten gehen?« Er legte Juli einen Arm um die Taille und zog sie an sich. »Wenn du so einen Möchtegern-Schlagersänger-Typen wie mich willst, meine ich.«

Juli strahlte ihn an und gab ihm als Antwort einen dicken Kuss. »Genau so einen will ich!«

Kapitel 19

... in dem es mir total gut geht.
Echt jetzt! Supidupi *gut!*

Nach einer kurzen Fahrt in Bens altem Opel Kadett erreichten wir das Altonaer Rathaus, wo wir von meinen Eltern, Katja, Lars und den Kindern in Empfang genommen wurden. Franziska war noch nicht aufgetaucht. Mein Blick fiel auf Julis Mutter, die abseitsstand und etwas verloren wirkte. Obwohl sie ja eigentlich strikt gegen Hochzeiten im Allgemeinen und gegen die Hochzeit ihrer Tochter im Besonderen war, war sie heute hier erschienen und fühlte sich sichtlich unwohl. Ich gesellte mich zu ihr, und später stießen auch meine Eltern dazu, die Julis Mutter heute zum ersten Mal trafen und neugierig waren, sie kennenzulernen. Die ganze Zeit versuchte ich zu verhindern, dass mein Blick zu Ben rüberschweifte, doch er machte sich immer wieder selbstständig. Ben unterhielt sich mit Lars und den Kindern. Als Anna etwas sagte, lachte er laut und zerwuschelte ihr freundschaftlich das Haar. Am liebsten hätte ich laut geseufzt.

›*Ice Ice Baby!!!*‹, bolkte meine Vernunftstimme.

»So, ihr Lieben!«, rief Michel schließlich in die Runde. »Es ist so weit. Wir können reingehen. Kommt ihr?«

Vor dem Trauzimmer wurden wir von einem Mann erwartet, den man auf den ersten Blick für den Bräutigam hätte halten können. Er trug einen schickeren Anzug als Michel, formvollendet mit Weste, Krawatte und Hemd. »Wo haben wir denn das Brautpaar? Frau Schumann und Herr Klein?«, fragte er in die Runde.

Juli und Michel traten vor und wurden von dem schnieken Mann mit Handschlag begrüßt. Bei Michel hielt er kurz inne. »Nanu«, sagte er. »Bei Ihnen scheint die Sonne wohl auch nachts, was?« Er lachte über seinen eigenen Scherz. »Wie auch immer. Mein Name ist Schmitz. Ich bin Ihr Standesbeamter und werde Sie jetzt verheiraten.«

Herr Schmitz leitete Juli und Michel ins Trauzimmer, wir anderen folgten ihnen und nahmen unsere Plätze ein. Schließlich wurde es still im Raum, und Herr Schmitz hielt eine endlos lange Rede über die Verantwortung der Ehe. Er sprach mit ernstem, ehrfürchtigem Gesicht, fast schon wie ein Pfarrer, der eine Predigt hielt, und ich befürchtete schon, dass er niemals enden würde. Doch dann sprach er: »Genug der Worte. Manchmal sagt man es am besten, wenn man gar nichts sagt«, und dem konnte ich nur mit ganzem Herzen zustimmen.

»Deswegen möchte ich nun dieses Lied für Sie singen. *When you say nothing at all* von Ronan Keating.«

›Nein!‹, schrie ich innerlich. Das konnte doch nicht sein Ernst sein! Herr Schmitz zauberte eine Gitarre hinter seinem Schreibtisch hervor, und eine blasse, junge Frau, die mir bislang noch gar nicht aufgefallen war, stellte sich neben ihn. Herr Schmitz legte sich die Gitarre um den Hals und zupfte das Intro dieses megakitschigen Liedes.

Michel, der fast nichts auf der Welt so sehr hasste wie Ronan Keating, riss entsetzt die Augen auf, und Juli biss sich auf die Lippen.

»It's amazing how you can speak right to my heart«, sang Herr Schmitz mit geschlossenen Augen und machte dabei einen Gesichtsausdruck, als würde er Kapitel 13 aus dem ersten Brief des Apostels Paulus an die Korinther rezitieren.

Ein vorsichtiger Blick auf meine Mutter zeigte mir, dass sie zutiefst gerührt war. Sie schien völlig hingerissen zu sein, Tränen liefen ihr über die Wangen. Okay, ihr gefiel diese Nummer also. Mein Vater wirkte ziemlich emotionslos. Er verfügte über das bemerkenswerte Talent, sich aus gewissen Situationen einfach ausklinken zu können. Wahrscheinlich ließ er in seinem Kopf gerade die *Jeopardy*-Melodie laufen, um sich abzulenken. Katja putzte sich die Nase und überspielte damit offensichtlich ein Lachen. Lars grinste unverhohlen, wohingegen Julis Mutter geradezu angewidert aussah. Juli und Michel hielten sich an den Händen und steckten die Köpfe zusammen, sodass ich ihre Gesichter nicht sehen konnte. Aber ihre Schultern zuckten, und ich vermutete, dass sie nicht wie meine Mutter vor Rührung weinten.

»You say it best when you say nothing at aaaallll.«

Herr Schmitz hatte inzwischen den Höhepunkt des Liedes erreicht, woraufhin das nun folgende Zwischenspiel von der blassen Frau auf der Blockflöte gedudelt wurde.

Das setzte dem Ganzen die Krone auf! Ich konnte mir das Lachen kaum noch verkneifen. Und obwohl ich es nicht wollte, sah ich rüber zu Ben, der ein Gesicht machte, als würde ihm gerade jemand rohe Innereien zum Naschen anbieten. Er bemerkte meinen Blick und fing an zu grinsen. Wir sahen uns lautlos lachend an, und für ein paar Sekunden war es so, als hätte nie etwas zwischen uns gestanden.

›*Ice Ice Baby*‹, raunte die Vernunfts-Lena mir zu. ›*Bedeutungslos und nicht existent.*‹

Schnell konzentrierte ich mich auf meine Hände.

Herr Schmitz und seine Blockflöte spielende Assistentin beendeten ihren Vortrag, und meine Mutter klatschte begeistert Beifall, in den wir anderen nach und nach mit deutlich weniger Enthusiasmus einstimmten.

»Ich möchte Sie nun bitten, sich zu erheben«, forderte Herr Schmitz uns auf. Juli und Michel gaben einander ihr Jawort, tauschten die Ringe und küssten sich lange und ausgiebig, begleitet vom Applaus der Hochzeitsgesellschaft. Mir und so manch anderem rollten nun doch ein paar Tränchen der Rührung über die Wangen. Ben und ich mussten die Eheschließung durch unsere Unterschriften bezeugen, und dann war es auch schon vorbei.

»Wir sind verwandt! Wir sind jetzt richtig verwandt!«, rief ich, als ich Juli umarmte, um ihr zu gratulieren.

Sie drückte mich so fest an sich, dass ich kaum noch Luft bekam. »Na, ob das unbedingt ein Geschenk ist, du albernes Huhn? Ich weiß ja nicht«, sagte sie und gab mir einen Schmatzer auf die Wange.

Vor dem Standesamt empfingen Kolleginnen von Juli das Brautpaar mit einem Rosenspalier. Außerdem wurde noch jemand anderes erwartet. Und zwar Ben von seiner Franziska. Sie sah mal wieder perfekt aus in ihrem schwarzen, figurbetonten Kleid. Die beiden standen eng beieinander, aber ich fand, dass sie nicht gerade verliebt wirkten. Bens Körper war angespannt, und Franziska redete heftig auf ihn ein. Doch das ging mich natürlich überhaupt nichts an, und ich lenkte mich ab, indem ich Sekt verteilte.

Nachdem der Sekt getrunken war und ein paar Fotos geschossen worden waren, ging es zur Feier in den Beach Club. Die für die Hochzeitsgesellschaft reservierten Tische standen draußen im

Sand und waren ganz schlicht nur mit weißen Margeriten, Gräsern und Teelichtern geschmückt. Toll sah das aus. Dazu noch der umwerfende Blick auf die Elbe und ein strahlend blauer Himmel – es war einfach ein perfekter Tag.

Beim Essen saß ich neben Katja, die mal wieder das Talent bewies, in jedem Thema rumzubohren, das mir nicht behagte. Erst quetschte sie mich über meinen neuen Job bei Maurien & Thews aus, dann über Jan, und schließlich landete sie bei meinem absoluten Tabuthema: Ben. Warum meinte eigentlich jeder, in meiner nicht vorhandenen Beziehung zu Ben herumstochern zu müssen?

»Sag mal, was soll das eigentlich mit dieser WG? Und mit dir und Ben? Was ist das für ein Mist, der da zwischen euch abläuft?«

»Das ist kompliziert. Wir verstehen uns einfach nicht mehr.«

Katja verdrehte die Augen und wollte etwas sagen, wurde aber von einer Ansage des DJs des Beach Clubs unterbrochen. »Wir haben heute ein Brautpaar hier, und die beiden würde ich jetzt gerne auf der Tanzfläche sehen.«

Mit »Tanzfläche«, meinte er ein freies Stückchen Sand in der Mitte des Clubs. Juli und Michel erhoben sich von ihren Plätzen, wir anderen folgten ihnen und stellten uns um die Fläche herum.

»Also, ihr beiden«, fuhr der DJ fort. »Ihr habt mir zwar erzählt, dass ihr keine klassische Hochzeit wollt. Aber trotzdem finde ich, dass euch als Brautpaar ein Eröffnungstanz gehört. Ein Vögelchen hat mir gezwitschert, dass das hier euer Lied ist. Dann legt mal los.«

Bereits zum zweiten Mal an diesem Tag erklang das Gitarrenintro von Ronan Keatings *When you say nothing at all*. Alle, die bei der Trauung dabei gewesen waren, einschließlich Juli und Michel, fingen lauthals an zu lachen. Nur meine Mutter nicht. Womit die Identität des »Vögelchens« wohl geklärt war.

Juli und Michel bewegten sich langsam zu der Melodie. Die beiden waren ein toller Anblick. Juli in ihrem weißen Kleid, barfuß, ihr langes Haar wehte im Wind. Sie sah zu Michel auf, strahlte über das ganze Gesicht, und Ronan schnulzte sich die Seele aus dem Leib. Ach, irgendwie war das Lied ja doch ganz schön. Michels Make-up war inzwischen gänzlich verschwunden, und er leuchtete wieder hummerrot, aber noch nie hatte ich einen so zärtlichen Ausdruck in seinen Augen gesehen. Sie versanken in einem langen Kuss, und es war klar, dass in diesem Moment nur sie beide füreinander existierten. Wie schön Liebe sein konnte. Und wie einfach. ›So sollte es sein‹, dachte ich. ›Wenn es der Richtige ist, dann sollte alles ganz einfach sein.‹

Der DJ riss mich aus meiner melancholischen Stimmung. »Soeben wurde mir gesagt, es sei so Brauch, dass auch die Trauzeugen miteinander tanzen. Also möchte ich die Trauzeugen ... was? Ah, Lena und Ben. Ich möchte Lena und Ben auf die Tanzfläche bitten.«

Mir blieb das Herz stehen. Augenblicklich erstarrte ich zur Salzsäule. Oh nein! Nein, nein, nein! Niemals!

»Macht schon!«, hörte ich Lars rufen. Ein paar Leute applaudierten.

Doch ich rührte mich nicht vom Fleck. So unauffällig wie möglich suchte ich den Rand der Tanzfläche nach Ben ab. Er machte ein so finsteres Gesicht, dass er mich an Otto in seinen schlimmsten Edgar-Wallace-Zeiten erinnerte. Ich weiß nicht, was mich letzten Endes dazu bewog, dem Drängen der Umstehenden doch nachzugeben. Vielleicht das Wissen, dass solche Situationen nur noch peinlicher wurden, wenn man sich lange zierte. Ich ging in die Mitte der Tanzfläche, suchte Bens Blick und zuckte ergeben mit den Schultern. Er zögerte noch zwei Sekunden, kam dann aber auf mich zu. Ronan Keating verklang, und ich glaubte schon, gerade noch einmal um dieses Schmierentheater herumgekommen zu sein, als Ronan nahtlos in Andy Williams' Version von *Moon River* überging. Na toll. Ausgerechnet dieser Song.

»Dann bleibt uns wohl nichts anderes übrig«, meinte Ben. Er legte einen Arm um meine Taille und nahm meine rechte Hand. Meine Linke legte ich auf seine Schulter, und wir begannen zu tanzen. Oder genauer gesagt, ein bisschen auf der Stelle zu treten, denn Ben war ein grauenvoller Tänzer. Dabei hielten wir so viel Abstand zueinander wie nur möglich. Man hätte problemlos Tante Wilmas wohlgenährten Pudel Babsi zwischen uns klemmen können. Ich starrte auf Bens zweitobersten Hemdknopf, als wäre ich Uri Geller höchstpersönlich und hätte eine Mission zu erfüllen. Bloß kein Blickkontakt!

Nachdem wir uns eine Weile angeschwiegen hatten, räusperte Ben sich und fragte betont höflich: »Und sonst so?«

»Äh, sonst ... doch, ja.« Wie geistreich ich heute mal wieder war. Eine Meisterin der gepflegten Konversation. Wobei, seine Frage war ja auch nicht gerade der Bringer.

Bens Hand wanderte von meiner Taille ein kleines Stückchen meinen Rücken hinauf, und diese Berührung verursachte augenblicklich ein Kribbeln in mir.

»Wie läuft es so bei dir?«, fragte er, wieder in extrem höflichem Tonfall.

Dieses Mal war es an mir, mich zu räuspern. »Richtig gut!« Ich legte so viel Begeisterung in meine Stimme, wie ich nur irgendwie zusammenkratzen konnte. »Ich habe ein total süßes Zimmerchen in einer supernetten WG gefunden. Mit Jan ist es auch ganz toll. Ich meine, wir sind ... ja, einfach glücklich. Und dann habe ich auch noch den Job in der Agentur bekommen. Mir geht es echt supidupi gut!« Oh mein Gott. Noch nie in meinem Leben hatte ich »supidupi« gesagt!

Ben schwieg ein paar Sekunden, dann machte er: »Mhm.«

Er kaufte es mir nicht ab. Das war wirklich eine Frechheit! »Was soll das heißen?«, zischte ich seinen Hemdknopf an.

»Soweit ich weiß, heißt ›mhm‹ einfach nur ›mhm‹«, erwiderte er kühl. »Es ist lediglich ein Zur-Kenntnis-Nehmen deiner Aussage. Wenn du da gleich Gott weiß was reininterpretierst, ist das dein Problem.«

Tief durchatmen, nicht provozieren lassen. »Na ja, wie auch immer. Und wie geht's dir so?«

»Auch supidupi, vielen Dank.«

Nicht provozieren lassen! »Schön.«

Schweigen.

Gott sei Dank war wenigstens auf Andy Verlass. »Dream maker, you heartbreaker, wherever you're going, I'm going your way«, sang er inbrünstig, und die süße Melodie schwang sich ihrem Höhepunkt entgegen.

»Du bist dünn geworden«, sagte Ben unvermittelt, und aus seiner Stimme klang ein deutlicher Vorwurf.

»Oh, vielen Dank.«

»Das war kein Kompliment!«

»Wenn du zu einer Frau sagst, dass sie dünn geworden ist, wird sie das immer als Kompliment auffassen.«

»Ach ja? Dein Kleid schlabbert so an dir rum. Das sieht echt scheiße aus. Du kannst wohl vor lauter Glück nicht mehr essen, was?«

Ruckartig hob ich den Kopf und sah ihn an, zum ersten Mal, seit wir miteinander tanzten. Die giftige Antwort erstarb auf meinen Lippen, als unsere Blicke sich trafen. Plötzlich wurde mir bewusst, dass wir während des Tanzes enger zusammengerückt waren. Babsi hätte nicht mehr den Hauch einer Chance, sich zwischen uns zu quetschen. Und es gefiel mir überhaupt nicht, wie heftig mein Körper darauf reagierte. Schnell brachte ich wieder den nötigen Abstand zwischen uns und sagte betont gleichgültig: »Genau. Luft und Liebe, das reicht mir.«

Die Musik erstarb. Gott sei Dank war dieses verdammte Lied endlich zu Ende. Ich löste mich von Ben, drehte mich ohne ein Wort um und flüchtete in den hintersten Teil des Beach Clubs. Hier gab es einen kleinen Spielplatz, der jetzt leer war. Ich setzte mich auf eine der Schaukeln und starrte auf die Elbe. Dieses ständige Kühl-und-distanziert-Bleiben war so anstrengend, verdammt noch mal! Und ich war schlecht darin! Sogar ganz furchtbar schlecht, wenn es um Ben ging.

Plötzlich hörte ich Schritte hinter mir. Juli.

»Hey.« Sie setzte sich auf die Schaukel neben meiner, und eine Weile schaukelten wir schweigend vor uns hin. Schließlich sagte sie: »Hör mal, bevor ich mich morgen in die Flitterwochen verziehe, möchte ich gerne noch etwas loswerden. Also. Ich weiß, ich war nie ein großer Freund von der Idee, dass du und Ben ... Na ja. Du weißt schon. Aber euer Geschmachte hält langsam echt kein Mensch mehr aus.«

»Ich schmachte nicht!«, protestierte ich. »Und Ben schon gar nicht!«

»Oh doch! Und wie ihr schmachtet! Weißt du, ich wünsche mir einfach, dass alle so glücklich sind wie ich heute, vor allem meine beiden besten Freunde. Und wenn ihr ohne einander so offensichtlich unglücklich seid, ja dann müsst ihr es eben verdammt noch mal miteinander versuchen!«

Überrascht sah ich auf. »Bitte?«

»Du hast dich verändert, Lena. Und Ben auch. Ich glaube einfach, dass ihr es jetzt hinkriegen könntet.«

Ich wusste nicht, was ich dazu sagen sollte. In meinem Kopf drehte sich alles. Miteinander versuchen? Es hinkriegen? Ben und ich? »Niemals! Das ist alles viel zu kompliziert!«

»Mein Gott, Lena!«, hörte ich Katjas Stimme, die von mir

unbemerkt zu uns gestoßen war. Sie setzte sich auf die Schaukel zu meiner Rechten. »Ihr habt euch ineinander verliebt, na und? Macht es euch doch nicht so verflucht schwer. Findet euch endlich damit ab, und legt die Karten auf den Tisch, anstatt euch auf ewig gegenseitig für die Gefühle zu bestrafen, die ihr ineinander hervorruft.«

»Erstens gibt es da immer noch Franziska, Bens Traumfrau. Und zweitens: Selbst wenn er auch nur ansatzweise Gefühle für mich hätte – das würde niemals gut gehen. Wir streiten uns doch nur!«

»Ach, ich glaube, ihr beide würdet ziemlich schnell einen viel besseren Weg finden, eure Machtkämpfe auszutragen«, meinte Juli mit einem Lächeln.

Ich ließ ihre Worte einen Moment sacken. »Hm. Na ja, beim Alstereisvergnügen haben wir Eishockey gespielt, und da – was?«

Juli und Katja waren in lautes Gelächter ausgebrochen. »Eishockey!«, japste Katja. »Du bist echt unglaublich!«

Ich merkte, wie ich rot anlief. »Ach so, *das* meinst du.«

Die beiden hörten nicht auf, zu gackern. Ich sprang aus der Schaukel und baute mich vor ihnen auf. »Hört auf damit!«, rief ich. »Ihr wisst doch überhaupt nicht, wie das ist! Bei dir und Michel war von der ersten Sekunde alles klar, und bei dir und Lars hat es auch nicht viel länger gedauert. Ben und ich kennen uns seit fast einunddreißig Jahren, und nie hat er auch nur ansatzweise den Eindruck vermittelt, dass er in mich verliebt sein könnte! Also redet mir jetzt nicht plötzlich ein, dass das alles gar nicht so kompliziert ist, denn das ist es!« Schwer atmend hielt ich inne. »Ach verdammt«, sagte ich und ließ mich in den Sand fallen. »Wieso kann das nicht aufhören? Ich dreh mich doch nur noch im Kreis.«

Aus den Augenwinkeln bemerkte ich eine Bewegung. Ich hob den Kopf und sah Juli mit ausgestreckter Hand vor mir stehen.

»Komm, Lena«, sagte sie. »Lassen wir es für heute gut sein und feiern einfach meine Hochzeit, okay?«

Ich ergriff ihre Hand, und sie zog mich hoch. Sie hatte ja recht. Das hier war Michels und ihr großer Tag, und den wollte ihn mit ihnen feiern! Arm in Arm gingen Juli, Katja und ich zur Bar, wo bald darauf meine Mutter zu uns stieß. Endlich begann die Hochzeitsfeier. Michel, Dagmar »Naigila« und Paul und Anna tanzten, während Ben von meinem Vater und Lars in Beschlag genommen wurde. Wahrscheinlich redeten sie wieder über Fußball. Franziska saß etwas abseits und telefonierte mit ihrem Handy. Sie schien nicht gerade glücklich zu sein, und tatsächlich verschwand sie schon bald darauf.

»Es gibt irgendwelche Probleme in der Praxis«, hörte ich Ben Michel erklären. »Da ist anscheinend etwas mächtig schiefgelaufen.«

Gegen elf Uhr löste die Party sich langsam auf. Julis Mutter fuhr in ihr Hotel, und auch Katja, Lars und die Kinder verabschiedeten sich.

»Und wie kommst du jetzt nach Hause?«, erkundigte sich meine Mutter, als ich mich gerade auf den Weg machen wollte.

»Mit der Bahn«, erwiderte ich.

»Das kommt überhaupt nicht infrage! Um diese Zeit noch allein mit der Bahn auf die Veddel zu fahren!«

Mein Vater runzelte die Stirn. »Wir würden dich ja hinbringen, aber wir nehmen ein Taxi. Und damit von Altona auf die Veddel und dann nach Niendorf? Das kostet doch ein Vermögen!«

Juli, die die Szene bislang schweigend beobachtet hatte, bekam einen verschlagenen Gesichtsausdruck. »Gibt es denn wirklich niemanden, der dich nach Hause bringen könnte?«

Ich wusste genau, welchen hinterhältigen Plan sie schmiedete. Aber nicht mit mir! »Doch, den gibt es. Heinz Kunze. Guter

Mann. Sehr zuverlässig. Er ist der Fahrer der S-Bahn, die mich in ein paar Minuten in Altona abholen wird. Mann, ihr tut ja alle so, als wäre ich ein Kleinkind. Ich fahre doch ständig nachts mit der Bahn!«

Doch es kam, wie es kommen musste. »Was ist denn mit dir, Ben?«, fragte meine Mutter und stieß ihn in die Rippen. »Wenn du gleich sowieso Juli und Michel zurückbringst, könntest du doch auch noch bei Lena längs fahren.«

»Nein!«, rief ich und wartete auf eine Äußerung von Ben, doch es kam nichts. Er saß nur mit äußerst mürrischem Gesichtsausdruck da. Typisch, der Feigling hatte sich noch nie getraut, meiner Mutter zu widersprechen.

»Du bringst unsere Lena heil und sicher nach Hause, versprochen, Ben?«, fragte meine Mutter und tätschelte seinen Arm. »Auf dich ist doch immer Verlass.« Jetzt versuchte sie es auch noch auf *die* Tour! So langsam kam mir das hier wie eine abgekartete Sache vor.

»Klar«, stieß Ben zwischen zusammengebissenen Zähnen hervor.

Das Grinsen auf den Gesichtern der anderen entging mir nicht.

»Na gut. Dann können wir ja beruhigt nach Hause fahren«, meinte meine Mutter fröhlich und stand auf.

Wir verabschiedeten uns von meinen Eltern und machten uns auf den Weg zu Bens Auto. Juli und Michel waren im totalen Endorphin-Rausch. Wenn sie nicht gerade sangen oder gackerten, knutschten sie wild herum. Schließlich hielt Ben vor ihrem Haus, und kurz darauf sahen wir Juli und Michel nach, wie sie Arm in Arm hinter der Haustür verschwanden.

»Also gut«, sagte ich schnell. Mein Fluchtinstinkt hatte sich wieder gemeldet. »Du musst mich wirklich nicht fahren, das ist doch albern. Ich nehme die Bahn. Gute Nacht, Ben.«

Er stöhnte auf. »Ich habe gesagt, dass ich dich nach Hause bringe, also bringe ich dich auch nach Hause. Jetzt diskutier nicht lang rum, sondern steig ein.«

»Aber ich …«

»Steig! Ein!« Mit ausgestrecktem Finger zeigte er auf die Beifahrertür.

Empört schnappte ich nach Luft. »Dein Ton gefällt mir überhaupt nicht!«

»Fehlt nur noch, dass du ›junger Mann‹ anhängst«, murrte Ben, während er in den Wagen stieg.

Ich kniff die Lippen zusammen und kletterte widerstrebend auf den Beifahrersitz. »*Du* hättest etwas anhängen können. Und zwar ein ›bitte‹.«

»Fehlt nur noch, dass du ›junger Mann‹ anhängst, *bitte*.« Er startete den Wagen.

Entnervt ließ ich meinen Kopf gegen die Rückenlehne fallen. Wie im Kindergarten. Er benahm sich wirklich wie im Kindergarten! Wie kamen Juli und Katja nur auf die Idee, dass aus uns jemals etwas werden könnte? Abgesehen von der kleinen Nebensächlichkeit, dass ich in ihn verliebt war, gab es doch nun wirklich *gar nichts*, das wir gemeinsam hatten.

Durch das geöffnete Fenster wehte mir die milde Nachtluft ins Gesicht. Ich sah die nächtliche Stadt an mir vorbeiziehen. Im Hafen war selbst um diese Zeit noch Betrieb, unermüdlich beluden riesige Kräne ein Containerschiff. Im Radio lief leise Musik, ansonsten war es still im Auto. Wir waren allein. Zum ersten Mal seit sechs Wochen. Plötzlich war mir Bens Nähe überdeutlich bewusst, und mir fiel ein, was beim letzten Mal passiert war, als wir allein gewesen waren. Ich beobachtete ihn aus den Augenwinkeln. Auf seinem Gesicht spiegelten sich die Lichter der

Stadt. Seine Kiefermuskeln waren angespannt, und er hielt das Lenkrad fester als nötig.

Zum Glück war das Ende der Fahrt absehbar. Doch mit jedem Meter, den wir uns der WG näherten, wuchs auch mein Unbehagen. Ums Verrecken wollte ich nicht, dass er sah, wie ich lebte. Als in der Ferne die S-Bahn-Station auftauchte, kam mir ein rettender Gedanke. »Übrigens, du kannst mich an der S-Bahn rauslassen. Von da ist es nicht mehr weit. Den Rest gehe ich zu Fuß.«

»Dann wäre diese Nach-Hause-Bring-Aktion aber ziemlich für den Arsch, oder? Und deine Mutter würde mich umbringen.«

»Ich habe ja die ganze Zeit gesagt, dass ich die Bahn nehme. Autos kommen da, wo ich wohne, gar nicht hin«, log ich. »Die Straße ist gesperrt wegen, Dings, einem … einer Baustelle.«

Ben schlug mit den Händen aufs Lenkrad. »Mein Gott, Lena, du machst mich wahnsinnig! Am liebsten würde ich …« Mitten im Satz brach er ab.

»Was?«

Er zögerte drei Sekunden mit der Antwort und sagte schließlich: »Den Knopf finden, an dem man bei dir den Ton ausstellen kann.«

Blöder Macho-Arsch! »Also lässt du mich jetzt aussteigen, oder was?«

Ben seufzte. »Okay. Dann begleite ich dich das letzte Stück zu Fuß.«

Verdammt! Musste der so zuverlässig sein? Aus der Nummer kam ich offensichtlich nicht mehr raus. »Da fällt mir gerade ein … die Sperrung sollte heute aufgehoben werden.«

»Na, was für ein Zufall.«

Ich dirigierte Ben durch die Straßen, bis wir vor dem Haus angekommen waren, in dem ich wohnte. Kaum war der Wagen zum Stehen gekommen, schnallte ich mich auch schon ab und sprang hinaus. Ich wollte mich gerade durch die noch offene Beifahrertür beugen, um Ben schnell Tschüs zu sagen, als ich realisierte, dass auch er ausgestiegen war. Interessiert sah er sich um. Ein Güterzug ratterte über die Gleise, keine fünf Meter von uns entfernt, und im Licht der Straßenlaterne wirkte die Häuserzeile noch trostloser als tagsüber. Vorm Boing! stand Manni, der Besitzer, mit einer Flasche Astra in der Hand. Er war meist selbst sein bester Kunde. Als er mich sah, winkte er mir zu und rief: »Moin Lena!«

Ich winkte zurück, sagte aber nichts.

Ben ging um das Auto herum und folgte meinem Blick zu Manni. »Also hier wohnst du«, stellte er fest. Seinen Gesichtsausdruck konnte ich nicht erkennen, aber seine Stimme klang angewidert. »Nette Gegend.«

Was für ein Snob! Noch mehr ärgerte ich mich über mich selbst, weil ich mich schämte. »Tja, nicht überall auf der Welt ist Ottensen. Und drinnen ist es sehr schön«, versuchte ich, mich zu verteidigen.

»Klar. Supidupi schön wahrscheinlich.«

Gerne hätte ich etwas Schlagfertiges erwidert, eine neue Diskussion mit ihm angezettelt. Aber ich konnte nicht mehr. »Also dann«, sagte ich. »Danke fürs Nach-Hause-Bringen. Gute Nacht.«

Ben trat einen Schritt vor, und nun konnte ich seine Gesichtszüge erkennen. Dunkle Ränder lagen unter seinen Augen, und er war unnatürlich blass. »Gute Nacht«, sagte er.

Mit aller Kraft kämpfte ich gegen den plötzlichen und widersinnigen Drang an, meine Hand auszustrecken, um sein Gesicht zu berühren, die Schatten unter seinen Augen wegzuwischen. Ohne ein weiteres Wort drehte ich mich um und ging.

Im Flur brannte Licht, und aus der Küche hörte ich Stimmen, als ich die Wohnung betrat. Doch ich stürzte ins Badezimmer, ohne nach rechts und links zu sehen, schloss hinter mir ab und setzte mich auf den Rand der Badewanne, das Gesicht in den Händen verborgen. In mir tobten die widersprüchlichsten Emotionen, viel mehr, als ich aushalten konnte. Wie gerne hätte ich geweint, um dem Chaos in mir Luft zu machen, doch es kamen keine Tränen. Stattdessen klapperte ich heftig mit den Zähnen, fror mal wieder, wie so häufig in letzter Zeit. Ich trat ans Waschbecken und ließ heißes Wasser über meine Arme laufen, dann sammelte ich es in meinen Händen und klatschte es mir ins Gesicht, wieder und wieder.

Ein Klopfen ertönte. »Lena?«, hörte ich Renés Stimme. »Bist du dadrinnen?«

Ich stellte das Wasser ab. »Ja«, rief ich. Konnten die mich nicht alle in Ruhe lassen?

»Hier ist so 'n Typ für dich«, erwiderte er.

Ich fuhr zusammen. Ben! Das konnte nur Ben sein. Wieso hatte ich es nicht klingeln hören? Hastig trocknete ich mein Gesicht ab, ging in die Küche, und da stand er. Ben. Er hielt meine Tasche in der Hand, die ich offensichtlich im Auto vergessen hatte, und betrachtete mit versteinerter Miene die Szene, die sich ihm bot.

Die Küche sah so schlimm aus wie noch nie zuvor, dabei hatte ich sie gestern erst geputzt. Die Luft war voller Qualm, und es lag ein widerlicher Gestank im Raum. Im Radio lief aggressive Techno-Musik. René saß mit zwei Typen, die ich noch nie zuvor gesehen hatte, am Tisch, der übersät war mit Alkoholflaschen. Einer der Typen beugte sich vor und zog sich durch einen Strohhalm weißes Pulver in die Nase.

»Hey WG-Putze!«, rief René, als er mich bemerkte. »Unser Koks ist gleich alle. Geh zum Kiosk, neues holen.« Seine Kumpels lachten laut. »Hier, der Spießer da will zu dir«, fuhr er fort und deutete auf Ben.

Doch ich konnte meinen Blick nicht vom Tisch losreißen. Einer von Renés Kumpels schob mithilfe einer EC-Karte ein bisschen von dem Pulver zu einer geraden Linie. »Haste Bock?«, fragte er mich. Seine Pupillen waren riesig. Er nahm den Strohhalm und hielt ihn mir hin. »Das Zeug ist echt gut. Für 'nen anständigen Blowjob gehört es dir.« Anzüglich grinste er mich an und starrte auf meine Brüste.

Ich wollte gerade etwas erwidern oder ihm wahlweise in seine widerliche Fresse schlagen, doch da kam Ben mit mörderischer Miene auf mich zugestürmt. Er ließ meine Tasche achtlos fallen, fasste mich hart am Oberarm und zerrte mich aus der Küche den Flur hinunter. »Wo ist dein Zimmer?«, herrschte er mich an.

»Da links«, presste ich hervor. »Jetzt lass mich los!«

Aber Ben dachte nicht daran. Unsanft stieß er mich in mein Zimmer, knallte die Tür zu und wirbelte mich dann zu sich herum. »Du wohnst lieber in dieser Crack-Höhle als bei mir?« Seine Finger bohrten sich schmerzhaft in meinen Arm.

»Lass mich los!«, wiederholte ich.

Er fasste mich noch härter an und schüttelte mich. »Hast du schon mal was von dem Zeug genommen?«

»Nein! Natürlich nicht!«

»Ich schwöre dir, wenn ich jemals den Verdacht haben sollte, dass du etwas davon nimmst oder auch nur daran denkst, dann hast du ein ganz gewaltiges Problem mit mir!«

Schlimmer als jetzt konnte es ja wohl kaum werden. Noch immer hielt er meine Oberarme unbarmherzig umklammert. Ich riss mich los und stieß ihn heftig von mir weg. »Fass mich nie wieder an!«, schrie ich. »Nie wieder!«

Was dann geschah, kann ich mir auch heute noch nur durch

einen kurzzeitigen Zustand völliger geistiger Umnachtung erklären. Mit zwei Schritten überbrückte ich die Distanz zwischen uns, zog seinen Kopf zu mir herunter und küsste ihn hart auf den Mund. Ben stand im ersten Moment reglos da, doch dann erwiderte er meinen Kuss leidenschaftlich. Eine Hand vergrub er in meinem Haar, mit der anderen fasste er an meinen Hintern und presste mich an sich. Wir küssten uns wild, wütend geradezu. Das war es, was ich wollte: es auskämpfen, hier und jetzt. Ich wollte, dass er mir gehörte. Und wenn es nur dieses eine Mal war. Ben war ebenso begierig wie ich, ebenso fordernd. Doch als ich ihn zu meinem Bett ziehen wollte, löste er seine Lippen von meinen und schob mich auf Armeslänge von sich. Er atmete schwer. »Verdammt noch mal, Lena! Was soll das?«

In diesem Moment kam ich zur Besinnung, und mir wurde bewusst, was ich gerade getan hatte. Ich schloss die Augen und schüttelte den Kopf. »Ich weiß es nicht«, flüsterte ich. »Entschuldige.«

Ein leises Rumpeln ertönte und brachte mich dazu, meine Augen zu öffnen. Ben hatte sich mit dem Rücken gegen meine Zimmertür fallen lassen und stand nun dort angelehnt. Er fuhr sich mit beiden Händen durch die Haare und über das Gesicht. »Was willst du eigentlich von mir?«, fragte er leise.

In meinem Kopf drehte sich alles. ›Dass du mich in Ruhe lässt. Dass du mich nicht in Ruhe lässt. Dass du gehst. Dass du bleibst. Dass du mich liebst‹, dachte ich. Doch ich konnte nichts davon sagen. Ich konnte es nicht. »Gar nichts«, log ich.

Ben schwieg ein paar Sekunden lang. »Du bist wirklich komplett verrückt, weißt du das?«, sagte er schließlich. »Ich werde einfach nicht schlau aus dir. Seit Monaten schon benimmst du dich in einem Moment, als hinge dein Leben davon ab, bei mir zu sein, nur um mir kurz darauf aus dem Weg zu gehen. Du haust ohne ein Wort zu sagen ab, nicht mal eine Nachricht hast du dagelassen! Und *du* hast dann auch noch die Frechheit, wütend auf *mich* zu sein! Erklär mir das mal!«

»Ist das dein Ernst?«, fragte ich fassungslos. »Ich bin ausgezogen, weil du mich rausgeschmissen hast!«

»Was habe ich?«

»Mich rausgeschmissen! Am Tag nach der Silberhochzeit in Ottos Laden! Du hast gesagt, dass es dir ohne mich besser ging und dass ich wieder nicht existent werden soll!«

Ben fasste sich an die Stirn. »Mein Gott, ich kann mich nicht mal mehr daran erinnern, das gesagt zu haben! Ich war wütend, und ich habe überreagiert! Du kannst diesen Schwachsinn doch nicht ernst genommen haben!«

»Habe ich aber! Vielleicht solltest du mal ein Wörterbuch herausbringen. Linke Spalte: ›Was Ben sagt: bla, bla, bla‹, rechte Spalte: ›Was Ben meint: gar nichts‹!«

»Gute Idee, aber das wäre bei dir völlig zwecklos, denn wenn ich etwas sage, hörst du sowieso nur das heraus, was du heraushören willst!« Ben kam auf mich zu und blieb dicht vor mir stehen. »Aber wo wir schon mal dabei sind, so ein Wörterbuch hätte ich auch gerne. Linke Spalte: ›Was Lena sagt: Ich will gar nichts von dir‹. Rechte Spalte: ›Was Lena meint: Übersetzung bitte‹!«

Wie angewurzelt stand ich da. Ich könnte es ihm sagen. Jetzt. Drei kleine Wörter. Ich müsste nur den Mund aufmachen. »Ich will gar nichts von dir«, sagte ich schließlich mit brüchiger Stimme.

Seine Gesichtszüge verdunkelten sich. Nach einem kurzen Räuspern sagte er: »Gut. Ich meine, ich will auch nichts von dir, und wenn es bei dir anders gewesen wäre, wäre das ganz schön peinlich für uns beide geworden. Okay, ich muss los. Schließ besser hinter mir ab, falls diese Wichser auf dumme Ideen kommen.« Er ging zur Tür. Dort drehte er sich noch einmal zu mir um. »Ich habe mich vorhin übrigens absolut unmöglich benommen. Bei nächster Gelegenheit darfst du mir dafür gerne eine reinhauen. Verdient hätte ich es.«

Ich nickte nur. In meinem Hals steckte ein Haufen Scherben, sodass ich kein Wort hervorbringen konnte.

Dann ging er und ließ mich allein. Ich schloss die Tür ab, ließ mich auf mein Bett fallen und verkroch mich unter der Bettdecke. Er hatte es gesagt, eindeutig. Er wollte nichts von mir. Dann hatte ich ja die richtige Entscheidung getroffen. Dumm nur, dass mein Herz das anders sah, denn es tat so weh wie nie zuvor.

Kapitel 20

... in dem alles zuende geht

Am Samstag wachte ich früh auf. Ich lag in meinem Bett, noch immer vollständig bekleidet. Nicht einmal die Schuhe hatte ich ausgezogen. Die Sonne ging gerade auf und tauchte mein Zimmer in ein unwirklich rotes Licht. Mein Kopf dröhnte, und mein Herz wog schwer wie Blei. Bilder des gestrigen Tages stiegen in mir hoch, gekoppelt an ein wildes Wirrwarr aus Satzfetzen und Gefühlen.

Ich versuchte, zur Ruhe zu kommen und noch etwas zu schlafen, doch schon nach wenigen Minuten gab ich auf. Ich war hellwach, und außerdem war mir eiskalt. Seufzend erhob ich mich, schloss meine Zimmertür auf und stellte mich im Bad unter die heiße Dusche. Dort wurde mir zumindest kurzzeitig warm. Ich zog mich an und überlegte, ob ich frühstücken sollte, doch ich hatte keinen Hunger und hielt es in der Wohnung ohnehin nicht mehr aus. Obwohl es gerade erst halb acht war, nahm ich meine Tasche und verließ das Haus. Es zog mich ans Wasser, und so ging ich mit schnellen Schritten Richtung Hafen. Die ersten Sonnenstrahlen wärmten noch nicht, aber die frische Luft fühlte sich gut an. Ich atmete tief ein und aus und genoss den Wind, der sanft in meinen Haaren spielte. Nach und nach wurden meine Gedanken klarer. Ich lief am Kai entlang, schnell zunächst, dann jedoch immer langsamer. Schließlich blieb ich stehen, lehnte mich an die Brüstung und sah hinüber auf die andere Seite des Hafenbeckens. Mir gegenüber lag das Auswanderermuseum.

Wie mutig diese Menschen damals und auch heute noch sein mussten, alles Bekannte und Geliebte aufzugeben. Sich zu verabschieden und aufzubrechen in eine ungewisse Zukunft, in ein unbekanntes Land, um dort ihr Glück zu finden. Alles auf eine Karte zu setzen, alles zu riskieren. So ähnlich fühlte ich mich auch gerade. Am Montag begann der neue Job bei Maurien & Thews, und ich stand hier am Kai, kurz davor, die Fähre zu betreten, die mich in eine neue Welt bringen würde. Eine Welt voller Möglichkeiten und Herausforderungen. Mein Herz klopfte schneller, und mir wurde übel.

Ich setzte mich auf eine Bank und starrte auf das gegenüberliegende Ufer. Hier hatten sie damals abgelegt. Ich sah die Menschen förmlich vor mir, wie sie dort standen, alles, was ihnen von ihrem Zuhause geblieben war, in einen Koffer gequetscht. Wie sie ihren Eltern, Geschwistern und Freunden in den Armen lagen, ihnen letzte Worte sagten, von denen wahrscheinlich jedes einzelne zu hohl und bedeutungslos war, um das ausdrücken zu können, was sie empfanden. Wenn sie die Fähre erst einmal betreten hatten, gab es keinen Weg zurück.

Ich hob meine Beine auf die Bank und umschlang sie mit den Armen. Was, wenn es die falsche Entscheidung war? Wenn der Preis für all die neuen Möglichkeiten zu hoch war? Wenn das, was man hinzugewinnen würde, niemals das aufwiegen könnte, was man verlor? Sicher, die Menschen damals hatten möglicherweise keine andere Wahl gehabt. Aber ich, ich hatte eine Wahl. Vielleicht war ich feige, wenn ich blieb, und ließ eine riesige Chance ungenutzt. Ja, vielleicht war ich feige. Aber glücklich.

Es gibt Momente im Leben, zugegebenermaßen sind diese Momente recht selten, in denen die Antwort auf eine Frage oder ein Problem plötzlich so klar ist, dass man sich wundert, wieso man es nicht schon viel früher gesehen hat. Wie bei einem dieser Knoten in Halsketten, die einen wahnsinnig machen, weil man sie ums Verrecken nicht auseinanderfriemeln kann. Wenn man sie dann endlich, nach Tausenden von Versuchen, aufgelöst hat, stellt man fest, dass die Lösung doch eigentlich gar nicht so schwer war. Genauso fühlte ich mich, als ich auf dieser Bank saß und auf das Auswanderermuseum starrte.

Auf einmal wusste ich, worum es wirklich ging. Es ging einzig und allein darum, dass die Entscheidungen, die man traf, die Dinge, die man tat, sich richtig *anfühlten*. Völlig unabhängig davon, was alle anderen für richtig hielten oder was objektiv gesehen vernünftig und richtig war. Und in meinem Leben fühlte sich momentan so gut wie gar nichts richtig an.

Jan fühlte sich falsch an. Er war eine reine Notlösung und hatte von Anfang an nur dazu gedient, Ben zu beweisen, dass ich ihn nicht brauchte. Was für eine abgrundtief dämliche Idee war das eigentlich von mir gewesen, erzwingen zu wollen, mich in Jan zu verlieben? Im Grunde genommen hatte ich immer gewusst, dass das niemals passieren würde.

Und Maurien & Thews. Dieser Job fühlte sich ebenso falsch an. Er war nichts anderes als der verzweifelte Versuch, allen zu beweisen, dass ich es draufhatte, dass ich eine Karrierefrau war. Dabei war der Job an sich mir völlig egal. Wenn ich wirklich ehrlich war, dann waren Otto und sein Laden alles, was mich wirklich interessierte. Er war mein Freund, und ich arbeitete gerne für ihn. Ich verdiente zwar nicht viel, aber mein Herz hing an dem Laden. Dieser Job war der erste und einzige, der mir jemals wirklich Spaß gemacht hatte. Und ich war verdammt gut in diesem Job! Warum zur Hölle wollte ich das aufgeben?

Und dann die Sache mit Ben. Nein. Da hatte ich richtig gehandelt, selbst wenn meine Entscheidung sich falsch anfühlte. Juli und Michel kamen mir in den Sinn, wie sie auf ihrer Hochzeit miteinander getanzt hatten. ›Wenn es der Richtige ist, dann sollte alles ganz einfach sein.‹ Das war es, was ich wollte. Mit Ben war es nie einfach gewesen, und das würde es auch niemals sein.

Es war an der Zeit, dass mein Herz sowohl ihn als auch Jan ziehen ließ. Lieber war ich Single und allein als in einer unglücklichen Beziehung. Und eines Tages, da war ich mir sicher, würde diese Entscheidung sich richtig anfühlen, und ich würde denjenigen treffen, mit dem es einfach sein würde.

Ich erhob mich von der Bank und ging mit schnellen Schritten Richtung S-Bahn. Ich musste das klären, sofort! Kurze Zeit später stand ich vor Jan. Seine Haare waren vom Schlaf verstrubbelt, die Augen verquollen. Gott, er war noch so jung und so unschuldig, und ich würde ihm das Herz brechen!

Wir gingen in die Küche und setzten uns an den winzig kleinen Tisch. Ich holte tief Luft. Okay, reißen wir das Pflaster schnell ab. »Hör mal, das mit uns funktioniert nicht. Das wissen wir doch beide, oder? Wir passen nicht zusammen.«

Jan sah mich aus seinen blauen Augen ungläubig an. Er stand vom Tisch auf. Die Küche war zu klein, als dass er großartig darin hätte herumtigern können, also blieb er notgedrungen vor der Spüle stehen. »Warte mal, Lena«, sagte er. »Verstehe ich das jetzt richtig? Du machst mit mir Schluss?«

Ich nickte. »Ja. Ich liebe dich nicht, Jan. Ich war dir gegenüber nicht fair, und das tut mir wirklich leid.«

Er schüttelte stirnrunzelnd den Kopf. »Ist es wegen meiner Literatur?«, fragte er. »Fühlst du dich eingeschüchtert? Ich weiß, das ist ein riesiger Teil dessen, der ich bin. Es verbrennt mich, frisst mich förmlich auf, ist meine Leidenschaft und meine Qual. Wie ein Dämon, von dem ich besessen bin. Der Dämon der Alliterationen, der Anaphern, der Metaphern. Es muss beängstigend für dich sein.« Er tastete nach seinem Notizbuch, allerdings vergebens, denn er trug noch seine Pyjamahose. Unschlüssig sah er zwischen der Tür und mir hin und her.

»Möchtest du vielleicht dein Buch holen?«, fragte ich entgegenkommend.

Er verschwand so schnell, dass förmlich Dampfwolken unter seinen Füßen entstanden. Wenig später kehrte er zurück und notierte eifrig seine neueste tiefsinnige Erkenntnis. Danach wandte er sich wieder an mich. »Ich muss einfach schreiben, Lena. Sonst zerreiße ich innerlich. Versteh das bitte.«

»Das verstehe ich doch, Jan. Wirklich. Es hat nichts mit dem Schreiben zu tun.«

Jan ließ sich auf dem Stuhl zurückfallen. »Oh Mann.« Er lachte kurz auf und schüttelte ungläubig den Kopf. »Also du machst mit mir Schluss. Krass.«

Wieder saßen wir eine Weile schweigend da. Schließlich sagte ich: »Okay. Also dann.« Ich überlegte kurz, wie ich mich am besten von ihm verabschieden sollte. Sollte ich ihn umarmen? Ihm einen Kuss auf die Wange geben? Letztendlich klopfte ich ihm ungelenk auf die Schulter und sagte: »Mach's gut, Jan.«

Es war vorbei. Augenblicklich hatte ich das Gefühl, als wäre mir eine riesige Last von den Schultern gefallen.

Und jetzt auf zu Otto.

Ich saß in der Bahn und hätte sie am liebsten angeschoben, so ungeduldig war ich, ihm meinen Entschluss mitzuteilen. Um die Zeit bestmöglich zu nutzen, kramte ich mein Handy und mein Adressbuch hervor und wählte die Nummer von Herrn Maurien. Ich rechnete kaum damit, ihn an einem Samstag im Büro zu erreichen, aber bei diesen Karrieremenschen wusste man ja nie.

Und ich hatte tatsächlich Glück. Nach zwei Mal klingeln ging er ran. Stammelnd und von vielen »Ähms« unterbrochen erklärte ich ihm, dass ich den Job nicht antreten würde. Es war ein sehr unangenehmes Gespräch. Herr Maurien war alles andere als begeistert, schließlich hatte er sich sehr für mich eingesetzt, wie er sagte. Ich entschuldigte mich mindestens hundert Mal, doch letztendlich legte Herr Maurien beleidigt auf. Na ja, ich konnte es halt nicht jedem recht machen. Verdammt, wieso fuhr diese blöde Bahn denn nicht schneller?

Als ich endlich vor der Tür zu Ottos Laden stand, stellte ich fest, dass sie verschlossen war. Ein Blick auf meine Uhr verriet mir, dass Otto eigentlich längst hätte öffnen müssen. Ich holte den Schlüssel hervor, den ich immer noch besaß, und betrat den Laden. Er lag still und verlassen da, auch das Hinterzimmer war leer. Ich drehte das Schild in der Ladentür auf »Geöffnet« und stellte den Grabbeltisch mit den superbilligen Ladenhütern draußen auf. Anschließend versuchte ich, Otto telefonisch zu erreichen. Er hielt Handys für »albernen Tüdelkram« und besaß demzufolge auch keines, also rief ich ihn zu Hause an. Ich ließ es mindestens zwanzig Mal klingeln, doch er ging nicht ran.

In mir wuchs die Sorge. Otto hatte in letzter Zeit so krank gewirkt. Seine Hustenanfälle kamen mir in den Sinn, und wie abgemagert er war. Was, wenn ihm etwas passiert war? Wenn er zusammengebrochen war und jetzt hilflos in seiner Wohnung lag? Meine Sorge steigerte sich in eine ausgewachsene Panik, und ich wusste plötzlich tief in mir mit absoluter Sicherheit, dass etwas nicht stimmte.

Otto wohnte nur zwei Straßen entfernt, und ich stürzte los, rannte den ganzen Weg bis zu seinem Wohnhaus. Ich klingelte Sturm, wartete jedoch vergebens auf das Summen des Öffners. Als eine alte Frau mit einem Dackel an der Leine aus dem Haus kam, nutzte ich die Gelegenheit, schlüpfte an ihr vorbei und lief die zwei Treppen hoch zu Ottos Wohnung. Erneut drückte ich endlos lange auf die Klingel. Schließlich trommelte ich gegen die Tür und rief: »Otto! Bist du da?« Ich lauschte angestrengt. Nichts. Kein Geräusch. Nur Totenstille. Vergeblich rüttelte ich an der Klinke und war kurz davor, in Tränen auszubrechen.

»Wollen Sie zu Herrn Jansen?«

Hinter mir war die alte Dame mit dem Dackel aufgetaucht. Sie musterte mich neugierig.

»Ja«, erwiderte ich. »Haben Sie eine Ahnung, wo er ist?«

Ihr Blick wurde triumphierend, wie man das häufig bei Leuten beobachten kann, die mehr wissen als andere und denen die Gelegenheit gegeben wird, ihr Wissen loszuwerden. »Den haben sie heute früh mit dem Krankenwagen abgeholt.«

Ich brauchte drei Sekunden, bis ihre Worte in meinem Gehirn angekommen waren. »Was ist denn passiert?« Meine Stimme klang seltsam hoch und dünn.

»Er ist einfach im Treppenhaus zusammengebrochen. Und hatte noch Glück, dass ich zufällig gerade durch den Spion geschaut habe. Hab sofort den Krankenwagen gerufen. Das war ein Tohuwabohu, kann ich Ihnen sagen. Mit drei Sanitätern sind die gekommen, und ein Notarzt war auch dabei.«

»In welches Krankenhaus haben sie ihn gebracht, wissen Sie das?«, erkundigte ich mich.

»Beschwert hat er sich, als sie ihn mitnehmen wollten. Undank ist der Welten Lohn! Der Herr Doktor hat gesagt, dass ich dem Herrn Jansen wahrscheinlich das Leben gerettet habe«, verkündete sie stolz und meine Frage ignorierend. »Dabei war er nie besonders freundlich. Hat oft nicht mal gegrüßt.«

Am liebsten hätte ich diese alte Schabracke an den Schultern gepackt und geschüttelt, doch ich konnte mich gerade noch zusammenreißen. »In welches Krankenhaus wurde er gebracht?«, fragte ich langsam und überdeutlich.

Sie zuckte mit den Achseln. »Ins UKE, soweit ich weiß. Die sind auf Zack da. Da lag mal eine Bekannte, der sie die Gallensteine entfernt haben. Riesig waren die, das glaubt man kaum. So groß.« Dabei deutete sie mit Daumen und Zeigefinger einen etwa tennisballgroßen Gallenstein an.

Ich hatte weder die Zeit noch das Interesse, mir ihre Geschichte von widernatürlich großen Gallensteinen anzuhören, also stieß ich nur ein kurzes »Auf Wiedersehen« hervor, machte auf dem Absatz kehrt und rannte durch das Treppenhaus auf die Straße.

»Das Leben habe ich ihm gerettet!«, rief die Frau mir hinterher. »Tze! Undank ist der Welten Lohn.«

Ich lief in Richtung Bushaltestelle, wo ich in letzter Sekunde den Bus erwischte. Die Fahrt erschien mir endlos, obwohl sie nur fünfzehn Minuten dauerte. Ich malte mir die schrecklichsten Dinge aus, die Otto passiert sein konnten. Am schlimmsten war die Vorstellung, dass ich zu spät kommen könnte. ›Bitte, bitte, sei nicht tot‹, betete ich wieder und wieder.

Am Klinikum folgte ich den Schildern zur Notaufnahme und betrat das riesige Gebäude.

In einer Notaufnahme hatte ich es mir immer wuselig wie in einem Bienenstock vorgestellt. Sanitäter, die Patienten mit fehlenden Gliedmaßen auf einer Liege durch die Flure schoben, Ärzte, die im Laufen einem Mann einen Defibrillator auf die Brust drückten und riefen »Komm schon, Junge!«, überall weinende Familienangehörige. Tatsächlich war es still, beinahe gespenstisch. Auf dem Flur sah es längst nicht so kalt und steril aus, wie ich vermutet hatte, man hatte sich vielmehr bemüht, alles mithilfe von etwas Farbe und ein paar Bildern etwas weniger angsteinflößend erscheinen zu lassen. Im Wartebereich saßen nur fünf Menschen. Keiner blutete, hielt sich das Herz oder hatte abgetrennte Körperteile in einem Eisbeutel dabei. Dennoch konnte schon allein der typische Krankenhausgeruch mich nicht vergessen lassen, wo ich mich befand, und mir wurde noch mulmiger zumute als zuvor. Eine Krankenschwester trat aus einem der Zimmer.

»Entschuldigung«, sagte ich zu ihr. Sie war jung, geradezu erschreckend jung, und ich fragte mich, ob es gut für Otto war, wenn ein Kind ihn versorgte. »Ich habe gehört, dass ein Herr Otto Jansen hier eingeliefert wurde. Kann ich zu ihm?«

Die junge Frau tippte etwas in einen Computer, der hinter einem Tresen stand. »Leider nicht«, sagte sie. »Herr Jansen wird gerade behandelt.«

»Was fehlt ihm denn?«

»Das wissen wir noch nicht genau«, sagte sie. »Wie gesagt, er ist gerade in Behandlung. Sie werden sich noch gedulden müssen. Aber Sie können gerne hier warten.« Sie nickte mir zu und verschwand.

Ich ließ mich auf einen der Stühle im Wartebereich fallen. Meine Finger umklammerten fest die Handtasche auf meinem Schoß, als wäre das der einzige Halt, der mir geblieben war. Das alles kam mir so unwirklich vor, die Stille hier, die Ordnung, während in mir das Chaos tobte.

Der Wartebereich füllte sich merklich, aber kaum einer der Patienten wurde aufgerufen. Die Zeiger der Uhr an der Wand mir gegenüber schienen sich in Zeitlupe zu bewegen. Sekunden wurden zu Minuten, zäh wie Kaugummi. Neben mir saß ein Mann, der sich ein Küchenhandtuch um den Arm gewickelt hatte, auf dem Blutspuren zu erkennen waren.

»Kleiner Zwischenfall mit der Laubsäge«, erklärte er, als er meinen Blick bemerkte. »Tut verdammt weh, das kann ich Ihnen sagen.«

»Möchten Sie vielleicht eine Paracetamol?«, fragte ich automatisch.

Der Mann winkte ab. »Nee, lassen Sie mal.« Er sah sich mit verkniffenem Mund um. »Eine Unverschämtheit ist das, wie lange man hier warten muss! Man wird ja anscheinend nur behandelt, wenn der Arm ganz ab ist. Und die Halbgötter in Weiß sitzen solange in ihrem Ärztezimmer, saufen Kaffee und grapschen Schwestern an den Arsch. Ein Sauhaufen ist das hier!«

Von den anderen Patienten kam zustimmendes Murren.

Ich hatte lange genug mit einem Arzt aus der Notaufnahme zusammengelebt, um sagen zu können, dass dem mit ziemlicher Sicherheit nicht so war, trotzdem hielt ich meine Klappe. Ich hatte wirklich nicht die Nerven, mich mit diesem Idioten anzulegen.

Zwei Stunden später saß ich immer noch auf meinem Stuhl im Wartebereich. Warum dauerte das so lange? Ich wurde immer nervöser, und in mir machte sich der Verdacht breit, dass die Schwester mich schlichtweg vergessen hatte. Ein Arzt kam über den Flur, und ich stürzte sofort auf ihn zu. »Entschuldigung, können Sie mir vielleicht sagen, was mit Otto Jansen ist?«

Er schüttelte den Kopf. »Nein, leider nicht. Vielleicht kann eine der Schwestern Ihnen weiterhelfen.«

Damit verschwand er und ließ mich zurück auf diesem Flur des Grauens. Ich setzte mich wieder auf einen der Stühle und legte meine Hände auf die Augen. Mein Kopf dröhnte, und von meinem ununterbrochenen Herzrasen wurde mir langsam schwindelig.

»Lena?«, hörte ich plötzlich eine mir sehr gut bekannte Stimme.

Ich hob den Kopf. Vor mir stand Ben, er trug OP-Klamotten und in der Hand ein Klemmbrett. Noch nie in meinem Leben war ich so froh gewesen, ihn zu sehen. Ich sprang auf. »Ben! Was machst du denn hier?«

»Nein, was machst *du* hier?«, fragte er zurück und musterte mich besorgt. »Was ist passiert?«

»Otto ist hier«, stieß ich hervor. »Ich wollte ihn heute Morgen besuchen, aber im Laden war er nicht, und dann bin ich zu ihm nach Hause gelaufen, aber da war nur diese schreckliche Frau, die mir gesagt hat, dass sie ihn mit dem Krankenwagen abgeholt haben, und dann hat sie was von Gallensteinen erzählt so groß wie Tennisbälle! Dann bin ich hierhergekommen, ich warte jetzt schon seit Stunden, aber niemand weiß, was mit ihm ist! Und der eine Mann dahinten blutet und sagt, dass ihr Ärzte nur Kaffee sauft und den Schwestern an den Arsch grapscht, dabei ist Otto vielleicht schon längst tot, aber keiner sagt mir etwas!«

Ben fasste mich an den Schultern und drückte mich auf meinen Stuhl. »Setz dich, Lena. Tief durchatmen. Ein und aus«, sagte er und setzte sich neben mich.

Ich atmete einmal ein und aus und wollte schon wieder anfangen zu reden, doch Ben kam mir zuvor. Er legte seine Hand auf mein Knie. »Weiter. Ganz ruhig atmen.«

Widerwillig gehorchte ich und wurde tatsächlich etwas ruhiger.

Ben drückte sanft mein Knie. »Ich werde jetzt nach Otto sehen, aber ich bin so schnell wie möglich wieder da. Okay?«

Ich musste gegen den Zwang ankämpfen, mich an seinem komischen OP-Fummel festzukrallen. »Versprich es mir!«

»Ich verspreche es.«

»Okay«, sagte ich schließlich, heftig nickend. »Okay.«

»Gut. Warte hier auf mich. Und versuch, ruhig zu bleiben.« Damit stand er auf und verschwand.

Ich konzentrierte mich wieder darauf, ein- und auszuatmen. Ben war hier, ich war nicht mehr allein, und gleich würde ich wissen, was mit Otto los war. Ein und aus, ein und aus. Fünf Minuten vergingen, zehn Minuten, fünfzehn. Ben kam nicht wieder. Ich spürte Wut in mir aufsteigen. Wollte mich hier eigentlich jeder verarschen? Ich war schon kurz davor, mich doch noch mit den wartenden Patienten zu verbünden und eine Meuterei anzuzetteln, angeführt von dem blutenden Sägen-Mann, als ich Ben den Flur hinunterkommen sah. Ich lief ihm entgegen. »Und?«, fragte ich, und mein Herz schlug so heftig, dass ich befürchtete, es würde zerspringen. »Hast du ihn gesehen?«

»Ja. Otto hatte einen Kreislaufzusammenbruch. Er wurde hier stabilisiert.«

»Das heißt, er ist jetzt wieder stabil und kann nach Hause?«

»Nein, er kann nicht nach Hause. Komm.« Ben führte mich in einen der Behandlungsräume und schloss die Tür hinter uns. Der Raum war komplett gefliest, eine Liege befand sich darin und etliche, gruselig aussehende medizinische Instrumente. Kälte und Sterilität umgaben mich.

»Vielleicht setzt du dich besser.« Ben deutete auf die Metallliege.

»Nein! Sag jetzt endlich, was los ist!«

Ben atmete tief durch. »Otto hat Krebs. Lungenkrebs. Schon seit Jahren. Er hat etliche Chemotherapien hinter sich, nach der letzten hat er für sich entschieden, dass er keine Behandlung mehr will. Das war kurz bevor er dich kennengelernt hat. Ohne Chemo hat der Krebs sich weiter und weiter ausgebreitet, und inzwischen ist sein Körper so stark geschwächt, dass kaum noch eine Behandlung möglich ist. Er liegt jetzt in der Onkologie.«

»Krebs,« »Chemo.« »Onkologie.« Die Worte schwirrten in meinem Kopf herum. *»Kaum noch eine Behandlung möglich.«* Auf der Fensterbank lag Verbandsmaterial in Plastikschüsseln. Ich versuchte, die Aufschriften auf den Verpackungen zu lesen,

aber mein Blick verschwamm. »Wird er sterben?«, fragte ich mit kaum hörbarer Stimme. Mein Hals fühlte sich so eng an, dass ich Angst hatte, zu ersticken.

Ben trat zu mir und streckte eine Hand aus. Vorsichtig berührte er meinen Arm. »Auszuschließen ist es nicht. Es geht ihm sehr schlecht.«

Plötzlich dämmerte mir etwas. »Du hast es gewusst, oder? Seit wann weißt du es?«

Ben zog seinen Arm zurück. »Er hat es mir vor ein paar Monaten erzählt. Ich habe ihm geraten, einen Spezialisten aufzusuchen, aber er wollte nichts davon hören.«

Ich trat von der Liege zurück, um einen größeren Abstand zwischen uns zu schaffen. »Und du lässt mich die ganze Zeit seelenruhig dabei zusehen, wie er vor die Hunde geht?«

»Ich musste ihm hoch und heilig versprechen, dir nichts zu sagen. Ein paar Mal war ich trotzdem kurz davor, aber irgendwie war nie der richtige Moment dafür.«

»Und du glaubst, jetzt ist der richtige Moment?« Meine Stimme klang schrill. »Jetzt, wo es zu spät ist? Wenn ich es früher gewusst hätte, hätte ich vielleicht noch etwas tun können! Aber statt mir die Wahrheit zu sagen, hast du mich in meinem schönen LiLaLena-Land vor mich hin pfeifen lassen!«

»Du hättest nichts tun können. Es hätte keinen Unterschied gemacht, wenn du es früher gewusst hättest.« Bens Stimme blieb ruhig, und er sah mich so mitfühlend an, dass mir übel davon wurde. In meinem Kopf drehte sich alles. Verzweiflung, Angst, das Gefühl, hintergangen worden zu sein. »Weißt du, was das Schlimmste an der ganzen Sache ist? Ich habe ihm viel zu viel zugemutet und ihn regelrecht dazu gezwungen, mehr zu arbeiten! Dabei hätte er sich wahrscheinlich schonen müssen! Wenn er stirbt, dann ist das ganz allein meine Schuld!«

Ben kam zu mir und fasste mich an den Schultern. »Lena«,

sagte er eindringlich. »Hör auf damit. Das ist Unsinn, und das weißt du auch!«

Tränen schossen mir in die Augen, und meine Unterlippe fing an zu zittern. Ich biss so fest darauf, dass es wehtat. »Kann ich jetzt zu ihm?«

Ben ließ meine Schultern los. »Ja«, sagte er. »Komm mit.«

Wir verließen den Raum und gingen schweigend endlos lange Flure entlang. Schemenhaft nahm ich Gestalten wahr, die mir entgegenkamen. Ein Arzt, der Ben zunickte. Ein ausgemergelter Mann im Morgenmantel, der einen Infusionsständer neben sich herschob. Er sah mehr tot als lebendig aus. Innerlich versuchte ich, mich für das zu wappnen, was auf mich zukam. Doch nichts, absolut nichts hätte mich auf den Anblick vorbereiten können, der sich mir bot, als ich schließlich vor Otto stand. Er lag mit geschlossenen Augen im Bett, einen Sauerstoffschlauch in der Nase. In seiner Armbeuge verschwand eine Kanüle, durch die langsam eine Infusion in seine Vene tröpfelte. Graue Brusthaare quollen aus seinem Krankenhaushemd hervor sowie etliche Schläuche, die in einem Gerät neben seinem Bett endeten. Es zeigte seine Herzlinien an, doch ich hörte kein regelmäßiges Piepen, so wie ich es aus dem Fernsehen kannte. Bis auf das Blubbern der Sauerstoffflasche war alles still.

Otto war kaum wiederzuerkennen und sah nur entfernt wie der Mann aus, den ich vor gerade einmal zwei Tagen zuletzt gesehen hatte. Seine Haut hing fast durchsichtig an ihm herunter, als wäre sie ihm zu groß geworden. Sein Gesicht war eingefallen, seine Haare lagen wirr durcheinander.

»Schläft er?«, flüsterte ich.

Ben stand dicht hinter mir. »Ja«, sagte er leise.

»Er sieht so anders aus.«

»Ich weiß. Aber er ist immer noch der Otto, den du kennst. Geh ruhig zu ihm, wenn du willst.«

Zögernd trat ich ein paar Schritte vor. Meine Kehle war wie zugeschnürt. »Hallo Otto. Ich bin's, Lena«, presste ich hervor. Ich trat noch einen Schritt näher an sein Bett. »Was haben die denn mit deinen Haaren gemacht?« Vorsichtig streckte ich eine Hand aus und strich ihm eine dünne Haarsträhne aus der Stirn. Nachdem ich diese unsichtbare Grenze überschritten hatte, wurde es etwas einfacher. Sanft streichelte ich seine Hand. »Du jagst mir ganz schöne Angst ein.« Eine Weile stand ich still da, seine Hand streichelnd, und beobachtete ihn. Mein Herz floss über vor Zärtlichkeit.

In diesem Moment flatterten Ottos Augenlider.

»Ich glaube, er wird wach«, sagte ich. »Soll ich lieber gehen?«

»Nein«, erwiderte Ben. »Das ist schon in Ordnung.«

Otto öffnete die Augen. Er drehte leicht den Kopf, als müsse er erst begreifen, wo er war. Sein Blick wanderte über den Infusionsschlauch zu dem Monitor, auf dem sein Herzschlag angezeigt wurde. Er sah ängstlich aus.

»Hallo Otto«, sagte Ben ruhig, um dessen Aufmerksamkeit auf sich zu lenken.

Otto sah in seine Richtung und erkannte ihn offensichtlich. Er wirkte erleichtert.

»Weißt du, wo du bist?«

Er nickte.

»Du hast Besuch«, sagte Ben. »Sieh mal, wer da ist.«

Ottos Blick glitt von Ben zu mir. »Lena«, sagte er tonlos. Er griff nach meiner Hand und drückte sie überraschend fest.

»Was machst du denn bloß für Sachen?« Ich strich leicht über seine Wange.

Er schluckte heftig. »Ich hab alles versaut«, sagte er heiser. »Mein ganzes Leben.«

»Das stimmt doch gar nicht!«

»Doch!«, widersprach er. »Ich war ein furchtbarer Vater, und jetzt ist alles zu spät.«

Ich schüttelte den Kopf. »Nein, es ist nicht zu spät.«

»Ich kratze ab, Lena.« Sein Kinn zitterte heftig. »Ich dachte immer, es wäre mir egal, aber jetzt, wo ich endgültig abkratze …« Er hielt inne und atmete schwer. Dann fuhr er fort. »Ich bereue so sehr, dass ich mich nie bei Frank entschuldigt habe.«

»Ich glaube, das reicht für heute«, meldete Ben sich zu Wort. »Wir lassen dich besser schlafen.«

»Nein!«, protestierte er und klammerte sich an meiner Hand fest. Seine grauen Augen blickten mich verzweifelt an. »Du bist so ein liebes Mädchen, Lena. Und ich habe immer so getan, als wärst du mir lästig. Ich will, dass du weißt …« Hustend hielt er inne. »Du bist wie eine Enkelin für mich, und ich habe dich sehr, sehr gern.«

Ich wischte Otto die Tränen von den Wangen. »Das weiß ich doch. Mach dir keine Sorgen, das weiß ich. Ich hab dich auch lieb.«

Wir hielten uns an den Händen und weinten. Nur am Rande bekam ich mit, dass ein Arzt den Raum betrat. Ben unterhielt sich leise mit ihm, dann trat er an Ottos Bett. »Komm, Lena«, sagte er. »Für heute reicht es wirklich.«

Ich streichelte noch einmal Ottos Haar und schniefte: »Morgen komme ich wieder, okay?«

Er nickte und schloss die Augen.

»Schlaf schön«, flüsterte ich. »Bis morgen.«

Auf wackligen Beinen ging ich zur Tür, wo der Arzt mich ansprach. Laut seinem Schild hieß er Dr. Brandner und war Facharzt für Onkologie.

»Sind Sie eine Familienangehörige von Herrn Jansen?«, fragte er.

»Nein, aber ich bin eine sehr gute Freundin, und er hat sonst niemanden. Können Sie ihn denn wirklich gar nicht behandeln?«

Dr. Brandner schüttelte den Kopf. »Im Moment können wir nur seine Schmerzen lindern und hoffen, dass er schnell wieder zu Kräften kommt.« Er sah mich ernst an. »Besuchen Sie Herrn Jansen so oft wie möglich. Zeigen Sie ihm, dass jemand für ihn da ist. Das ist jetzt das Allerwichtigste für ihn.«

»Okay«, sagte ich und war mir der versteckten Bedeutung seiner Worte nur allzu bewusst. »Vielen Dank.«

Ich warf noch einen Blick auf Otto, wie er im Bett lag und so winzig aussah.

Ben legte eine Hand auf meinen Rücken und dirigierte mich sanft aus dem Raum. Ein paar Schritte gingen wir den Flur hinab, dann fiel meine mühsam aufrechterhaltene Fassung in sich zusammen wie ein Kartenhaus. Ich taumelte auf eine Stuhlreihe zu, ließ mich darauf fallen, beugte mich weit vor und versteckte das Gesicht in meinen Händen. All die Tränen, die ich in den letzten Wochen nicht geweint hatte, nicht hatte weinen können, bahnten sich ihren Weg. Wieder und wieder sah ich Otto vor mir. Meine erste Begegnung mit ihm, wie er mich mit Blicken fast ermordet und dann doch zähneknirschend eingestellt hatte. Wie er genervt meine Monologe über sich ergehen ließ. Wie er an seinem Schreibtisch saß und endlose Briefe an Karin schrieb. Sein merkwürdiges Lachen, das eher wie ein Husten klang. Wie er an meinem letzten Tag im Laden stand und mir nachsah. Und schließlich, wie er in diesem Krankenhausbett lag und fast nichts an ihm mehr an den Otto erinnerte, den ich kannte.

Ben saß dicht neben mir, seine Hand auf meinem Knie, seinen Arm um meine Schulter. Und plötzlich war der Ärger über ihn vergessen, ebenso wie all die unausgesprochenen Dinge, die zwischen uns standen. Ich war nur froh, unendlich froh, dass er da war. Auf der Suche nach Halt und Trost schlang ich meine Arme um ihn und versteckte meinen Kopf an seiner Brust. Er hielt mich fest, streichelte mir zärtlich über Kopf und Rücken und flüsterte beruhigende Worte.

Ich weiß nicht, wie lange wir so dasaßen. Es kam mir vor wie eine Ewigkeit, aber wahrscheinlich waren es nur wenige Minuten. Irgendwann versiegten meine Tränen, und ich wurde ruhiger. Fast schon widerwillig löste ich mich von Ben und entdeckte den dunklen Fleck, den meine Tränen auf seinem grünen OP-Oberteil hinterlassen hatten. »Ich hab deinen guten Fummel vollgeheult«, schniefte ich.

»Kein Problem. Hier gibt es jede Menge davon«, erwiderte er lächelnd.

Aus meiner Handtasche holte ich eine Packung Taschentücher und schnäuzte mich ausgiebig. »Siehst du«, sagte ich, als ich fertig war. »Deswegen ist es immer gut, Taschentücher bei sich zu haben.«

Ben musterte mich eindringlich. »Ist es jetzt etwas besser?«

Ich zuckte mit den Achseln. »Keine Ahnung. Ich bin unglaublich müde.«

Einen Moment saßen wir still nebeneinander, dann sagte er: »Gib mir zehn Minuten, ich zieh mich nur eben um, dann bringe ich dich nach Hause.«

Kopfschüttelnd sagte ich: »Nein, ich will nicht nach Hause.«

»Was hast du denn jetzt vor?«

Ich knüllte das Taschentuch zusammen und stopfte es in meine Handtasche. »Für Otto ein paar Sachen besorgen. Außerdem muss ich zum Laden, ich bin mir nicht sicher, ob ich heute Morgen abgeschlossen habe.« Mit den Händen ordnete ich meine Haare und wischte mir über das Gesicht. »Und dann werde ich Frank anrufen.«

Ben stand auf. »Okay. Ich begleite dich.«

Ich erhob mich ebenfalls. »Das musst du nicht, Ben.«

»Ich weiß, dass ich das nicht muss. Aber ich habe nicht vor, dich jetzt allein zu lassen, also finde dich damit ab«, sagte er mit fester Stimme.

Für einen kurzen Moment flackerte mein typischer Abwehrmechanismus auf, er verpuffte jedoch in der Luft und verschwand so schnell, wie er gekommen war. Ich wollte nicht allein sein, ich wollte ihn bei mir haben. Dann fiel mein Blick auf seine tränennassen OP-Klamotten. »Musst du nicht arbeiten?«

»Nein, ich bin nur für eine OP gerufen worden. Offiziell darf ich erst Montag wieder Kaffee saufen und Schwestern an den Arsch grapschen.«

Mein Mund verzog sich zu einem kümmerlichen Lächeln, gleichzeitig wurden meine Augen wieder feucht. »Also gut. Dann beeil dich.«

Kapitel 21

... in dem alles neu beginnt

Es war bereits früher Abend, als wir das Krankenhaus verließen. Die Welt um mich herum fühlte sich unwirklich an, alles schien so normal und seinen gewohnten Gang zu gehen. Fast hatte ich das Gefühl, ich müsste jeden Moment aufwachen, um dann erleichtert festzustellen, dass ich alles nur geträumt hatte.

Wir besorgten für Otto ein paar Toilettenartikel und zwei schicke Schlafanzüge. Außerdem kaufte ich ihm noch etwas Obst und ein Rätselheft. Es gab mir das Gefühl, etwas tun zu können, und machte die ganze Sache nicht so endgültig.

Anschließend gingen wir zum Laden. Abgeschlossen hatte ich, der Tisch mit den Schnäppchenbüchern stand allerdings noch auf dem Gehsteig. Ein kurzer Blick zeigte mir, dass er nicht geplündert worden war. Ob das für die Ehrlichkeit der Ottenser Bürger oder die miese Qualität der Bücher sprach, darüber wollte ich mir keine tieferen Gedanken machen. Ben und ich räumten die Auslage zusammen und verstauten sie im Laden. Außerdem packte ich die Spieluhr von Ottos Mutter und ein paar seiner Fotos ein, damit er im Krankenhaus wenigstens ein paar seiner geliebten Sachen um sich hatte. Ich suchte in meinem Adressbuch nach der Nummer von Franks Agentur, wo man mir tatsächlich seine Handynummer gab, als ich schilderte, was passiert war.

Ben hantierte mit dem Wasserkocher und stellte eine dampfende Tasse Tee vor mir auf dem Schreibtisch ab.

Ich wählte die Nummer, und es klingelte, zwei Mal, drei Mal, dann endlich ertönte Frank Jansens tiefe Stimme. So ruhig und sachlich wie möglich schilderte ich, was geschehen war. Auch, dass Otto von ihm geredet hatte, erwähnte ich. Am anderen Ende der Leitung blieb es still, als ich geendet hatte. Nach einer Weile sagte ich: »Ich dachte, Sie sollten das wissen. Und vielleicht, ich weiß nicht, vielleicht wollen Sie ja herkommen.«

»Ja«, erwiderte er mit heiserer Stimme. »Ja, das will ich. Morgen Mittag kann ich da sein. In welchem Krankenhaus liegt er?«

Mir wäre fast der Hörer aus der Hand gefallen, so baff war ich. »Im UKE.«

»Vielleicht wäre es gut, wenn Sie dabei sein könnten«, meinte er. »Wenn Sie ihn vorwarnen könnten oder so.«

»Klar, kein Problem.«

Wir verabredeten uns für den nächsten Mittag im Krankenhaus und beendeten das Gespräch.

»Er kommt.« Ich starrte auf das Telefon und atmete tief aus. »Oh, Gott sei Dank, er kommt.«

Ben und ich tranken Tee und schwiegen vor uns hin. Eigentlich gab es jetzt nichts mehr zu tun. Aber mir graute davor, zurück in die WG zu fahren und allein zu sein.

»Wann hast du eigentlich das letzte Mal etwas gegessen?«, fragte Ben plötzlich in die Stille hinein.

Gute Frage. Ich ließ den Tag Revue passieren. »Ist schon 'ne Weile her. Gestern, um genau zu sein.«

»Dann wird es höchste Zeit. Warum kommst du nicht mit zu mir, und wir besorgen uns auf dem Weg etwas bei Kemal?«

Dieses Mal zögerte ich nicht. Es kam mir nicht mal ansatzweise in den Sinn, Ben abzuwehren. »Klingt gut.«

»Es sei denn …«, begann Ben. »Ich meine, ich könnte natürlich auch verstehen, wenn du zu Jan willst.«

Ich schüttelte den Kopf. »Nein. Will ich nicht. Und du? Musst, äh, willst du nicht zu Franziska?«

»Nein. Will ich nicht.«

Wir sahen uns an, und ich wusste nicht genau, was es war, aber irgendetwas hatte sich zwischen uns verändert. Es war ein unbestimmtes Gefühl, als hätten wir einen Schritt in eine Richtung gemacht, aus der es keinen Weg zurück gab. Nur in welche Richtung dieser Weg führte, war mir nicht klar.

Ich hatte augenblicklich das Gefühl, nach Hause zu kommen, als ich Bens Wohnung betrat. Tief atmete ich ein und genoss den vertrauten Geruch. Als ich auf eine bestimmte Holzdiele im Flur stieg, ertönte wie üblich ein Knarren. Ich ließ meinen Blick durch die freundlichen, hellen Räume schweifen, strich mit den Fingern über die alte Anrichte in der Küche.

Aber etwas war anders als sonst. In der Küche fiel es mir es mir als Erstes auf. Ich ging ins Wohnzimmer, und auch dort war es so. Schließlich steckte ich meinen Kopf ins Bad. Hier auch.

»Was machst du denn?«, fragte Ben, der meinen Gang durch die Wohnung irritiert beobachtet hatte. »Suchst du etwas?«

»Sag mal, Ben, wieso ist es hier so ordentlich?«

Er wich meinem Blick aus. »Ist es doch gar nicht.«

»Oh doch. Nichts liegt rum. Hier ist es so picobello, dass man vom Boden essen könnte.«

Ben schüttelte den Kopf. »Das Wort picobello kann echt nur aus deinem Mund kommen. Essen wir draußen?«

»Lenk nicht ab. Hast du etwa … geputzt?«

Ben seufzte übertrieben, antwortete jedoch nicht auf meine Frage. Er ging mir voraus auf die Dachterrasse, setzte sich auf die Hollywoodschaukel, holte ein Falafel aus der Tüte und hielt es mir hin. »Hier, iss was. Du redest ja schon wirres Zeug.«

Ich ließ mich neben ihn fallen, wodurch die Schaukel heftig ins Schwingen geriet, nahm mein Falafel und biss hinein. Erst in diesem Moment merkte ich, wie hungrig ich war. »Jetzt mal im Ernst«, sagte ich mit vollem Mund. »Hast du 'ne Putzfrau?«

Ben zeigte mir einen Vogel. »Spinnst du?« Sein Mund war ebenso voll wie meiner. »Das mach ich selbst.«

»Aber wieso?«, fragte ich, nachdem ich runtergeschluckt hatte.

»Na ja, da ist so eine Stimme in meinem Kopf, die rein zufällig so klingt wie deine. Nachts werde ich wach, und dann spricht sie zu mir.« In gespenstischem Ton flüsterte Ben: »Du. Musst. Putzen. Überall ist Dreck, mach ihn weg. In der Welt gibt es schon Chaos genug, da muss es nicht auch noch in deiner Wohnung herrschen. Los, putz jetzt!«

»Idiot«, sagte ich lachend. »Dann bist du also von mir besessen.«

Er grinste. »Ich fürchte, ja.« Erneut biss er von seinem Falafel ab.

Wir futterten einträchtig schweigend und schaukelten dabei hin und her. Sogar Mario fing irgendwann an, das unvermeidliche *Moon River* vor seinem offenen Fenster zu spielen. Ich kuschelte mich in meine Ecke der Hollywoodschaukel und legte die Beine auf Bens Schoß. Das sanfte Wiegen der Schaukel und seine Nähe ließen mich ruhiger werden. Die Abendsonne schien in mein Gesicht und wärmte mich, die süße Melodie von *Moon River* wehte zu uns herüber. Ohne dass ich es verhindern konnte, brach die Müdigkeit über mich herein. Langsam wurden meine Augen schwer, und mein Blick verschwamm.

Normalerweise wurde ich schon früh am Morgen durch das Rattern und Quietschen der S-Bahnen auf den Gleisen vor meinem Fenster geweckt sowie durch den Lärm, den die indische Großfamilie über uns fabrizierte. Aber heute war es still. Ich öffnete die Augen und stellte fest, dass ich wieder zu Hause war. Nein, halt. Ich lag in meinem *ehemaligen* Bett in meinem *ehemaligen* Zuhause. Schlaftrunken setzte ich mich auf.

Und bam, da war er wieder – der komplette gestrige Tag tauchte vor meinem inneren Auge auf. Ich hatte keine Ahnung, wie spät es war. Aber um ein Uhr wollte ich mich mit Frank am Krankenhaus treffen! Mit einem Satz sprang ich aus dem Bett und stürzte in die Küche. Ben saß am Tisch, eine Tasse Kaffee vor sich, und las die Zeitung. Als ich eintrat, sah er auf. »Hey. Gut geschlafen?«

»Ja«, erwiderte ich. »Wie spät ist es?«

»Viertel nach elf. In einer Viertelstunde hätte ich dich geweckt. Ich habe Frühstück gemacht.«

Seit wann war er so fürsorglich? Ich fuhr mir mit der Hand durch die Haare, nur um festzustellen, dass sie mir wild vom Kopf abstanden. Und er hatte die Gelegenheit nicht genutzt, um mir einen Spruch reinzudrücken? Seltsame Dinge gingen hier vor. »Vielen Dank. Ich mach mich nur kurz fertig.«

Aus der Kommode im Bad nahm ich mir ein sauberes Handtuch und stellte mich unter die Dusche. Mit der Zahnbürste, die ich eigentlich für Otto gekauft hatte, putzte ich mir die Zähne und schlüpfte widerwillig in meine Klamotten von gestern. Ben nach Unterwäsche von Franziska zu fragen, war nun wirklich keine Option, das ging eindeutig zu weit. Mal abgesehen davon, dass mein Hintern wahrscheinlich nur zu einem Achtel in ihre Unterhose gepasst hätte. Als ich wieder einigermaßen menschlich aussah, setzte ich mich zu Ben an den Küchentisch. Er schenkte mir Kaffee ein, und ich beschmierte ein Brötchen mit Nutella. »Mein Gott, hab ich tief geschlafen«, sagte ich.

»Ja, du bist direkt nach dem Essen eingepennt. Ich habe es nicht übers Herz gebracht, dich rauszuschmeißen. Ich hoffe, das ist in Ordnung.«

»Mhm.« Ohne wirklichen Appetit kaute ich an meinem Brötchen. »Ich kann mich gar nicht daran erinnern, wie ich ins Bett gekommen bin. Du hast mich doch hoffentlich nicht getragen. Dann müsste ich mich jetzt nämlich umbringen.«

Ben lachte. »Du warst zwischendurch wach. Na ja, zumindest so halbwegs.«

»Ja? Davon weiß ich auch nichts mehr.«

»Das glaube ich dir«, erwiderte er und wandte sich wieder der Zeitung zu. Ein Lächeln lag auf seinen Lippen.

Nachdem ich noch einen Bissen von meinem Brötchen runtergewürgt hatte, fragte ich: »Habe ich irgendwas Peinliches gesagt?«

Er sah auf und hatte wieder diesen Blick in seinen Augen, den er immer draufhatte, wenn er mich ärgerte. Doch dann schien er es sich anders zu überlegen, denn er sagte nur: »Nein, hast du nicht.«

Ich legte die Hände um meine warme Kaffeetasse. »Sag mal, würdest du heute vielleicht mitkommen ins Krankenhaus? Nur wenn du Zeit hast«, beeilte ich mich hinzuzufügen. »Du musst natürlich nicht, ich kann es auch verstehen, wenn du …«

»Klar komme ich mit.«

Erleichterung machte sich in mir breit. »Gut. Darüber wird Otto sich bestimmt freuen.« Ich nahm einen Schluck Kaffee. »Und, na ja, ich auch«, sagte ich zu meiner Tasse.

»Lena, hör mal zu.« Ben legte seine Zeitung zur Seite. »Du bist einer der wichtigsten Menschen in meinem Leben. Das warst du schon immer, und das wirst du immer sein. Ich weiß, dass ich mich dir gegenüber manchmal wie der größte Idiot benehme. Aber ich würde dich niemals hängen lassen. Niemals. Okay?«

Sprachlos saß ich da und starrte ihn an.

»Noch was«, fuhr Ben fort. »Ich habe dich in den letzten Wochen vermisst.«

»Ich dich auch«, sagte ich leise.

»Vielleicht können wir es ja hinkriegen und ... wieder Freunde werden.«

Mein Herz setzte einen Schlag aus. Freunde. Klar. Was auch sonst? Aber alles war besser als diese letzten Wochen, in denen wir uns gar nicht gesehen hatten. »Ja«, sagte ich schließlich. »Das wäre schön.«

Ben hielt mir eine Hand hin. »Also Freunde?«

»Freunde«, sagte ich und ergriff seine Hand.

Pünktlich um eins kamen Ben und ich am Krankenhaus an, wo wir bereits von Frank Jansen erwartet wurden. Er wirkte nervös, und auch mir schlug das Herz bis zum Hals.

Otto war wach, als Ben und ich den Raum betraten, und seine Augen wirkten klarer als gestern.

»Hey«, sagte ich und trat an sein Bett. »Du siehst schon viel besser aus.«

»Willst du mich auf den Arm nehmen?«, brummelte er.

Ich platzierte die Toilettenartikel, die ich für ihn gekauft hatte, auf der Ablage des Badezimmers. Die Spieluhr und Fotos stellte ich auf seinem Nachttisch auf und legte das Obst und den Lesestoff daneben. Schließlich zog ich einen Stuhl an sein Bett und setzte mich. »Hast du starke Schmerzen?«

»Bin mit Morphium vollgepumpt bis zur Schädeldecke«, erwiderte er.

»Ähm, Otto? Draußen wartet übrigens jemand, der dich gerne sehen möchte.«

Er runzelte die Stirn. »Was? Wer?«

Ich holte tief Luft. »Dein Sohn.«

Otto riss die Augen auf und machte Anstalten, sich im Bett aufzusetzen. »Frank?«, fragte er mit zittriger Stimme.

»Ja, er ist hier«, meldete Ben sich zu Wort. »Leg dich wieder hin, Otto.«

Folgsam ließ er sich zurück in sein Kissen sinken. »Frank ist hier«, wiederholte er und bedeckte seine Augen mit der Hand.

»Soll ich ihn reinholen?«, fragte ich.

Ottos Gesicht sah noch grauer aus als zuvor, aber er nickte.

Frank saß auf einem Stuhl im Flur. Er hibbelte mit einem Bein und drehte an seinem Ehering.

»Herr Jansen?«

Er schreckte auf.

»Ich habe Ihrem Vater gesagt, dass Sie da sind. Er wartet schon auf Sie.«

So schnell hatte ich noch nie jemanden von einem Stuhl hochspringen sehen. »Okay.« Er fuhr sich durch die Haare. »Also dann … geh ich jetzt rein.« Unschlüssig blieb er stehen. »Sie kommen mit, oder?«

»Klar.« Ich ging ihm voraus und öffnete die Tür.

Ben hatte das Kopfteil des Bettes ein wenig aufgerichtet, sodass Otto jetzt bequem saß. Ich konnte Frank nicht sehen, da er hinter mir ging, aber Otto saugte den Anblick seines Sohnes geradezu gierig auf. Ich wollte etwas sagen, in dem Versuch zu vermitteln, aber das war gar nicht nötig.

»Frank«, sagte Otto und hielt ihm die ausgestreckte Hand hin.

Der ging zum Bett seines Vaters und nahm die dargebotene Hand.

Ich trat ein paar Schritte zurück neben Ben.

Otto legte seine andere Hand über Franks. Seine Unterlippe zitterte heftig, und Tränen liefen über seine Wangen. Mir zerriss es das Herz, den alten Griesgram so zu sehen. »Ich bin so froh, dass du hier bist. Verzeih mir.« Vor Tränen konnte er kaum sprechen. »Bitte verzeih mir.«

Frank zog den Stuhl ganz nah an Ottos Bett heran und legte nun seinerseits seine zweite Hand über Ottos. Seine Schultern zuckten heftig.

»Wie konnte ich nur all diese Jahre so verschwenden«, stieß Otto hervor. »Ich bin so dumm.«

Frank legte weinend seinen Kopf auf die Brust seines Vaters, der ihm mit ungelenken Bewegungen über das Haar strich.

Ben flüsterte mir ins Ohr: »Komm, wir gehen raus.«

Unbemerkt von Vater und Sohn verließen wir den Raum.

»Mein Gott«, sagte Ben, während ich mir die Tränen von der Wange wischte und heftig die Nase putzte. »Das war so schmalzig, dass ich das dringende Bedürfnis habe, ein Schwein zu schlachten oder mir einen Boxkampf von Wladimir Klitschko anzusehen. Nein, noch besser, daran teilzunehmen.«

Ich stieß ihm heftig in die Seite. »Du hast doch selber Pipi in den Augen«, schniefte ich.

Wir nahmen auf der Stuhlreihe vor Ottos Zimmer Platz.

»Und morgen ist also der große Tag?«, fragte Ben nach einer Weile.

»Welcher große Tag?«

»Na, der neue Job. Hast du nicht morgen deinen ersten Tag?«

Ich ließ meinen Kopf gegen die Wand sinken. »Ehrlich gesagt nein. Gestern Morgen habe ich den Job abgesagt, weil ich bei Otto bleiben wollte.«

Ben pfiff durch die Zähne. »Bei dir wird es echt nie langweilig.«

»Ja, leider.« Plötzlich kam mir ein Gedanke. »Ich bin wie immer zu spät. Denn so wie es aussieht, gibt es den Laden jetzt ja gar nicht mehr. Was heißt, dass ich momentan wieder arbeitslos bin.« Bislang war mir das gar nicht so bewusst gewesen, ich hatte mich einzig und allein auf Otto konzentriert und vor Sorge um ihn an nichts anderes denken können. »Und wo wir schon mal dabei sind«, fuhr ich fort. »Mit Jan ist es auch vorbei.«

Ben drehte sich abrupt zu mir. »Ach ja?«

»Ja.«

»Na sieh mal einer an«, sagte er mit unangemessen zufriedenem Gesichtsausdruck.

Plötzlich dämmerte mir etwas. »Kein Kerl, kein Job, notdürftige Bleibe. Kommt dir das nicht irgendwie bekannt vor?« Ich setzte mich aufrecht hin. »Vor ziemlich genau einem Jahr war ich in genau der gleichen Situation. Und das bedeutet: Ich bin kein Stück weitergekommen. Es war alles umsonst. Das komplette letzte Jahr«, ich schnippte mit den Fingern, »war für die Katz. Erinnerst du dich an meinen Drei-Punkte-Plan?«

Ben nickte.

»Ich habe auf ganzer Linie versagt. Um es mal mit deinen Worten zu sagen: Ich bin nach wie vor kein Dalmatiner, sondern immer noch derselbe dämliche Mischlingsköter, der ich vor einem Jahr war.«

Ben verdrehte die Augen. »Hätte ich diesen Vergleich bloß nie gebracht.«

»Loser-Lena ist wieder da«, sagte ich düster und starrte auf den Boden.

Unvermittelt stand er auf. »Komm, lass uns abhauen.«

Mit gerunzelter Stirn sah ich zu ihm hoch. »Was ist mit Otto? Ich will mich noch von ihm verabschieden.«

Ben schüttelte den Kopf. »Nach Franks Besuch braucht er erst mal Ruhe.«

»Hm«, machte ich. Wahrscheinlich hatte er recht. »Na gut. Und wo gehen wir hin?« Ich biss mir auf die Unterlippe, als mir bewusst wurde, dass ich Ben wie selbstverständlich in Beschlag nahm. »Also, getrennt. Ich meinte natürlich nicht automatisch, dass wir hier abhauen, um zusammen irgendwo hinzugehen.«

»Ich schon. Jetzt komm, du Freak«, sagte Ben mit einem Lachen in der Stimme.

Wir fuhren an den Elbstrand, wo wir vor fast einem Jahr mit Juli und Michel meinen Geburtstag gefeiert hatten. Es war ein warmer, schöner Sonntag, und dementsprechend voll war es, als wir ankamen. Ich sicherte uns einen Platz möglichst dicht am Fluss und setzte mich in den Sand. Ben holte am Kiosk zwei große Alster.

»Eigentlich habe ich nicht das Gefühl, dass es etwas zu feiern gibt«, meinte ich, nachdem wir angestoßen und einen Schluck getrunken hatten.

»Wer sagt denn, dass wir feiern?«

»Stimmt auch wieder.« Ich zog meine Schuhe und Strümpfe aus und bohrte meine nackten Zehen in den Sand.

»Um mal auf das zurückzukommen, was du vorhin gesagt hast, von wegen Drei-Punkte-Plan«, sagte Ben. »Den fand ich sowieso immer bescheuert.«

Mit den Zehen fegte ich etwas Sand zu ihm rüber. »War er nicht!«

»Doch«, beharrte er. »Und wie kannst du sagen, dass das komplette letzte Jahr umsonst war? Denk doch nur mal an all die Leute, die du kennengelernt hast. Otto, Rüdiger, Susanne, Knut, Sergej, Victor.«

»Jan«, korrigierte ich.

»Victor, Jan, Vollidiot, egal«, erwiderte er. »Du hast einen heruntergekommenen Laden wieder aufgemöbelt und einen alten Einsiedler quasi zum Partygänger gemacht.«

Ein Lächeln breitete sich auf meinem Gesicht aus.

»Du hast deine beste Freundin dazu gebracht, deinen Bruder zu heiraten.«

»Na ja, genau genommen war mein Anteil an dieser Sache nicht so besonders groß.«

Beharrlich fuhr Ben fort. »Du hast mit einem zwanzig Jahre älteren Beamten mit Glatze und Hängebrüsten geschlafen. Und du warst der attraktivste Henry Fonda, den es je gab.«

Mein Lächeln wurde breiter. »Ich habe einen Job bekommen, obwohl ich während des Vorstellungsgesprächs vom Stuhl gefallen bin.«

Ben nickte. »Genau. Du hast den Geschäftsführer einer angesehenen Anwaltskanzlei diffamiert. Und du hast zehn Teenies im Eishockey geschlagen.«

»Ich habe die Inneneinrichtung einer Sushi-Bar demoliert.«

»Da wäre ich gerne dabei gewesen«, grinste Ben. »Du hast Onkel Willi den Kopf verdreht.«

»Aber nicht dem Kellner. Das warst du.«

Jetzt lachten wir beide. Ich legte mich in den Sand und schaute in den blauen Himmel. »Du hast recht. Das letzte Jahr war eigentlich gar nicht so schlecht.«

Ben legte sich neben mich, seinen Kopf auf den Arm gestützt. »Vielleicht scheint es dir so, als hätte sich im vergangenen Jahr nichts geändert. Aber ich glaube, dass sich eine ganze Menge geändert hat.«

›Ja, ich habe mich in dich verliebt‹, dachte ich.

Den Rest des Nachmittags verbrachten wir in der Sonne, tranken Alster und redeten. Es gab so viel zu besprechen, immerhin hatten wir sechs Wochen aufzuholen. Ein Thema klammerten wir allerdings tunlichst aus: Franziska. Ben erwähnte sie nicht, und auch ich konnte mich einfach nicht dazu überwinden, nach ihr zu fragen. Es gab schließlich weitaus angenehmere Dinge, über die wir reden konnten.

Gegen Abend verabschiedeten wir uns. Ich hatte das dringende Bedürfnis nach frischen Klamotten, und Ben musste noch irgendetwas Wichtiges erledigen. Es war komisch und fühlte sich irgendwie falsch an, als wir uns vor dem Altonaer Bahnhof voneinander verabschiedeten. Eigentlich wollte ich gar nicht gehen, und alles war schon so sehr wieder wie früher, dass ich fast automatisch mit ihm zusammen den Weg »nach Hause« eingeschlagen hätte. Unschlüssig standen wir voreinander und wussten offenbar beide nicht so recht, was wir sagen sollten.

»Also dann«, gab ich mir schließlich einen Ruck. »Vielen Dank für die beiden letzten Tage. Ich weiß nicht, was ich ohne dich gemacht hätte.«

Ben schüttelte den Kopf. »Du musst dich nicht bei mir bedanken.«

»Gut, dann gehe ich jetzt«, sagte ich. »Ähm, wir … sehen uns? Irgendwann mal? Bald?«

»Ja. Morgen?«

Mein Herz machte einen freudigen Hüpfer. »Okay.«

Wir grinsten blöde. Freunde. Nein, Freunde sein war gut. Es war vernünftig und erwachsen und der einzige Weg, wie wir beide miteinander klarkommen konnten. Schweren Herzens machte ich mich auf den Weg zur Bahn. Nach ein paar Schritten drehte mich noch einmal um und bemerkte, dass auch Ben sich zu mir umgedreht hatte. Wir winkten einander zu und gingen dann weiter in getrennte Richtungen. Ach verdammt. Freunde. Wem machte ich hier eigentlich etwas vor?

Am nächsten Nachmittag fuhr ich zu Otto ins Krankenhaus. Auf dem Flur begegnete ich Frank.

»Und, wie geht es ihm heute?«, fragte ich ihn.

»Er sieht schon etwas besser aus als gestern«, erwiderte er. »Wissen Sie, nachdem Sie im Theater aufgetaucht waren, habe ich oft darüber nachgedacht, ihn zu besuchen oder anzurufen. Aber letzten Endes habe ich mich dann doch immer dagegen entschieden.«

Ich lächelte Frank aufmunternd an. »Die Hauptsache ist doch, dass Sie jetzt hier sind.« Wir verabschiedeten uns, und ich betrat Ottos Zimmer. Er sah tatsächlich schon besser aus. Sein Gesicht hatte etwas Farbe gekriegt, und er wirkte nicht mehr so unruhig. Er lächelte. »Lena. Da bist du ja.«

»Hey«, erwiderte ich und setzte mich auf den Stuhl neben seinem Bett. »Wie geht es dir?«

»Geht schon. Ich hab mich entschieden, den Löffel noch nicht so bald abzugeben.«

»Gut. Das freut mich.«

»Ich habe einen Enkel, weißt du. Den will ich unbedingt kennenlernen.« Otto griff nach meiner Hand. »Frank hat mir erzählt, dass du bei ihm in Berlin warst. Im Grunde genommen sollte ich stinkesauer auf dich sein.«

Ich wich seinem Blick aus. »Ja, ich habe mich mal wieder in Dinge eingemischt, die mich nichts angehen.«

Otto schüttelte heftig den Kopf. »Manchmal ...« Er brach ab und atmete tief ein. »Manchmal glaube ich, dass Karin dich geschickt hat.«

»Hör auf damit«, sagte ich. »Ich will nicht jedes Mal heulen, wenn ich dich besuche.«

Otto lächelte nur und tätschelte meine Hand. »Ben war heute Morgen bei mir«, wechselte er das Thema. »Er hat mir erzählt, dass du deinen neuen Job abgesagt hast.«

Dieser Idiot! »Ähm, ja, das stimmt.«

»Wieso?«

»Er wäre nicht das Richtige für mich gewesen. Aber das ist jetzt ganz egal. Isst du auch genug?«

»Lenk nicht ab. Was ist denn dann der richtige Job für dich?«

»Der Job bei dir«, erwiderte ich leise. »Dein Laden ist das Richtige für mich.«

Otto runzelte die Stirn und wirkte fast wieder wie der böse alte Mann von früher. »Wenn diese Entscheidung nur etwas damit zu tun hat, dass ich in diesem Krankenhaus liege und du mir eine Freude machen willst, dann …«

»Nein«, unterbrach ich ihn. »Ich hatte mich bereits dazu entschieden, bevor du ins Krankenhaus gekommen bist.«

»Gut.« Otto richtete sich mühsam auf, öffnete seine Nachttischschublade und holte einen Umschlag hervor. »Rein zufällig war heute noch jemand bei mir. Und zwar mein Notar.« Er drückte mir den Umschlag in die Hand. »Das ist eine Schenkungsurkunde. Das muss alles noch mal offiziell aufgesetzt werden, aber trotzdem.«

Mit gerunzelter Stirn starrte ich auf den Umschlag in meiner Hand. »Eine Schenkungsurkunde? Für wen?«

Otto verdrehte die Augen. »Für dich! Ich schenke dir den Laden. Neben meiner Mutter bist du der einzige Mensch, dem diese Bruchbude etwas bedeutet hat.«

Ich versuchte, etwas zu sagen, doch es kam kein Ton heraus.

»Du siehst aus wie ein Karpfen«, brummte Otto.

»Das kann unmöglich dein Ernst sein«, krächzte ich. Ich wollte ihm den Umschlag zurückgeben, doch er verschränkte die Arme vor der Brust.

»Das ist mein voller Ernst.«

»Aber der Laden gehört deiner Familie. Das kann ich nicht annehmen!« Ich legte den Umschlag auf seinen Nachttisch.

Er nahm ihn und drückte ihn mir wieder in die Hand. »Du bist Familie für mich. Oder willst du den Laden nicht?« Er durchbohrte mich förmlich mit seinem Blick.

Wieder sah ich auf den Umschlag und konnte kaum fassen, was hier gerade passierte. »Doch! Natürlich will ich ihn!«

Seine Miene entspannte sich. »Gut. Wie gesagt, du bekommst noch ein offizielles Schriftstück vom Notar.«

Ganz langsam sickerten seine Worte in mein Bewusstsein, aber fassen konnte ich ihre Bedeutung immer noch nicht. Ich stand auf und umarmte Ottos zerbrechlichen Körper so fest, dass ich Angst hatte, etwas kaputtzumachen. »Ich weiß nicht, was ich sagen soll.«

»Na, das wäre aber das erste Mal in deinem Leben.«

Meine Augen wurden feucht, teils vor Glück, teils, weil seine Geste auf mich so endgültig wirkte. Wie ein Abschied für immer. Ich hörte Ottos Herz schlagen, leise und ruhig, und wollte nicht glauben, dass es jemals damit aufhören könnte. »Vielen, vielen Dank, Otto. Ich verspreche dir, dass das der tollste Buchladen Hamburgs wird.«

Er strich leicht über meine Haare. »Natürlich wird er das. So. Und jetzt sieh zu, dass du in deinen Laden kommst.«

Ich verließ Ottos Zimmer, schloss die Tür und blieb abrupt stehen. Das war doch gerade nicht wirklich passiert, oder? Ich öffnete den Umschlag und holte ein handschriftliches Dokument hervor, in dem er klar und deutlich bekundete, dass er mir seinen Laden schenkte. Das musste ich sofort Ben erzählen!

Da ich wusste, dass er heute Dienst hatte, quälte ich mich durch diverse Gebäude und lange Gänge bis zur Notaufnahme. Eine Pflegerin sagte mir, dass Dr. Feldhaus gerade Sprechstunde habe. Es war ungewohnt, Ben in seiner Eigenschaft als Dr. Feldhaus zu sehen, außerdem fragte ich mich, wieso er eine Sprechstunde hatte. Ich eilte zu seinem Büro, vor dem einige Leute im Wartebereich saßen. Mist, da konnte ich ja wohl kaum einfach bei ihm reinplatzen. Notgedrungen setzte ich mich auf einen freien Stuhl und blätterte in einem Prospekt zum Thema Meniskusriss, ohne wirklich etwas wahrzunehmen. Ungeduldig wippte ich mit dem Bein.

Neben mir saß ein Mann im Jogginganzug, der Krücken dabeihatte. »Ganz schön schwül heute, was?«, sprach er mich an.

»Ja, allerdings«, stimmte ich ihm zu.

»Bei dem Wetter mag man gar nicht mehr ins Fitnessstudio gehen«, fuhr der Mann fort. »Aber zehn Kilo müssen noch runter, hat der Herr Doktor gesagt.«

Na, das sah Ben ähnlich, dass er selbst einen Mann auf Krücken ins Fitnessstudio scheuchte. »Alle Achtung, dass sie trotz der Krücken trainieren«, sagte ich anerkennend.

Der Mann winkte ab. »Ja, da muss man gegen an, hat der Herr Doktor gesagt. Immer fit bleiben.«

Ich nickte. »Da hat er wohl recht.« Unruhig rutschte ich auf meinem Stuhl hin und her. Wieso dauerte das denn so lange?

Der Mann stieß mich an und forderte meine Aufmerksamkeit. »Hab mit meinem Neffen Fußball gespielt. Und dann: Kreuzbandriss«, berichtete er. »Während der OP: Kammerflimmern!« Er schlug sich auf die Brust. »Defibrillator!«, rief er dramatisch. »Trotzdem alles nix geworden mit dem Kreuzband. Muss noch mal unters Messer.«

Meine Augen wurden immer größer. »Was, und *er* hat sie operiert?« Mit dem Daumen deutete ich auf Bens Tür.

»Nee, nee, das war in ’nem anderen Krankenhaus. Der Dr. Feldhaus soll der Beste sein, hab ich gehört.«

Ich fühlte, wie sich so etwas wie Stolz in mir regte. »Ja, das habe ich auch gehört«, behauptete ich.

»Wissen Sie, und jetzt hab ich's auch noch mit der Prostata«, setzte der Mann dem Ganzen die Krone auf.

»Oh. Das ist ja blöd.«

Gott sei Dank blieb ich von weiteren Details über das Prostataleiden verschont, denn in diesem Moment öffnete sich die Tür. Ein Mann trat heraus, dicht gefolgt von Ben in seinem sexy Silvesteroutfit ganz in Weiß. Er hielt eine Karteikarte in der Hand. Als er zum Wartebereich sah und sein Blick auf mich fiel, breitete sich ein Lächeln auf seinem Gesicht aus. Er tat so, als würde er die Karteikarte studieren, und rief: »Frau Klein bitte!«

Ich sprang auf und hörte eine Frau murren. »Jaja, wahrscheinlich mal wieder so 'ne privat Versicherte. Ich warte schon viel länger.«

An der Tür reichte ich Ben die Hand. »Guten Tag, Herr Doktor.«

»Guten Tag, Frau Patientin«, erwiderte er mit belustigtem Funkeln in den Augen, während er mir die Hand schüttelte. Er ließ mich eintreten und schloss die Tür hinter uns. »Wo drückt denn der Schuh?«, fragte er gespielt ernst.

»Ich wollte ein gutes Wort einlegen für den Mann im Jogginganzug da draußen. Dass du dir Mühe gibst mit seinem Kreuzband.«

Ben hob eine Augenbraue. »Okay. Ich werde bei ihm eine Ausnahme machen und versuchen, nicht zu pfuschen.«

»Und nach Möglichkeit auch kein Kammerflimmern verursachen.«

»Oh, das kann ich dir nicht versprechen. Das passiert andauernd, wenn ich operiere.«

»Das glaube ich gern, aber der Mann hat's jetzt auch noch mit der Prostata. Er hat es also schon schwer genug.«

Ben lachte. »Ich sehe, du hast dich gut angefreundet mit meinen Patienten.«

Kurz überlegte ich, ob ich die Nummer noch weiter durchziehen sollte, aber ich hielt es nicht mehr länger aus. »Ich muss dir was erzählen«, platzte ich heraus. »Ich war gerade bei Otto. Er sieht heute schon viel besser aus. Und er hat beschlossen, ich zitiere, den Löffel noch nicht so bald abzugeben, Zitatende.«

»Ja, das hat er mir auch gesagt. Ich war heute Morgen bei ihm.«

»Ich weiß. Du hast ihm das mit meinem Job gepetzt.«

Ben hatte nicht mal den Anstand, so zu tun, als hätte er ein schlechtes Gewissen. »War das denn ein Geheimnis?«

»Egal, jetzt pass auf!« Ich legte eine Kunstpause ein. »Er hat mir den Laden geschenkt!«

»Was?«, rief er und hielt mich an den Schultern fest. »Hey, das ist ja Wahnsinn!« Er drückte mich fest an sich.

›Ach Mist, ich will nicht, dass wir nur Freunde sind‹, dachte ich, während tausend Hummeln in meinem Herzen fröhlich vor sich hin summten.

›*Sag es ihm*‹, meldete sich meine Vernunftstimme zu Wort.

Hä? Das waren ja ganz neue Töne.

›*Jetzt. Ich liebe dich. Los, sag es!*‹

Mein Herz schlug schneller. »Da ist übrigens noch etwas, das ich dir sagen muss«, begann ich. »Ich …«

›*Jetzt!*‹

»… wollte dich zu meinem Geburtstag einladen. Nächsten Montag im Laden. So gegen acht?«

›*Feigling, Feigling, Feigling!*‹

»Klar, ich komme.«

»Franziska kannst du natürlich sehr gerne mitbringen«, log ich.

»Mir ist klar, dass du sie wahnsinnig gerne dabeihättest«, sagte Ben mit leichtem Lächeln. »Aber ich fände es seltsam, meine Exfreundin auf deinen Geburtstag mitzubringen.«

Seine was? »Deine was?«

»Meine Exfreundin.«

Am liebsten wäre ich vor Freude in die Luft gesprungen. Stattdessen setzte ich schnell eine möglichst betroffene Miene auf. »Oh. Das ist aber wirklich schade.«

»Mhm. Findest du, ja?«

»Na ja, ich ... Und wieso habt ihr euch getrennt?«

»Weil ich sie nicht liebe«, sagte er und sah mir dabei fest in die Augen.

Ich spielte an dem Modell eines Knies herum, das auf Bens Schreibtisch stand. »Ja, mir ging es mit Jan genauso.«

Er äußerte sich nicht dazu, und ich wollte auch nicht weiter nachbohren.

»Okay, also dann sehen wir uns Montag«, sagte ich und verließ sein Büro, bevor die wartende Patientin einen bösen Brief an die Ärztekammer schreiben konnte, weil »diese privat Versicherte« die Sprechstunde hinauszögerte. Auf dem Weg vom Krankenhaus zur Bushaltestelle hätte ich am liebsten jeden umarmt, der mir entgegenkam. Prinzessin Franzifee war Geschichte! Was für ein Tag!

Kapitel 22

... in dem ich endlich für klare Verhältnisse sorge – der guten Ordnung halber – und eine 1 A-Liebeserklärung hinlege

Die folgenden Tage waren geprägt von Krankenbesuchen bei Otto und von Arbeit. Obwohl ich mich auf die Aufgabe freute, stand ich doch etwas ratlos vor der Herausforderung, den Laden künftig ganz allein zu führen. Otto hatte mich im Verlauf der Zeit zwar in seine Bücher eingewiesen, doch so ganz durchgestiegen war ich nie. Gott sei Dank gab es Rüdiger und Susanne. Rüdiger schenkte mir einen altersschwachen PC, den er nicht mehr benötigte, und installierte mir ein Buchführungsprogramm. Jeden Abend erklärte er es mir geduldig und predigte, dass es wirklich supermegawichtig war, alles akribisch in das Programm einzugeben. »Außerdem musst du mit Otto wegen des Bankkontos reden, wenn du das hier vernünftig durchziehen willst«, sagte er. »Du brauchst dieses Konto, und zwar dringend.«

Daran hatte ich noch gar nicht gedacht.

»Wie sieht es mit der Steuer aus?«, fragte mich Susanne, als wir eines Abends bei einem Cappuccino in Rüdigers Café saßen. »Hat Otto dir erklärt, wann die Umsatzsteuer fällig ist und was es mit der Vorsteuerabzugsberechtigung auf sich hat?«

»Nein«, gab ich kleinlaut zu.

Susanne seufzte. »Lena, es gehört mehr dazu, ein Geschäft zu führen, als die Schaufenster zu dekorieren und nette Veranstaltungen zu planen.«

Ich bewarf sie mit einem Amarettini-Keks. »Das weiß ich!«

Sie legte mir eine Hand auf den Arm. »Das habe ich überhaupt nicht böse gemeint. Du kannst dir nicht vorstellen, wie planlos ich damals war. Ich dachte, ich schneidere einfach mal ein paar hübsche Kleider, bringe sie unters Volk, und das war's. Wenn Rüdiger nicht gewesen wäre, wäre ich mit Glanz und Gloria untergegangen. Das will ich dir ersparen.«

Nachdenklich rührte ich in meinem Milchschaum. »Ich krieg das schon irgendwie hin.«

»Natürlich. Und Rüdiger und ich sind immer für dich da.«

Durch Susannes Worte motiviert besorgte ich mir die Bücher *Fit für die Geschäftsführung: Aufgaben und Verantwortung souverän meistern* und *Buchführung und Bilanzierung für Dummies*, mit denen ich mir die Nächte um die Ohren schlug.

»Aber wirklich geholfen haben diese Bücher mir nicht«, erzählte ich Ben, als wir uns am Freitag auf ein Bierchen im Aurel trafen. »Ich habe jetzt erst mal einen Geschäftsgründungs- und einen Buchführungskurs bei der IHK belegt. In zwei Wochen geht's los.«

Ben lächelte und sah mich mit seltsamem Blick an.

»Was ist?«, fragte ich ihn.

»Ich weiß noch, wie du hier vor mir saßt, vor ungefähr einem Jahr. So hast du da gesessen.« Er zog die Schultern hoch und schaute übertrieben verschüchtert aus der Wäsche. »Was finden Männer nur sexy, Ben? Ich will unbedingt sexy sein, damit ein toller Meister Proper mich erobert und auf seinem Wischmopp mit mir in den Sonnenuntergang reitet«, äffte er meine Stimme nach.

Ich stieß ihn in die Seite. »Das habe ich nicht gesagt!«

»Sinngemäß schon. Und jetzt sieh dich an. Du bist 'ne richtige Geschäftsfrau geworden. Ich meine, natürlich bist du noch genauso durchgeknallt wie früher, aber trotzdem. So zielstrebig habe ich dich noch nie erlebt.«

Ich versuchte, in seinem Gesicht zu lesen, ob er mich hochnahm, aber er sah ernst aus. Fast glaubte ich, so etwas wie Stolz in seinen Augen zu erkennen.

Ich schüttelte den Kopf. »Na ja, meine Prioritäten haben sich geändert. Für Meister Proper hätte ich momentan gar keine Zeit.«

Ben nahm einen Schluck von seinem Bier. »Da wird er aber traurig sein.«

Den Rest des Abends sprachen wir über Otto. Seine Versöhnung mit Frank hatte ihm sichtbar neue Kraft gegeben, und es ging ihm langsam, aber stetig besser, sodass man über eine erneute Chemotherapie nachdachte. Die Ärzte ließen zwar immer wieder durchblicken, dass die Erfolgsaussichten sehr gering waren, es war jedoch seine einzige Chance, Zeit zu gewinnen. Und Otto hatte sich dazu entschieden, sie zu nutzen.

An meinem Geburtstagsmorgen erwachte ich wie üblich vom 6-Uhr-52-Güterzug und vom Geruch nach Dhal, das Familie Bakshi über mir wie so oft kochte. Einunddreißig. Genau heute vor einem Jahr hatte ich heulend auf Michels Gästesofa gelegen und meinem schönen, sicheren Leben nachgetrauert. Lächelnd kuschelte ich mich in mein Bett. Wenn ich damals doch schon gewusst hätte, dass ich gerade noch mal mit einem blauen Auge davongekommen war. Denn eins stand fest: Vorm Traualtar sitzengelassen zu werden, war ziemlich ätzend, und das wollte ich, bitte schön, auch nicht noch einmal erleben. Aber tausend Mal schlimmer wäre es gewesen, wenn ich Simon geheiratet hätte. Mein Leben heute war so bunt und spannend – mit ihm wäre es das niemals geworden. Ich sah die brave Frau in dem Häuschen im Hamburger Vorort vor mir: ein pseudo-ironischer Gartenzwerg vor der Tür, eine schicke Espressomaschine in der Küche, ein City-Panzer in der Garage. Das war ich schon lange nicht mehr. Das war ich nie gewesen. Genauso wenig wie die coole, sexy Karrierefrau, die ich hatte werden wollen.

Ich suchte nach der Liste, die ich erstellt hatte, und fand sie schließlich ordentlich zusammengefaltet in dem Selbsthilfebuch *Sorge dich nicht, lebe*, das ich von Juli zu Weihnachten bekommen hatte. Ich musste grinsen, so lächerlich kamen mir die auf der Liste aufgeführten Punkte vor. »Etwas ganz spontan machen (noch überlegen, was)«. Ich zerriss die beiden Blätter in kleine Fetzen und warf sie in den Papierkorb. Schluss damit. Keine Listen mehr.

Nein, ich war heute ganz und gar nicht die Lena, die ich hatte werden wollen. Ich war die *echte* Lena. Und ein schöneres Geburtstagsgeschenk konnte es kaum geben.

Nach einer großen Party stand mir aufgrund der Situation mit Otto nicht der Sinn, daher hatte ich nur meine Familie und Ben eingeladen. Juli und Michel waren gestern aus ihren Flitterwochen zurückgekommen, und ich war gespannt, was sie zu berichten hatten. Nachdem der letzte Kunde den Laden verlassen hatte, räumte ich die Auslagen in der Ladenmitte zur Seite und stellte eine geliehene Bierzeltgarnitur auf. Ein paar Teller, Gläser, Windlichter und ein riesiger Schokoladenkuchen, den Rüdiger mir geschenkt hatte, folgten. Für das restliche Essen würde meine Mutter sorgen. Schließlich gab es nichts mehr zu tun, also setzte ich mich an den Tisch.

Gedankenverloren spielte ich mit dem heißen Wachs einer Kerze. Ich dachte an Otto, wie so häufig in letzter Zeit. Er war so wichtig für mich geworden und fehlte mir heute ganz furchtbar. Und vor allem eins war mir durch seine traurige Geschichte mit Frank in den letzten Tagen klar geworden: Man sollte wichtige Dinge niemals vor sich herschieben, denn wenn man zu lange wartete, könnte es irgendwann zu spät sein. Diesen Fehler wollte ich nicht auch begehen. Passende Gelegenheiten gab es nicht. Die passende Gelegenheit war immer jetzt.

Also würde ich Ben sagen, dass ich ihn liebte, und zwar heute Abend. Mit geblähten Wangen atmete ich aus. Das würde nicht einfach werden. Aber andererseits war er in den letzten Tagen so anders gewesen. Viel ernsthafter. Natürlich ärgerte er mich noch, aber er war auch so lieb und süß. Warum also sollte es nicht möglich sein, dass er das Gleiche für mich empfand?

Wie von unsichtbaren Fäden gezogen drehte ich mich um und erstarrte. Ben stand draußen und winkte mir zu. Mit zitternden Knien ging ich zur Tür und ließ ihn eintreten. Mein Herz schlug mir bis zum Hals.

»Herzlichen Glückwunsch, Sonnenschein.« Er küsste mich auf die Wange. »Hier«, sagte er, nachdem er mich losgelassen hatte, und hielt mir eine Flasche mit eitriggelber Flüssigkeit entgegen. »Mit den besten Grüßen von Gisela.«

Ich nahm das Geschenk entgegen und zog eine Grimasse. »Hmmm, Eierlikör!«

Ben nickte. »Tut mir sehr leid.«

»Ach Quatsch, ich freu mich doch, dass sie an mich gedacht hat«, erwiderte ich lächelnd. »Warte mal, hast du dich etwa mit deinem Vater und ihr versöhnt?«, dämmerte es mir plötzlich.

»Ja, eine gewisse Person hat mir klargemacht, dass es an der Zeit ist, die Vergangenheit ruhen zu lassen und Frieden zu schließen. Und nachdem ich länger darüber nachgedacht habe, musste ich zugeben, dass sie recht hatte.«

Die Ladentür ging auf, und die Stimme meiner Mutter ertönte. »Hallo Lena! Herzlichen Glückwunsch zum Geburtstag!«

Mist, Mist, Mist! Was für ein schlechtes Timing! Ich wandte mich von Ben ab und begrüßte meine Eltern.

Mein Vater sah sich interessiert im Laden um, studierte die Bücherregale, berührte den Tresen und klopfte darauf, als wolle er die Stabilität prüfen. »Sieht ja ganz ordentlich aus«, meinte er schließlich.

Nach und nach trudelten auch alle anderen ein. Meine Mutter lud das mitgebrachte Essen auf den Tisch, und wir schlugen uns ausgiebig die Bäuche voll. So richtig genießen konnte ich das Festmahl jedoch nicht, denn mir standen noch zwei unangenehme Aufgaben bevor. Nervös pulte ich in meinem Kartoffelsalat und verfolgte die Gespräche kaum. Zu sehr war ich damit beschäftigt, die passenden Worte zu finden.

Schließlich gab ich mir einen Ruck. Als alle aufgegessen hatten, schlug ich mit einer Gabel an mein Sektglas und stand auf. »Ich habe euch etwas Wichtiges mitzuteilen: Den Job bei Maurien & Thews habe ich nicht angetreten.«

Meine Familie starrte mich ungläubig an, Ben lächelte aufmunternd. Nach einem Räuspern fuhr ich fort. »Ich habe mich dazu entschieden, hier zu bleiben. Im Laden, bei Otto.« Jetzt sah ich meinen Vater unverwandt an. »Vielleicht seid ihr enttäuscht, weil es nicht das ist, was ihr euch für mich gewünscht habt, oder das, was ihr für einen vernünftigen Job haltet. Aber ich bin eben nicht so wie Michel oder Katja, und dieser Job ist genau das, was ich will. Ich hoffe wirklich, dass ihr das versteht.«

Keiner sagte etwas. Schließlich stand mein Vater auf und hob sein Glas. »Auf Lena! Sie war immer schon etwas ganz Besonderes, und wir sind sehr stolz auf sie.«

»Auf Lena!«, riefen alle und stießen an.

Ich war gerührt. Aber noch musste ich mich zusammenreißen. »Da ist noch etwas«, sagte ich. »Etwas, das ich selber noch nicht richtig fassen kann. Otto hat mir diesen Laden geschenkt. Das heißt, er gehört jetzt mir.«

Einen Moment lang herrschte Totenstille, dann brach das Chaos aus. Alle redeten gleichzeitig, stellten Fragen über Fragen, umarmten und küssten mich. Ich schenkte Sekt nach und lud mir anschließend ein großes Stück Schokoladenkuchen auf den Teller. Das hatte ich mir nun wirklich verdient. Aufgabe Nummer eins war erledigt. An die zweite Aufgabe dachte ich lieber noch nicht.

»Warum ist dein Schreiberling eigentlich nicht hier?«, fragte mein Vater plötzlich in eine Gesprächspause hinein.

»Weil er nicht mehr mein Schreiberling ist«, erwiderte ich mit vollem Mund.

»Na Gott sei Dank!«, sagte Katja.

»Und du, Ben?«, fragte meine Mutter neugierig. »Wie läuft es denn mit dir und dieser Franziska?«

»Wir sind auch nicht mehr zusammen.«

Über den Tisch hinweg sah ich, wie Juli und Michel sich breit angrinsten.

»Na, so was«, sagte Lars. »Aber wie ich dich kenne, gibt es längst jemand Neues, oder?« Er stieß Ben in die Seite.

Ben räusperte sich. »Eigentlich geht euch das überhaupt nichts an, aber ja, es gibt da jemanden.«

Da war es wieder, das Gefühl, als hätte ich mir an einem Blatt Papier den Finger geschnitten. Ich ließ meine Gabel sinken und würgte mühsam das Stück Kuchen herunter. »Du bist so ein blödes Arschloch, Ben!«

»Lena hat Arschloch gesagt«, meldete Anna sich vorwurfsvoll zu Wort.

Irritiert sah Ben mich an. »Was? Wieso das denn?«

»Das ist ja wohl nicht zu fassen! Gerade erst ist mit Franziska Schluss, und schwuppdiwupp hast du die nächste Tussi zum Vögeln am Start!«

»Was ist Vögeln?«, erkundigte sich Paul neugierig.

»Davon redet doch überhaupt niemand!«, rief Ben. »Und außerdem verstehe ich nicht, wieso du dich so aufregst!«

»Nein, natürlich verstehst du das nicht, schließlich bist du der Letzte, der irgendwas merkt!«

»Na ja«, mischte Katja sich ein. »Ich wüsste da noch jemanden.«

»Ich bin der Letzte, der was genau merkt?«, rief Ben.

Mit der Brutalität eines Psychopathenmörders rammte ich meine Gabel in den Kuchen. »Vergiss es einfach! Sie ist bestimmt ein richtig tolles Dalmatiner-Weibchen und kein blöder Mischlingsköter. Ich wünsch dir viel Spaß mit ihr!«

»Ich will auch einen Hund«, verkündete Paul.

Ben knüllte seine Serviette zusammen und warf sie auf den Tisch. »Lena, hör endlich mit diesen beschissenen Kötern auf!«

»Ben hat beschissen gesagt«, kommentierte Anna.

»Ben und Lena, nicht solche Wörter vor den Kindern«, mahnte meine Mutter.

»Du hast doch mit diesem Vergleich angefangen«, schnauzte ich Ben an. »Die Suppe hast du dir selbst eingebrockt!«

»Den Brei«, korrigierte Michel.

»Suppe geht aber auch«, sagte Lars.

Ben starrte mich wutentbrannt an. »Na gut, um mal bei deinen Worten zu bleiben: Dalmatiner-Weibchen sind mir vollkommen egal, ich *will* keinen Dalmatiner!«

»Das ist vernünftig. So ein reinrassiger Dalmatiner kostet ein Vermögen«, warf mein Vater ein.

Juli kicherte.

»Und was soll das jetzt bitte heißen?«, fragte ich.

»Na ja«, erklärte mein Vater, »wenn man beim Züchter ei…«

»RUHE jetzt! Es reicht!«, rief ich. »Dieses Gespräch betrifft nur zwei Leute hier, und alle anderen halten gefälligst DIE KLAPPE!«

Betretenes Schweigen breitete sich aus, und nun ruhte die ungeteilte Aufmerksamkeit aller auf mir. Kurzerhand stand ich auf und kletterte über die Bank. »Ben, kommst du bitte mal mit vor die Tür?«

Er blieb stur auf seinem Platz sitzen. »Wieso?«

»Das würde ich gerne draußen mit dir klären.«

»Willst du dich mit mir prügeln, oder was?«

»Glaub mir, ich denk drüber nach. Also kommst du jetzt mit?«

Ben erhob sich, und wir gingen durch das Kabuff in den kleinen Hinterhof.

Im Rausgehen hörte ich Paul sagen: »Wieso will Ben denn keinen Hund?«

Ich hörte noch lautes Lachen, bevor sich die Tür hinter uns schloss.

Ben lehnte sich mit verschränkten Armen an die Wand des Nachbarhauses. »Also?«, fragte er. »Was ist?«

Wie er da stand, dieser arrogante Mistkerl! »Das werde ich dir jetzt sagen, was ist! Mir reicht es nämlich langsam, und es ist mir scheißegal, dass du das peinlich findest oder dass du schon wieder eine Neue hast, ich sag es trotzdem! Leb damit!«

»Habe ich nicht.«

Verdammt, jetzt hatte er mich aus dem Konzept gebracht. »Was?«

»Ich habe keine ›neue Tussi zum Vögeln am Start‹.« Mit den Fingern malte er Anführungszeichen in die Luft.

»Nicht? Aber eben hast du doch gesagt ...«

»Nein, das hast *du* gesagt. Ich habe gesagt, dass es da jemanden gibt. Aber nicht, dass ich sie *habe*.«

»Ach so.« Meine Güte, ich verstand überhaupt nichts mehr. Ich schloss kurz die Augen und schüttelte den Kopf. »Wie auch immer, ich denke, es ist an der Zeit, dass ich die Fakten knallhart auf den Tisch lege und für klare Verhältnisse sorge. Der guten Ordnung halber. Und das tue ich hiermit.«

Oh Mann, was für ein Schwachsinn! *»Der guten Ordnung halber«*! Am liebsten wäre ich im Boden versunken. Ich wartete mit klopfendem Herzen auf eine Antwort oder Reaktion von Ben, doch der schwieg und sah mich nur abwartend an. Wahrscheinlich war er geschockt oder so peinlich berührt, dass ihm die Worte fehlten. »Puh«, sagte ich schließlich, als ich die Stille nicht mehr aushielt. »Jetzt ist es endlich raus. Du musst gar nichts dazu sagen, Ben, das ist mir sogar lieber. Kein Problem. Ja ... dann gehe ich wohl mal wieder rein.«

Ich ging zur Tür und wollte sie gerade öffnen, als Ben mir nachrief: »Lena?«

Ich drehte mich um. »Ja?«

»Ich frage mich, was genau jetzt raus ist, denn im Grunde genommen hast du ja noch gar nichts gesagt.«

Nicht? Ich kaute auf meiner Unterlippe herum und versuchte mich an meine Worte zu erinnern. Tatsächlich, es könnte sein, dass ich den einen oder anderen Sachverhalt nicht so ganz explizit dargelegt hatte. Oh Mann, jetzt musste ich noch mal von vorne anfangen! Und nun fiel es mir noch schwerer, denn Ben hatte mir komplett den Wind aus den Segeln genommen. Tief holte ich

Luft. »Na gut. Also, mir ist da etwas ganz Blödes passiert. Aber das ist bestimmt nur eine dumme Phase, und bald können wir herzlich darüber lachen. Eigentlich will ich es ja auch gar nicht, ich meine, machen wir uns nichts vor, du bist nicht gerade der Mann, von dem ich immer geträumt habe. Gut, um es kurz zu machen, letzten Endes sieht es nun mal leider so aus, dass ich … dich liebe.« Die letzten Worte sagte ich sehr leise in Richtung Fußboden.

»Dass du was?«, hakte er nach.

»Du hast mich doch ganz genau verstanden!«

»Nein, habe ich nicht. Was ich gehört habe, ist ›dass ich dschnieje‹.«

»Ich liebe dich, du Idiot!«

Durch seinen Körper ging ein leichtes Zucken, doch er blieb mit versteinerter Miene an der Wand stehen. »Hattest du nicht neulich noch behauptet, dass du nichts von mir willst?«

»Tja, was soll ich sagen? Da habe ich dann wohl gelogen!«

»Gelogen.« Ben schüttelte langsam den Kopf. »Na, das ist wirklich eine ganz blöde Sache. Wie unangenehm.«

Ich hätte meine bescheuerte Klappe halten sollen. Was für ein Albtraum!

»Vor allem, weil es da ja jemanden gibt, und mit der ist es mir verdammt ernst«, fuhr er fort. »So ernst, dass es mir eine Heidenangst eingejagt hat und dass ich eine halbe Ewigkeit damit verbracht habe, es mir auszureden. Aber das kann und will ich nicht mehr.«

Ich musste mich sehr zusammenreißen, nicht zu heulen.

»Glaub mir, ich weiß, wie es dir geht, denn mir ist auch nicht klar, wieso ich mich von allen Frauen auf der Welt ausgerechnet in sie verlieben musste. Sie denkt immer nur das Schlechteste von mir und hält mich für ein ziemliches Arschloch.«

Am liebsten hätte ich mir die Ohren zugehalten, doch ich sagte tapfer: »Scheint nett zu sein.«

»Eigentlich ist sie überhaupt nicht mein Typ. Sie macht mich wahnsinnig, und bei dem Gedanken, den Rest meines Lebens mit ihr zu verbringen, habe ich das Bedürfnis, ganz fest auf einen Stock zu beißen. Aber die Vorstellung, mein Leben ohne sie zu verbringen oder dass sie einem anderen Mann als mir auf die Nerven gehen könnte, ist für mich unerträglich, also wird mir wohl nichts anderes übrig bleiben.«

»Schön für dich«, sagte ich mit zitternder Stimme. »Ich drück dir die Daumen, dass das mit ihr klappt.«

Ben rang die Hände. »Sie hat manchmal eine erschreckend lange Leitung, und ein Gespräch mit ihr kann zäh wie Kaugummi sein. Sie steht hier vor mir und hat tatsächlich immer noch nicht kapiert, dass es um sie geht.«

Ich runzelte die Stirn. »Hä?«

»Mein Gott Lena, ich rede von dir!«

Unwillkürlich trat ich einen Schritt zurück. Von mir? Was genau hatte er eben gesagt? Nach und nach sickerten seine Worte in mein Bewusstsein. »Hm.« In meinem Hirn ratterte es unaufhörlich. »Sag mal, soll das gerade so etwas wie eine Liebeserklärung gewesen sein?«

»Hurra, jetzt hat sie es endlich!«

Empört schnappte ich nach Luft. »So macht man doch keine Liebeserklärung!«

»Wie denn dann? So wie du etwa?«

Ich hob die Hand und gestikulierte mit meinem Zeigefinger. »Gut, das war vielleicht nicht optimal, aber wenigstens habe ich die drei magischen Worte gesagt, anstatt dich in einer Tour zu beleidigen!«

»Das sehe ich aber anders!«

»Dann hast du auch gelogen, als du gesagt hast, dass du nichts von mir willst?«

»Sieht ganz danach aus!«

»Also liebst du mich auch, oder was?«

»Ja, natürlich liebe ich dich!«

Wie Wladimir Klitschko und Alexander Powetkin im Boxring standen wir uns gegenüber und maßen uns mit wütenden Blicken. Keiner wich auch nur einen Millimeter von der Stelle.

Nach ein paar Sekunden begann es um Bens Mundwinkel zu zucken. Und auch mein Mund verzog sich zu einem Grinsen, als mir die Absurdität dieser Situation bewusst wurde. Das war mal wieder typisch für uns.

Gleichzeitig fingen wir an zu lachen, und in mir machte sich eine so riesige Erleichterung breit, dass mir die Beine zitterten. Schließlich flogen wir aufeinander zu und landeten in den Armen des anderen. Ben hob mich hoch, und ich schlang meine Beine um seine Hüfte. In meinem Herzen tanzten Millionen Hummeln zu *Love is in the air*, und es drohte vor Glück fast zu zerplatzen. Unsere Lippen fanden sich, und wir küssten uns und lachten zur selben Zeit.

»Nur, um das klarzustellen«, sagte Ben, als ich wieder mit beiden Beinen auf dem Boden stand und wir eine kleine Pause zum Luftholen einlegten. »Im Grunde genommen finde ich dich ziemlich toll.«

»Ich dich auch«, erwiderte ich. »Und ich glaube übrigens ganz und gar nicht, dass das bei mir nur eine Phase ist.«

»Gut. Und du bist absolut und komplett mein Typ. Ich habe vor, noch sehr, sehr lange dein Gummibärchen-Buddy zu sein.« Um seine Augen erschienen die Lachfältchen, von denen ich so angetan war. Vorsichtig berührte ich die Narbe über seinem Auge. Ich musste dringend mit dieser teeniehaften Schwärmerei aufhören. Wobei … wieso eigentlich?

Wieder küssten wir uns, drängender und leidenschaftlicher dieses Mal.

»Wie geht es jetzt eigentlich weiter mit uns?«, fragte ich nach einer langen Weile. »Ich meine, was machen wir jetzt?«

Ben küsste eine empfindliche Stelle hinter meinem Ohr, und ich schloss die Augen. »Oh, ich würde sagen, wir lassen es ganz locker angehen und warten ab, was sich so entwickelt.«

Genau diese Antwort hatte ich erwartet. »Ja. Warten wir ab«, erwiderte ich lächelnd.

»Zunächst einmal sollten wir ganz dringend miteinander schlafen«, sagte Ben ernst, doch in seinen Augen funkelte es. Seine Hand wanderte unter mein T-Shirt und strich über meinen Rücken, wobei sie eine prickelnde Spur hinterließ.

»Hmmm«, machte ich. »Das klingt sehr vernünftig.«

»Aber als Allererstes solltest du nach Hause kommen. Zu mir. Gleich nachdem wir deine schreckliche Familie rausgeschmissen haben, holen wir deine Sachen.«

»Und was ist mit meiner supidupi WG?«

»Supidupi am Arsch«, erwiderte Ben und zog mich fester an sich. »Und um Missverständnissen gleich vorzubeugen: Ich rede davon, dass wir zusammenziehen. Und zwar nicht als WG und auch nicht als Freunde und erst recht nicht als Notlösung. Wenn das für dich infrage kommt, meine ich natürlich.«

Ich lehnte mich leicht zurück, um ihn besser ansehen zu können. »Ja, das kommt absolut infrage für mich«, erwiderte ich, und mir wurde warm ums Herz, als ich die Erleichterung in seinem Gesicht sah. »Ich wundere mich nur ein bisschen über deine Vorstellung von ›locker angehen lassen‹.«

»Na ja, genau genommen lassen wir beide es seit einunddreißig Jahren locker angehen. Also können wir ruhig mal etwas Tempo machen.«

Erneut versanken wir in einem Kuss, doch schon bald drückte

ich Ben ein Stück von mir weg. »Ach so, noch etwas. Sind in der Wohnung eigentlich Hunde erlaubt?«

»Keine Ahnung. Wieso?«

Grinsend sah ich ihn an. »Ich finde, wir sollten uns so einen kleinen Mischlingswelpen zulegen.«

Ein Jahr später

... singt Herr Schmitz nur für Ben und mich

»Ich werde nie wieder heiraten. Niemals wieder«, verkünde ich, als ich in das Taxi steige und meinen frischgebackenen Ehemann zum ersten Mal am heutigen Tag für mich allein habe.

»Na, das will ich doch hoffen«, sagt er und zieht mich in seine Arme, damit wir uns ausgiebig küssen können. Noch immer kann ich mein Glück kaum fassen, dass ich vor gerade mal einer Stunde den mit Abstand besten Küsser der Welt geheiratet habe.

»So, ihr beiden«, unterbricht uns der Taxifahrer. »Kann's denn mal losgehen?«

Wir schauen zu Knut, der uns breit angrinst. Sein Taxi dient uns heute als Hochzeitsauto. Er hat sich richtig ins Zeug gelegt, es zu putzen und zu schmücken. Dabei hätte mich heute selbst der größte Dreck nicht aus der Ruhe bringen können, denn ich habe nur Augen für Ben.

»Klar, Knut«, sage ich. »Nur zu, du weißt ja, wohin es geht.«

Die Feier wird am Elbstrand stattfinden, genauso, wie ich es mir immer gewünscht habe. Ich kuschele mich wieder an Ben und genieße die Minuten, die wir für uns haben.

»Na, Frau Feldhaus?«, sagt er. »Herr Schmitz hat wunderschön gesungen, oder?«

Ich fange bei der Erinnerung wieder an zu kichern. »Ja, ich könnte immer noch heulen vor Rührung.«

Es war tatsächlich der Standesbeamte Schmitz, der uns zu Mann und Frau machte. Er spulte genau das gleiche Programm ab wie bei Juli und Michel, und Ben und ich hatten einen Heidenspaß bei der Trauung.

»Was Otto wohl gesagt hätte«, überlege ich und fühle wieder den Stich der Wehmut, der mich jedes Mal überkommt, wenn ich an ihn denke. »Er wäre heute bestimmt gerne dabei gewesen.«

Ben küsst mich auf die Stirn. »Ich wette, er war dabei. Er saß in der letzten Reihe und hat vor sich hin gebrummt: ›So 'n alberner Tüdelkram. Gitarre spielen im Standesamt! Zu meiner Zeit hätt's das nicht gegeben.‹«

Otto starb nur drei Wochen nach meinem Geburtstag. Sein Tod kam für uns alle völlig überraschend, denn eigentlich war er schon wieder stabil genug für eine Chemotherapie. Doch sein Herz entschied anders und hörte ohne Vorwarnung auf zu schlagen. Seinen Enkel hat er leider nicht mehr kennengelernt. Noch immer macht es mich traurig, dass Otto am Ende so wenig Zeit für seine Familie blieb – aber vielleicht ist er dafür nun endlich wieder bei seiner geliebten Karin.

Seufzend vergrabe ich mich in Bens Arme und atme tief seinen Duft ein.

Der Laden heißt immer noch Jansens Büchereck, Otto zu Ehren werde ich ihn auch niemals umbenennen. Die ersten Monate waren die Hölle. Vor lauter Arbeit und Abendkursen wusste ich gar nicht, wo mir der Kopf stand. Aber ich habe es geschafft, mich reinzufuchsen. Inzwischen komme ich sehr gut zurecht, und es macht mir unglaublich viel Spaß, dieses Geschäft zu führen. Rüdiger, Susanne und ich wollen unsere Läden miteinander verbinden und ein großes Design-Buch-Café eröffnen.

Die Pläne liegen bereits vor, und sobald Susanne ihre Babypause beendet hat, soll es konkreter werden.

»Hey«, flüstert Ben in mein Ohr.

Ich hebe meinen Kopf und schaue in seine braunen Augen, und noch immer toben jedes Mal Schmetterlinge in meinem Bauch, wenn ich das tue. »Hm?«

»Habe ich dir eigentlich schon gesagt, dass du für eine Braut richtig gut aussiehst?«

»Nein«, lache ich. »So überschwänglich hast du mich heute noch nicht mit Komplimenten überschüttet.«

»Dann wird's aber Zeit«, sagt er.

Wenn es der Richtige ist, dann sollte alles ganz einfach sein. Mit Ben ist es einfach, geradezu lächerlich einfach. Er zieht mich zwar immer noch liebend gerne auf, und wir geraten ein ums andere Mal in eine unserer typischen Diskussionen. Aber im Grunde genommen machen diese kleinen Streitereien sogar Spaß, und richtig böse gemeint sind sie nie. Ich war ziemlich überrascht, als Ben mir bereits acht Monate nach meinem 31. Geburtstag einen Heiratsantrag machte. Eine andere Antwort als »Ja« kam mir allerdings nicht mal für den Bruchteil einer Sekunde in den Kopf. Knut hat es schon ganz richtig gesagt: Am Ende stellt sich der Falsche manchmal eben doch als der Richtige heraus.

»The smile on your face lets me know that you need me«, singe ich vor mich hin.

Ben stimmt ein, und zusammen schnulzen wir, bis Knut uns unterbricht: »Was is das denn für'n Scheiß? Das hältste ja im Kopp nich aus!«

»Das hat unser Standesbeamte eben für uns gesungen«, erkläre ich. »Ist doch schön.«

»Nee Leude. Das geht gar nich. Da muss ich glatt mal 'nen Gegenangriff starten.«

Das Auto schlingert, als Knut eine Kassette aus dem Handschuhfach kramt und einschiebt.

»Oh oh, ich glaube, ich weiß, was jetzt kommt«, sage ich, und eine Sekunde später ertönen die Glockenschläge von AC/DC's *Hells Bells*.

Knut, Ben und ich headbangen und singen die schrillen Textzeilen mit. Als das Lied zu Ende ist, dreht Knut sich zu uns um (Gott sei Dank stehen wir gerade an einer roten Ampel). »Weißte noch, Lena, wie du das erste Mal bei mir im Taxi gesessen hast? Todtraurig biste gewesen und so verkrampft wie 'ne Jungfrau am Hans-Albers-Platz.«

»Ja, ich kann mich dunkel daran erinnern.«

»Siehste, ich hab dir ja gesacht, dass das schon alles wieder in Ordnung kommt. Und ich sach es immer wieder: Von der Liebe …«

Ben und ich stimmen lachend ein: »… darfste dich nich feddichmachen lassen.«

Danksagungen

Dieser Roman würde ohne die Hilfe vieler Menschen immer noch in meinen Hirnwindungen oder auf meinem Rechner vor sich hin dümpeln, und ich möchte die Gelegenheit nicht ungenutzt lassen, mich ausführlich zu bedanken.

Mein erster und größter Dank gilt meinem Mann. Danke für deine Unterstützung, deine Tritte in den Hintern und dein Verständnis, wenn ich mal wieder nicht ansprechbar bin, weil ich geistig in anderen Welten schwebe. Und vor allem danke dafür, dass du von der ersten Zeile an so unerschütterlich und felsenfest an mich geglaubt hast.

Ein riesiges Dankeschön geht an meine Probeleserinnen Nancy Wittenberg und Iris Geisler, für ihre konstruktive Kritik, ihre wertvollen Verbesserungsvorschläge und ihre moralische Unterstützung. Ohne euch hätte ich das niemals hingekriegt!

Vielen Dank auch an Anita Ludwig, Anja Saga und Sophia Pietrek für hilfreiches Feedback, Lob und Tadel.

Beim Wort »Tadel« fällt mir etwas außer der Reihe ein: All meinen bisherigen und aktuellen Vorgesetzten möchte ich herzlich dafür danken, dass ich mir die Geschichten um Lenas schrecklichen Chef komplett selbst ausdenken musste. Kann man ja auch ruhig mal sagen.

Vielen, vielen Dank an meine wunderbare Agentin Julia Aumüller von der Literarischen Agentur Thomas Schlück für ihr Vertrauen in meinen Roman und in mich, für ihre tolle Arbeit und für den regen, netten Mail-Austausch zwischen Bali und Garbsen. Und dafür, dass ich damals wirklich und wahrhaftig nicht von der versteckten Kamera am Flughafen abgeholt worden bin. Ein großes Dankeschön geht natürlich auch an Franka Zastrow für die tolle Betreuung!

Vielen Dank an Marion Labonte für den Feinschliff an meinem Text. Manchmal tat es weh, ganz ›langsam‹, ›gerade‹ und vor allem auch ziemlich oft ›unwillkürlich‹, aber oh Mann – es war wirklich nötig.

Tausend Dank an all die netten, fleißigen Hummeln bei Bastei Lübbe, die daran mitgewirkt haben, diesen Roman in die Buchhandlungen zu bringen – allen voran an meine großartige Lektorin Friederike Achilles. Danke für deine Begeisterung und die unendliche Geduld, die du mit einer überaufgeregten Buchmama-Glucke hattest. Vielen, vielen Dank auch an Claudia Müller. Es ist eine Riesenfreude, mit euch zusammenarbeiten zu dürfen!

Und selbstverständlich gilt ein riesiges, dickes, fettes Dankeschön aus tiefstem Herzen allen, die dieses Buch gekauft und gelesen haben. Ich hoffe, ihr habt es nicht bereut, und wenn ich könnte, würde ich jedem von euch einen Irish Flag und/oder Tequila Peng ausgeben! Oder eine Tüte Gummibärchen mit euch teilen. Ich würde euch sogar die, ähm, weißen überlassen, da bin ich ja gar nicht so.

»Liebe ist wie Fußball - nach vielen Vollpfosten landet man auch mal einen Treffer«

Petra Hülsmann
WENN SCHMETTERLINGE LOOPINGS FLIEGEN
Roman

416 Seiten
ISBN 978-3-404-19194-9

Da hat Karo sich jahrelang abgerackert, um ihr Abi nachzuholen und zu studieren, und wozu das Ganze? Statt endlich die große Karriere zu starten, ergattert sie beim Fußball-Bundesligisten Eintracht Hamburg lediglich einen Job als Anstandswauwau des Star-Spielers Patrick Weidinger, der in letzter Zeit mehr Energie ins Nachtleben als ins Training steckt. Um sich im Verein zu beweisen, muss Karo einen Zugang zu Patrick finden und darf dabei zwei Dinge nicht aus den Augen verlieren: ihr Ziel – und ihr Herz …

Lübbe

»Liebe ist das, was passiert, während du noch danach suchst«

Petra Hülsmann
GLÜCK IST, WENN MAN TROTZDEM LIEBT
Roman

416 Seiten
ISBN 978-3-404-19195-6

Es gibt Dinge, die Isabelle absolut heilig sind: Ihre Arbeit in einem schönen Blumenladen. Ihre Daily Soap. Und ihr tägliches Mittagessen in der alten Klitsche gegenüber. Doch die wird eines Tages von dem ambitionierten Koch Jens übernommen, der nicht nur mit seiner aufmüpfigen Teenieschwester für reichlich Wirbel sorgt – und plötzlich bricht das Chaos über Isabelles wohlgeordnete kleine Welt herein. Während sie noch versucht, alles wieder in ruhige Bahnen zu lenken, scheint ihr Herz allerdings schon ganz andere Pläne zu haben …

Lübbe

Die Community für alle, die Bücher lieben

Das Gefühl, wenn man ein Buch in einer einzigen Nacht verschlingt – teile es mit der Community

In der Lesejury kannst du

★ Bücher lesen und rezensieren, die noch nicht erschienen sind

★ Gemeinsam mit anderen buchbegeisterten Menschen in Leserunden diskutieren

★ Autoren persönlich kennenlernen

★ An exklusiven Gewinnspielen und Aktionen teilnehmen

★ Bonuspunkte sammeln und diese gegen tolle Prämien eintauschen

Jetzt kostenlos registrieren: www.lesejury.de

Folge uns auf Instagram & Facebook:
www.instagram.com/lesejury
www.facebook.com/lesejury